KB045384

탐정이 아닌 두 남자의 밤

탐정이 아닌 두 남자의 밤

최혁곤 지음

시공사

차례

서막

두 개의 목소리

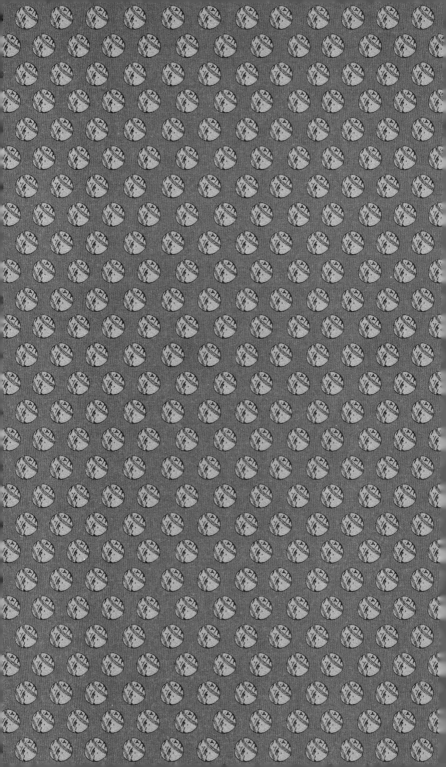

"나 좀 구해줘."

전화는 한마디만 남기고 툭 끊어졌다. 옛 애인의 허스키한 목소리는 영화 속에서 튀어나온 듯 현실감이 없었다. 밤 12시. 나는 거실 소파에 누워 선잠에 빠져 있었다. 며칠째 한 가지 일에 몰두해 있던 터라 몹시 피곤했다. 테이블에는 정리하다 만 기사가 널려 있었다.

처음에는 혹시 재결합을 바라는 그녀의 장난이 아닐까 혼란스러웠다. 1년 만에 전화를 걸어와 대뜸 구해달라니, 상식적으로 맞지 않았다.

잠에서 깨어나 얼마가 지나서야 상황의 심각성을 깨닫기 시작했다. 혹시 납치? 불길한 상상이 몽글몽글 피어올라 뇌리에 쩍 들러붙었다. 혹시 모를 불상사에 대비해 연락이라도 해봐야 하는 걸까? 아니면 경찰에 신고라도? 휴대폰 화면에 찍힌

번호부터 확인했는데 발신번호 제한 표시가 떴다. 대포폰이면 추적도 불가능하다.

나 싫다고 떠나버린 여자. 그녀에 대한 내 마음은 여전하지만, 막상 전화를 걸려니 망설여졌다. 그러나 이내 고개를 저었다. 사람 목숨이 걸린 문제였다. 기억 속에 있는 전화번호 11자리 숫자를 눌러보았다. 결번…. 그렇다. 그녀는 지금 얼굴만 봐도 다들 알 만한 인기 탤런트가 되었다. 연애 시절 사용하던 번호를 그대로 쓸 리가 없다. 카카오톡 친구 목록에서도 사라진 지 오래다.

급히 노트북을 열어 포털사이트 검색란에 '채연수'라고 쳤다. 그녀에 관한 가장 최근 뉴스는 열흘 전 것이었다. 미니시리즈를 한 편 끝내고 휴식기를 이용해 한 국제 구호 단체가 주관하는 캄보디아 우물파기 봉사활동에 참가하기로 했는데 출국장에 나타나지 않았다는 기사였다.

조급증이 일었다. 소파에서 벌떡 일어나 블라인드를 올리고 거실 창을 열었다. 빗방울이 강풍에 사선으로 흩날리고 있었다. 거리에 늘어선 버드나무가 산발한 여인처럼 춤을 추고, 길 건너편 편의점 간판 불빛이 아른아른 흔들렸다. 새벽까지 가을비가 세차게 쏟아진다고 했던가.

거실을 가로질러 작은방 문을 노크했다. 단발머리 아가씨가 반듯하게 앉아 얇은 모포를 뒤집어쓰고 TV를 보고 있었다. 낯빛이 파리하고 찢어진 눈매는 고집스러웠다. 그녀는 지금 수도권을 휩쓸고 다니는 연쇄살인사건의 유일한 목격자였다.

"미안합니다. 급한 일이 생겨서 좀 나가봐야 해요."

"혹시 이번 사건 때문인가요? 에취!"

"아뇨, 개인적인 일입니다. 함부로 현관문 열지 말고 만약 무슨 일 생기면 바로 연락 주십시오. 별일 없을 테니 걱정 마시고. 파이팅입니다!"

나는 한 손으로 주먹을 불끈 쥐고, 다른 손으로 그녀에게 집 전화기를 건넸다. 마지막 말은 하지 말걸…. 그녀는 지금 한껏 예민해져 있다. 뇌리에 각인된 살인범의 눈빛을 좀처럼 잊을 수 없을 것이다. 감기까지 겹쳤는지 기침을 해댔다. 비 때문에 10월 초순치고는 기온이 몹시 낮은 밤이다.

거실에서 외출 채비를 서두르는데 다시 휴대폰이 울렸다.

"나 좀 살려줘, 제발! 지금 붙잡혀 있다고."

전화 저편의 허스키 보이스는 여전히 현실감이 떨어졌고 대꾸할 틈도 없이 끊어졌다. 장난은 분명 아니었다. 채연수의 목소리가 확실했다. 기억하건대 199일을 사귀는 동안 이런 깜짝 쇼로 주위를 당황케 한 적은 없는 여자였다.

뭔가 조치가 필요했다. 그러나 소문 하나에 죽고 사는 연예인이니 경찰에 신고하기는 확실히 부담스러웠다. 알고 지내는 경무과장 얼굴이 하나 떠올랐다. 비공개를 전제로 챙겨봐 달라고 할까. 아니다. 신뢰할 수 없다. 스포츠신문이나 온라인 연예 매체에서 냄새라도 맡는 순간, 가십성 보도가 쏟아질 테고 그걸로 그녀의 연예계 생활은 굿바이다.

서랍장을 열어 작은 사진액자를 꺼냈다. 나와 어깨동무를 한 채 환히 웃고 있는 그녀. 액자 유리에는 뽀얗게 먼지가 앉았다. 먼지를 닦아내다보니 더 머뭇거릴 수 없었다. 찾아야 한다. 직접 나서야 한다.

현관에서 우산을 꺼내는데 열린 거실 창문 사이로 거센 바람이 몰려들었다. 탁자 위에 출력해놓은 A4용지들이 한순간 들렸다가 바닥으로 미끄러져 내렸다. 나는 그 광경을 보며 우산 대신 우의를 찾았다.

지하 주차장으로 내려갔다. 엘리베이터 문이 열리고 내가 밖으로 나가자 두 사람이 안으로 들어갔다. 키 크고 핸섬한 맞은편 902호 증권맨. 만취한 젊은 여자 허리에 손을 깊숙이 찔러 넣어 부축하고 섰다. 한 달 새 파트너가 또 바뀌었군. 오토바이 헬멧을 쓴 또 한 사람이 문이 닫히는 엘리베이터에 다급히 끼어들었다. 품이 큰 우의를 입고 플라스틱 박스를 든 모습을 보니 야식 배달원 같았다.

산타페 운전석에 앉았지만 막막했다. 어디서부터 시작해야 하나. 크르르릉. 낡은 차 시동 소리도 주인을 닮아 지쳐 있었다.

다시 전화가 걸려왔다. 서대문 사거리에서 직진 신호를 기다리고 있을 때였다. 납치의 정석대로 이번에는 범인의 목소리. 스마트폰의 녹음 버튼을 누르려는 순간 손가락에서 힘이 쫙 빠져나갔다. 캔에 든 헬륨가스를 삼켰는지, 아니면 초소형 음성변조기를 사용하는지 목소리가 심하게 변조되어 있었다. 나이는커녕, 그놈인지 그년인지조차 가늠할 수가 없다. 우라질! 무슨 추적 60분도 아니고. 나는 예상 밖의 상황에 적이 당황했다.

"박희윤 기자입니까?"

"그렇습니다만."

"다시 묻겠습니다. 민주일보 박희윤 기자가 맞습니까?"

짜증이 났지만 순순히 대답했다.

"네, 박희윤 기자요."

"2시까지 일산 호수공원 앞 MBC로 오십시오."

공손하고 느긋한 지시 내용이 선뜻 이해가 가지 않았다. 납치범이라면 보통 24시간 안에 현금으로 1억 원을 준비하라, 만약 경찰에 알리면 인질 목숨은 담보 못 한다, 이딴 협박 모드로 나와야 하는 것 아닌가. 그런데 다짜고짜 일산으로 오라니. 비 퍼붓는 야밤에 거기서 뭘 어쩌자는 수작일까. 만나서 담판이라도 짓자는 건가.

수상스런 구석은 더 있다. 우선, 번지수가 틀렸다. 나는 월급에 목매는 기자 나부랭이. 협박을 하려면 대전에서 유명한 한식당을 경영하는 그녀 부모나, 돈줄 쥔 소속사 사장을 찔러야 하는 것 아닌가. 내 재산은 지금 사는 서대문의 허름한 주거용 오피스텔이 전부다. 그것도 한국언론재단의 대출 끼고서 마련한. 그런데 왜 내 쪽으로 접촉을 해왔을까. 그녀의 선택일까, 범인의 선택일까.

일단 배짱부터 튕겼다. 기자들이 알량한 자존심을 세울 때 쓰는 전형적인 액션.

"바쁜 사람 붙잡고 뭐 하자는 겁니까? 그 여자랑 나랑은 아무 상관없으니, 이런 장난전화는 더 이상 하지 마십쇼."

대차게 주둥이를 놀렸지만 막상 전화를 끊지는 못했다.

"상관이 없다라…. 그럼 내 맘대로 처리하란 얘기군요. 살려 달라고 울부짖는 채연수를 남자친구가 외면. 이런 기사가 곧 인터넷을 도배하겠군요. 후하하. 잘 알겠습니다."

"다, 당신, 무슨 소리를 하는 거야! 아니, 지금…."

놈은 내 말을 다 듣지도 않고 냉소만 흘리며 전화 속에서 사라졌다.

썅! 속내를 들킨 것 같아 얼굴이 화끈거렸다. 만만찮은 놈이다. 엮여도 뭔가 단단히 엮였다. 히터를 켜지 않았는데도 이마에서 땀이 배어났다.

채연수를 처음 만난 건 작년 초봄. 내가 문화부에서 근무하던 때였다. 당시 그녀를 인터뷰할 일이 있어 만나게 되었는데 서로 첫눈에 끌렸다. 스스로 꿀린다고 생각하지 않았고 몇 번 데이트를 했다. 그때만 해도 그녀는 조연급이라 사생활 노출 부담이 크지 않았다. 국산 스릴러 영화와 드립커피, 그리고 프로야구 현대 돌핀스를 좋아하는 교집합을 찾았고 여러모로 우린 잘 맞는다 생각했다. 그렇게 결혼까지 내달릴 줄 알았다.

그런데 작년 가을, 채연수가 첫 주연으로 나온 미니시리즈 '미스 김은 알고 있다'가 히트를 치면서 나의 바람은 진짜 바람이 돼버렸다. 땜빵으로 급 편성된 미스터리 로맨스물이 시청률 30퍼센트 돌파. 내일을 알 수 없는 게 그 바닥이라지만 트렌디

드라마 하나가 서른 먹은 그저 그런 연기자를 한순간 띄워버리다니. 그녀는 여세를 몰아 꽃미남 배우와 맥주 광고를 찍었고, 나는 그 장면을 거실 소파에 퍼져 앉아 TV로 지켜봐야 했다. 미스 김은 개뿔! 저주를 내뱉으며 마시던 맥주 캔을 찌그러트렸다. 그녀가 작별을 고하던 날, 자존심을 뭉개가며 차 앞을 막고 찌질하게 매달린 기억에 더 속이 쓰렸다.

운전대 옆 디지털시계가 12시 30분을 알렸다. 이제 90분 남았다. 청담동에 산다는 그녀의 집을 찾아 헤매기는 무리였다. 일단 광화문의 신문사로 향했다. 시경 캡이라도 남아 있으면 도움을 청하고 싶었다.

노란 비옷을 입고 편집국에 들어서자 야근 기자들의 시선이 일제히 내게 쏠렸다. 당직사령 사회부 차 차장이 비식거렸다.

"어이, 픽큐! 탐사기획팀 가더니 한가한 모양이네. 폼이 어째 야밤에 족발 배달하는 아저씨 같다."

매사 저런 식이니 후배들이 좋아할 리 없다. 빈정대는 표정이 눈꼴사나워 입구멍에 진짜 족발 뼈다귀라도 하나 처박아주고 싶었다.

사회부는 여전히 비상근무였다. 요즘 화두는 단연 수도권 연쇄살인사건. 일명 '바리캉맨'이라 불리는 놈 하나 때문에 나라가 발칵 뒤집혔다. 석 달 사이에 젊은 여자 넷이 죽어나갔는데 희생자들은 모두 머리 한 부분이 바리캉으로 밀린 채 발견됐다.

경찰 수사는 의외로 애를 먹었다. 신출귀몰한 놈의 모습은 관제 CCTV에 걸리지 않았고, 희생자들에게는 주목할 만한 공통점도 없었다. 서울 접경 지역에서 시차를 두고 발생해 관할 서간 정보 공유가 늦은 데다, 통합수사본부에 넘어가서도 이렇다 할 실마리를 찾지 못했다. 동기가 불분명한 살인사건만큼 난제도 없다. TV에 자주 나오는 경찰대 범죄심리학 교수는 젊은 여성을 대상으로 자신의 존재감을 최대한 과시하려는 사이코패스의 소행 가능성을 제기했다. 발견 안 된 시신이 더 있을 수 있다는 주장에 사람들은 입을 다물지 못했다.

나는 오피스텔에 머무르고 있는 목격자를 잠시 떠올렸다. 멀리서나마 살인마를 본 유일한 사람. 지금은 그녀 기억력에 전적으로 의존해야 할 판이다.

"퍽큐, 네 생각은 어때? 사이코패스의 사회학 말이야."

차 차장이 또 이름 가지고 치근덕거렸다. 사회부에서는 사이코패스와 프로파일러의 대결을 다루는 기획물을 준비 중이었다. 경찰 출입도 오래 했고, 지난해에는 대형 특종으로 한국기자대상까지 수상한 내 의견이 궁금했던 모양이다.

"글쎄요, 우리도 사이코패스를 다수 가짐으로써 이제 진정한 선진국 대열에 들어선 게 아닐까요?"

나는 팔짱을 끼고 일부러 진지한 어투로 말했다. 후배 녀석들이 동시에 킬킬거렸다.

"미친놈. 질문한 내가 바보지. 저런 새끼도 기자라고."

쌍욕과 함께 슬리퍼 한 짝이 머리 위로 날아왔다.

내 농담은 거기까지. 평소 같으면 더 깐죽댔을 테지만 지금은 마음이 급했다. 야근석 자리 하나를 차지하고 앉아 입사 동기인 시경캡 구 기자부터 찾았다.

그는 경찰 간부들과 회식 중이었다. 취했는지 혀가 꼬였다. 각 라인에 연락 돌려서 이름 채연숙, 30대 초반 여성의 실종, 납치 신고가 접수된 것이 있는지 알아봐달라고 부탁했다. 채연수의 본명이 채연숙이다. 언론사 정보망을 통해서, 또 본명으로 확인 작업을 하면 괴상한 소문이 날 위험은 그만큼 줄 것이다.

다음은 문화부의 방송연예 담당 봉을 찾았다. 그도 여의도 술집에 있었다. 곁에서 젊은 여자 노랫소리가 흘러나왔다. 어느 드라마 종방 파티에라도 끼어든 걸까.

납치 전화에 대해 털어놓고 싶은 걸 겨우 참았다. 봉은 입이 싼 놈이라 그 자리서 바로 나불댈 것이다. 침을 꿀꺽 삼킨 다음 채연수의 바뀐 연락처를 부탁했다.

"형, 아직도 그 언니 못 잊는 거지? 그렇지? 푸헤헤."

속내를 들킨 것 같아 수화기를 찍듯이 내려놓았다. 그새 20분이 흘렀다. 더 낭비할 시간이 없었다.

세종문화회관 뒷골목의 카페 '이기적인 갈 사장'은 썰렁했다. 스산한 밤이라 여성 재즈싱어의 스캣이 늘어진 테이프처럼 흐느적거렸다. 화이트 셔츠와 검은 프라다 바지를 입은 사장 갈호태는 카운터에 앉아 컴퓨터로 포커를 치고 있었다. 체구가 통통해도 곱슬머리에 콧수염을 가늘게 길러 중남미 터프

가이처럼 나름 스타일이 살았다.

"이 시간에 네가 어쩐 일이야? 그 꼬라지로 연락도 없이."

나는 다짜고짜 갈호태의 딱딱한 두 어깨를 붙잡고 사정부터 설명했다. 전직이긴 하지만 경찰이 동행하면 든든할 터였다.

"도와주라! 채연수가 납치됐어."

"누구?"

무료해하던 갈호태의 눈빛이 호기심으로 반짝거렸다.

"탤런트 채연수. 알잖아, 내 마누라 될 뻔했던 여자!"

30만원. 내가 제시한 하룻밤 수고비였다. 지난달 카드 값도 연체된 마당에 속이 쓰렸지만 그 정도는 찔러줘야 움직일 것 같았다.

갈호태가 새끼손가락으로 귀를 파며 히죽거렸다.

"돈은 됐고 대신 채연수랑 술 한 잔 먹는 조건이야. 내가 또 그분 광팬 아니겠냐. '미스 김은 알고 있다'를 다섯 번은 봤을 거다. 쿠하하."

당황스러웠다. 뜬금없이 광팬이라니. 갑자기 치근대는 느낌 이랄까.

내가 결정할 수 있는 일이 아니라고 말하려다 입을 닫았다. 급한 불부터 꺼야 할 것 같았다. 제아무리 콧대 높은 스타라도 생명의 은인이랑 술 한 잔 못 마실까. 대충 고개를 끄떡이자 갈호태가 엄지와 중지를 딱, 소리 내 부딪히며 오케이를 외쳤다. 그러고는 주위를 힐끔 둘러보더니 계산대 아래 서랍에서 나무 케이스를 꺼내 올려놓았다. 권총이 들어 있었다. 내가 놀라서 눈썹을 꿈틀거리자 이번엔 새끼손가락으로 콧구멍을 후비며 느물거렸다.

"45구경 콜트야. 이런 날을 대비해서 이 형님이 준비해놨지. 쪽팔리게 경찰용 38구경을 찰 순 없잖냐. 후훗."

경찰이 압수한 총기류에서 한 정 빼돌린 것이 확실하다. 철이 없는 건지, 쿨 한 인생을 사는 건지 겪으면 겪을수록 더 헷갈렸다. 저 인간 머리통은 대체 뭐로 채워졌을까. 위계질서 빡빡한 경찰 강력계에 어떻게 8년씩이나 붙어 있었는지가 더 미스터리다.

카운터 뒤 둥근 벽시계가 새벽 1시 28분을 가리킨다. 32분 남았다. 신호등을 무시하고 달려가도 아슬아슬하다. 갈호태가 운전대를 잡겠다고 나섰다. 살인현장 쫓아다닌다고 곡예 운전이야 이력이 났겠지만 그보다는 내 조급한 행동이 불안해 보였던 모양이다.

산타페가 강변북로를 질주했다. 빗방울이 적진에서 쏘아대는 총탄처럼 날아와 앞 유리창을 때려댔다. 도로가 젖었고 차가 낡아 생각만큼 속도가 붙지 않았다. 바퀴가 한쪽으로 쿠쿠쿵 쏠리기까지 했다. 앞선 차들의 새빨간 후미등이 북유럽 도시의 퇴폐한 밤거리를 질주하는 듯한 환시에 빠트렸다.

조수석에 앉길 잘했다 싶었다. 좌우로 요동치는 와이퍼의 리듬을 따라 심장박동이 커져갔다. 과속 단속 카메라가 곳곳에 보였지만 상관없었다. 벌금은 차후에 채연수의 소속사에 청구하리라.

납치범은 다시 연락이 없었다. 답답하면서도 긴장됐다. 통풍 안 되는 비닐 우의 탓인지 겨드랑이가 축축해졌다. 이 와중에도 갈호태는 싸구려 농담질이다.

"채연수랑 어디까지 갔었냐? 키스는 당연히 해봤지?"

내가 의자 등받이를 살짝 젖히며 심드렁하게 내뱉었다.

"키스는 원래 제일 나중에 하는 거야. 입가심으로."

"크하하. 누가 기자 새끼 아니랄까봐. 겁먹어서 얼굴 허옇게 뜬 놈이 주둥이만 살아가지고. 갑자기 아랫도리에 힘이 꽉꽉 실리는데."

갈호태의 눈빛은 좀 더 진한 얘기를 듣고 싶어 했지만 나는 외면했다. 배려 없는 새끼. 지금 그런 얘길 나눌 때냐. 한마디 하고 싶었지만, 어쨌거나 지금은 내가 도움을 구하는 처지다.

삐딱한 내 표정에 무안했던지 갈호태가 목소리를 낮추며 돌아봤다. 빗길에 엄청난 속도로 내달리면서도 여유가 넘치는 모습이다.

"너무 걱정 마라. 유명 연예인이니 경찰이며 방송이며 엄청 달려들 텐데, 쉽게 어찌하지는 못할 거다. 의외로 일반인보다 더 쉽게 풀릴 수 있어. 나도 유괴나 납치사건 꽤 다뤄봤잖니."

"사건을 안 다뤄봤다는 게 아니라 네놈 말이라 못 믿는 거야."

"쌍, 또 무시하고 지랄이시네. 납치는 말이다, 인내와 협상의 게임이야. 범인을 안다고 후다닥 해치울 수 있는 게 아니라고. 냉정하고 질긴 놈이 결국 이겨."

평소답지 않게 진지한 갈호태의 어투에 나도 모르게 웃음이 났다. '유괴와 납치 사건을 다뤄보셨던' 전직 강력계 형사님께서 이렇게 옆에 있어주시니 어쨌든 힘은 됐다.

긴장을 풀려고 라디오를 틀었다. FM에서 브루노 마스의 음악이 흘러나왔다. 흥겨운 리듬이 귀에 거슬려 채널을 돌렸다. 내가 좋아하는 목소리의 여가수 민유가 흘러간 김광석의 노래를 리메이크해 부른다. 어쿠스틱 기타 반주에 맞춰 너무 아픈 사랑은 사랑이 아니었다고 노래한다.

나는 뒤로 밀려나는 창밖 풍경을 바라보며 지금 상황이 어쩌면 사랑이라는 이름하의 집착 때문이 아닌지 생각했다. 야밤에 전화 한 통 받고 미친놈처럼 뛰어다니다니. 희한한 건 그녀에게 차인 후, 자존심을 지키려 애쓸수록 그녀에 대한 환상은 더 강해진다는 것이다. 그래서 가끔은 나 자신에게 화가 났다. 혹시 그녀가 내 품으로 돌아오지 않을까 하는 몽상, 필요 이상으로 한 여자에 몰두해 있는 자신에 대한 반감. 그리고 내가 아직도 그녀를 사랑하고 있다는 확신.

서울 경계를 벗어나 자유로에 접어들었을 때 문화부 봉의 문자가 날아들었다. 채연수 소속사 대표와 사무실 연락처가 찍혀 있었다.

"누군교?"

경상도 사투리가 심한 40대 남자가 전화를 받았다. 소속사 대표 손필곤. 비음이 섞인 데다 교양머리라곤 없는 말투. 게다가 취했다. 다들 오늘 같은 밤에는 술 없이는 잠들지 못하는 걸까.

"밤늦게 죄송합니다. 민주일보의 박희윤 기자라고 합니다. 채연수 씨가 납치됐다는 긴급 제보가 들어와서 확인차 전화 드렸습니다."

잠시 침묵이 흘렀다. 나는 말을 잇기보다 인내를 가지고 기다렸다. 반응이 예상보다 무심했다.

"뭔 헛소리인교. 우리 애들 일은 어련히 우리가 잘 알아서 관리할 낀데. 별일 없으니 신경 끄소."

"그럼 지금 채연수 씨랑 통화 가능할까요?"

"아무 일 없대도 그라시네. 그냥 기자님이 장난 전화에 낚인 거라카이."

불쾌함에 내 목소리가 살짝 올라갔다.

"확실한 거죠? 지금 대답에 책임지실 수 있죠?"

손필곤 역시 바로 맞받아쳤다.

"아니라카마 아닌 거지 왜 자꾸 들쑤시고 난린교. 기자라고 한밤중에 전화해서 막 소리쳐도 되는교. 더 할 말 없심다."

TV 전원 꺼지듯 목소리가 사라져버렸다. 나는 멀뚱히 휴대폰만 바라봤다. 당황스러웠다. 통화가 끊겨서가 아니다. 사건 기자의 직감. 강압적으로 얼버무리는 태도는 분명 사고의 냄새를 풍겼다. 대한민국 어느 연예기획사도 기자를 이런 식으로 상대하진 않는다. 소속사도 분명 사라진 채연수의 행방을 찾고 있을 것이다. 다만 상황의 심각성을 깨닫지 못하고 그녀가 훌쩍 여행이나 떠났으려니 착각하는 건 아닐지. 소속사 대표란 작자가 너무 무책임하다. 내가 홧김에 손등을 빡빡 긁어 대기 시작하자 갈호태가 혀를 찼다.

"쯧쯧, 그 지랄병 아직도 못 고쳤냐? 허세 쩌는 속물과 말 좀 섞는다고 손등에 두드러기 나는 놈은 세상에 네놈뿐일 거다. 대충 사셔. 인생 뭐 별거 있음? 혼자 고고한 척하는 것도 함께 사는 사회에 대한 예의가 아니지."

갈호태의 잔소리 따윈 무시하고 분한 마음에 재발신 버튼을 누르려는데 한 가지 의구심이 스쳐 갔다.

"혹시 이 인간이 사주한 게 아닐까? 동기는 소속사 이적 갈등. 올해 채연수가 계약 만료거든. 차 돌릴까?"

갈호태가 가당찮다는 듯 피식거렸다.

"어이쿠, 기자란 자식이 감정만 앞서가지고. 추측 말고 증거로 말해. 그리고 까놓고 말해 채연수가 나이 서른에 갓 떴는데 이적 경쟁 붙을 만큼 톱클래스냐?"

발끈해서 대꾸하려는 찰나 시경캡이 보낸 문자가 들어왔다.

〈실종신고자 중 채연숙 없음.〉

나는 깊은 한숨을 토해냈다. 상황은 점점 안갯속으로 빠져들어갔다.

일산 신도시 이정표를 지나자 곧이어 장항IC가 나왔다. 저 멀리 병풍처럼 늘어선 아파트 불빛이 보였다. 고가를 돌아, 주유소와 장례식장을 지나, 시가지에 가까워지자 사위가 조금씩 밝아졌다.

차를 호수공원 초입의 MBC 드림센터 앞에 세워놓고 비상

깜빡이를 켰다. 1시 58분. 다행히 늦진 않았다. 온몸의 긴장이 혈압계처럼 한순간 풀렸다가 다시 조여들었다. 1초, 1초…, 초조하게 창밖을 주시했다. 비바람이 여전해도 유흥업소 밀집지역이라 한밤에도 행인이 많았다. 취객 하나가 우산을 들고 춤추듯 스쳐 갔다.

"혹시 동행이 있다고 놈이 안 나타나면 어쩌지?"

내가 손바닥으로 입을 가리며 물었다. 갑자기 조심스러워졌다.

"꼭 혼자 나오라는 말은 없었다며?"

"그렇긴 하지만 그게 상식이잖아."

"목적이 있는 놈이라면 반드시 나타날 거야. 아니면 이 근처 어딘가에서 우릴 관찰하고 있겠지. 그리고 혹시 최악의 사고가 터진들 네가 죄책감 가질 필요 있냐. 지금은 아무 사이도 아니라며? 개념 챙기셔. 넌 그냥 버림받은 청춘인 거야."

틀린 말은 아니지만 왠지 빈정 상한다. 꼭 저렇게 가슴 콕콕 쑤시는 말만 골라서 해야 할까.

갈호태가 기지개를 한 번 켜더니 게슴츠레한 눈으로 방송국 정문을 뚫어져라 봤다. 나도 덩달아 주시하며 물었다.

"수상한 놈들 좀 보여?"

"아니, 그냥 예쁜 연예인이라도 보이나 해서. 무한도전도 여기서 밤새 찍더라고. 유재석이랑 송지효 봤으면 좋겠는데."

망할 자식, 그건 SBS 런닝맨이잖아! 라고 외치려다 참았다. 말 섞기도 싫었지만 지금은 다퉈봤자 감정만 꼬인다. 힘든 일을 당해봐야 진심을 안다더니.

그렇다. 무슨 일이든 당해봐야 안다. 자연스레 오피스텔에 머무는 단발머리 목격자가 떠올랐다. 그녀가 신문사에 나타난 건 사흘 전. 바리캉맨에게 네 번째 희생자가 살해당하는 장면을 똑똑히 지켜봤노라 주장하며 모종의 제안을 해왔다.

"왜 경찰에 먼저 신고하지 않고서?"

편집국장의 직설적 질문에 단발머리는 엄지와 검지로 원을 만들어 보였다.

"거긴 요게 안 되잖아요. 목숨까지 걸린 상황이었는데 공짜로 정보를 풀 순 없죠. 용감한 시민상 그딴 건 한 트럭 준대도 필요 없걸랑요."

그러면서 제보 대가로 돈을 요구했다. 외국에선 다들 그렇게 한다면서요? 찢어진 눈매로 웃음 지으며 당돌하게 말했다.

뒤늦게 편집국의 묵직한 분위기에 눌려 자신이 술집 호스티스고 마약 전과가 있어 경찰에 제보해도 신뢰를 해줄지 모르겠다, 그래서 미리 언론에 취재 기록을 남기고 싶다며 변명조로 덧붙였는데 그게 더 코미디 같았다.

네 번째 사건 현장은 수색역 인근의 재개발단지 공사장. 그녀는 인근 원룸에 살았고 새벽 퇴근길에 우연히 사건을 목격했다. 살인범의 얼굴을 세세히 기억 못 하지만 분명 몸집이 작고 민첩한 사내였노라고 자신 있게 단언했다.

편집국장은 고민에 빠졌다. 30년 기자 경력의 그도 처음 접한 계륵 같은 제안이었다. 흘려듣기에는 경찰 수사기록과 상당 부분 일치하고, 만약 거절하면 여자는 다른 경쟁 언론사를 찾아갈 것이 빤했다.

결정이 지체되자 단발머리는 스마트폰으로 찍은 사진 한 장을 히든카드처럼 내밀었다. 비 오는 새벽, 거리가 멀고 화소가 낮아 음영만 가득한 태아 초음파 사진 같긴 했지만 분명 검은 모자를 눌러 쓴 단발머리가 주장하는 살인범이 앵글 가운데 서 있었다. 결정적 증거였다. 이 정도만 해도 엄청난 특종. 신문사 입장에선 탐나는 물건이 틀림없었다.

그 와중에 민주일보가 목격자를 돈으로 매수하고 있다는 악의적 소문이 나돌았다. 단발머리가 이미 타사에 접촉했다가 퇴짜를 맞은 것이 화근이었다.

보고가 올라갔고 그룹 윗선이 직접 판단을 내렸다. 목격자를 이틀간 면담해 신문에 먼저 와이드한 분석 기사를 싣고, 그날 밤 생방송으로 진행되는 민주TV '사건과 진실'의 스튜디오에 출연해 블라인드 뒤에서 증언하는 조건이면 비용을 제공하겠다는 것이다. 신문과 방송의 장점을 최대한 활용하겠다는 발상. 위험하지만 자극적이긴 했다. 치열해진 미디어 경쟁 시대에 경영권과 편집권의 분리나 보도 윤리는 차후의 문제였다.

편집국장은 윗선의 지시를 당연하게 받아들였다. 누가 봐도 화끈하게 우려먹을 수 있는 아이템. 목격자에게 경찰 출두 전까지 외부 접촉을 끊고 협조한다는 조건을 덧붙였다. 다른 '공장'의 물타기 보도를 막기 위한 조치였다. 지은 죄가 있는 단발머리는 달리 토를 달지 않았다.

보안 유지가 생명이었다. 편집국장이 나를 조용히 자신의 방으로 불렀다. 내 오피스텔을 안가로 원했다. 혼자 사는 데다 신문사와 가깝고 호텔보다 노출이 덜해 안전하다고 판단한 듯했다.

"국장, 목격자는 젊은 여자잖습니까?"

"바로 그거야. 그러니 누가 거기 있다고 상상이나 하겠니. 너만 입 꾹 다물고 엉뚱한 짓 안 하면 돼. 빈방 있지? 워낙에 영악한 계집애라 더 결정적 증거를 감추고 있을지 몰라. 행동 하나하나 주시하고."

편집국장은 콧등에 걸린 뿔테안경을 올려 쓰며 실실거렸다.

내키지 않았지만 거절할 명분이 없었다. 생방송 출연까지 겨우 이틀. 못 견딜 정도는 아니다. 오히려 사회부원들조차 모르는, 몇 명만 공유하는 기밀에서 사소한 이유로 배제되기 싫었고, 목격자의 진술을 정리하기로 한 나 또한 흥분되긴 마찬가지였다. 자조적으로 덧붙이자면 거대 시스템 안의 기자는 일개 졸에 불과하다.

새벽 2시 정각. 정면에서 소형 오토바이 하나가 다가왔다. 그냥 스쳐 가겠거니 생각하는 순간, 바로 우리 차 옆에서 급정거했다. 가죽재킷을 입은 스물 중반쯤 되어 보이는 노랑머리가 차 안을 쏘아보더니, 조수석 창문을 두드렸다.

"누가 전해달랍니다."

가죽장갑을 낀 손 하나가 차 안으로 비집고 들어왔다. 손가락 사이에 메모지가 끼워져 있었다. 내가 종이를 집는 순간, 운전석의 갈호태가 조수석 창문을 올려버렸다. 당황한 노랑머리가 급하게 팔을 빼내려다 굵직한 금속 팔찌가 창틈에 끼였다. 그 짧은 기회를 갈호태는 놓치지 않았다. 잽싸게 내 쪽으로 타 넘고 와서는 문고리를 풀고 문짝을 밖으로 밀어버렸다. 말리고 말고 할 틈도 없었다. 콰직! 거친 충돌음이 일었다. 핸들이 꺾인 오토바이가 쓰러지고 노랑머리의 손목이 창틈에 끼인 채 젖혀졌다.

기선을 제압한 갈호태가 밖으로 뛰쳐나갔다. 힘겹게 팔을 빼낸 노랑머리가 주먹을 휘둘렀으나 갈호태는 상체를 쓰윽 젖히며 피했다. 그러고는 반동을 이용해 연달아 주먹을 던졌다. 한 방이 복부에, 한 방이 턱에 명중했다. 노랑머리가 무릎을 꿇고 고꾸라졌다. 신음도 제대로 뱉지 못했다. 어…, 어…, 내가 탄식만 하는 새 상황 종료.

갈호태가 노랑머리의 멱살을 잡고 일으켜 세우더니 차 뒷좌석에 처넣었다. 그리고 그의 배 위에 다이빙하듯 올라탔다.

"아가야, 어떤 놈이 시켰냐?"

"몰라요. 나는 그냥 심부름만…."

노랑머리는 놔달라고 울부짖으면서 다른 팔로 차체를 두드려댔다.

"얼른 불어라! 우리 시간 없거든. 안 그러면…."

갈호태가 허리춤에서 권총을 뽑아 노랑머리 이마를 찍어 눌렀다.

"대가리에 구멍을 내버릴 거니깐."

맙소사! 화들짝 놀란 건 오히려 나였다.

6차선 대로가 빛과 어둠의 경계를 명확히 갈라놓았다. 늘어선 고층 오피스텔 불빛이 반짝이는 길 건너편과 달리 이쪽 호수공원은 암흑지대였다. 출입 통제된 국경선의 땅 같았다.

노랑머리는 인근 심부름센터 직원이었다. 총구 앞에서 파르르 떨며 내뱉는 그의 말에 거짓은 없어 보였다.

요약하면, 오늘 오전에 어떤 의뢰인이 전화를 걸어왔다. 용건은 새벽 2시 방송국 앞에서 메모지를 전할 것. 통장에 바로 작업비가 꽂혔고 메모는 오후에 팩스로 들어왔다. 미심쩍은 구석이야 있지만 시시콜콜 따지지 않는 게 이 바닥의 불문율. 그런 점 때문에 사람들이 흥신소를 이용하지 않느냐. 뭐, 그런 얘기였다.

"새끼야, 의뢰인 연락처는 알 거 아냐?"

총구로 다시 이마를 누르자 노랑머리는 넋 빠진 얼굴로 고개만 흔들어댔다.

그 광경을 지켜보던 나는 전율에 떨었다. 납치범은 처음부터 내가 오리라는 확신이 있었다. 치밀하게 계산된 범행이 분명했다. 긴장을 이기려고 주머니를 뒤져 담배를 찾았으나 일회용 라이터만 나왔다.

더 얻을 게 없다고 판단했는지 갈호태는 차 문을 열었다. 그냥 풀어줘도 뒤탈은 없을 것 같았다. 불륜 뒷조사나 하는 흥신소 직원이 몇 대 얻어터졌다고 큰소리칠 입장은 아니니.

오토바이를 끌고 사라지는 노랑머리 뒷모습과 찌그러진 차 문짝을 번갈아 보니 괜히 혼자만 손해 본 기분이었다. 망할 자식, 말로 해도 됐을 일을.

"담배 있냐?"

내가 까칠하게 묻자 갈호태가 눈을 내리깔고 대꾸한다.

"끊었지. 여자애들이 아저씨 냄새난다고 싫어하잖아."

으이구, 주제에 관리는…. 하여튼 오늘은 여러모로 도움 안 되는 놈이다.

팩스로 받았다는 메모지에는 호수공원 약도가 그려져 있었다. 우리는 실내등을 켜고 머리를 맞댔다. 잉크가 빗물에 조금 번졌으나 ★가 표시된 위치는 금방 알 수 있었다. 호수 건너편, 택지개발을 위해 폐가들을 헐고 터 닦기 작업이 한창인 곳이었다. 거기 어딘가에 채연수가 붙잡혀 있는 모양이다.

마음이 급했다. 정자 옆 돌다리를 건너거나, 노래하는 분수대를 끼고 돌거나, 어느 쪽 길을 택해도 10분은 걸리는 거리였다.

서둘러 조깅용 트랙을 따라 뛰었다. 어디 배수구가 막혔는지 물이 발등까지 차올랐다. 자전거라도 있으면 좋겠다고 생각하며 하늘을 올려보는데 빗방울이 안경에 후두둑 떨어졌다.

큰길에서 멀어질수록 어둠 속으로 빨려 들어가는 기분. 드문드문 켜진 방범등이 더는 길잡이가 되지 못했고 날씨 탓에 인적은 자취를 감췄다.

"돌겠다. 이 옷 그저께 뽑은 이태리 신상인데…. 술 한 잔 먹겠다고 이게 뭔 짓인지."

강풍에 우산이 자꾸 뒤집히자 갈호태가 투덜거렸다. 재킷과 구두가 그새 푹 젖었다. 앞 머리카락이 얼굴에 흘러내려 꼭 물에 빠진 백돼지 같았다. 너도 한번 당해봐라 새끼야. 이 상황에서도 나는 내심 통쾌했다.

몸을 움츠린 채 걸음을 재촉할수록 기분이 묘했다. 기시감 같은 것이 계속 잡아끌었다. 그러다가 한순간 머릿속에서 뭔가가 번쩍거렸다. 갑자기 멈춰서는 바람에 뒤따라오던 갈호태와 충돌할 뻔했다.

채연수와 어깨동무하고 찍은 사진의 배경이 바로 여기였다! 강남으로 이사 가기 전 그녀는 연예인들이 많이 거주한다는 정발산역 뒤편 빌라에 살았다. 스케줄 없는 날이면 선글라스를 끼고 푸들을 안고 나와서 데이트를 즐겼다. 잔디밭에 누워, 흘러가는 구름을 보며, 내게 고민을 털어놓기도 했다. 특히 코맹맹이 스토커의 밤낮 없는 전화질 때문에 스트레스가 심하다고 했다. 발끈한 내가 친한 경찰을 쑤셔 약간의 위협을 가하자 눈치 빠른 스토커는 흔적도 없이 사라졌다. 되찾은 그녀의 환한 미소가 나를 행복하게 했었다. 벌써 작년 일이다.

호수 쪽에서 날아온 차고 날카로운 바람이 얼굴을 할퀴고 갔다.

놈의 의도에 고스란히 말려들고 있음을 깨닫자 오소소 소름이 돋았다. 볼을 타고 흐르는 빗물이 스멀스멀 기어 다니는 좀 벌레처럼 느껴졌다. 갈호태가 뒤에서 쉬지 않고 투덜거렸다.

"우이 쉬~, 이거 전문 업소에서 드라이클리닝 해야 하는데. 하여튼 네놈 따라 다녀선 평생 득 보는 게 없어요. 술 약속은 꼭 지켜라. 알았지? 아님 나 진짜 돌아버린다."

제발 저 주둥이를 닫게 하는 방법은 없을까. 농담도 투정이 되니 역겹다. 머릿속은 인화성 강한 생각들로 꽉 차서 폭발 직전이고 몸까지 푹 젖어 점점 무거워진다.

목표 지점이 가까워졌다. 조깅용 트랙을 벗어나자 어둠이 더 짙어졌다. 습하고 새까만 공기가 얼굴에 묻어날 것만 같았다. 수풀을 헤치며 나아갔다. 길이 없는 데다 땅이 물러 운동화가 진흙 속에 푹푹 빠졌다.

"이거라도 써야지, 뭐."

갈호태가 휴대폰에 내장된 라이트를 켰다. 하얀 불빛이 발언저리를 비췄는데 그런대로 쓸 만했다.

녹슨 철조망과 맞닥뜨렸다. 그 너머에 철거 중인 건물이 몇 채 보였다. 메모지에 그려진 목표 지점. 갈호태가 또 칭얼댄다.

"우산 들고 저걸 타 넘으라고? 사람 빡 돌게 만드네."

나도 더는 참지 못하고 쏘아붙였다.

"계속 나불거리려면 돌아가! 아니면 조용히 따라오든가!"

"짜식 짜증은…. 알았어. 예까지 와서 채연수를 놔두고 갈 순 없잖아. 술은 됐고 그냥 명동에서 프리허그나 한 번 하는 걸로 퉁. 안 될까?"

넓은 공터가 나타났다. 호수공원을 중심으로 킨텍스가 있는 서쪽은 '한류월드'란 복합 문화단지가 이미 들어서 관광객이 들끓었다. 이곳은 그 사업의 마지막 부지로 보였다. 옛 건물을 다 헐어 땅의 경계가 사라지다보니 지도에 표시된 지점을 정확히 찾기가 쉽지 않았다. 손목시계는 2시 반을 넘어서고 있었다. 납치범은, 또 그녀는 대체 어디 있는 걸까.

"새끼야, 사람을 불렀으면 얼른 마중 나와야지!"

갈호태가 불쑥 내지른 고함은 밤공기를 타고 쩌렁쩌렁 울려 퍼졌다.

망할 자식, 분명 자기 입으로 납치사건은 인내의 게임이라고 말해놓고선. 갈호태의 입을 틀어막으려고 뒤돌아서는데 어디선가 아기 울음소리가 들렸다. 20미터쯤 전방 철조망 아래였다. 나는 귀를 열어놓고 낮은 자세로 한 발 한 발 다가섰다. 발소리조차 조심스러웠다. 갈호태도 휴대폰 라이트를 비추며 뒤따랐다.

풀숲을 헤치자 희번덕거리는 여러 개의 눈동자가 나를 향했다. 샛노란 안광이 무섭게 뿜어져 나왔다. 고양이 떼였다. 가벼운 한숨과 함께 안도했다. 겁이 없는 녀석들인지 발을 쾅쾅 굴러도 도망가지 않았다.

하늘에서 꿍음과 동시에 번개가 내리꽂혔다. 주위가 한순간 환해지면서 나무 아래 허연 물체가 시야에 들어왔다. 가슴이 쿵 내려앉았다. 틀림없는 사람의 손. 불길한 상상이 연기처럼 번져갔다. 숨을 멈추고, 눈을 홉뜨고, 다시 살폈다. 손목에 찬 은색 메탈시계가 보였다.

팽창한 동공이 시야를 조금씩 넓혀갔다. 붉은 트렌치코트를 걸친 여자 몸뚱이가 드러났다. 시선이 좀 더 올라갔다. 팔목이, 어깨가, 목이 보였다. 갑자기 내 위장 속의 음식물이 역류했다. 시체에 머리통이 없었다.

"안 돼!"

비명이 밤하늘을 수직으로 갈랐다.

눈을 감고 기억을 더듬었다. 채연수에 관한 모든 것을, 세세한 몸의 흔적까지. 지금만큼은 갈호태도 시체를 가만히 내려다보며 침묵했다. 그의 우산 위로 타닥타닥 떨어지는 빗소리만 내 신경을 갉아먹었다.

일의 순서는 나중에 따지기로 했다. 몇 분 빨리 경찰에 신고한다고 범인이 바로 잡히는 건 아니니. 어차피 시체 상태로 보아 죽은 지 며칠은 된 것 같았다. 지금 내 관심은 오직 이 시체가 채연수냐 아니냐, 그것뿐이었다.

쏴아, 쏴아, 음울한 비바람 소리가 이리저리 휩쓸고 다녔다. 그제야 역한 부패의 냄새가 느껴졌다. 젖은 흙냄새와 뒤섞여 콧구멍으로 강하게 빨려 들어왔다.

"갈 사장! 이쪽으로 불 좀 비춰봐."

대답이 없어 뒤돌아보니 갈호태가 철조망을 붙잡고 속을 게워내고 있었다. 구역질 소리가 큼직하게 들렸다. 기가 찼다. 그렇게 폼생폼사를 외치는 놈이 시체 앞에서 무너지는 꼴이라니. 저렇게 비위가 약해 어떻게 8년이나 강력반에 붙어 있었을까. 핀잔을 주려다가 참았다. 배려가 필요한 순간. 나는 그와 다른 인간이고 싶었다.

용기를 내 시신 곁에 쪼그리고 앉았다. 일회용 라이터를 꺼냈다. 수습기자 시절, 신월동 국립과학수사연구소에 해부실 견학 갔을 때를 떠올렸다. 모든 건 다 마음먹기 달린 것이다. 왼쪽 팔뚝으로 코를 막고 불빛을 가져갔다.

탈색한 피부는 그냥 하얀 마네킹처럼 아무 느낌이 없었다. 이내 당혹스러움에 헤맸다. 희미한 불빛에 의존해 얼굴 없이 썩어가는 몸뚱이만 가지고 신원을 확인하기란 쉽지 않았다. 체형이 비슷하고 외투까지 걸치고 있으니…. 지난 세월, 나는 도대체 채연수의 무엇을 미치도록 사랑한 것일까.

감상에 빠질 여유는 없었다. 시체 주변을 확인하다보니 이상한 뭉치가 보였다. 뭉텅뭉텅 밀려나간 머리카락. 불현듯 시체가 젊은 여자만 노리는 바리캉맨의 다섯 번째 희생자일 수도 있다는 사실을 깨달았다. 두 사건이 연관 있으리라곤 눈곱만큼도 예상 못 한 상황. 모방범죄로 위장 가능성이 있는 만큼 목이 없다는 이유만으로 또 단정할 수 없었다. 암튼 뭔가 뒤죽박죽이다. 채연수의 생존 가능성에 대한 일말의 희망과 어쩌면 더 큰 사건에 엮였다는 당혹감이 동시에 밀려들었다.

휴대폰 벨소리가 정적을 깼다. 놈인 줄 직감했다. 여전히 변조된 목소리.

"애인을 만나니 즐거우셨습니까? 쓥-, 쓥-."

비아냥대는 목소리를 듣자니 욱하는 뭔가가 식도를 타고 올라왔다. 마음 같아서는 욕이라도 퍼붓고 싶지만 흥분하면 지는 것이다.

"얼굴도 없는데 당신 말을 어떻게 믿어? 그리고 이젠 애인 아니라니까!"

"이런, 그렇다고 사랑하는 사람을 못 알아보다니 실망인데요."

"당신 입으로 채연수는 살아 있다고 하지 않았나?"

"아, 그 부분은 미안하게 생각합니다. 박 기자님을 유인하려니 그 정도 반칙은 어쩔 수 없었습니다. 쓥-, 쓰읍-. 목소리는 나흘 전에 녹음한 거예요. 그녀가 바로 죽기 직전에."

"진짜 죽인 거야. 왜?"

"그냥요."

"그냥?"

"네, 그냥요. 얼마 전에 채연수가 병원의 장례지도사로 나온 미니시리즈 보셨죠? 그 연기가 역겨웠어요. 너무 예쁜 척해서. 쓰읍-, 쓥-. 우리 아버지가 그 일을 하셨거든요. 시신에 옷을 입히는 염습은 삶과 죽음을 잇는 신성한 작업입니다. 그런데 얼굴만 믿고 설렁설렁 나대는 꼴이라니."

나는 유도 질문을 던졌다. 이 시체 역시 이번 연쇄살인사건의 희생양인지 확인하고 싶었다.

"그럼 앞선 넷도 그런 하찮은 이유로 죽인 거군."

"하찮다… 그건 상대적인 것이지요. 그나저나 지금 박 기자님이 놀라서 벌벌 떠는 모습을 상상하니 흥분돼서 오줌 지릴 것 같아요. 흐아~ 암튼 주변부터 자근자근 밟아드리겠습니다."

영악한 놈이었다. 말려들지 않고 바로 대화 주제를 바꾼다. 계속 이상한 말을 지껄였으나 존댓말을 놓지 않았다. 그 와중에 정체불명의 잡음이 아까부터 신경을 잡아끌었다. 쓰읍-, 씁-. 집중해서 들으니 스팀다리미에서 증기를 내뿜는 소리 같았다. 지금으로선 놈의 실체를 추적할 수 있는 유일한 단서. 일부러 시간을 끌었다.

"당신 지금 어디야? 내 당장 달려가 주둥이를 꿰매주지."

"저는 만나드리고 싶지만, 박 기자님이 마음대로 움직이기 힘드실 겁니다."

놈은 알 수 없는 말만 남기고 전화를 끊었다. 허탈했다.

"짜증 나게 저것들은 또 뭐니?"

정신을 차린 갈호태가 손등으로 입가의 침을 훔치며 뇌까렸다. 멋쩍어서 그냥 지껄인다고 생각했는데 아니었다. 시체에 정신이 팔려 있는 새 주위에 불빛들이 몰려들고 있었다. 그 불빛들이 점점 환해지더니 급기야 우리를 향해 레이저 빔처럼 날아왔다. 눈이 부셔서 뜰 수가 없었다. 쩌렁쩌렁한 사내의 외침.

"움직이지 마! 경찰이다."

사방에서 고함이 터져 나왔다. 비 퍼붓는 이 공터는 제복 경찰, 제복을 입지 않은 경찰이 뒤섞여 아수라장이었다. 나무와 철조망에 둘러쳐진 노란 폴리스라인이 강력사건의 현장임을 일깨워주었다.

그 어수선함에 나까지 마음이 급해졌다. 동시에 불안한 슬픔도 북받쳐 올랐다. 제발 그녀가 아니길! 그렇게 가서는 안 될 사람이잖아! 느껴본 적 없는 극단의 초조…, 혼돈…, 그런 감정들이 함께 가슴을 조여왔다. 몸속의 피가 빠르게 돌기 시작했다. 불길한 상상을 떨치려 고함이라도 내지르고 싶었다.

구레나룻을 기르고 콧구멍이 뻐끔해 원숭이를 닮은 일산서 강력계 권 팀장이 담배를 건넸으나 나는 고개를 저었다. 방금 전까지 겪었던 얘기를 한꺼번에 내뱉은 뒤라 입안이 텁텁했다.

"그러니까, 이쪽 형사과로 신고 전화가 들어왔단 말이죠? 호수공원 건너편에서 시체 파묻는 사람을 봤다고."

되레 내가 묻자 원숭이 팀장이 고개를 끄덕였다.

놈에게 제대로 한 방 먹었다. 나를 제 손바닥 안에 놓고 들여다보듯이 조롱했다. 112 신고가 아니라면 녹음된 목소리도 남아 있지 않을 것이다. 있다 치더라도 변조된 목소리겠지만.

"형님이 골치 좀 아프시겠습니다요."

옆에서 갈호태가 젖은 앞머리를 쓸어 올리며 남 일처럼 이죽거렸다. 둘은 인천의 한 고등학교 선후배 사이였고 파견근무 때 잠시 한솥밥을 먹은 적도 있단다. 괜한 오해를 뒤집어쓸 일은 초장에 막았으니 내 입장에선 그나마 다행이었다.

"날 밝으면 세상이 또 발칵 뒤집히겠군. 바리캉맨 짓이 맞다면 우리야 뭐 대충 통합 수사본부 따라가면 되는 거고."

원숭이 팀장은 내 눈치를 살피더니 말을 아꼈다. 그 표정에는 관할지역의 사건을 순순히 뺏기지 않겠다는 의지가 숨어 있었다.

납치 전화와 연쇄살인.

그 와중에도 나는 두 단어를 반복해 되뇌었다. 두 사건의 연결 고리에 내가 있었다. 정교한 상황을 만들어 한밤중에 삥삥이를 돌렸다면 범인에게는 어떠한 의도가 있을 것이다. 굳이 왜 나를 선택했을까? 기자를 이용해 시체를 발견케 함으로써 자신의 존재감을 극대화한다? 고개를 저었다. 아무리 미친놈 소행이라도 설득력이 약하다.

풀지 못한 의문이 너무 많았다. 무엇보다 시체가 채연수가 맞는지, 납치범이 연쇄살인범 '바리캉맨'과 동일 인물인지 아직 알 수 없다. 게다가 나와의 연관성까지…. 전체 그림이 보일 듯 보이지 않으니 미치고 환장할 노릇이다. 입 끝에서 맴도는 초등학교 짝꿍 이름처럼 말이다.

옆에서 원숭이 팀장이 전화기에 대고 계속 씩씩거렸다. 통화를 끝내자마자 양미간을 찡그리며 우리 쪽을 봤다.

"수사본부에서 방금 이쪽으로 출발했답니다. 일단 서로 가셔야…"

말끝을 흐리면서 레슬러처럼 우람한 젊은 제복 경찰을 손짓으로 불렀다.

"술자리고 명동 프리허그고 다 물 건너갔군. 쳇."

갈호태가 바지 주머니에 양손을 꽂고 심드렁해했다. 얼굴에 실망감이 그대로 드러났다. 비와 땀이 뒤섞인 옷에서 쉰내가 풍겼다. 이태리 명품도 후줄근해지니 동대문표랑 별 차이 없었다.

순찰차가 세워진 곳까지 걸어 뒷좌석에 오르는 순간까지도 내 마음은 쫓겼다. 납치범은 왜 나를 불러냈을까? 의문이 멈추지 않았다. 고개를 저었다. 출발점이 틀렸다. 납치범과 연쇄살인범이 동일인이라고 가정하면 시각을 바꿔볼 필요가 있었다.

운전석의 레슬러가 시동을 걸고 와이퍼를 작동시켰다. 우연이었을까. 쉭-, 쉬익-. 앞 유리창의 불쾌한 마찰음을 듣는 순간 놈이 통화 중에 내뱉던 요상한 잡음이 겹쳐졌다. 쏩-, 쓰읍-.

수많은 이미지가 머릿속에 폭풍우처럼 휘몰아쳤다. 이어지는 정적. 주위의 모든 것들이 슬로모션으로 움직였다. 따로 놀던 의문점들이 자기장에 끌리듯 일직선에 모이기 시작했다. 그리고 그 일직선의 끝은 우리 집을 향했다. 순식간에 피가 머리끝으로 쏠렸다. 두 주먹을 쥐며 외쳤다.

"목격자였어! 나를 뺑뺑이 돌린 놈의 진짜 목적은."

휴대폰을 꺼내 떨리는 손가락으로 오피스텔 전화번호를 눌렀다. 자기 집으로 전화 거는 일이 이토록 두려운 적 있었던가.

"받아! 제발!"

지루하게 반복되는 신호음을 들으며 간절히 기도했다. 딸깍, 전화가 연결되자마자 반사적으로 질문이 튀어나왔다.

"괜찮은 거죠? 별일 없죠? 낯선 사람 안 왔죠?"

저편에선 대답이 없었다.

"말 좀 해봐요. 괜찮은 거 맞죠?"

목소리를 높여도 상대방은 침묵했다. 나는 운전석의 레슬러에게 소리쳤다.

"서, 서대문으로 갑시다. 어서!"

레슬러가 시선을 전방에 고정한 채 딱딱하게 대꾸했다.

"저는 상부의 지시만 따릅니다."

한눈에 봐도 완력만 있고 머리는 없는 경관. 지시대로만 움직이는 전투용 로봇 같았다.

순찰차는 어느새 일산 중앙로를 달리고 있었고 경찰서 옥상의 통신 철탑이 전방 사거리 너머에 보였다.

"그럼 내리겠습니다."

나는 짜증스럽게 말을 내뱉고선 당황했다. 뒷좌석에 도어캐치가 없었다. 밖에서만 열 수 있는 구조였다. 레슬러는 금니를 내보이며 괴괴한 웃음을 지었다.

"이게 뭐 택시인 줄 아십니까. 맘대로 타고 내리시게. 기자 선생님에다 전직 경찰 동료인 줄은 알겠는데 지금은 사건 용의자임을 잊지 마십쇼."

분노한 내가 맞받아쳤다.

"이런 미친…. 지금 긴급 상황이라고. 다른 데서 살인사건 나면 당신이 책임질 거야?"

"그러니까 그걸 저보고 얘기하지 마시라고요. 일단 서에 가서 형사과장님이든, 서장님이든 만나서 따지시든가요."

대화가 안 통했다. 시시콜콜 설명할 여유가 없었다. 젊은 혈기에 몰라서 그러는 건지, 일부러 융통성 없이 구는 건지, 내 속은 타들어갔다.

"이런 개자식아! 빨랑 서울로 밟아!"

옆에서 틈만 보던 갈호태가 레슬러의 목을 뒤에서 팔로 휘감아 조였다. 워낙 순간적인 일이라 말리고 자시고 할 겨를도 없었다. 기습 공격을 당한 레슬러의 눈알이 룸미러 안에서 꿈틀거렸다. 호흡이 거칠어지면서 두툼한 입술 사이로 거품이 피어났다. 차바퀴가 중앙선을 넘나들며 흔들렸다. 나는 어떻게 뒷감당을 해야 할지 두려웠다. 이건 채연수 소속사에 말한다고 해결될 문제가 아니었다.

"독립문까지 무조건 직진! 경광등 켜고! 속도 올려!"

레슬러는 순순히 지시에 따랐다. 순찰차가 빨갛고 파란 불빛을 내뿜으며 버스전용차선을 질주하기 시작했다. 속도계 바늘이 110을 왔다갔다 하는데도 속도감이 느껴지지 않았다. 차 안에는 팽팽한 긴장감이 차올랐다. 갈호태와 레슬러는 서로 견제하며 거친 호흡을 삼켰다. 내 침 넘기는 소리만 유난히 컸다.

갈호태가 먼저 그 침묵을 깼다. 연세대 정문을 막 지날 때였다.

"선배도 모르는 호래자식 새끼. 너 경찰학교 몇 기야?"

레슬러는 주둥이를 다물고 침묵했다. 역습을 노리는 뿔난 야수처럼 눈알만 부지런히 굴렸다.

갈호태가 주절대기 시작하자 뭔가 불안하다 싶었는데 역시나. 빗길을 달리던 차가 금화터널로 들어서는 순간, 환한 오렌지빛 조명의 몽롱함에 일순 긴장의 끈을 놓아버린 모양이다.

레슬러가 갑자기 급브레이크를 밟았다. 타이어 마찰음과 함께 갈호태의 상체가 앞으로 쏠리면서 죄고 있던 목덜미가 느슨해졌다. 레슬러는 기다렸다는 듯이 갈호태의 머리카락을 와락 잡아당겼다. 갈호태 몸이 운전석 쪽으로 쑥 빨려 들어갔다. 둘이 운전석에서 뒤엉켰다. 똥배에 눌린 클랙슨이 찢어질 듯 울어댔다. 핸들이 제멋대로 놀면서 순찰차가 방향을 잃고 콘크리트 벽을 향해 돌진했다. 오른쪽 범퍼가 정면을 들이받았다.

"야, 튀어! 여긴 내가 맡으마."

그 와중에도 갈호태가 고통스런 미소를 날리며 외쳤다. 나는 척추 전체가 흔들리는 충격을 받았지만 통증을 느낄 틈도 없었다. 갈호태의 허리춤에서 권총을 뽑아 손잡이로 차창을 내리쳤다. 창밖으로 팔을 꺼내 문을 연 다음 무작정 내달렸다. 긴 터널을 빠져나오자 저기 언덕 아래 오피스텔 건물이 보였다. 이를 깨물고 두 팔을 휘저으며 앞만 보고 뛰었다. 빗줄기는 여전했다.

지은 지 20년이 넘은 오피스텔은 보안이 허술했다. 지하주차장에서 엘리베이터나 계단을 이용해 잡상인들이 쉽게 드나들었다. 유일하게 CCTV가 달려 있는 1층 로비의 경비 오 씨는 오늘도 고개를 한껏 젖힌 채 코를 골고 있었다. 두 발은 책상에 올린 채.

엘리베이터 소음이 신경 쓰여 비상계단으로 뛰어올라갔다. 거치적거리던 비옷은 던져버렸다. 운동화 발소리가 울리지 않아 그나마 다행이었다.

간절히 기도했다. 단발머리가 현관문을 열지 않았기를. 집에서 나올 때 신신당부하지 않았나. 그러면 망치로 때려 부수지 않는 한 침입은 힘들 것이다.

그러나 그런 기대는 잠시였다. 놈의 생뚱맞던 질문 하나가 뒷덜미를 잡아챘다. '민주일보 박희윤 기자 맞습니까?' 나는 참 또박또박 대꾸해줬다. '네, 박희윤 기자요.' 놈이 집요하게 묻던 의도를 이제야 알 것 같다. 비디오폰도 없는 건물이다. 녹음한 목소리를 인터폰에 갖다 대면 단발머리는 의심 없이 문을 열었을 것이다. 내가 채연수의 녹음된 목소리에 당했듯이.

절망적이었다. 모든 상황이 옴짝달싹 못하게 꽉 짜인 퍼즐처럼 정교했다. 마치 이런 게임을 즐긴다는 느낌. 확신하건대 놈은 목격자의 존재를 눈치채고 오랫동안 뒤를 밟아왔으리라. 그녀가 일하는 술집에 손님으로 가장해서 가봤는지도 모를 일이다. 놈은 내 생각, 행동반경까지 꿰뚫고 있다. 그 집요함이 끔찍하게 다가왔다.

901호 앞에 다다랐다. 가쁜 숨을 고를 새도 없었다. 현관문의 둥근 손잡이는 잠겨 있었다. 열쇠를 찔러 넣고 돌리자 금속 고리 돌아가는 소리가 놀랄 만큼 컸다. 자세를 낮춘 채 현관에 들어섰다. 권총 해머를 젖히고 총구를 바닥으로 향하게 한 다음 두 손으로 움켜쥐었다.

실내는 어두침침했다. 전원 스위치를 올리려다가 참았다. 멈춰 서서 사물이 눈에 익기를 기다렸다.

거실은 나가기 전 그대로였다. 창문 사이로 비바람이 몰려들어 커튼 밑자락이 펄럭거렸다. 다시 살피니 탁자 위 노트북과 종이가 깨끗이 사라졌다.

작은방 쪽으로 고개를 돌렸다. 살짝 열린 문틈으로 푸르스름한 불빛이 새어 나왔다.

"…미진 씨, …괜찮아요?"

어깨로 문을 밀면서 나직이 불러보았다. 대답 대신 켜놓은 TV 소리만 웅얼웅얼거렸다. 얇은 모포를 머리까지 두르고 화면을 응시하고 앉은 단발머리가 검은 실루엣으로 잡혔다. 외출 전 자세 그대로였다. 케이블에선 개그 프로 재방송을 하고 있었다. 통통한 개그우먼이 "꺄르르~ 꺄르르~" 외치자 방청객들이 깔깔깔 웃음보를 터트렸다.

나는 안도하면서 다가가 여자의 어깨를 툭 쳤다. 대답이 없었다. 대신 몸통이 커다란 곰인형처럼 벌러덩 넘어갔다. TV 화면의 불빛에 반사된 얼굴은 하얀 가면을 쓴 것처럼 표정이 없었다. 초점 없는 두 눈만 나를 올려다봤다. 두상 한쪽의 머리카락이 바리캉에 의해 밀려나갔다. 심장이 멎는 것 같았다. 턱이 떨려 비명조차 나오지 않았다.

곁에 낯선 플라스틱 박스가 보였다. 어디서 봤지? 바로 기억이 났다. 지하주차장 엘리베이터 앞에서 만난 오토바이 헬멧. 비염환자처럼 코를 킁킁거렸던가.

쓰읍-, 씁-. 그 불쾌한 소음이 또 들렸다. 이번엔 전화 속이 아닌 현실의 소리. 바로 뒤에 검은 그림자가 코를 킁킁거리며 서 있었다. 헬멧 보호대에 가려 코 위쪽은 보이지 않았다. 씨익 웃을 때의 하얀 치아만 야광처럼 반짝거렸다.

내가 권총을 겨누며 돌아서는 순간 놈이 먼저 팔을 쭉 뻗었다. 내 가슴팍에 스파크가 튀었다. 쩌릿한 감전의 통증이 온 신경줄을 타고 전신을 꿰뚫었다. 나는 막대기처럼 꼿꼿이 넘어갔다. 요행히 의식을 잃진 않았으나 근육이 굳어 움직일 수 없었다.

놈은 서두르지 않았다. 화장실에 들어가 피 묻은 손을 씻고 벗어놓은 우의를 천천히 챙겨 입었다. 마지막으로 방 안을 쓰윽 훑어보더니 플라스틱 박스를 들고 어둠 속으로 사라졌다.

나는 쓰러진 마네킹처럼 꼼짝없이 누워 있었다. 불편한 그림들이 망막에 겹겹이 맺혔다. 머리카락이 밀린 목격자, 화장실의 핏자국, 분실한 증거 사진, 자극적인 헤드라인, 동료들의 손가락질, 박살 난 순찰차… 마지막으로 환히 웃는 채연수 얼굴이 겹쳐졌다. 젊은 여자만 노리는 놈의 취향 덕에 내 목숨은 건진 걸 다행으로 생각해야 할까. 울고 싶었지만 눈물도 나오지 않았다.

얼마나 그렇게 있었을까. 쿵쿵쿵. 묵직한 구둣발 하나가 집 안으로 뛰어들었다.

"야, 괜찮아?"

다짜고짜 소리부터 질러댄다. 갈호태다. 거실과 작은방 형광등이 순차적으로 켜졌다. 레슬러와 제대로 치고받았는지 눈두덩이 길쭉하게 찢어졌다. 갈호태는 곧 바닥에 쓰러져 있는 나와 눈이 마주쳤다. '놈을 쫓아가, 빨리 쫓아가.' 마음은 그렇게 외쳤으나 입이 열리지 않았다. 아니, 입이 열려도 갈호태는 갈 수 없었다. 녀석은 방바닥의 시체를 보더니 바로 돌아서 구역질을 시작했다.

단발머리는 움츠리고 잠든 것처럼 누워 있었다. 불쌍하지만 동정하긴 싫었다. 욕심을 부리지 않았다면, 영원히 침묵했다면 살 수 있었다. TV 개그 프로에선 웃음소리가 끊이지 않았다.

거실 창문 사이로 경찰차의 사이렌 소리가 길게 흘러들었다. 그때 막 생각났다. 채연수를 집요하게 괴롭히다 연기처럼 사라진 스토커. 심하게 코를 킁킁댄다고 했던가.

그가 다시 돌아왔다. 연쇄살인범으로.

신들이 속삭이는 밤

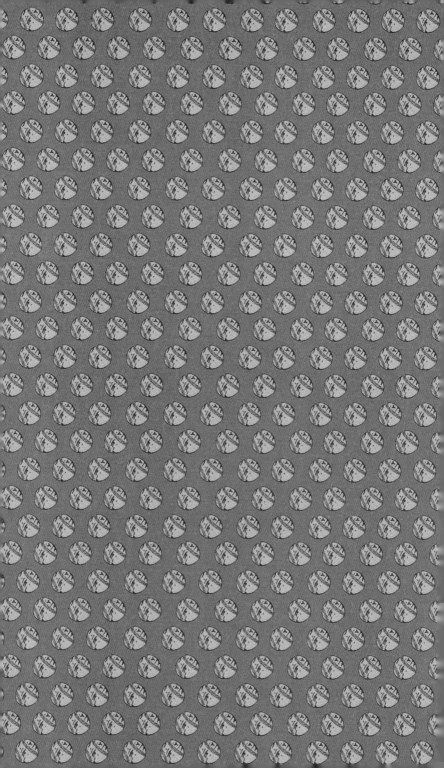

무료한 밤.

세종문화회관 뒷골목의 카페 '이기적인 갈 사장'에는 오늘도 손님은 없었다. 그렇다고 문을 닫기에는 이른 시간이었다. 옆 미술관의 긴 생머리 큐레이터가 달려와 와인 병따개를 빌려 가고, 연말이라 배달이 밀렸다면서 택배원이 스티로폼 박스를 문 앞에 밀어놓고 간 것을 빼면 조용한 밤이었다.

나의 친구, 전직 형사이자 카페 주인인 갈호태는 바에 걸터 앉아 스포츠신문을 소리 내 넘기며 툴툴거렸다.

"늙다리 중국 재벌과 사귄다는 한류스타 K양이 누구야? 실명 안 밝힐 거면 기사를 쓰지나 말지. 망할 기자 새끼들. 레바논 파병 이런 거 지원하면 목돈 좀 땡기냐? 중학교 담벼락에 세워둔 트럭 폭발, 이건 또 뭐야. 가만히 있던 트럭이 왜 터져? 이건 동네 양아치들 불장난이겠지?"

어차피 대답을 원하는 질문들이 아니었다. 나는 무시한 채 영국 작가 프레더릭 포사이스의 단편 〈아일랜드에는 뱀이 없다〉를 원서로 읽고 있었다. 양 벽면 스피커에선 바흐의 첼로 선율이 꿈결처럼 흘러내린다. 그냥 이 밤이 이렇게 깊어갔으면 좋겠다 싶었다.

그때, 출입문 위에 매달린 방울이 흔들리면서 잔잔하던 공기의 흐름을 깨버렸다. 회색 트렌치코트를 입은 늘씬한 여자가 상기된 얼굴로 카페에 들어섰다. 민주TV 사회부에 근무하는 홍예리. 카운터 뒤 둥근 벽시계가 밤 10시를 지나고 있었고, 나는 짧은 숨을 뱉으며 이 밤이 길어질 것을 예감했다.

나와 홍예리는 각별한 관계다. 그녀가 민주일보에서 수습 시절을 보낼 때 사수가 바로 나였고, 작년에 '국가 정보기관장 대선 개입 의혹' 특종 보도로 한국기자대상을 함께 수상했다. 내 기자 생활의 자부심이 정점을 찍던 시절이었다. 그런 인연 덕에 홍예리가 올봄 미디어그룹 내 민주TV에 파견 형식으로 옮기고 나서도 끈끈한 관계를 유지하고 있었다.

갈호태가 벌떡 일어나더니 두 손을 배꼽에 모으고 서양 신화에 등장하는 여신을 모시듯 영접한다. 놈의 눈빛은 늘 젊은 여자에 대한 호기심으로 반짝인다. 홍예리는 그런 갈호태를 무시하고 곧장 내 앞으로 걸어왔다. 특유의 씩씩하고 애교 있으나 예의 바른 말투.

"선배, 갑자기 찾아와서 죄송해요. 이상한 제보가 날아와서요."

내가 손바닥을 내밀어 거절하기도 전에 그녀는 꼿꼿이 선

채 용건을 꺼냈고, 숄더백에서 사진 두 장을 뽑아 테이블 위에 올려놓았다. 도와달라는 호소였다. 제 버릇 개 못 준다더니, 수습 시절부터 그녀의 취재 보고는 늘 일방적이었다. 급한 성격 탓인지, 의도된 자신감인지 알 수 없지만 그녀는 자신의 외모와 언변을 적절히 활용할 줄 알았고 쉰을 바라보는 노총각 사회부장이나, 마흔을 바라보는 이혼남 시경캡이 그녀의 이런 태도를 문제 삼은 적은 없었다.

"해결 못 하겠으면 그냥 경찰에 넘기셔."

시선을 피한 채 나는 퉁명스럽게 대꾸했다. 뱉지 말아야 할 말이다. 기사 소스를 그런 식으로 처리하는 사건기자가 있을까. 홍예리가 이 밤에 여기까지 달려왔다는 건 아직 제보의 진위를 확인 못 했다는 얘기고, 그것과는 상관없이 무리해서라도 덤벼보겠다는 속셈이다. 나는 홍예리의 그런 맹렬함이 늘 좋았다. 삐딱한 응대와는 달리, 내 마음은 그녀가 들어오던 순간부터 이미 기울었다.

나는 테이블 위 사진들을 눈앞으로 끌고 왔다. 첫 번째는 외신 AP 자료사진을 프린트한 것인데 천으로 머리를 감싼 다섯 명의 사내가 자동소총을 들고 포즈를 취한 사진이었다. 캡션을 보니 아프간 무장 정치조직인 탈레반의 훈련 모습. 2009년도에 촬영했고 장소는 파키스탄과 접경지역인 칸다하르로 표기돼 있었다.

두 번째는 국내 기간통신사인 연합뉴스에서 한 달 전에 띄운 사진. 서울 각 대학 한국어 어학당에 재학 중인 외국인들이 남산 한옥마을에서 열린 김장하기 체험 행사에 참가한 모습이다. 두 사진의 공통점을 금방 찾을 순 없었다. 하나는 긴박하고 하나는 평온하다. 제보자는 무엇을 말하고 싶은 걸까.

"집히는 사람 없어?"

나는 다리를 꼬고 앉은 채 홍예리를 올려봤다. 오늘따라 그녀의 코끝이 더 뾰족해 보였다.

"그제 퀵으로 보내왔더라고요. 제가 직접 수령한 건 아니고…. 배달 업체에 알아봤지만 의미 있는 정보를 찾을 순 없었어요."

홍예리의 말투가 평소와 달리 급했다.

"그럼 뭘 고민해. 킬 시켜. 대충 사는 것도 지혜야."

"그러고 싶은데 뭔가 찜찜하단 말이에요. 뒤를 좀 보세요."

사진을 뒤집자 검은 사인펜으로 쓴 영어 문장이 보였다.

On 15th, we will face foggy day and 3times longer night from that day.

"15일, 안개가 끼고 세 배나 긴 밤이 이어진다…. 이 무슨 말장난이야?"

"처음엔 낙서 같은 거라 생각했죠. 두 사진을 찍은 날짜가 10월 15일, 11월 15일입니다. 물론 연도와 달이 다르니 의미를 부여하긴 힘들겠지만요. 그런데 웹에서 검색해보니 '이슬람의 마지막 징후'란 예언서에 비슷한 문구가 있더라고요. 그리고 지금부터 두 시간 후면 12월 15일. 저는 육감 이딴 거 신뢰 안 하는데 이번엔 어떤 간절함 같은 것이 목덜미를 잡아채네요. 이 바닥 뛰다보면 본능적으로 확 올라오는 건수 있잖아요. 뭐 그 기분이야 선배가 더 잘 알 테고."

"왜 데스크에게 보고 안 했지?"

"그야…."

홍예리가 겸연쩍게 웃으며 손바닥으로 이마를 짚었다. 일일 보고는 기자에게 가장 중요한 업무. 그걸 외면했다면 분명 말 못 할 사연이 있는 것이다. 발제한 아이템이라도 후배에게 빼앗긴 걸까, 그래서 삐쳐 있는 걸까.

사진을 훔쳐보던 갈호태가 슬쩍 끼어들었다.

"말이죠, 세상의 모든 삶은 서로 이어져 있답니다. 제보자는 홍 기자님을 만난 적이 있거나, 아니면 최소 전화 통화라도 했던 이슬람 쪽 사람이 분명합니다. 찬찬히 기억을 떠올려보시죠."

형사 출신답게 갈호태의 말투에는 기억 재생을 돕는 격려와 압박이 함께 배어났다. 클럽에서 여자 호리는 말재주나 있는 줄 알았더니 의외다.

"글쎄요, 더는…."

홍예리가 말끝을 흐렸다. 한 사안에 너무 오래 몰입해 숨 골이 다 막혀버렸다는 표정. 내가 핀잔을 주려는 찰나 그녀가 아, 하고 입술을 벌렸다.

"통화한 적 있다는 말에 막 떠올랐어요. 2년쯤 전인가, '다문 화 껴안기 2.0'이란 기획물 만들 때 이주노동자 인권단체 소개로 인터뷰한 아프간 여자. 제 취재원 중에 유일하게 그쪽 동네랑 관련 있어요. 이름이…."

홍예리는 대단한 발견을 한 양 주먹을 쥐었다. 급히 스마트폰을 꺼내 뭔가를 검색하기 시작했다.

"있네요. 이름이 셰일라 자와리. 가명입니다. 본명은 흘려들어서 기억할 수 없고. 사진은 이 여자가 보낸 게 분명해요. 왜 진작 생각 못 했을까."

"확실해? 증거가 없잖아?"

"이번만은 육감을 믿어보고 싶네요. 일단 그 여자부터 찾아야 해요."

돌파구를 찾은 홍예리가 여기저기 전화를 돌려댔다. 그러나 본명조차 모르는 외국인을 이 연말의 밤에 찾기란 쉽지 않을 것이다. 예상대로였다.

"젠장! 다들 송년회에서 퍼마시고들 있나. 하나같이 연락 두절이네."

카페 분위기가 묘하게 어수선해졌다. 나도 돕기로 작정한 이상 팔짱만 끼고 있을 수 없었다. 폐점 팻말을 출입문에 내걸고 앞치마를 벗어던졌다.

갈호태는 꼿꼿이 앉아 두 장의 사진을 노려봤다. 여기에 답이 있노라, 하는 신념을 가진 포즈. 손가락 끝으로 탁자를 톡톡 두드리며, 고개를 갸웃거리기도 끄떡이기도 했는데 꽤 집중력이 느껴졌다. 매사 설렁설렁한 인간이라 더 그리 보였다. 홍예리의 환심을 사려고 쇼하는 건가. 아닌 게 아니라 그 와중에도 곁눈질로 홍예리의 쭉 뻗은 다리를 훔쳐보는 일은 잊지 않는다. 그러나 나는 이내 그 경멸 어린 시선을 거둬야 했다.

"이 인간 말이야…."

갈호태가 첫 번째 사진 속 한 남자를 손가락으로 찍었다. 수염이 덥수룩하고 대전차 로켓포를 어깨에 걸친 모습이 영락없는 무장 조직원이다.

"그리고 이 인간…."

갈호태가 김장 양념을 버무리며 환하게 웃는 청년 하나를 또 손가락으로 찍었다.

"같은 사람이야."

홍예리가 통화를 하다 말고 휙 돌아봤다.

"사장님, 확실해요?"

"수염을 깎았다고 가정하고 광대뼈와 눈매를 비교해봐. 특히 여기 콧대 휜 부분. 형사 일 오래 하면 사람 보는 눈은 확실히 늘어. 잠복했다가 용의자 붙잡는 게 일이니. 뭐, 국과수의 슈퍼임포즈 거시기가 별건가. 세월이 좀 흐르긴 했지만 확실해!"

그렇게 보니 확실히 두 사내는 닮았다. 나는 감탄했다. 바람 잘 날 없는 여자 문제로 경찰에서 불명예스럽게 잘렸지만 형사는 형사였다.

"한국에 입국한 전직 탈레반이라…."

갈호태가 혀로 입천장을 두드리며 읊조리자 내 머릿속에도 불길한 그림자가 드리워졌다. 홍예리가 무슨 말을 하려는 순간 휴대폰이 울렸다. 전화를 받은 그녀의 얼굴에 바로 화색이 번졌다. 수첩을 꺼내 휘갈기듯 메모한다.

"여자의 본명은 자라 하미드. 주소도 알아냈어요."

나는 천천히 창밖으로 시선을 가져갔다. 밤안개가 골목길에 꾸역꾸역 차오르고 있었다. 길 건너편 미술관은 보이지 않았다. 이 밤은 길어지리라. 예감이 현실로 변하는 순간이었다.

"나랑 어찌 안 되겠냐?"

낡은 산타페를 몰고 하미드의 주소지를 향해 달려가고 있을 때였다. 운전석의 갈호태가 다짜고짜 말을 꺼냈다. 무슨 얘기냐며 턱을 내밀자 갈호태가 한 톤 높여 물었다.

"그 여기자 말이야, 나랑 어찌 짝짜꿍 안 되겠냐고? 난 지적이고 세련된 커리어우먼 스타일이 좋더라."

어이구, 웬일로 그냥 넘어가나 싶었네. 맨날 젊은 여자 꼬드길 궁리나 하며 인생 허비하는 인간아.

"스타일 완전 좋던데. 나예리인지 홍예리인지. 내가 형사질할 때 만난 여기자들은 하나같이 후줄근했거든. 어떤 애는 맨날 노랑 고무줄로 머리 묶고 다니더라고. 그새 확 물갈이된 건가. 흐흐."

싸구려 대화에 말 섞기 싫었지만 얹혀사는 형편이라 대충 장단은 맞춰줘야 했다.

"고단해서 그래. 잦은 야근에, 일요 근무에, 물 안 먹으려면 자다가도 현장 뛰어가야지. 요즘은 온라인 기사까지 전송해야 해. 그래서 경찰 출입 여기자들 별명이 다 '숙자' 잖아. 노숙자.

마감에 여유 있는 부서로 옮겨가면 다들 우아해져."

"그래도 원판 불변의 법칙이지. 크하하."

다급한 상황에서 쓸데없이 찐득거리자 짜증이 났다. 후배를 희롱하는 발언 같기도 했다. 업계를 떠났어도 팔은 안쪽으로 굽는다. 환상을 확 뭉개 너와는 급이 다르다고 못 박아두고 싶었다. 졸부 아버지 만나 카페 하나 가진 게 뭐 대수라고.

"걔 말이야, 아쉬운 거 하나도 없는 애다. 부잣집 외동딸에 명문대 나왔지, 직장 빵빵하고 봤다시피 외모 출중하잖아. 까놓고 말해 서른 중반의 배불뚝이가 눈에 들어오겠냐. 특히 강력계 형사였다면 신물 올라올 텐데. 게다가 넌 화려한 전과까지 있잖아?"

갈호태가 삐쳤는지 핸들을 거칠게 꺾었다. 그래서 어쩌라는 식의 액션. 그런 모습을 보니 살짝 쾌감이 일었다.

우리는 마포서 출입기자와 형사로 처음 만났다. 서로 깐죽대는 스타일이 평소에도 잘 통하긴 했지만 친구처럼 말을 트게 된 건 일 때문이었다. 경찰의 날에 어울리는 미담 박스기사를 하나 만들라는 데스크 지시가 떨어졌는데 거리가 마땅찮았다. 마감에 쫓기다가 대충 그가 속한 강력 2팀을 한 번 빨아줬다. 마침 살인사건 하나를 해결한 직후라 그럭저럭 모양새는 나왔다. 갈호태는 그게 꽤나 고마웠던 모양이다. 본인에게 직접적인 이득이야 없지만 승진 늦은 팀장이 함박웃음을 짓더라며 음료수를 사 들고 기자실을 찾아왔다. 그날 이후 내 인생은 편안해졌다. 출입처의 훌륭한 빨대 덕에 특종은 못 해도 낙종의 염려는 없었다.

그러나 갈호태의 인생은 편안하지 못했다. 주색을 즐기는 의리의 캐릭터답게 여자 밝힘증이 화근이었다. 이혼한 남편을 폭행한 미모의 피의자와 조서를 꾸미다 눈이 맞아 물의를 일으켰다. 합의하에 관계를 가졌다는 변명이 기름을 붓는 꼴이 됐다. 여성단체 회원들이 경찰서 앞에서 확성기와 플래카드를 들고 설쳐대는 통에 관용의 여지는 없었고, 형사 일은 그렇게 놓아야만 했다.

나는 모질게도 몇 마디 덧붙였다.

"홍예리 아버지가 외교관이었대. 외국 돌며 자라서 영어도 원어민 수준이고, 전 남편은 강남에서 최고로 잘나가는 이혼 전문 변호사야. 무슨 백인지 지금은 정권 바뀌자마자 청와대 비서관으로 발탁돼 출세가도 달리시고."

갈호태가 눈을 반짝이며 돌아봤다.

"돌싱이야?"

아차차, 마지막 얘기는 꺼내지 말았어야 했는데. 자책할 틈도 없었다.

"와우! 그럼 완전히 물 건너간 것도 아니네. 그 정도 흠이야 내가 눈 꾹 감아준다. 나 무시하지 마라. 여자들은 말이야, 스펙 달려도 짐승남에 끌리는 법이야. 남녀 관계는 아무도 모르는 거라고. 그치?"

역겨울 정도로 솔직 단순한 인간. 희한한 건 그 오버하는 순간만 참고 견디면 그래도 이놈이 밉지가 않다는 거다. 뒤통수치는 인간들이 즐비한 세상이라서 그런 걸까. 그래도 놈의 음흉한 미소가 거슬려 라디오를 틀었다. 즐겨 듣는 채널에선 한창 뜨는 영화감독이 출연해 수도권 연쇄살인을 소재로 한 자신의 신작 '미스 김은 살고 싶다'를 홍보한다. 경상도 사투리를 픽픽 날려가면서 실화에 바탕을 뒀니, 범인이 아직 안 잡혔니, 한국형 느와르의 진수를 맛볼 것이라느니, 약장사처럼 느물댄다.

수도권 연쇄살인. 그 한마디에 나도 모르게 어깨가 움찔한다. 분위기를 눈치챈 갈호태가 슬그머니 채널을 돌렸다. 뉴스가 흘러나왔다. 오늘 오후, 경기도 남양주시의 한 야산에서 젊은 여성의 시신이 발견돼 경찰이 수사에 나섰습니다. 경찰은 최근 실종자를 중심으로 신원 확인에 나섰으며…. 원고를 읽어나가는 여자 아나운서의 발음이 마치 딴 세상일 얘기하듯 무뚝뚝하다.

"오늘 방송이 다들 왜 이런다냐."

갈호태가 라디오를 신경질적으로 끄면서 호기심만은 숨기지 않았다.

"그놈 짓일까? 다시 돌아온 건가? 모방범죄는 아니겠지?"

한기가 온몸을 휘감았다. 그놈이라 함은 젊은 여자를 여섯이나 죽인 수도권 연쇄살인범 '바리캉맨'. 불과 반년도 안 지났다. 나는 어설프게 그 사건에 휘말렸고, 놈을 쫓다가 직장을 그만둬야 했다. 희생자 중에는 탤런트였던 내 옛 애인도 포함돼 있다. 루머성 기사가 온라인을 타고 독버섯처럼 번져나가 나는 한동안 조롱의 대상이 되어야 했다. 그때 다짐했잖은가.

다시는 타인의 일에 간섭 않겠노라. 그런데 막상 홍예리의 눈빛과 마주치자 흔들려버렸다. 평생 굴레에 갇혀서 살 수는 없잖아. 상처를 치유하는 가장 빠른 길은 그런 식의 자기합리화. 친구 카페에 한량처럼 얹혀사는 꼴을 어여쁜 후배에게 내보이자니 조금이라도 자존심을 세우고 싶은 마음도 작용했다.

처량함에 한숨이 절로 나왔다. 고개를 돌려 차창에 비친 얼굴을 보았다. 작년 가을, 나라를 뒤흔든 특종으로 한국기자대상을 수상할 때만 해도 자긍심이 하늘에 닿았다. 그런 의욕 충만하던 서른다섯의 일상이 쓰나미에 휩쓸린 모래성처럼 이렇게까지 피폐해질 줄은 몰랐다. 남자에게 자신감이란 직장의 위상과 궤를 같이할 때가 많다. 실직을 하고서야 그걸 깨달았다. 아버지가 빛나고 진실 되게 살라며 박희윤이라는 이름을 붙였다는데 헛된 바람이었다. 삶이 너무 일찍 꺾여버렸다. 박희윤이 '픽큐'로 희화화되어 불리는 별명만을 남긴 채. 다 바리캉맨 그놈 탓이다.

초췌한 얼굴을 차창에서 거둬들이며 이를 깨물었다. 8차선 대로가 뚫려 있어도 차는 두꺼운 안개에 막혀 속도를 내지 못한다.

"분명히 살아 있을 거야. 아직 안 잡히는 걸 보면 해외로 탈출했을 가능성도 있겠고. 그치? 그치?"

갈호태가 재촉하듯 캐물었다. 나는 가슴팍의 안전벨트를 한 번 늘렸다 놓으며 마지못해 입을 열었다.

"그 사이코 새끼는 인간들 바글바글한 바닥에서 살인을 저

질러야 희열을 느끼는 놈이야. 단언컨대 목숨 부지하려고 외국으로 도망치진 않아. 어느 지하 골방에서 숨 고르고 있겠지."

그제 전화를 걸어온 전담반의 팀장도 같은 말을 했다. 수사는 답보상태. 그 답답함이야 이해하지만 주위에 특이 정황 있으면 연락달라는 의존적인 발언에 나는 버럭 짜증을 내고 전화를 끊어버렸다.

"흐음…. 근데 말이야, 유독 채연수에게만 왜 그런 엽기적인 짓을 했을까. 너무 예뻐서 얼굴을 보관하고 싶었던 거겠지? 그런 변태 쾌락자들이야 시대불문 늘 있어왔으니. 수배전단 그렇게 뿌려도 제보 없는 걸 보면 얼굴 확 뜯어고치고 어디 숨은 것 같기도 하고. 암튼 현대의학 덕에 지문이나 DNA 확보 못하면 진짜 범인 얼굴도 찾아내기 힘든 무시무시한 세상이네. 흐아~."

갈호태가 덩치에 어울리지 않게 몸을 부르르 떨었다. 나는 뭔가 반응을 해주고 싶었으나 옛 애인 생각에 쓸쓸한 표정과 침묵으로 때웠다.

목적지에 도달했을 즈음 내 휴대폰에 불이 들어왔다. 홍예리였다. 한숨 소리가 깊다.

"어휴, 선배. 예상대로 확인이 쉽지 않아요. 연합뉴스에 가서 사진부 선수 만나봤는데 그날 여러 어학당에서 몰려와 일일이 기억할 수 없답니다. 이주노동자 인권단체의 소장님은 퇴근하셨더라고요. 다급한 사정 얘길 하니 일단 대학로 사무실로 오라네요. 잠깐 들렀다 그쪽으로 달려가겠습니다. 참고로 하미드는 두 달 전까지 식품 가공 공장에서 일했대요. 소장님이 직접 일자리를 알아봐줘서 정확히 기억하고 계시네요."

"예리 씨 이쪽으로 온대? 빨랑 왔으면 좋겠는데. 헤헷."

어느새 홍 기자님에서 예리 씨로 호칭이 바뀌었다. 내가 고개를 끄떡이자 갈호태는 이를 드러내며 씨익 웃었다. 신이 났는지 액셀을 콱콱 밟아댄다. 차가 튕기듯 안개 속으로 돌진한다.

어귀에 큰 느티나무가 서 있는, 서울 변두리의 달동네였다. 앙상한 나뭇가지 그림자가 콘크리트 바닥에 일렁거렸다. 차를 천천히 몰며 소방도로에 진입했다. 불 꺼진 채 늘어선 치킨집과 부동산 중개업소, 도서 대여점 간판이 재개발 사업 지역임을 일깨워주었다. 정당한 토지보상을 요구하는 조합의 플래카드가 찢겨진 채 날리고, 담벼락에는 붉은 라커로 휘갈긴 선동 구호가 보였다. 언덕길을 따라 이어진 붉은 방범등이 음산함을 더했다.

의외로 무리 지어 다니는 행인들이 많았다. 나는 차창을 열고 길을 물어보려다가 바로 포기했다. 대개가 이주노동자 아니면 노인들. 차 사이드미러에 닿을 듯이 스쳐 가는 아디다스 추리닝 차림의 사내들은 중국인이 분명하다. 동서양 혼혈 느낌은 우즈베키스탄인, 작고 단단해 보이는 사내는 필리피노다. 다시 어디로 흘러들지 모르는 자들이 불순한 공기를 잔뜩 품은 채 혼령처럼 떠다니고 있었다.

갈호태가 한 손으로 핸들을 돌리며 뇌까렸다.

"이건 뭐, 영화 추격자에 나오는 동네 같잖아. 하정우랑 김윤석이 미친 듯이 뜀박질하던."

언덕을 좀 더 오르자 다닥다닥 늘어선 다세대 주택들이 나타났다. 불 꺼진 집들이 많고 몇몇 곳은 담이 허물어졌다. 각종 집기가 길가에 내버려져 폐허의 느낌이 물씬했다.

"완전 좀비들 세상에 온 기분이네. 니미럴, 이런 안개 속에서도 교회 십자가는 사방팔방 잘도 보여요."

동네를 한 바퀴 헤맨 끝에 주소지를 찾았다. 골목이 좁아 차를 집 앞까지 끌고 갈 순 없었다. 3층짜리 연립이고 불은 1층에만 켜져 있었다. 옥탑으로 올라가는 외벽에 박힌 철제 계단이 뚝 떨어질 듯 위태로워 보였다.

갈호태가 다짜고짜 주먹으로 대문을 두드렸다. 말릴 틈도 없었다. 형사시절 밴 습성까지 버릴 순 없는 모양이다. 내가 한 발짝 뒤로 물러서자 갈호태는 그렇게 멍 때리고 있으면 떡이라도 나오니, 그런 비아냥거리는 눈빛으로 나를 흘겨보았다.

백발에 돋보기를 내려 쓴 노파가 알록달록한 가운 차림으로 나왔다. 가슴에 품은 하얀 고양이가 샛노란 눈동자를 부라리며 발톱을 세우고, 금방이라도 우리를 향해 달려들 듯 씨근덕거렸다. 갈호태가 내 귀에 속삭였다.

"맞잖아. 좀비 세상."

집주인은 살아온 세월이 있어서인지 낯선 사내들의 심야 방문에도 놀라지 않았다. 나는 손을 모으고 정중하게 물었다.

"밤늦게 죄송합니다. 아프간에서 온 여자를 만나러 왔습니다."

"아, 옥탑에 사는 색시 말이군."

노파는 여자를 그렇게 불렀다. 다행히 번지수는 제대로 찾았다.

"그런데 어디에서들 오셨수?"

난처하다. 우리는 이제 기자도, 형사도 아니다. 갈호태가 나섰다.

"법무부 이주노동자 단속반에서 나왔습니다. 연말 일제 점검기간이라… 잘 아시겠지만 요즘 불법체류가 심해서요. 뭐, 신고한 주소지에 살고 있으면 아무 문제 없습니다. 낮에 방문하면 좋은데 모두 일 나가서 어쩔 수 없이 밤에 다니고 있습죠. 우리 일도 처자식 없다면 못할 짓입니다. 하하."

법무부에서 그런 일까지 했던가. 능글능글 생각나는 대로 떠벌리는 게 분명하지만 태도가 당당해 노파는 토를 달 수 없었다.

노파에게서 몇 가지 정보를 얻었다. 하미드가 얼마 전 일터에서 다쳐 병원 신세를 졌다는 것. 휴대폰 번호가 바뀌었고 월세가 밀렸다는 것. 그리고 다음 달 고향으로 돌아간다는 것.

우리는 머리를 조아리고 조용히 물러났다. 지금으로선 그게 최선이었다. 차를 옥탑이 잘 올려다보이는 골목 어귀에 끌어다놓고 '뻗치기'에 들어갔다. 무작정 기다리는 일이 소모적으로 느껴졌지만 달리 방법이 없었다. 희뿌연 안개 탓에 시야마저 답답했다.

"젠장, 네가 대학로로 달려가고 나랑 예리 씨가 여기로 왔어야 했는데. 그러면 지금 순간이 열라 낭만적일 텐데 말야."

갈호태가 가는 콧수염을 손가락으로 문지르며 히죽거렸다. 무슨 야시시한 상상을 하는지 얼굴에 다 그려졌다. 그렇게 떠벌리고 나자 스스로도 무안했던지 엉뚱한 곳으로 말문을 돌린다.

"아까 카페에서 읽던 책 뭐야?"

나는 시선을 정면에 고정한 채 의자 깊숙이 몸을 묻었다.

"추리소설이야. 제목은, 아일랜드에는 뱀이 없다."

"내용을 물어보는 거잖아?"

나는 고민하기 싫어 기억나는 대로 읊었다.

"아일랜드의 한 의과대학에 유학 중인 인도 청년이 학비를 벌려고 공사장에 갔는데 현장소장한테 깜둥이 소리를 들으며 온갖 인종차별적 모욕을 당해. 이에 분노한 청년이 독사를 이용해서 복수하려는 내용이야."

"그래서 계획은 성공했어?"

"흠. 스포일러가 되긴 싫은데. 궁금하면 읽어봐."

"자식, 영어 좀 나불댄다고 졸라 까칠하게 나오네."

"후훗, 꼬우면 네이버 지식인에 물어보시든가."

나도 모르게 빈정거리는 말투가 나왔다.

"그런데 아일랜드에는 지금도 뱀이 없냐?"

뜻밖의 질문에 말문이 막혔다. 아니 말문이 막힌 게 아니라 설명하기 귀찮았다. 8천 년 전 해수면 상승으로 잉글랜드에서 아일랜드가 떨어져 나온 지형 이야기는 지금 상황에서 불필요해 보였다.

골목을 올라오는 두 그림자가 시야에 잡혔다. 한쪽의 키가 훨씬 컸다. 그들은 철제 계단을 구름다리 건너듯 살펴 밟고 옥탑 너머로 사라졌다. 갈호태가 운전석 문을 열고 나서며 혼잣말을 내뱉었다.

"왜 아일랜드에 뱀이 없겠냐. 동물원에라도 있겠지. 우리도 에버랜드 가면 기린, 낙타, 악어 다 있잖아."

우리는 서두르지 않았다. 차량 보닛에 나란히 기대 서서 경박하게 껌을 씹으며 좀 더 관찰했다. 브루클린 우범지대를 순찰하는 투캅스처럼. 여자는 하미드가 분명하지만 동행한 남자의 정체는 알 수 없었다.

"옆방 사람일까? 혹시 사진 속의 매부리코?"

"글쎄. 그러면 한 방에 제대로 걸린 거고. 근데 말이다, 이혼 전문 변호사랑 이혼하면 위자료는 제대로 챙길 수 있냐? 크흐흐."

여자의 방에 불이 들어왔다. 우리는 거의 동시에 씹던 껌을 어둠 속 멀리 날려 보냈다. 자세를 낮추고 잠입. 발걸음을 옮길 때마다 녹슨 계단이 텅텅 울렸다. 역시, 땅에 뿌리를 내리지 않은 것들은 모두 위태롭다.

조립식 옥탑 건물은 의외로 컸다. 세 공간으로 나뉘어 있었는데 중간에 창고를 만들고 양쪽으로 방을 놓았다. 주위를 찬찬히 살펴볼 새도 없이 갈호태가 왼쪽 방문을 탕탕 두드렸다.

한눈에 봐도 이슬람 여자였다.

키가 작고 살집이 좀 오른 체구. 가무잡잡한 피부에 커다란 두 눈. 머리는 검은 히잡으로 감쌌다. 다른 인종끼리는 서로 상대의 나이를 가늠하기가 쉽지 않다. 20대 중후반쯤 됐을까. 그녀는 어정쩡한 자세로 문고리를 잡고 샛시 문 사이로 우리를 노려봤다. 선한 눈매지만 지금만큼은 노골적인 경계의 빛을 띤 채. 보얀 입김을 내뱉으며 뭐라 뭐라 말했으나 알아들을 수 없었다. 그녀 종족이 쓴다는 파슈토어일까.

천하의 갈호태도 말이 안 통하자 어쩔 줄 몰라 했다. 무대포 정신을 단번에 무용지물로 만들어버리다니…. 웃음이 튀어나오려는 걸 겨우 참았다. 녀석이 그냥 입만 떡 벌리고 있을 때 내가 뒤에서 민주TV 홍 기자를 아느냐고 영어로 물었다. 나직이, 약간의 우월감을 느끼면서.

여자의 두 눈동자가 흔들렸다. 시선을 잠시 허공에 고정했다가, 영어가 아닌 한국말로 답했다.

"네, 알아요. 그런데 무슨 일이십니까?"

또박또박 정중한 말투. 그러나 한밤의 불청객에 대한 적의는 쉬이 거두지 않았다. 나는 무시당했다는 기분이 들었으나 대처 방식의 차이 때문이려니 이해하고 싶었다. 지금 상황에서 약자는 저 여자이니까.

"그럼 이 사람도 아시겠구먼?"

갈호태가 거칠게 끼어들며 사진을 그녀 눈앞에 들이밀었다. 탈레반의 훈련 장면이었다. 여자 얼굴이 순식간에 굳어졌다. 당신들이 어떻게 그 사진을 가져 왔지요? 뭐 그런 표정.

침묵은 길지 않았다. 아…. 여자의 짧은 신음. 몸을 지탱하던 팔목이 떨리다가 꺾이면서 중심을 잃고 바닥에 주저앉았다. 곧바로 흐느끼기 시작한다. 그때 히잡이 풀리면서 볼 안쪽과 목의 화상 흉터가 보였다.

어이없는 상황이었다. 여자를 달랜다고 혹은 채근한다고 수습될 것 같진 않았다. 그렇다고 무작정 기다릴 수도 없었다.

갈호태가 인정사정없이 몰아붙였다. 굳이 에돌 필요가 없다고 판단한 모양이다.

"남의 나라에서 대체 무슨 작당이야!"

남의 나라? 내가 그 표현에 신경 거슬려하고 있을 때, 옥탑 반대편 방에서 인기척이 들렸다. 그림자 하나가 걸어 나오고 있었다. 가방을 등에 멘 건장한 사내. 우리는 우는 여자에 정신이 팔려 충분히 주의하지 않았다. 그림자가 바로 앞까지 다가왔을 때, 얼굴의 매부리코를 확인했을 때, 갈호태가 어, 하면서 입을 벌리는 순간까지도.

그림자의 주먹이 빠르게 허공을 갈랐다. 컥! 갈호태 얼굴이 휙 돌아가더니 대역 액션배우처럼 몸뚱이가 허공에 날아올랐다. 내가 본능적으로 방어 자세를 취했을 땐 늦었다. 그림자는 전장을 누비던 용사. 또 다른 주먹이 이미 내 복부에 와 닿았다. 내장이 찢어질 듯한 고통과 함께 턱에 다시 강한 충격이 전해져왔다. 나는 그대로 정신을 놓고 말았다.

잠시 여자의 흐느낌이 들렸고, 이상한 말들이 오갔다. 고양이 울음소리도 뒤섞여 있었다. 꿈인지 현실인지 모를 환영들이 빠른 속도로 스쳐 갔다. 하얀 가면을 쓴 연쇄살인범의 얼굴, 목이 잘려나간 옛 애인의 시체, 아일랜드 동물원의 뱀, 초등학교 때 짝꿍 얼굴은 왜 튀어나온 걸까. 이미지가 뒤죽박죽 섞인 야릇한 꿈이었다. 얼마나 그렇게 누워 있었을까. 그리 긴 시간은 아니었다. 나를 흔들어 깨운 사람은 홍예리였다.

"선배, 괜찮아?"

곁에서 갈호태가 손수건으로 코피를 닦고 있다. 작업 거는 중인 여자 앞에서 스타일 구긴 게 창피한지 바로 핑계를 갖다 댄다.

"퍽큐 새끼, 그 정도는 옆에서 막아줘야지. 꿔다 놓은 보릿자루처럼 맥아리가 없어서야."

얍삽한 자식. 여자 앞에서 얻어터지고 기분 좋은 놈 있으랴. 한 대 패주고 싶었으나 애써 태연한 척했다. 일희일비 행동하는 인간과 인격적으로 다르게 보이고 싶었다. 엉덩이를 툴툴 털며 목과 허리를 움직여보았다. 뻑뻑하긴 해도 못 움직일 정도는 아니었다.

상황이 수상하게 흘러갔다. 전직 탈레반 하나가 사건의 전말을 알고 있는 여자를 끌고 밤안개 속으로 사라졌다. 시간은 흐르고, 증거는 부족하고, 방문은 잠겨 있다. 무슨 일이 생길 듯 말 듯하는 상황만큼 사람의 신경을 긁는 것도 없다.

홍예리가 가져온 정보 중에서 가장 쓸 만한 건 하미드의 휴대폰 번호였다. 전화를 걸었더니 문 너머 방 안에서 벨소리가 울렸다. 우리는 서로를 바라보며 헛웃음만 지었다.

"방을 뒤져봐야겠어."

갈호태가 울 재킷 소매를 걷어 올리는 걸 내가 말렸다.

"그건 안 돼. 무단 가택침입이야. 범죄라고!"

나는 의협심 강한 놈이 아니다. 법을 어기면서까지 사건 해결에 뛰어들고 싶진 않았다.

"안 그러면, 그 인간들 어떻게 찾을래? 서울 바닥 다 뒤져? 확증도 없이 경찰에 신고한들 해결되겠냐?"

갈호태가 찢어진 입술을 혀로 빨면서 씩씩거렸다.

"그래도 골치 아픈 일 생기기 전에 경찰에…."

내 말이 끝나기도 전에 갈호태가 구둣발을 번쩍 들어 문고리를 찍어 찼다. 새시 문과 조립식 벽을 연결하는 못들이 힘없이 뽑혀 나갔다. 굉음이 밤공기를 갈랐지만 내다보는 이웃은 없었고, 어디선가 고양이 울음소리만 골목 안을 울렸다.

정사각형 방은 휑했다. 깨끗하다기보다 살림살이가 단출해 서늘한 느낌. 바닥에 깔린 화려한 자수 양탄자 정도가 그녀의 정체성을 말해주는 것 같다. 공기 중에 떠도는 낯선 향은 독특하지만 불쾌하진 않았다. 조립식 옷장과 세면장을 겸한 낡은 화장실이 보였다. 책상 위에는 라디오와 책 더미, 구형 휴대폰이 있었고 나무책받침 위에는 도톰한 책이 펼쳐진 채 놓여 있었다.

"코란이네. 매일 읽을 수 있도록 저렇게 펼쳐놓는대요."

홍예리가 아는 척 중얼거렸으나 귀에 들어오지 않았다. 내 눈길을 끈 건 창틀에 놓인 빨간색 미니 선인장. 이 건조한 공간에서 유일한 생명이었다.

"이딴 게 왜 여기 있을까?"

갈호태가 책상 위에 놓인 빈 병 하나를 만지작거리며 고개를 갸웃거렸다. 아세톤 상표가 붙어 있었다.

"그거 매니큐어 지울 때나 쓰는 거잖아."

내가 건성으로 넘기자 갈호태가 고개를 까딱했다.

"맞아. 그런데 하미드의 손톱은 깨끗했거든."

"신경 *끄쇼*. 다른 거 지웠겠지."

무단침입이 신경 쓰여 서둘러 방에서 나가려는데 갈호태가 뒤에서 어깨를 잡았다. 그리고 턱으로 뒤쪽을 가리켰다. 미처 몰랐는데 한쪽 벽면이 미닫이로 만들어져 있었다. 홍예리의 눈이 호기심으로 반짝인다.

"창고랑 연결됐나봐요."

고정 장치가 없어 미닫이는 쉽게 밀렸다. 벽을 더듬어 전등 스위치를 올리자마자 검은 쥐 한 마리가 쪼르르 콘크리트 구멍 안으로 사라진다. 서너 평 남짓한 공간은 잡동사니로 빼곡했다. 원통형 보일러가 맨 먼저 보이고 문짝이 떨어져나간 싱크대, 핸들이 없는 자전거, 찢어진 벽지, 나무판자들…. 한쪽에 놓인 책상 위의 물건들이 눈길을 잡아끌었다. 밀가루 봉투와 각종 약품병, 금속 파편 등등. 바닥에 버려진 식용유 깡통을 나는 발끝으로 툭툭 건드려 보았다.

"뭐지, 이것들은 다."

갈호태는 대답이 없었다. 얼굴만 딱딱하게 굳어갔다.

"갑자기 표정이 왜 그래, 똥 씹은 놈처럼."

"대박이야."

"뭔 소리야. 한 대 얻어터졌다고 감정적으로 몰고 가지 마. 아직 밝혀진 건 아무것도…."

갈호태가 말허리를 잘랐다.

"폭탄이야."

안개는 땅끝까지 내려앉아 더 움직이지 않았다. 농밀한 공기 입자만이 틈입자처럼 창고의 깨진 창문 사이로 드나들었다. 흥분한 갈호태가 꺼림칙한 말을 쏟아냈다. 거친 말투가 공명을 일으키며 공포심을 더 자극했다.

"안 봐도 시나리오 뻔한 거 아냐. 탈레반 자식들이 작당한 거. 아프간에서 한국군 철수가 지연되면서 계속 경고장 날렸잖아. 굳이 그쪽 조직원 비행기 태워서 잠입시킬 필요 있냐. 한국에 있는 애 하나 포섭해서 날려버려! 지령 때리면 끝이지. 탈레반 출신이면 아이이디쯤이야 뚝딱 만들 테고."

홍예리가 눈을 동그랗게 떴다.

"아이이디? 설마 신분증명의 약자는 아니겠죠?"

"아, 그건 놈들이 즐겨 쓰는 즉석 사제폭탄입니다. 영어 약자로 'IED'예요. 임포로바이스드 익스, 익스…. 뭐 하여튼, 깡통이나 동물 등에 폭발물을 충전시키고 뇌관을 달아 숨겨놨다가 공격 목표가 접근하면 휴대폰이나 리모컨으로 원격 조종해 폭발시켜요. 총격전에서 죽은 아프간 미군보다 IED에 죽은 전사자가 두 배나 많답니다. 뭐, 동사무소 공익 출신 기자님이 그딴 걸 알 리는 없겠지만."

그러면서 힐끗 내 눈치를 살핀다. 참 치사하다. 강원도 전방 부대에서 고생한 건 안다만 지금은 마치 무기 전문가인 양 떠벌린다. 형사질 하면서 기껏 38구경이나 만지작거렸을 놈이. 암튼 신기하기는 했다. 아프간 정세에 대해선 깜깜해도 폭탄 지식은 잘도 나불대다니.

"그렇군요. 안 그래도 얼마 전 경찰청 국제범죄수사대에서 무기 재료 밀수출한 파키스탄인 관련해 엠바고 요청한 게 있어요. 위조 여권으로 한국을 수십 번이나 드나들었다고⋯. 이태원이나 대학가에서 이슬람 원리주의 선교도 하고 미군기지 정보도 수집하고 그랬나봐요. 교회에 열심히 다니는 출입처의 타사 선수가 아주 까칠하게 보던데."

홍예리 목소리가 살짝 떨렸다. 나는 잠자코 들었다. 지금 벌어지는 일련의 일들이 믿기지 않지만 정황상 설득력이 있었다. 해결책은 최대한 빨리 매부리코를 찾는 수밖에.

우리는 사내의 방을 뒤지기로 했다. 실마리가 될 만한 흔적 하나쯤은 남겨놓았으리라. 방으로 통하는 미닫이를 갈호태가 다시 이태리산 수제 구둣발로 해결했고, 나는 가택침입 따위의 말은 꺼내지 않았다.

천장이 기형적으로 기운 방에서 꿉꿉하고 퀴퀴한 냄새가 올라왔다. 여행용 가방이 그대로 쌓여 있고 옷가지가 널브러진 걸로 봐서 급히 떠났음이 분명하다. 싸구려 알람시계의 초침 소리가 유난히 컸다.

"선배, 매부리코가 노리는 타깃이 어딜까요? 가능성을 좀 좁혀보죠?"

사건이 대책 없이 커져버려서인지 홍예리의 낯빛이 어두웠다. 특종거리 걸렸다고 내심 흥분하고 있는지 모르겠지만 겉으로는 그랬다. 내가 먼저 생각나는 대로 떠벌렸다.

"파병을 결정하고 의결한 청와대나 국회는 경비가 삼엄해 힘들 거야. 상징적으로 보여주는 게 목적이라면 무리하진 않겠지. 성공 가능성이 큰 곳이어야 해."

"고층빌딩은 어떨까요?"

홍예리가 받았고 내가 고개를 저었다.

"가능성이야 있지만 좀 웃기잖아. 텅 빈 사무실에 불 질러본들 소방차만 시끌벅적 출동하겠지. 그럴 바에야 파키스탄 이슬라마바드 테러 때처럼 특급 호텔이 낫지. 서방 기업의 상징이라면서 메리어트 박살 냈잖아."

갈호태가 팔짱을 끼고 거들먹거렸다.

"'노이만 효과'라고 있어. 예리 씨는 못 들어봤죠? 뭐냐면, 탄두 안쪽에 공간을 두고 화약을 채우면 다른 한쪽으로 폭발력이 집중되어 관통력이 높아지는데 이걸 이용…."

"지금 폭탄 제조법 따위가 중요한 게 아니잖아!"

내가 짜증을 내자 갈호태가 떫은 표정을 지었다.

"내 말은 지금 가진 재료로 성능을 높여도 대형 건물을 박살 내긴 힘들단 얘기지. 즉, IED의 폭발력이 강력하긴 해도 군용 고폭탄을 이용하지 않는 한 한계가 있다, 그걸 감안해 범위를 좁혀보자 이 말씀이야. 자식, 끝까지 들어보지도 않고 버럭거리긴."

"선배, 미국대사관은 어떨까요?"

홍예리는 자신이 말해놓고 바로 피식 웃었다.

"당연히 아니겠죠. 미국을 겨냥한 건 아니니깐. 국내 조직원을 이용할 거라면 9·11 때처럼 비행기도 아닐 테고. 아니면 남산타워? 한강다리? 동대문 야시장? 이태원? 이거 완전 미쳐 돌아가시겠네요."

계란 속껍질이 눈앞에 드리워진 것처럼 사건 전모가 보일 듯 보이지 않는 상황. 이유야 어떻든 탈레반 출신의 사내가 폭탄 가방을 짊어지고 밤길을 나섰다면 예삿일은 아니다.

"오호! 여기 재미난 게 있네. 급히 튄다고 미처 못 치운 모양이야."

여행 가방을 열심히 뒤지던 갈호태가 종이 두 장을 꺼내 흔들었다. 작은 것은 화장품 구매 영수증이고 큰 것은 종로 일대 지하철역 상세 지도였다.

"그럼 딱 나왔네. 사업자 주소지가 종로 화장품 거리로 찍혀 있잖아. 즉, 매부리코는 농축 과산화수소 같은 걸 얻기 위해 다량의 염색약을 샀고 공격 목표도 그때 답사했어. 아마 지하철역 사물함 같은 데 폭탄 설치해놓고 쾅 터트릴 작정인 거지. 종로역 테러로 불바다, 새벽 출근길 시민들 혼비백산. 예언서에 나온 분위기랑도 딱 떨어지잖아. 우이쒸! 상상만 해도 오싹하네."

"설득력이 떨어져. 놈은 훈련받은 조직원이었어. 그리 허술하게 증거를 남길 건 같지 않은데. 보란 듯 찔러 놓은 그 영수증이 속임수일 수도 있고⋯. 그리고 그들 관계도 의심해봐야해. 연인이려니 생각하지만 사실 여자가 인질로 끌려간 건지도 모르잖아. 이런 가정은 어떨까. 탈레반이 아프간에 남아 있는 가족들을 볼모로 그 둘을 협박했다면⋯. 우리는 아직 아무것도 확인 못 했어. 모든 가능성을 열어놓고 생각해야 해. 네 말대로 남녀관계는 모르는 거라고."

그러면서 나는 홍예리를 흘겨봤다. 그녀는 왜 그런 표정으로 자신을 보느냐며 두 어깨를 들어올렸다.

"크하학, 여자가 인질일 가능성은 없다. 저길 봐."

갈호태가 눈으로 책상 위 사진 액자를 가리켰다. 하미드와 매부리코가 회전목마를 타고 웃고 있다. 잠실 롯데월드였다. 고향에선 불가능해 보이는 행동을 즐기는 그저 평범한 젊은이들. 머쓱해진 나는 말머리를 돌렸다.

"이쯤에서 경찰에 넘기는 게 맞는 것 같아. 수많은 사람들 목숨이 달렸고 촌각을 다투는 일이잖아."

"짜식, 쫄았구나. 공격 목표도 모르는데 경찰특공대가 출동한다고 해결되겠냐. 개들은 그냥 장갑차 끌고 와서 현장만 정리하는 애들이야. 또 경찰력 총동원해 이 밤에 검문검색 강화해봐. 엄한 시민들 가방 뒤지고 개난리 치면 언론에서 바로 인권침해 시비 걸 텐데. 쓰발."

갈호태의 말투가 얄밉다. 의협심 강한 척하는 꼴이란. 게다가 홍예리까지 내 편이 아니다.

"그래요, 선배. 당연히 신고는 해야죠. 하지만 상황이 막연하잖아요. 어쨌든 이 일을 가장 잘 아는 건 우리예요. 칼을 뽑았으면 끝을 봐야죠."

잘들 논다. 하나는 사랑에 눈멀고, 하나는 특종에 눈멀고.

우연일까 운명일까. 홍예리가 신고를 위해서 스마트폰을 꺼내 든 순간 내 머릿속에 하얀 번개가 쳤다.

"방법이 있어. 매부리코 위치를 찾을 수 있는."

우리는 다시 창고를 거쳐 하미드의 방으로 뛰어들었다. 낡은 폴더형 휴대폰은 책상 위에 그대로 있었다. 나는 버튼을 눌러가며 통화 내역을 확인했다. 반복적으로 나오는 번호는 단 하나. 사흘 동안 아홉 번이나 통화한 상대. 매부리코가 분명하다.

눈치 빠른 홍예리가 급히 신고전화를 했다. 누군지 알 순 없지만 경찰 윗선의 직통라인. 많은 얘기를 몰아서 하다보니 앞뒤가 안 맞는 말이 튀어나온다.

"테러예요! 지금 불러드린 번호 바로 위치추적 해주셔야 해요. 영장요? 지금 숨넘어가는 상황이라니깐. 열람 기록 때문에 통신사에서 소극적…. 미쳐! 어떻게 구워삶아 보세요. 경찰이 이렇게 순발력 떨어져서야. 물론 112 신고는 했죠. 아, 형님. 진짜 욕 나오려고 하네. 그럼요. 제가 미쳤다고 이 밤에 농담 까겠어요. 기자 이전에 국민 아닙니까."

대화를 훔쳐 듣는 내 마음도 덩달아 쫓겼다. 홍예리의 눈과 마주치자마자 얼떨결에 발신 버튼을 꾹 눌러버렸다.

"이런 바보 자식!"

갈호태가 내 손목을 잡아채 전화기를 빼앗았으나 신호가 넘어간 뒤였다. 나는 그제야 실수를 깨달았다. 매부리코는 자신의 휴대폰에 하미드의 전화번호가 뜨면 어찌 생각할까. 이판사판의 심정으로 전화기를 귀에 댔다.

"받아! 제발!"

허망한 바람이었다. 그새 전원이 아예 꺼져버렸다. 한 가닥 희망이었던 위치추적이 불가능해졌다. 나는 탄식했다. 얼굴이 홧홧 달아올랐다. 어처구니없는 실수로 테러를 못 막는 건 아닐까. 자책감이 몰아쳤다. 죄를 사하려면 사건 해결을 위해 무조건 달려야 할 상황. 손목시계가 새벽 1시를 넘어서고 있었다.

차 비상등을 켜고 일단 종로로 내달렸다. 갈호태의 판단이 맞든 틀리든 더 지체하면 손도 못 써보고 당할 판이다.

"사장님, 좀 콱콱 밟아보세요!"

홍예리가 뒷좌석 가운데 앉아 우리 둘 사이로 얼굴을 내밀며 독려했다. 긴 생머리를 찰랑거리자 향긋한 냄새가 풍겼다. 갈호태는 이 와중에도 딴청 피우며 농담질이다.

"이러고 있으니 완전 삼각관계 연인 같다. 그치?"

허튼소리 더 나오기 전에 내가 화제를 돌렸다.

"그런데 여자는 왜 사진을 보내 제보했을까? 이해가 안 가."

홍예리가 잠시 생각에 잠기더니 진지하게 답했다.

"저는 그 기분 알 것 같아요. 딜레마 상황에서 최소한 양심의 가책을 면하고 싶었던 게 아닐까 싶어요. 테러 지령을 받은 애인이 폭탄을 만들고 있는데 경찰에 알릴 순 없고, 그렇다고 손 놓고 있자니 무고한 사람들이 위험하고…. 적당히 흘려주고 운명을 하늘에 맡겨보자? 그녀만의 심리적인 도피 방식이랄까. 이쪽이든 저쪽이든 일이 벌어지는 쪽으로 받아들이겠노라. 수백 번 고민하다가 제 얼굴이 떠올랐을 거예요. 이슬람에 대해 긍정적인 기사를 써왔으니 호감을 가졌을 테고, 최악의 상황이 터져도 도와주리라는 막연한 기대감. 사실 난 그런 힘도 없는데 말이죠. 에효."

나는 공감해 고개를 끄떡였지만 갈호태는 뭔가 삐딱하다. 한 대 얻어터진 분을 못 삭이고 있다.

"흥, 하느님이 아니라 알라신의 뜻이겠지. 여전히 여자가 의심스러워. 걔들 종교라는 게 그렇게 쉽게 마음 변하는 게 아니잖아. 매부리코도 그래. 탈레반에서 전향했다면 우리 식으로 따지면 손 씻은 거잖아. 뉴스 보니까 현지 미군들이 직업 재교육 같은 것도 시켜주던데. 그러니까 유학생으로 여권 발급받아 한국까지 날아왔을 테고…. 우리나라 출입국 관리가 그리 허술하진 않거든. 하여튼 속내를 알 수 없는 족속이야. 피는 못 속여."

말 가려 하는 것도 세상 사는 지혜이거늘, 어느새 완전 적군 취급이다. 흥분해서 홍예리의 존재는 잊어버린 걸까. 더 놔두면 무슨 말이 튀어나올지 몰라 내가 끼어들었다. 최대한 감정을 죽이고 말했다.

"이 일을 종교의 문제로 봐선 안 돼. 종교의 이름으로 테러를 정당화하는 사람이 문제인 거지."

"다 말장난이지. 걔들은 여자를 일부러 학교에도 안 보낸대. 온몸을 둘둘 감싸는 옷, 그 뭐냐…."

"부르카요."

"그래. 그걸 강제로 입히고 여덟 살 넘으면 남자 얼굴도 못 보게 하고…. 그게 정상적인 거냐? 여자 얼굴 못 보면 나 같은 놈은 바싹 말라죽을지도 몰라."

대놓고 시비조에 나는 약간 열이 받았다.

"그건 단편적인 거야. 본질을 봐. 무슬림이라고 탈레반을 옹호하는 건 아냐. 얼마 전 탈레반이 학교에 난입해 애꿎은 어린애들 쏴 죽인 사건도 정부군 소탕전에 대한 보복 성격이었어. 넌 탈레반과 알카에다, 헤즈볼라 구분도 못하잖아. 악명 떨치는 수니파 무장조직 IS나 나이지리아 테러단체 보코하람은 들어 봤냐? 오히려 선량한 무슬림이야말로 그들의 폭력성에 노출된 최대 피해자라고. 전체를 매도하지는 말아줘. 하나 묻자? 1차 세계대전 누가 일으켰냐? 또 2차 세계대전은 누가 일으켰냐?"

"됐고, 그놈이 그놈이야. 다 나쁜 새끼들. 그리고 지금 적군이 북한 공작원이든 아랍 무장 세력이든 그게 중요한 게 아니잖아. 눈앞의 테러 위기에서 국민을 지켜야 한다고."

답답하고 착잡했다. 같은 세대를 살아도 극단의 인식 차. 교육의 문제일까 관심의 문제일까. 나는 입을 닫아버렸다. 일부다처제, 명예살인 같은 부정적 이미지만 가득 박힌 인간 앞에서 떠벌려본들 이슬람에 대한 편견을 걷어내기는 불가능해 보였다. 아니면 내가 지나치게 깊이 이해하고 있거나.

'200미터 전방에서 우회전입니다.' 내비게이션 지시어만 간헐적으로 흘러나왔다. 바로 오래된 중학교가 보였다. 밤인데도 보조문이 열려 있었다. 문득 집히는 게 있었다.

"아까 신문에서 읽었다 그랬지? 어느 중학교 운동장 담벼락에서 일어난 트럭 폭발사고. 혹시 이 동네 아니었어?"

"아, 그 양아치들 불장난. 그러고 보니 여기 맞네. 동네 이름이 워낙 구질구질해서 확실히 기억해."

머릿속에 섬광이 번쩍했다. 재빨리 가설이 하나 섰다.

"혹시, 그거 매부리코 짓이 아닐까?"

"엥? 왜?"

"폭탄 시험해보려고…."

"창고에 있는 재료만 섞어도 수십 명은 날린다니깐. 거 참 못 믿으시네."

갈호태가 자신의 말이 말 같지 않느냐며 비식거렸다.

"아니, 아니. 내 생각은 그 반대야. 일부러 폭발력을 낮추려고. 큰 피해가 나지 않도록 말이야."

"아니, 어느 테러범이 그딴 또라이 짓을 해."

나는 갈호태의 반응을 무시하고 여러 증거들을 머릿속에 긁어모았다. 그것들을 이리저리 섞어 납득할 만한 밑그림이 나올 때까지 조합을 반복했다. 차는 어느새 여의도를 지나고 있었다.

"탈레반 자식들 말야, 화풀이하려면 미국 놈들한테 해야지. 솔직히 우리가 무슨 힘 있냐? 오바마가 원하는 대로 그냥 굽실 굽실. 그런 전후 사정 알면 대충 눈치 까야지. 그렇게 국제 감각이 떨어져서야."

갈호태가 구시렁대자 홍예리가 피식 웃었다. 비웃음이 분명한데 자식은 유머가 먹혔다고 판단했는지 헤헤, 혓바닥을 길게 내밀고 헤죽거렸다. 느닷없는 행동에서 나는 뱀 머리를 떠올렸고, 읽고 있던 소설이 연상됐으며, 한순간 모든 퍼즐 조각들이 빈틈없이 들어맞았다. 차가운 전율이 등줄기를 훑었다. 환각상태에 빠진 것처럼 몸이 붕 떠오르는 기분. 흥분해서 말이 빨라졌다.

"예리! 혹시 2년 전 하미드 만났을 때 얼굴에 흉터 있었어?"

"아뇨. 왜요?"

"그녀가 일했다는 공장 알 수 있을까?"

홍예리가 수첩을 뒤적였다.

"여기 있네요. 동지식품. 인권센터 소장님이 카불에서 대학까지 나온 인텔리가 잡일 한다고 가슴 아파하셨어요."

나는 스마트폰으로 검색을 했다. 공장 주소가 경기도 파주였다. 뭔가 심증은 가지만 확증 단계는 아니었다. 다시금 나의 실수를 자책하고 있는데 홍예리의 휴대폰이 부르르 떨었다. 경찰이었다. 이야기가 빠르게 오가고 홍예리는 동시통역하듯 내용을 전한다.

"일산 방향 강변북로에서 신호가 끊어졌고. 그렇죠, 눈치 깠겠죠. 폐쇄회로 통해 그 시간대 통과한 차량 추적 중이고…. 종로 주변 검문검색 강화하고. 네, 네, 잘 들려요. 폭탄탐지견 출동해 지하철역 구내 확인 작업을….”

강변북로라면 자유로를 거쳐 파주로 향하는 게 분명하다.

“찾았다. 차 돌려.”

웬일로 갈호태가 내 지시를 순순히 따랐다. 거침없이 차머리를 중앙선 너머로 밀어 넣었다. 마포램프를 통해 바로 강변북로에 올라섰다. 안개에 뒤덮여 한강은 보이지 않았다.

비포장도로 삼거리에서 길이 Y자로 갈라졌다. 한쪽은 일산 신도시 방향, 다른 쪽은 외진 동네로 들어가는 길이었다. 콘크리트로 포장된 길 끝에 식품 가공 공장이 보였다. 헤드라이트 불빛에 반사된 공장 외관은 버려진 유적지처럼 흉물스러웠다. 그 옆 우거진 숲 사이로 호화 저택 하나가 위화감을 잔뜩 풍기며 서 있다.

‘동지식품’이란 철제 팻말이 박힌 정문 앞에 차를 세웠다. 노변에 삐딱하게 세워 놓은 트럭이 보였으나 매부리코가 타고 온 차인지 확실치 않았다. 수위실마저 자물쇠가 채워져 있었다.

다시 길을 잃어버렸다. 사위의 적막함이 더 막막하게 했다. 안개 띠가 잔설에 젖은 흙내를 싣고 둥둥 흘러갔다. 주위의 살아 있는 모든 것들이 숨을 죽인 듯했다.

“완전 삽질하는 분위긴데. 이 촌구석에서 뭘 어쩌자고.”

갈호태가 허연 입김을 내뱉으며 툴툴댔다. 나는 인정하기 싫어 무작정 앞장섰다. 경찰과 쫑알쫑알 통화하면서 뒤따라 붙는 홍예리의 구둣발 소리가 너무 커 신경을 긁었다.

공장을 둘러싼 울타리를 따라 걷다보니 호화 저택으로 이어졌다. 조도가 낮은 방범등에 어스름 비친 독일풍의 뾰족 지붕이 기괴한 느낌을 줬다. 조경수 사이로 석조상들이 호위병처럼 도열해 있고 마당에는 신형 외제차가 세워져 있었다.

"사장 사택인가봐요. 노동자 피 빨아서 폼 나게 사시네. 이렇게 공기 좋은 곳에서 말이에요."

부잣집 딸내미의 발언이라 쉽게 공감이 가지 않았다.

"저기!"

갈호태가 공장의 옥상 난간을 향해 손가락질했다. 안개 속에서도 관찰력 하나는 끝내주는 놈이다. 어둠 속에 검은 형체 둘이 조용히 움직였다. 한쪽이 키가 훨씬 컸다. 주위가 훤히 내려다보이는 위치지만 우리 존재는 눈치채지 못한 듯하다.

갈호태가 풋볼선수처럼 다짜고짜 그쪽으로 돌진하기 시작했다. 얼결에 내가 뒤따라 달렸고, 홍예리가 종종걸음으로 따라붙었다. 계단을 휙휙 돌다보니 순식간에 3층. 옥상으로 나가는 철문을 밀자 삐걱거렸고, 그 소음에 두 그림자가 동시에 돌아봤다.

그들과 거리는 대략 15미터. 우리는 가쁜 숨을 고르며 엉거주춤 일렬로 늘어섰다. 눈이 어둠에 적응하자 형체가 확실히 분간됐다. 건장한 사내와 통통한 여자. 매부리코와 하미드가 틀림없었다. 갈호태가 내 귀에 속삭였다.

"총 챙겼지?"

내가 고개를 젓자 실망의 빛이 스쳐 갔다.

"자식, 그런 건 좀 알아서 챙겨야지."

얻어맞은 기억 때문인지 갈호태가 살짝 겁먹었다. 선뜻 다가서지 못하면서도 체면이 구겨질까봐 호탕하게 외친다.

"대체 네놈 속셈이 뭐야!"

매부리코는 꿈쩍도 안 했다. 이미 벌어진 일, 훼방꾼의 존재 따윈 관심 없다는 듯 난간을 붙잡고 아래만 응시했다. 그런 절제된 행동이 흉포한 주먹보다 더 섬뜩했다.

어느 순간, 시간이 됐다고 판단했는지 안주머니에서 휴대폰을 꺼내 들었다. 행동이 느릿해도 목적을 가진 자의 정교함이 묻어났다. 버튼을 꾹 눌렀다. 대체 무슨 짓을 벌이려는 걸까. 궁금증은 짧았다.

쾅! 강력한 폭발음.

저택 마당의 신형 벤츠가 불기둥을 뿜었다. 처음에는 온라인게임 화면처럼 현실감이 없었다. 그러나 활활 치솟는 연기와 검붉은 불꽃. 그 불꽃에 반사되어 우리 얼굴에 드리운 음영이 현실의 일임을 일깨워주었다.

소동이 깊은 밤을 다 깨웠다. 저택 거실에 불이 켜졌다. 땅딸막한 대머리 노인이 잠옷 차림으로 뛰쳐나왔다. 겁에 질려 우왕좌왕하다가 불길 속의 차를 발견하고는 두 손으로 머리를 감쌌다. 명화 〈절규〉의 딱 그 포즈로.

매부리코가 휴대폰 쥔 손을 다시 치켜드는 순간, 나는 사건의 전모를 완전히 깨달았다. 설득할 용기가 생겼다. 한 발짝 앞으로 나섰다.

"멈춰요! 사장과 집까지 폭파시키면 당신은 살인범이 됩니다. 제발 그만둬요! 그 마음, 나는 안다고요!"

두 주먹을 쥐고 진심을 담아 말했다. 꿈쩍도 않던 매부리코가 천천히 뒤돌아봤다. 어둠 속에서 눈빛이 마주쳤다. 보이진 않지만 볼 수 있었다. 증오, 회한, 복수… 응축된 내밀한 분노가 공기의 파동을 타고 전해져왔다.

침묵이 흘렀다. 서로의 거친 숨소리만 안개에 균열을 냈다. 나는 주먹을 쥐었다 폈다 반복하며 긴장을 견뎠다. 뭔가 더 지껄이고 싶었으나 말을 아껴야 할 것 같았다.

사내가 하늘을 올려보며 격한 숨을 토해냈다. 흡사 울부짖는 들짐승처럼. 감정을 조절하는 보가 툭 터져서 정신과 육체를 억누르던 어떤 비통함이 일시에 빠져나가는 것 같았다. 큼직한 손이 부르르 떨렸다. 그리고 휴대폰이 바닥에 툭 떨어졌다.

화가 나면 얼마든지 무자비해질 수 있는 남자. 우리와 맞서 싸우든, 하미드를 데리고 도망을 치든, 뭐든 시도는 할 줄 알았다. 그러나 그는 꼿꼿이 불길만 내려다보고 섰다. 그 쓸쓸한 비장함이 내 마음을 때렸다. 하미드가 곁에서 서럽게 흐느꼈다. 터져 나오는 눈물을 두 손으로 닦았다.

"오빠…"

느닷없이 튀어나온 한국말. 어쩌면 우리에게 들려주기 위한 말인 듯했다. 그 짧은 단어가 너무 생경했다.

갈호태가 뒤에서 깐죽거렸다. 동정 따윈 없는 말투였다.

"쯧쯧, 결국 사고를 쳤군. 피는 못 속여."

시계를 보던 홍예리가 바빠졌다. 눈앞의 특종. 새벽 뉴스 시간에 맞추려면 서둘러야 한다. 대머리 영감이 전소된 차 앞에서 미친놈처럼 꽥꽥거렸다. 어디선가 개가 겁에 질려 짖어대고 공장에서 연장을 든 인부들이 우르르 달려 나왔다. 저 멀리 들녘에서 경찰차 사이렌 소리가 울렸다. 경광등 불빛이 안개에 막혀 희뿌옇다.

광화문 카페로 돌아왔을 땐 새벽이었다. 읽다가 팽개친 소설책도, 먹다 남긴 커피 잔도 탁자 위에 그대로 있었다.

나는 정적이 잠식해버린 홀 가운데 섰다. 돌연 허무한 기분에 빠졌다. 음악이 사라진 공허함이나 몸 겹겹이 쑤시는 피로 때문이 아니다. 그냥 마음이 불편한 것이다. 증오로 희번덕이던 매부리코의 눈빛, 화살처럼 날아와 가슴에 쿡 박힌다. 허공에 대고 중얼거렸다. 차를 끓이네 마네 법석을 떠는 갈호태에게 들리든 말든 상관없었다.

"아까 그 추리소설 결말이 궁금하다 그랬지? 인도 청년에겐 약간의 운이 닿았어. 그에 비하면 매부리코는 운이 나빴던 게지. 지독히."

매부리코는 신앙과 이념의 순교자가 아니다. 불의에 분노한 평범한 인간. 만약 하미드가 매부리코를 좀 더 믿었더라면…. 아니다. 제보를 받은 홍예리가 예리하지 않았거나, 갈호태가 폭탄 제조법을 몰랐거나, 내 어설픈 추리가 빗나갔더라면…, 그랬다면 동네 양아치의 불장난처럼 하룻밤 소동으로 끝났을 수도 있었다.

매부리코의 목표는 단순했다. 악덕 사장이 겁에 질려 벌벌 떠는 모습을 여동생 눈앞에서 보여주는 것. 그리고 사과를 받아내는 것. 돼지고기가 든 식사를 강권하고 인종차별적 폭언과 임금 체납, 급기야 만취해 얼굴에 염산을 퍼부은 천하의 몹쓸 인간.

여동생의 화상 흉터를 보며 오빠는 이를 갈았으리라. 공사판 소장의 멸시에 분노한 아일랜드 땅의 인도인 청년처럼. 눈에는 눈 이에는 이. 전장에서 무기를 만지던 때의 감각을 되살려 몰래 보복 준비를 해나갔다. 여동생의 소심한 성격을 아는 오빠는 일부러 침묵했을 것이다. 전후 사정 모르는 여동생은 오빠가 다시 탈레반에 가입한 것으로 오해했을 것이다. 폭탄 재료들을 보며 행여 테러범으로 낙인찍히지 않을까, 이 땅의 선량한 이들이 다치지는 않을까. 고민 끝에 홍 기자에게 연락을 했으리라.

다가오는 아침이 두렵다. 탈레반과 연관 지어 떠벌릴 언론과 그 기사를 보고 악플 쏟아낼 누리꾼들. 왜곡은 왜곡을 낳고 분노는 분노를 낳는다. 한국 내 거점을 조직 중인 진짜 탈레반이 있다면 분개해서 진짜 테러를 감행할지도. 잡생각이 걷잡을 수 없이 몰아쳤다. 매부리코는 어떤 처벌을 받을까. 하미드는 이제 이쪽에도 저쪽에도 섞이지 못하는 경계인이 돼버린 건 아닐까. 해답 없는 질문들. 눈자위가 뜨겁게 달아오른다.

날이 밝으면 매부리코의 이름이라도 알고 싶다. 그의 이름을 부르며 앞날을 위해 짧은 기도를 해주리라.

갈호태가 홍차를 가져왔다. 히죽거리는 얼굴에 뿌듯함이 가득했다. 밤새 몸 바쳐 일을 도왔고 그럭저럭 자존심을 세웠다. 매부리코의 안위 따윈 관심도 없겠지.

"봤지? 남녀관계란 모르는 거야. 덕분에 인연을 쭉 이어가게 됐잖아. 예리 씨가 한잔 사기로 한 날 너 눈치 없이 따라나오면 죽는다. 카하하."

주먹으로 내 허리춤을 쿡 찔렀다.

뭐, 그딴 시답잖은 일은 아무래도 좋다. 둘이 천 일 동안 사귀든, 프리허그를 하든 매부리코의 운명 앞에선 다 하찮아 보였다.

"저건 뭐야?"

갈호태가 후루룩 소리 내 차를 마시며 현관 앞 스티로폼 박스를 턱으로 가리켰다.

"몰라. 어젯밤에 배달 왔잖아. 네가 주문한 거 아니었어?"

나는 일부러 귀찮은 티를 냈다.

갈호태가 커터 칼을 가져와 투명 테이프 사이에 찔러 넣으며 휘파람을 불었다. 딱딱 끊어지는 유행가 선율이 경계 신호처럼 불길했다.

출입문이 열리면서 경찰을 따라갔던 홍예리가 허탈한 표정으로 들어섰다.

"혼자 삽질했네요. 타 방송국과 온라인 매체에서 떼로 몰려왔어요. 경찰 안에 다들 빨대 하나씩은 제대로 꽂아났더라고. 특종을 잡고도 공유해야 하는 안타까운 현실을 어찌 설명할꼬. 망할!"

숄더백을 테이블에 내팽개치는 모습에 분이 가득 차 있다. 어떤 식으로 위로해줘야 할까. 나는 착잡한 심정으로 시선을 창밖으로 가져갔다. 신문배달 오토바이가 빠르게 스쳐 갔다. 홍예리는 목숨을 건 난리를 치고도 공을 독식하지 못했다. 하지만 알게 될 것이다. 가려진 진실이 하루 일찍 혼자, 혹은 하루 늦게 모두에게 알려진들 사람들 삶엔 변화가 없다는 사실을.

휘파람 소리가 뚝 끊겼다. 갈호태가 느닷없이 구역질을 시작했다. 곁에서 내용물을 구경하던 홍예리도 덩달아 입을 틀어막는다.

"왜들 그래?"

나는 천천히 다가가 스티로폼 박스 안을 들여다봤다. 아이스 팩이 깔린 정사각형 공간 안에 젊은 여자 머리통이 들어 있었다. 사라졌던 채연수. 마네킹처럼 표정 없는 하얀 얼굴이 나를 올려다봤다. 머리 한쪽 부분이 바리캉으로 밀려 있었다.

온몸의 피가 역류해 머리끝까지 솟구쳤다. 늙수그레했던가, 수염이 있었던가, 안경을 꼈던가. 택배원의 얼굴이 좀체 떠오르지 않는다. 몇 달 전 어둠 속에서 맞닥뜨렸을 때, 쓰읍-, 쓰읍- 호흡기를 빨던 그놈 숨소리만 곁에서 들리는 듯하다.

목숨 걸고 베이스볼

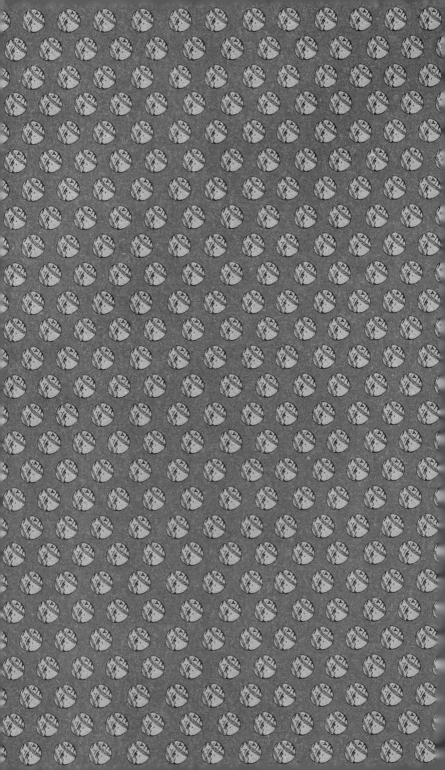

형사가 둘 카페로 찾아왔다. 늙고 땅딸한 형사와 키 크고 젊은 형사. 대비된 외모를 연출하려고 작정했는지 늙은 형사는 품이 크고 낡은 갈색 점퍼를, 젊은 형사는 슬림한 블루블랙 코트를 입었다. 늙은 형사가 사무적인 표정으로 지난밤 인근 공원에서 사람이 죽었고, 사망자가 직전에 이곳에 왔었다는 사실을 확인했다면서 수사 협조를 부탁했다.

숙취로 남아 있던 내 몸속의 알코올이 순식간에 증발해버리는 것 같았다. 침이 마르고 이마에서 땀이 삐질삐질 배어났다.

지난밤, 카페 '이기적인 갈 사장'에서 비밀스런 모임이 열린 것은 사실이고 장소를 대여해준 사람은 나였다. 기자 생활을 오래 하다보니 연락을 주고받는 유명인들이 꽤 있는데, 체육부에 있을 때 인연을 튼 현대 돌핀스의 투수 마동식이 엿새 전에 직접 찾아와 장소를 부탁했던 것이다.

"형님! 부활파 신년회 할 겁니다. 형님네 카페 빌리는 거 괜찮지요?"

어디 괜찮다뿐인가. 당연히 오케이다. 마약파티나 총각파티도 아니고, 조용히 신년회 하겠다는데 오히려 영광이다. 사장 갈호태가 더 들떴다. 내가 말리지 않았다면 공짜로 빌려줄 기세였다. 유명인이 다녀간 것만으로 카페 홍보에 도움이 되긴 하지만 그렇다고 경제관념 없이 공짜라니. 자기 가게라고 마구 굴리는 건 옳지 못하다.

내가 형사들 앞에서 몹시 당황해하고 있을 때 때마침 4층의 건물주를 만나러 갔던 갈호태가 돌아왔다. 형사들과 눈빛이 마주치자마자 특유의 넉살이 흘러나왔다.

"아이고~, 형님~, 이게 몇 년 만입니까. 이쪽으로 옮기고는 처음이지요?"

늙은 형사는 바로 이맛살을 찌푸렸고, 젊은 형사는 마지못해 고개를 까딱했다.

"광화문에 커피 가게 냈다듬마 여그였구만."

남도 사투리 억양이 강한 늙은 형사는 못마땅한 표정을 숨기지 않았다. 그들의 태도로 보아 갈호태가 경찰 조직 안에서 어떤 존재로 회자되는지 추측되고도 남았다. 씁쓸함을 넘어 애잔한 마음이 일었다. 남자들 세계에서, 자신이 몸담은 조직을 욕 먹이는 짓은 최악의 실수가 분명한 모양이다.

다시 사건 이야기가 이어졌고 형사들은 CCTV 녹화 화면을 요청했다. 나는 강한 거부감을 표시했다. 카페 모임과 관련성이 판명 안 난 상태에서 사생활 침해 가능성을 들먹였고, 내가 근무했던 신문사 시경캡의 이름을 팔면서, 법과 절차가 지켜지지 않는 수사 방식에 문제가 있음을 지적했다. 당황한 형사들은 서로 얼굴을 바라보며 한발 물러섰다. 그리고 절충점에서 타협을 봤다. 나는 지난밤의 녹화 영상을 돌려 사망자가 정확히 10시 11분에 카페 출입문을 나서는 장면을 똑똑히 확인시켜주었다. 대신 행사 참석자에 대해서는 함구했다. 형사들은 고개를 끄덕이며 수첩에 뭔가를 받아 적었다. 나는 그 틈을 파고들었다. 수세에 몰릴 땐 역으로 질문을 던지는 것도 방법이다.

"사망 추정 시각이 언제입니까? 체온 하강과 시반 등 종합하면 대충 나오잖습니까?"

늙은 형사는 내 얄팍한 지식을 비웃듯 한쪽 입꼬리를 올리면서도 친절히 알려주었다.

"검시로는 어젯밤 11시부텀 새벽 1시 사이란디. 뭐 부검해봐야 쪼매 정확하겄재."

내가 우려하는 부분은 이번 사건이 호사가들 입방아에 오르내리며 얼마나 많은 불필요한 소문을 재생산할까 하는 점이었다. 불행은 늘 사소한 부주의에서 촉발된다. 막아야 한다. 근원이 되는 싹을 잘라야 한다. 본능적으로 그렇게 판단해 무례를 무릅쓰고 되레 형사들에게 엄포를 놓았다.

"만약 수사와 관련 없는 정보가 외부에 누설되면 전적으로 형사님들 책임입니다."

늙은이는 입술을 다물고 능글맞게 웃었는데 걱정 말라는 것인지, 무시하겠다는 것인지 알 수 없었다.

형사들은 갈호태와 이야기를 더 나눴고 나는 코트를 집어들고 밖으로 나왔다. 그제부터 고대해온 점심 약속이 있었다. 아르바이트생 구양에게 카운터를 부탁하며 정신과 상담받는 날이라고 둘러댔다.

미안하게도, 홍예리가 먼저 도착해 있었다. 창가 자리를 차지하고 앉아 두 손으로 턱을 괴고 잡지를 읽는 모습이 꽤 여유로워 보였다. 전직한 방송기자 일도 완벽하게 적응을 끝냈다는 듯이.

읽고 있던 기사 내용을 슬쩍 훔쳐봤다. 그녀 또래라면 명품잡지나 영화잡지가 어울릴 텐데, 활자도 조악한 찌라시 수준의 시사잡지를 밑줄까지 그어가며 보고 있다. 뭐 그리 세상사 궁금하게 많은 걸까. 어쩌면 그런 일 중독 증상이 외모에서 풍기는 지적이고 섹시한 매력을 오히려 반감시키지 않나 싶다.

우리는 전망이 탁 트인 호텔 스카이라운지의 이탈리안 레스토랑에서 파스타를 먹었다. 와인도 한 잔 곁들였으며 후식으로 커피를 마실 때쯤 그녀가 용건을 꺼냈다. 먼저 밥을 사겠다고 연락해왔을 때 예상은 했지만 역시나 일 이야기.

"선배, 저쪽 좀 봐주세요."

홍예리가 통유리창 너머로 가리킨 곳은 도심 재개발 단지였다. 빌딩 숲 사이에 푹 파인, 바둑판처럼 생긴 사각형의 부지가 보였다. 위에서 굽어보니 배후엔 나지막한 산이 자리 잡고 앞쪽은 역세권이라 확실히 강북 최고의 노른자위라고 할 만한 위치다. 평평하게 고른 누런 땅 가운데 하늘을 찌를 듯한 타워크레인이 열아홉 개 박혀 있었는데 움직이지는 않았다. 홍예리가 조곤조곤 설명을 곁들였다.

"주민 갈등으로 공사가 한 달째 멈춰 있어요. 재개발을 반대해온 측의 비상대책위원장이라는 사람이 열흘째 타워크레인에 올라가 고공 농성 중이고요. 자금 유용 의혹을 받고 있는 재건축주택조합장은 어디로 숨었는지 지금 행방불명 상태입니다. 비상대책위원장이 재건축조합장을 찾아가 심하게 다퉜다는 증언도 나왔고요. 시공사 측에서는 공사가 시작되자마자 중단돼 손해가 이만저만 아니고, 지자체에선 나 몰라라입니다. 아무튼 서두르다보니 서로 이해관계가 꼬여 총체적 부실로 얼룩진 곳이에요. 거기다 철거 과정에서 세입자 보상 문제도 완전히 매듭지어진 것 같지 않고."

얼마 전 신문 기사에서 봤다. 기억이 정확하다면 오래된 다세대 주택들을 싹 밀고 초고층 주상복합단지와 외국 관광객 유치를 위한 특급호텔이 들어선다고 했던가. 세입자들의 권리금 문제를 둘러싸고 계속 갈등이 있어와 제2의 용산참사를 우려하는 시각도 있었다.

홍예리가 갑자기 숄더백에서 고배율 망원경을 꺼내 눈에 대고는 창밖을 보며 초점을 맞췄다. 그 모습이 대한민국 방방곡곡 땅 보러 다니는 복부인 같았다. 건너편 테이블의 연인들이 손가락질하며 키득거렸으나 그녀는 개의치 않았다. 창피해서 내가 말렸다.

"어이, 아줌씨. 여기서 이러시면 안 됩니다."

내가 말리거나 말거나 충분히 표적을 살핀 홍예리는 망원경을 내게 건넸다. 나는 마지못해 헛기침을 하고 좌우를 살핀 다음 망원경을 받아들었다.

높이가 수십 미터는 될 법한 정중앙의 타워크레인이 시야에 잡혔다. 상하좌우로 회전하며 팔 역할을 하는 기다란 지브 위에 누군가가 앉아 있었다. 아마도 고공농성 중이라는 비상대책위원장일 것이다. 추위 때문인지 드럼통에 뭔가를 담아 불을 피워 놓았는데 그 활활 타오르는 화력이 올림픽 성화처럼 전투력을 자극해 살벌한 풍경을 만들었다. 아마도 한 평 남짓한 운전실에서 먹고 자며 버티는 모양이었다. 생수병이 두 박스나 쌓여 있었다.

기둥 격인 타워마스트 아래에는 텐트가 세 동 서 있고 장정 10여 명이 타워크레인으로 오르는 입구를 봉쇄한 채 외부인의 진입을 차단하고 있었다. 공권력이라도 투입되면 결사 항전할 태세. 펜스 밖에는 조합원과 시공사 사람들, 그리고 의경버스가 몇 대 진을 치고 있었다. 현장에서는 사방에 둘러쳐진 펜스 때문에 상황 판단이 어렵겠지만 여기서는 한눈에 보였다. 홍예리가 굳이 이 높은 곳을 찾아온 이유를 알 수 있었다.

"완전히 최후의 결사대 같군. 하지만 말이야, 거대 자본가의 세력에 맞서 비정규직 노동자가 임금 체납이나 구조 조정에

저항해 목숨을 내거는 것도 아니고, 용산참사처럼 사회 약자
층인 세입자들이 권리를 찾자는 것도 아니잖아. 냉정하게 따
지면 사유 재산 갈등 아닌가? 개발을 반대하는 비상대책위 소
속 집주인들은 몇 억짜리 집을 가지고 매달 월세 꼬박꼬박 챙
겨온 사람들일 테고, 재개발을 하자는 쪽은 서울 요지에 번듯
한 30~40평형대 메이커 아파트 받자는 사람들일 텐데. 단순
화 시켜보면 재화의 교환 과정에서 일어나는 갈등인 거잖아.
그런데 지금 꼴은 생존을 위협당해 항거하는 열사로 거듭날
분위기네. 내 눈이 삐딱해서 그런지 모르겠다만, 노동자들의
진정성 있는 투쟁을 욕보이는 짓 같아 그닥 공감은 안 된다.
그래 대체 뭐가 궁금한 거야?"

말해놓고 나니 감정이 앞서지 않았나 싶다.

"역시, 선배의 촉은 정확하다니깐. 바로 그거예요. 저도 사
유재산 갈등에는 관심 없습니다. 진짜 궁금한 건, 왜 저들이
집이 헐리고 공사가 시작된 지금에 와서 저러는가 하는 거지
요. 내재된 앙금의 폭발? 시행사의 당초 약속 불이행? 추가
분담금 갈등? 지금 저 안에서 무슨 일이 일어나고 있는지 그
게 궁금하다고요. 고공 농성 중인 비상대책위원장에게 인터뷰
를 시도해볼 작정입니다. 그 전에 선배 생각을 듣고 싶었고요.
시공사 측에서 용역을 투입한다니깐 일주일 후에 내려오겠다
고 했다는데, 그건 또 무슨 수작인지. 그땐 뭔가 극단적인 상
황 변화가 있는 것인지. 여기 조합장이 지난주 시사잡지와 인
터뷰한 게 있는데 아무리 읽어봐도 공감할 수 없어요. 개발이

모두의 이익이 될 것이라는 공자님 말씀. 지금 유용 의혹엔 침묵. 온갖 변명과 허접한 개똥철학. 이런 인터뷰를 해놓고 정작 본인은 잠적해버리고."

붉은 머리띠를 두른 털보 사진이 박힌 페이지를 내 쪽으로 내밀었다.

"내게 저 공사장 보여주려고 일부러 여기서 점심 먹자고 한 거야? 조합 쪽에 연락하면 바로 알 수 있잖아."

"선배, 정보라는 것이 돌면 돌수록 왜곡되잖아요. 보는 시각과 해석에 따라 결론이 달라지는 거고⋯. 다른 관점에서 접근하고 싶었어요. 삐딱하게 볼 줄 아는 선배의 조언이 필요했고. 이제야 판단이 분명히 서네요. 분명 저 안에서 무슨 일이 벌어지고 있다고요."

"쳇, 열정은 좋다만 그만 질릴 때 되지 않았어? 이런 말 뭣하다만 결혼 생활이 깨진 것도 그런 일 욕심이 영향을 미쳤을 수 있어. 뭐 남자 입장의 시각이지만. 암튼 월급 더 나오는 것도 아닌데 쉬엄쉬엄하라고. 다른 애들은 연차에, 근속 휴가, 생리 휴가까지 꼬박꼬박 챙겨 쓰는데."

나는 밥 한 끼에 이용당한 것 같아 기분이 좀 언짢았다. 남의 가정사를 언급한 것은 실수였지만 이미 뱉은 말이다.

"그렇게 화낼 일은 아닌 듯합니다만. 겸사겸사 만나서 밥도 먹고 좋잖아요. 예민해져 있는 사람은 오히려 선배 같은데. 뭐, 스스로는 잘 못 느끼시겠지만⋯. 제가 선배 상황 모르는 건 아니지만 요즘 보면 가슴에 회전 칼날을 품고 사는 사람 같아요. 내게 접근하지 마시오, 하면서 말이에요. 아무튼 세상에 너무 방어막 치지는 마세요."

여자 후배에게 핀잔을 듣고 있자니 머쓱했다. 성마른 모습이 그리 흉해 보였나 싶었다. 오전에 동네 공원에서 일어난 살인사건 때문에 더 그런지도 모르겠다. 오늘 점심 외출을 위해 어젯밤에 다녀온 정신과 의사도 같은 얘기를 했다.

"외부 환경과의 순환을 즐기세요. 그래야 스스로에게도 충전과 안식이 생긴답니다."

화제를 돌렸다. 금방 떠오른 것이 어젯밤 카페에서 열린 신년 파티. 비공개를 전제로 속속들이 까발렸더니 역시나 홍예리는 신 나서 깔깔거린다. 연예인이나 프로야구 선수에 관한 뒷담화는 많은 상상력과 호기심을 자극시킨다. 분위기가 다시 화기애애해졌고 나는 안도했다. 홍예리의 마지막 질문이 의외였지만.

"야구 여신 백나나 어때요? 진짜 많이 예뻐?"

무슨 대답을 듣고 싶은 걸까. 나는 느낀 그대로 두 손으로 하트를 그리자 홍예리가 볼에 바람을 넣어 부풀렸다가 뱉으며 피~, 거렸다.

정신과 의사의 말을 받들어 호텔에서 카페까지 걷기로 했다. 하늘을 보고 즐거운 상상을 하며, 바람과 햇볕을 의식하는 반복 훈련이 필요하다고 했던가. 연초 날씨치고는 포근해서 볼을 스치는 바람이 상쾌했다.

조언대로, 걷는다는 것은 마음을 안정시키고 기억을 재생시키며 가슴속에 맺혀 있는 응어리를 녹여주는 효과가… 있기는 개뿔! 정신과 상담 몇 번으로 회복될 병이면 걸리지도 않았다. 잡생각이 다시 머리를 뒤덮었다. 특히 지난밤 인근 공원에서 일어난 살인사건이 신경을 마구 긁었다.

걱정을 참지 못하고 현대 돌핀스의 마동식에게 전화를 걸었다. 신호음이 떨어지기 무섭게 다급한 목소리가 튀어나왔다. 파이어볼러에게 어울리지 않는 얇은 미성의 소유자.

"형님! 소식 들으셨어요?"

"응. 벌써 가게에 형사들 다녀갔어."

"이게 다 무슨 일이래요. 좋은 일 생겨서 일부러 조용히 만든 자리에 뒤탈이 생기다니. 사이먼 최 박사님이 그렇게 돌아가실 줄은…. 이상한 소문이라도 날까봐 걱정입니다. 조용히 해결됐으면 좋겠는데. 지금 여기 호텔 행사장인데 곧 들어가봐야 합니다."

"최 박사님이라는 분, 최근에 별다른 일 없었지?"

"글쎄요. 저도 시즌 중에는 못 봬서. 이리저리 사업 많이 벌일 만큼 열정적인 분이시긴 하지만."

"어제 맨 먼저 자리에서 일어났더라고. 카페 내부 녹화 영상 보니까 네가 문밖까지 나가서 배웅했던데."

"네, 그랬죠. 급히 누굴 만나러 가야 한다고 그러셔서. 술에 취하신 것 같아 택시를 잡아드리려고 했더니만 근처라서 걸어가면 된다고."

"흐음, 그럼 카페를 나가서 한두 시간 안에 사고가 터졌다는 거네. 일단 지켜보자. 사망자 가슴에 심한 멍 자국이 있다고 들었는데 그게 직접적 사인인지는 아직 몰라. 겨울이라 사고 사 가능성도 배제 못 하고. 뭐 별일이야 있을까. 나도 처리에 최선을 다할 테니 너무 걱정 마."

나는 상대를 다독이면서 한숨을 내쉬었다. 연초부터 무슨 액땜을 하려는가. 머릿속 기억 장치를 지난밤으로 되돌렸다.

일명 '부활파 신년회 겸 강대호 FA 체결' 축하 모임은 밤 8시 부터 시작됐다. 한국 프로야구에서 부활파라 함은 '불사조'의 상징이다. 말 그대로 부상에서 회복해 성공적으로 재기한 전 설의 투수 4인방을 가리킨다. 그들은 소속 구단도 나이도 고향 도 달랐지만 2008년에 팔꿈치 인대 접합 수술인 '토미존 서저 리'를 받았고, 그 집도의가 다 사이먼 최 박사였다는 공통점이 있다. 사이먼 최 박사가 때마침 미국 생활을 접고 국내에 재활 전문 클리닉을 막 개소한 시점이었다. 당시만 해도 실패 사례 가 많아서 수술을 꺼리는 분위기가 강했는데 어린 4인방에게 는 피할 수 없는 선택지였다. 부활파는 그 인연으로 똘똘 뭉쳐 서로 의지하고 격려하며 재활에 집중했고, 마침내 그라운드에 화려하게 복귀했다. 그 이후에도 모임을 지속하면서 부상한 어 린 선수들 지원에 나서는 등 의리파의 상징으로 굳어졌다. 나 는 그들 사연에 감동받아 눈물 찔끔 나는 신파조의 문체로 기 사를 크게 써준 적이 있다. 그렇게 인연이 돼 나 또한 그들의 후견인 자격으로 가끔 모임에 참석하게 됐고, 사회부로 옮기고, 기자 생활을 떠났음에도 관계를 유지하고 있었다.

그중 맏형 격인 강대호는 승승장구, 지난 시즌 19승으로 다
승왕을 차지하며 커리어하이를 찍더니 한국 프로야구 선수 최
초로 4년 150억 원에 현대 돌핀스와 FA계약을 맺으며 대박 신
화를 일궈냈다. 어제는 모두가 간만에 만나 축하 겸 회포를 푸
는 자리였다. 그래서 호텔이나 술집보다 사적인, 후견인인 내
가 있어 더 편안한 공간을 일부러 선택했는지 모르겠다.

초대 손님은 모두 8명이었다. 강대호를 비롯하여 '지옥에 가
서라도 데려오라'는 한국 최고의 좌완 파이어볼러 마동식, '커
브의 달인'인 셋업맨 유인구와 '끝판왕' 마무리 오봉우까지, 부
활파 4인방에 야구계 3대 얼짱 아나운서인 백나나와 30년 넘
게 중계 마이크를 잡아온 명해설가 허고민 씨가 참석했다. 여
기에 불사조 4인방의 에이전트인 'KK클럽'의 권기해 사장, 재
활 클리닉 원장인 사이먼 최 박사도 동석했다.

위기를 극복해 인간 승리를 쟁취하는 스토리는 늘 쩽한 여
운을 남긴다. 에이전트 권 사장이 과거의 악몽은 잊고 내일을
향해 돌진하자며 다소 과격한 건배사를 했다. 와인 잔이 부딪
히는 소리와 함께 다들 불그레한 얼굴로 수다 떠는 모습을 보
니 내내 흐뭇했다. 내가 술기운에 강대호에게 그 많은 돈을 어
디에 쓸 거냐고 묻자, 강대호는 내일 기자회견을 보시면 알 겁
니다, 라고 답했다.

"진짜 저 인간이 150억짜리예요? 인물도 반반하고 허벅지
도 차지고. 결혼 안 했죠?"

서빙을 하던 구양이 건너편 대박의 사나이를 훔쳐보며 물었다. 나는 고개를 끄덕였다.

"물 한 컵 사타구니에 엎지르면서 넓은 가슴에 자빠져볼까요?"

20대 아가씨답지 않은 음탕한 농담도 즐거운 밤이었다. 갈호태 또한 카페 주인의 품격을 잃고 음식 나르는 척, 야구 여신 백나나에게 수차례 다가가 사인을 받고, 명함을 건네고, 함께 사진을 찍으며 작업에 나서다 일동에게 눈총을 받았다.

그랬는데, 오늘 아침 사이먼 최 박사가 인근 공원에서 죽은 채 발견됐다. 그의 이름은 익히 들었지만 실제로 본 건 어제가 처음이었다. 40대 중반으로 미국에서 스포츠 재활의학을 전공한 후 의사 생활을 하다가 한국으로 돌아와 명성을 쌓은 인물. 몇 해 전, 한 찌라시에 연예인 성 스캔들과 부동산 투기에 얽힌 소문에 이름을 올렸던 것이 어렴풋이 기억나지만 당시 제임스, 대니얼, 리처드, 로버트, 마이클 같은 영어 이름을 가진 방송인들이 마구 쏟아져 나오는 바람에 바로 헷갈려버렸다. 어차피 확인 불가능한 추문이겠지만.

경찰의 사망추정시각이 맞는다면 최 박사는 10시 11분에 카페를 나선 후, 두 시간 안에 죽었다. 대체 공원에서 누구를 만났고 무슨 일이 있었던 걸까. 혹시 부활파 모임과 관련이 있는 걸까. 의욕 부족 늙다리 형사와 경험 부족 뺀질이 형사 콤비에게 기대를 걸어야 할 상황이라니. 미덥지 못하다.

직장인들이 커피를 사러 몰려드는 점심타임이 지나서 카페가 텅 비었다. 구양은 비품실에 들어앉아 스마트폰을 만지작거리고 있을 게 뻔하고, 갈호태는 카운터 한쪽에서 소형 TV를 켜놓고 스포츠 채널을 시청하고 있었다.

"정신과 상담은 잘 받으셨소?"

갈호태가 위로하듯 물었지만 몰래 홍예리와 식사하고 온 것이 마음에 걸려 말을 돌렸다.

"무얼 그리 열심히 보셔?"

내가 슬며시 고개를 들이밀자 갈호태가 턱짓을 했다. TV 화면 안에서 강대호가 흰 와이셔츠 위에 현대 돌핀스의 상징인 청색 스트라이프 유니폼을 걸치고 있었다. 돌고래 로고가 그려진 모자 챙을 살짝 구부려 머리에 쓰자 카메라 플래시가 폭죽처럼 터졌다. 백발의 노감독이 한 손으로 악수를 청하고, 다른 손으로는 강대호의 등을 가볍게 두드렸다. 옆자리에는 현대 돌핀스의 주축 투수인 마동식과 유인구가 착석해 자리를 빛내주었다. 부활파 4명 전원이 한 팀에서 뛰게 될 줄은 아무도 예상 못 했지만 트레이드와 FA계약을 거치면서 기적처럼 성사됐다.

150억이라는 돈이 화제는 화제인 모양이다. 비시즌이긴 하지만 일개 프로야구 선수의 입단식을 스포츠 채널에서 생중계해주다니. 더 놀라운 건 야구 룰도 확실히 모르는 갈호태가 집중해서 보고 있다는 사실이다.

"세상에, 네가 이런 방송을 다 보다니. 어젯밤 사건 때문에 신경 많이 쓰이는구나?"

"아니, 나의 여신님 백나나 아나운서 보려고. 오늘 행사 사회 본다고 했거든. 역시 화면발도 훌륭하지만 실물이 몇 배는 월등하구나. 비율까지 타고났네. 그치? 홍예리 기자님도 얼굴로는 못 따라간다, 그치?"

아우! 짜증. 나는 대답 없이 화면을 응시했다.

강대호의 소감 발표가 이어졌다. 미리 준비해서 외운 듯 발음이 또박또박 정확했다.

"고맙습니다. 저의 존재 가치를 인정해주신 현대 돌핀스 구단과 팬 여러분께 진심으로 감사드립니다. 초심을 잃지 않고 늘 신인의 자세로 팀 우승에 밑거름이 되겠습니다. 개인적으로 다승왕 2연패가 올 목표입니다. 옆자리에 앉아 있는 동료 투수들 도움이 절대적이겠지만요. 하하."

강대호가 마동식과 유인구를 보고 호탕하게 웃었다. 그리고 무슨 말을 할 듯 말 듯 주저하다가 마이크를 고쳐 잡았다.

"슬픈 소식을 들었습니다. 제가 큰 부상으로 절망에 빠졌을 때, 성공적으로 수술과 재활을 도와주신 사이먼 최 박사님이 어젯밤에 갑작스런 사고로 돌아가셨습니다. 제게는 정말 큰 형님이자 스승님 같으신 분이셨습니다. 최 박사님이 안 계셨더라면 제 야구 인생도 오래전에 끝이 났을 겁니다. 영면하시길 기도합니다."

강대호가 두 손바닥을 모아 고인의 명복을 비는 제스처를 취하자 분위기가 잠시 숙연해졌다.

"그래서 어젯밤에 생각했습니다. 최 박사님 이름으로 기금을 만들고 어린 선수들 재활 지원에 5억 원을 기부할까 합니다."

숙연함이 바로 박수로 바뀌었다. 노감독도 온화한 미소를 품고 고개를 끄덕끄덕. 뒤이어 기자들의 질문이 이어지고 TV 중계 화면은 현장에서 스튜디오로 옮겨왔다. 선수 출신 해설위원 양지혁이 출연해 만년 중위권에 머물던 현대 돌핀스가 에이스급 투수의 영입으로 올 시즌에는 충분히 우승을 노려볼 만한 전력이라고 평가했다.

갈호태가 리모컨으로 TV 볼륨을 낮추고 나를 올려봤다.

"그런데 사이먼 거시기 박사는 왜 죽은 거야? 여기서 잘 먹고 잘 놀다 나가서는. 머리털 벗겨져 외모는 참 볼품없던데 폐기 직전의 투수를 살려내는 용한 재주가 있었다니, 강대호는 진짜 감사해야겠어. 새로운 어깨에다 일확천금을 안겨준 은인이시니…."

"그렇지. 만약 그때 수술이 실패했으면 인생 종쳤지, 뭐. 투수야 팔이 생명인데…. 그 시절에 인대 찢어져 같이 빌빌거렸던 오성 타이거즈의 에이스 차은태는 일본에서 수술하고 잘못돼 지금 시골 중학교에서 코치하잖아. 물론 본인의 재활 의지가 더 중요하지만 의사 잘 만나고 잘 선택하는 것도 타고난 복인가봐."

"그래도 죽기 직전에 감사의 자리를 마련했으니 마음이 불편하지는 않겠네. 크흐."

"그렇다고 편하기야 하겠냐. 찜찜하긴 마찬가지. 사건이 빨리 매듭지어져야 홀가분하지. 형사들이 더 찔러준 소스는 없고?"

"응. 용의자가 바로 특정이 안 되니 애매한가봐. 사고 시간대 인근 방범 CCTV 분석 중인 모양인데 시간 좀 걸리겠다고 걱정하더라고. 게다가 강대호가 방송에서 저런 식으로 말해버리니 부담 팍팍 느끼겠는걸. 흐흐. 요즘 야구팬들 거의 광신도잖아. 아 참, 죽은 박사 양반이 들고 다니던 지갑과 가방이 사라졌대. 동네 건달들이 우발적으로 사람 때려눕히고 강도질을 했을 가능성이 있다는 거지. 그런데 그러기엔 또 반항흔이 없고…. 내가 보기엔 일격에 당했는데 안면 있는 사람이라 방심했을 확률이 높아 보여."

TV 화면을 보고 있자니 더 많은 의문이 피어올랐다.

"최 박사는 왜 그 시각에 외진 공원에 갔을까? 마동식한테 듣기로는 갑자기 전화 받고 누굴 만난다고 급히 나갔대. 즉, 미리 정해진 약속이 아니라는 거지. 당연히 그런 으슥한 곳에서의 급한 만남이라면 정상적이라고 보기 힘들지? 그래서 말인데 혹시 누군가에게 협박받고 있었던 건 아닐까? 예를 들면 의료 사고 같은 걸로."

내가 말해놓고 봐도 예리함이 있었다.

"흐음, 그럴싸한 얘기네. 운동선수들이 보통은 머리가 없잖아. 자기 이름 한자로 못 쓰는 애도 있다던데. 수술 실패해 인생 종친 애가 앞뒤 안 가리고 밀어붙였을 수도 있지."

어쩌자고 저런 막말을. 딴 사람도 아닌 갈호태가 머리 운운하다니. 어젯밤 선수들 앞에서 저딴 말을 떠들었으면 최 박사보다 먼저 하직인사를 고했을지도 모르겠다. 단지 운동에 집중하느라 상식이 부족할 뿐인걸. 내가 만나본 스포츠 스타 대부분은 영민하다. 배운 즉시 체득하는 유전자를 가진 이들이다. 그래도 갈호태한테 칭찬을 들으니 기분이 나쁘지 않았다.

"꼭 의료 과실이 아니더라도 레퍼토리야 많잖아. 꽃뱀에게 물렸거나 도박에 빠져 큰 빚을 졌거나, 배우자 외도도 있겠고…. 아는 범죄학자 얘기가, 우리 사회에서 남편이나 부인 이름으로 6억 이상 보험을 들어놨으면 언제 죽을지 모르는 시한부 인생이래. 웃기지?"

갈호태가 내 농담을 듣는 둥 마는 둥 모니터 앞에 앉더니 매장 녹화화면을 어젯밤 10시에 맞춰 5배속으로 돌리기 시작했다. 카페와 연루돼 신경이 안 쓰일 수가 없었던 모양이다.

모두들 신 나게 마시고 떠들고 웃어댔다. 마동식이 용무가 있는지 구석 창가에서 문자 메시지를 보내고, 권 사장은 음식을 나르는 구양에게 맥주를 따라주며 권했고, 최 박사는 소파에 퍼져 앉아 휴대폰을 들여다봤다. 갈호태는 꾸준히 백나나 곁에서 알짱거렸다. 10시 11분께 최 박사가 마동식이랑 맨 먼저 나섰다. 마동식이 돌아오고 15분쯤 후에 유인구가 담배를 물고 나갔다가 5분쯤 후에 돌아왔다.

"새끼, 운동한다는 놈이 완전 골초네. 경기 뛰다가도 중간에 라커에서 빨고 그러겠구먼. 저런 모습 대중에게 들킬까봐 우리 카페 빌렸겠지?"

"꼭 피우지 말란 법은 없잖아. 뭘 하든 프로는 성적으로 말하는 거야. 몸에 안 좋다고 술 담배는 물론 탄산음료에 밀가루까지 멀리하는 선수도 봤는데 성적이 바닥이면 무슨 의미 있겠냐? 건강해져서 오래는 살겠네."

"흐흐, 하긴…."

그다음엔 백나나가 연애사업이라도 하는지 휴대폰을 들고 또 수시로 들락날락. 강대호도 걸려오는 전화를 받으며 잠시 화면 구석에서 사라졌고, 20분쯤 뒤엔 돌핀스의 마무리 투수 오봉우가 일어섰다. 해설가 허고민도 뒤따라 담배를 물고 밖에 나갔다가 오봉우와 함께 들어왔다. 에이전트 권 사장이 혼자 앉아 보드카 원샷을 하고, 백나나가 또 파우치를 들고 화장실로 향하고, 해설가 허고민이 또 담배를 물었다. 그 사이사이 만취한 채 테이블을 사이를 돌며 뭔가 열심히 떠들어대는 내 모습에 얼굴이 화끈거렸다. 새벽 1시 30분이 넘자 모두 우르르 일어났다. 수상한 점은 찾을 수 없었다.

"최 박사 사망추정시각이 11시에서 1시 사이라고 그랬지. 결론적으로 10분 이상 자리를 비운 사람이 한 명도 없잖아. 다들 신나게 잘 먹고 잘 놀았네. 이상 당황하지 않고 알리바이 끝!"

갈호태가 상황을 정리하며 유행어를 흉내 냈다. 하지만 녹화 화면을 바라보는 내 눈에는 여전히 뭔가 부자연스러웠다. 흑백 무성영화 같은 장면들 속에서 사람들이 발바리처럼 왔다 갔다 하는 모습이. 마음은 동네 양아치들의 강도질로 끝나길 바라면서 의심의 눈초리는 주변인으로 향했다. 화면에서 눈을 못 떼는 내 태도가 불편해 보였는지 갈호태가 벌떡 일어섰다.

"정 찜찜하면 가보든가? 어차피 한가한 인생. 우리 카페가 사건에 엮였으니 명예가 걸린 일이기도 하고."

참 나, 갖다 붙일 걸 갖다 붙여야지. 현상 유지도 안 되는 카페에 명예는 무슨. 상호도 '이기적인 갈 사장'이라니. 무슨 게이 바도 아니고.

"여기 카운터 좀 봐주셔!"

사장의 부름에 비품실에서 구양이 하품을 하며 나왔다. 구양은 본명이다. 성이 구 씨고 이름이 양. 김 양, 박 양 그렇게 부를 때의 그 양이 아니다. 이력서를 보면 전문대 조리과를 졸업하고 이곳저곳 양식당을 전전하다가 두 달 전부터 이곳에서 일하기 시작했다. 성형발에 좀 맹한 구석이 있지만 하얀 얼굴과 글래머러스하면서도 늘씬한 키, 빵빵한 가슴은 북유럽 금발녀에 대한 환상을 가진 갈호태의 눈길을 사로잡았고 면접 즉시 채용됐다. 예상대로 일에 대한 성의는 부족했는데 잦은 지각에, 수시로 스마트폰 삼매경에, 게다가 에스프레소머신 청소법은 아직까지 헷갈려 했다. 딱 하나, 묵직한 식재료 박스는 번쩍번쩍 들고 잘도 옮겼다. 과거 이력이 의심스러웠지만 갈호태는 요염한 미녀장사를 질책은커녕 옹호했다. 내 귓구멍에 대고 변명조로 속삭였다.

"유럽 대저택의 하녀처럼 레이스 앞치마를 두르고 꾸벅꾸벅 졸 때가 제일 이뻐. 장사야 원래부터 안 됐잖아. 그럴수록 분위기라도 팍팍 살려야지. 시급 올려줘서라도 오래 붙잡고 싶다고."

그러면서 카페 건물의 옥탑방에서 살 수 있도록 월세 보조까지 해줬다. 지각 잦은 종업원이 업무에 집중할 수 있는 환경을 만들어주는 게 고용주의 역할이라는 설명에 나는 그냥 빵터졌다.

헐! 역시 사장질이 좋긴 하구나. 종업원조차 취향대로 부릴 수 있는 권력. 그런 걸 삶의 활력으로 일삼는 인간들이 또 이 땅에 수두룩할 것이고.

바깥 거리는 한산했다. 우리는 사건이 일어난 근린공원까지 좌우를 살피며 걸었다. 넉넉히 6~7분이면 도착할 수 있는 거리. 네 동짜리 주거형 오피스텔 뒷담을 끼고 굽어진 외딴길이라 볕이 잘 안 들고 사람의 왕래는 드물었다. 나도 급한 일이 아니면 다니지 않는다. 연쇄살인범 바리캉맨과의 격투로 목숨을 잃을 뻔한 이후 좁고 폐쇄된 공간은 보기만 해도 아찔하다.

목적지에 다다랐을 때 담벼락과 연결된 고정형 방범 카메라를 하나 발견했으나 오른쪽 측면에 사각지대가 발생하는 각도였다.

자그마한 근린공원은 인적이 드물어 스산했다. 조경수들은 나뭇잎이 다 떨어졌고 덩그러니 놓인 몇몇 철제 운동기구만 눈에 띄었다. 사이먼 최 박사가 죽은 채 발견된 곳은 공중 화장실 뒤쪽. 현장에는 노란 끈으로 통제선이 쳐져 있고 제복 경관이 한 명 지키고 섰다. 시신은 치워지고 없었다. 현장감식이 끝난 상태고 몸을 부딪혀 피 튀기며 다툰 곳이 아니라 특이점은 보이지 않았다. 술 취한 노숙자가 동사했다면 관심조차 없었을 것이다.

약간 의아한 점은 왜 화장실 뒤쪽에서 시신이 발견됐을까 하는 것이다. 일부러 으슥한 곳을 골라 만났을 수 있다. 왜소한 최 박사가 가해자와 시비가 붙어 힘에 의해 끌려갔을 수도 있다. 가슴을 가격당해 쓰러진 채 옮겨졌을 가능성도 배제 못한다. 하지만 화장실 주변은 사방이 개방된 공원 특성상 날이 밝으면 바로 드러나는 위치. 보통의 범인은 시신 발견을 늦추기 위해 갖은 수단을 동원하지 않는가. 하다못해 변기 칸에 유기하고 문을 잠그거나, 청소차량용 대형 쓰레기통에 던져 넣는 방법도 있다. 시신을 고장 난 마네킹 내다버리듯 방치한 건 의도적이란 느낌을 지울 수 없었다.

나는 그 의도를 달리 해석해봤다. 범인은 오히려 최 박사의 시신이 빨리 발견되길 원했던 게 아닐까. 그래야 사망추정시각이 정확해진다. 그건 무엇을 의미하는가. 바로 범행 시각에 알리바이가 있는 사람들이 용의선상에서 벗어남을 의미한다. 아니나 다를까 시신은 사고 몇 시간 만에 새벽 운동 나온 동네 노인에 의해 발견됐다.

저 멀리서 늙다리와 키다리 형사가 터벅터벅 걸어오고 있다. 갈호태는 늙다리에 대해, 사건 관계인들을 수사에 잘 활용해 손 안 대고 코 푸는 재주가 있다고 칭찬했지만 역시 미덥지 못하다.

다시 만난 형사들과 얘기를 나누면서 한 가지 정보를 얻었다.

최 박사를 문자 메시지로 불러낸 범인은 자신을 숨기기 위해 대포폰을 사용했고, 내용은 예상대로 공원에서 급히 만날 것을 제안한 것으로 확인됐다. 그 외 수사에 진전은 없었다.

나는 손목시계를 봤다. 단서가 부족할 때는 관계인의 이야기를 듣는 게 정석.

"아직 행사 안 끝났겠지?"

"앗싸! 야구 여신님을 다시 볼 수 있는 거네."

우리는 광화문 인근에 있는 플라자호텔을 향해 뛰었다. 입단식 행사가 막 끝나 방송 중계 카메라가 철수를 서둘렀다. 다행히 주요 인물들은 홀 안에 머무르고 있었고, 백나나도 이어폰을 뽑으며 무대에서 내려오는 참이었다.

나는 한 명 한 명에게 조용히 다가가 지난밤 파티 참석자들을 불러 모았다. 내빈으로 참석했던 해설가와 에이전트사 사장도 알아서 따라왔다. 다들 기자 눈을 피해 비상구로 내려가는 문 쪽으로 자리를 옮겼다. 강대호는 돌핀스 팬클럽 회원들에게 둘러싸여 나올 수가 없었다. 강대호! 강대호! 광적인 서포터스가 그를 빙 둘러싼 채 이름을 연호하며 환호했다. 캐리어를 끌고 가던 금발 외국인이 호기심 어린 눈으로 쳐다봤다.

내가 일동에게 최 박사의 죽음에 관해 간략히 설명했는데, 이미 알려진 사실이라 놀라지 않았다. 백나나가 밉살스럽게 "설마 저한테 불똥 튀진 않겠죠?"라며 시큰둥해할 뿐이다.

갈호태가 내 귀에 들릴 듯 말듯 속삭였다.

"아, 씨팔. 의리라고는 없네. 갑자기 신비감 확 무너진다. 결국 백나나도 보통 여자와 다르지 않구나. 그리고 밝은 데서 보니까 지지배 턱 깎았네. 귀에서 입까지 라인이 거의 일자로 뻗어 있잖아."

에라이, 제발 철 좀 들었으면⋯. 이 다급한 상황에 그런 게 보이냐. 속에서 짜증이 올라왔지만 애써 눌렀다.

"혹시 최 박사님 근황에 대해서 아시는 분? 어떤 얘기든지 아시는 게 있으면 좀 들려주십시오. 협조 부탁드립니다."

서로 눈치를 보는지 대답이 없다. 내가 사무적으로 다시 말했다.

"가능한 빨리 사건을 해결하고 터는 게 모두에게 도움이 됩니다. 경찰 수사가 길어지면 어쩔 수 없이 인신공격성 괴소문이 돌고 그러겠지요. 파티 때 폭탄주 돌렸네, 여자도 함께 있었다네, 지지배 턱 깎았네⋯."

헉! 실수. 백나나가 바로 찌릿, 눈빛 화살을 날렸다.

명해설가 허고민이 역시나 풍부한 정보와 분석으로 먼저 나섰다.

"최 박사 말이야, 최근에 투자한 사업이 영 시원찮았나봐. 그 양반 꿈이 뭐였냐면 일본 선수들이 자기 병원에 수술받으러 오는 거였어. 그런데 사업 확장하다 자꾸 꼬이니까 더 집착증이 생기고 그랬던 것 같아. 최근에는 약간 망상에 시달렸던 것 같고."

"허 위원님, 병원 운영이 잘 안 됐다는 얘기인가요?"

"아니, 그 양반 실력이야 다들 인정하잖아. 병원이야 잘 돌아갔지. 그런데 헛돈을 좀 쓴 모양이더라고. 나야 야구중계 때문에 각 구단 두루두루 도니깐 코칭스태프한테 잡다한 주변 얘기를 종종 듣잖아. 저번 리조트 팬클럽 행사 때도 내 말했지만, 최 박사가 돈을 많이 벌었고 또 많이 날렸다고 하더라고. 도심에 번지르르한 건물 신축해 병원을 이전하고 싶어 했는데 업자한테 크게 물렸나봐. 미국에서 오래 생활해서 국내 물정을 몰랐던 거지. 게다가 158킬로 던지는 오성 타이거즈의 유망주 김명일 알지? 있잖아, 작년 초 퓨처스리그에서 노히트노런 했던 애."

갈호태를 빼고 모두 고개를 끄덕했다.

"걔를 작년 가을에 집도했는데 경과가 안 좋아 큰 고객인 오성 타이거즈 측에서 심하게 압박했나봐. 최 박사야 수술은 잘 됐고 재활 프로그램 무시하고 방탕한 생활을 한 선수 탓이라고 반박하지만 오성이야 우리나라 최고 재벌기업인데, 그룹 변호사까지 동원해 누르면 정신적으로 힘들지."

"그랬군요. 그럼 병원 운영이나 사업 관련해서 원한 살 만한 사람이 없진 않군요? 야구 인생 망가진 청년의 무모한 복수극도 가능하다는 얘긴데."

"에이, 거기까지는 너무 앞서 나간 얘기고."

허고민이 동의를 구하듯 좌중을 둘러보자 다들 고개를 끄덕였다. 또 갈호태만 빼고서. 그는 두 팔을 머리 위로 올려 와인드업 포즈를 취하며 깐족거렸다.

"야! 진짜 복수극이라면 요즘 보기 드문 호기로운 청년일세.

그럼! 젊은 혈기에 참는 게 더 웃기지. 그 정도 배짱은 있어야 고독한 마운드에서 버틸 수 있는 거야. 그쵸? 나라도 인생 망가트린 놈 머리통에 강속구를 던져버렸을 테닷!"

동시에 왼발을 쭉 뻗어 호쾌한 투구 자세를 선보이려 했으나 구둣발이 미끄러지면서 중심을 잃고, 갈호태는 그대로 엉덩방아를 찧었다. 나와 허고민이 동시에 껄껄 웃었고 부활파 세 명은 인상을 찌푸렸다. 백나나가 무심하게 한마디 거들었다.

"저도 비슷한 소문을 주위에서 들었어요. 제가 야구계 주변 소식을 다루는 '미스 백의 파울홈런'을 3년째 진행하다보니 그런 정보에 빠르거든요. 최 박사님이 자금 변통하려고 안면 있는 감독님이나 구단 단장님들을 찾아다녔대요. 이자 후하게 쳐줄 테니 신축 예정인 재활센터에 투자하라고 그랬다나 뭐라나."

나는 팬들에게 둘러싸여 기념 촬영 중인 강대호를 바라봤다. 이런 소문에도 불구하고 최 박사를 위해 5억이나 내놓는 인품을 보면 참 대단한 녀석이라는 생각이 들었다.

"그나저나, 어젯밤 술자리에서 10분 이상 자리 비운 사람 있어요?"

어떻게 말을 꺼내나 고민을 하는 찰나 고맙게도 갈호태가 태연하게 내뱉었다. 자신은 아무 이해관계가 없는 사람임을 강조하듯이.

다들 얼굴에 불쾌함이 번졌다.

"아니, 사장님은 지금 우리를 의심하는 겁니까!"

백나나가 맨 먼저 짜증을 냈지만 신비감이 깨진 여자 앞에 선 갈호태는 더 인정사정없다. 저것도 일종의 가학적 변태 취향일까.

"형사 드라마에는 꼭 이런 대사가 나옵니다. 다 관례적인 질문입니다. 그렇습니다. 관례적인 질문입니다. 반복되는 얘기지만 사건이 빨리 풀려야 다들 홀가분할 거 아닙니까? 그러려면 어젯밤 행사와 살인사건이 관련 없다는 걸 입증하는 게 최고의 방법인데, 이리 민감하게 반응하실 줄은. 흐흠."

백나나 얼굴이 한층 더 붉어지자 뒷짐 지고 있던 오봉우가 한발 나섰다. '게임 종결자'라는 별명으로 더 유명한 그는 지난 시즌에 41세이브를 올려 구원 부문 2위를 차지했다.

"저야 차 때문에 술을 안 마셨으니 똑똑히 봤죠. 담배 피우고 전화 통화하고 술기운에 바깥바람 쐰다고 다들 잠깐씩 자리 비웠지만 몇십 분씩 사라진 사람은…. 장담합니다. 그렇지 않아요?"

'커브의 달인' 유인구가 따라쟁이처럼 손을 들었다.

"확실합니다. 최 박사님 일찍 가신 거 빼고는 다들 끝까지 자리 지켰죠."

"맞소. 나도 자리에서 일어난 적이 없어 다 봤거든."

부활파의 에이전트인 권 사장까지 거들었다.

안다. 저들 누구도 거짓말하고 있지 않다는 걸. 내가 녹화 화면에서 본 그대로다. 하지만 저들도 그 사실을 알기에 들통 날 거짓말은 애초에 안 하리라.

강대호가 드디어 팬들의 품에서 해방됐다. 그러자 이번에는 야구전문 인터넷 매체 기자들이 우르르 달려들었다. 아무래도 탐문은 미뤄야겠다.

호텔 로비를 빠져나오다가 막 회전문에 들어서는 늙다리와 키다리 형사를 발견했다. 늦다 늦어, 사건 해결은 언제 할 거냐고. 역시 미덥지 못하다.

사이먼 최 박사의 병원은 서촌 언덕배기에 있었다. 외진 곳이라 찾아가는 데 애를 먹었다. 내비게이션 없이도 자신 있어 하던 택시 기사가 길목을 잘못 들어 동네를 한 바퀴 돌아야 했다. 5층짜리 다세대 주택을 개조해 병원 간판을 내걸었는데 명성에 비해 번듯하다는 느낌은 못 받았다. 외래 환자 중심으로 운영되는 곳이 아니니 위치야 그렇다고 쳐도 주차시설이 열악했다. 접수대의 분잡함도 없고 링거대 끌고 다니는 중환자도 안 보이고 포르말린 냄새도 나지 않아 한적한 요양원 같았다. 삼산 베어즈의 사이드암 투수 장용석이 트레이닝 복장으로 2층 치료실에서 내려오는 걸 보고서야 재활 클리닉임이 실감 났다.

우리는 1층 원무과를 찾았다. 30대 후반으로 보이는 사무장이 나왔다. 이미 다녀간 늙다리와 키다리의 사전 정보에 의하면 최 박사의 먼 고향 후배란다. 다른 형사가 다시 찾아갈 거라고 전화를 해준 덕분에 신분증을 내보일 필요는 없었다.

짧은 머리에 두상이 길어 촌스럽게 생긴 사무장 얼굴에는 근심이 가득했다. 흘러내린 안경을 손등으로 밀어 올리며 내가 질문하기도 전에 방어막을 쳤다.

"병원 운영에는 아무 문제가 없었습니다. 직원들 월급도 잘 나왔고요. 원장님 실력이야 워낙 출중하시니 예약 환자도 꽉 차 있고."

"이번 일이 병원 경영사정과는 관련 없다는 말씀이시군요. 그럼 의료사고 같은 건?"

"네, 최근 수술 환자 중에 클레임은 없었습니다."

갈호태가 고개를 크게 갸웃거렸다. 허고민 해설위원이 한 얘기를 듣고 온 터라 일부러 그러는 것 같았다.

"수술이 많은가요?"

"메이저리그 투수 가운데 10퍼센트 정도가 받는 게 토미 존 수술입니다. 요즘은 고교생이나 대학 선수 중에도 흔하고요. 우리 원장님이야 토미 존 수술을 발명하신 프랭크 조브 박사가 세운 LA 클리닉에서 의사 생활하셨으니 이 분야 성골이라고 할 수 있죠. 예전에 우리가 미국 못 가면 일본 가서 수술했는데 지금은 원장님 명성 듣고 일본에서 찾아오는 환자도 종종 있답니다. 몇몇 정형외과에서 이 수술을 하긴 하지만 사실상 국내 쪽은 우리가 독점한다고 봐야죠."

"대단하군요. 그래도 특정 분야에 집중된 수술이니 시장 규모가 한계가 있지 않겠습니까?"

"하하. 명색이 스포츠 재활 전문 클리닉인데 어디 투수들 팔만 보겠습니까. 토미 존 수술로 워낙 유명세를 타서 그렇지요.

다른 전문의와 트레이너가 다양한 분야를 진료합니다. 그리고 부상당한 팔꿈치에 정상적인 팔꿈치 인대를 떼다 붙이는 토미존 수술은 그 자체가 그리 어려운 게 아닙니다. 시간도 한 시간이 채 안 걸리고요. 진짜 중요한 건 1년 반에서 2년 걸리는 재활 과정입니다. 우리의 자랑거리는 원장님이 원조 격인 LA에서 직접 배워 오신 체계적 프로그램과 관리 노하우입니다. 그게 다른 병원과 차별화되는 점이죠."

원장이 살해당한 상황에서도 사무장은 병원에 대한 자부심이 대단했다.

"그렇군요. 그 수술이란 게 성공 확률이 얼마나 됩니까?"

"지금은 90퍼센트가 넘습니다. 30여 년 전 첫 수술 땐 5퍼센트도 안 됐다는데. 8년만 빨리 이 수술법이 개발됐더라면 전설의 투수 샌디 쿠팩스도 그렇게 빨리 은퇴 안 했을 겁니다. 아, 참고로 토미 존은 LA 다저스의 투수 이름입니다. 맨 처음 이 수술을 받았고 재활에 성공해 은퇴할 때까지 무려 164승이나 더 거뒀답니다. 다른 유명 투수들 중에는 역시 LA의 …."

사무장이 침 튀겨 가며 지식을 뽐내는데 갈호태가 황당 어법으로 말을 잘랐다.

"네, 뭐니 뭐니 해도 LA는 갈비가 최고 아니겠습니까? 암튼, 최 박사님이 부동산에 투자해 큰 손해를 봤다는 소문이 자자하던데. 혹시 아십니까? 회계 담당이니 잘 아실 것 아닙니까?"

기습 질문을 받은 사무장 얼굴에 당황하는 빛이 스쳐 갔다.

"그 부분은 제가 답을 할 수가 없군요."

다 같이 엘리베이터를 타고 건물 5층으로 올라갔다. 최 박사는 그곳을 수리해 숙소로 사용하고 있었다. 도어록 버튼에 숫자 2007을 누르자 찰칵거리며 잠금장치가 풀렸다.

실내는 휑했다. 세간이 거의 없어 널찍한 거실이 더 넓어 보였다. 큼직한 열대어 어항이 중앙에 덩그러니 놓여 있고, 그보다 더 눈길을 끄는 건 벽에 줄줄이 걸린 대형 사진. 현역으로 뛰고 있는 프로야구 스타플레이어 17명의 역동적인 투구 장면이 액자에 담겨 가보처럼 보관돼 있었다. 나는 그것이 무엇을 의미하는지 바로 알았다. 2007년 병원을 연 이후 최 박사 자신이 집도해서 재활에 성공시킨 선수들. 신인왕 출신 꽃미남 민준욱도 이곳 고객인지 맨 마지막에 자리했다. 집도의 입장에서는 보기만 해도 뿌듯할 만한 사진이다.

책상 위에도 작은 사진 액자가 놓여 있었다. 앞머리가 벗어진 백인 노인 손을 잡고 활짝 웃는 최 박사가 보였다.

"누군지 혹시 알아?"

갈호태가 물었다.

"LA다저스의 주치의였던 프랭크 조브 박사 같은데⋯. 토미 존 수술의 창시자야. 당시로는 혁명적인 수술법이었지. 어떤 사람은 투수 생명 연장의 2대 혁명으로 커브의 등장과 토미 존 수술을 꼽기도 해."

"네가 술술 읊을 정도인 걸 보니 유명하기는 유명한 양반이구나."

"뭐, 꼭 잘 안다기보다 야구를 좋아하니 자연스럽게 습득한 거지. 퇴출 위기에 몰린 투수들에게 새 생명을 주신 분이니 존경받는 것은 당연한 거고. 이 수술이 없었다면 메이저리그에서 활약하는 류뚱을 못 봤을 거야. 우리 현진이도 고등학교 때 이 수술받은 거로 알려졌거든."

옆에서 사무장이 놀란 듯이 물었다.

"이야, 형사님 완전히 야구 도사시네요. 시시콜콜한 걸 다 아시고."

"뭐, 그냥."

형사라는 말이 멋쩍어 바로 말끝을 돌렸다.

"그런데 저건 뭔가요?"

은색 철제로 만든 소형 냉장고 같은 게 책장 옆에 놓여 있었다. 문짝에 빨간 화살표가 달린 온도계가 붙어 있어 특이했다.

"아, 특수 제작된 혈액 냉동고입니다. 영구히 혈액 성분의 파괴 없이 보관이 가능하다고 들었습니다."

"어떤 용도로 사용하는 건가요?"

"정확히는 모르겠습니다. 오래전부터 여기 있었던 것 같은데⋯. 원장님이 호기심도 많고 다양한 분야의 실험을 곧잘 하시는 분이라."

"환자들 중에 혈액 보관하시는 분이 계시나요?"

"저희는 안 하지만 요즘 종합병원에선 수익 사업으로 많이 합니다. 희귀 혈액형을 가졌거나 종교적 이유로 타인 혈액을 수혈 못 받는 분. 또 큰 수술을 앞둔 노인들은 미리 보관해두면 유용하죠. 비용이야 부담되겠지만."

나는 호기심에 혈액 냉동고 문을 열어보았다. 전원이 켜진 상태라 내부에서 강한 냉기가 올라왔는데 정작 안은 텅 비어 있었다. 무슨 용도로 사용을 했을까. 의문이 가시지 않았다. 혹시나 하는 마음에 휴대폰으로 사진을 몇 장 찍어뒀다.

"혹시 원장님의 가족은?"

"미국에서 이혼하셨다고 들었습니다. 현지에서 만난 재미 교포와 살다가 성격 차이로. 자녀는 없고요. 좋은 직장 그만두고 한국으로 들어온 게 아마 그런 이유도 좀 작용하지 않았나 싶습니다. 물론 재활의학의 불모지를 개척하겠다는 욕심도 있었겠지만. 그러니 부활파 4인방이야말로 원장님이 가장 애정을 가진 선수들이죠. 재활 과정에서 보여준 모범적인 태도와 불굴의 의지가 원장님의 존재, 나아가 홍보대사처럼 우리 클리닉의 존재를 더 돋보이게 한 것도 사실이고요. 생전에 원장님은 부활파 이야기가 언론에 나오면 항상 흐뭇해하셨습니다. 영원히 함께할 친구들이라고. 강대호가 또 그 뜻을 기려 기금을 만든다고 하니… 오늘 아침에 와서도 그 이야기 했거든요."

"네? 강대호가 왔었다고요?"

나와 갈호태가 거의 동시에 되물었다.

"네, 아침 일찍요. 제가 막 출근했을 때니까 한 8시쯤 됐나? 기금 출연 때문에 원장님과 급히 상의드려야 한다고. 인터폰을 눌러도 받지 않으셔서 지난밤에 안 들어오신 것 같다고 하자 자신이 직접 올라가보겠다고 도어록 번호를 묻더라고요. 한 30분 정도 기다리다 돌아갔어요. 갈 때 다시 봤으니까요."

그때 사무장이 쥐고 있던 휴대폰 벨소리가 울렸다. 발신자 번호를 확인하더니 사무장은 거의 울상을 지었다.

　"이번에는 방송국입니다. 원장님이 그렇게 돌아가셔서 아침부터 여기저기서 계속 찾네요. 둘러보고 계십시오."

　사무장이 고개를 숙이고는 다급히 나갔다. 거실에는 우리 둘만 남았다. 갈호태가 여기저기 물건을 툭툭 건드려보지만 건성이다. 오전에 만난 옛 동료 형사들의 조롱에 의욕을 잃고 심란한 모양이다. 어쩔 수 없다. 경찰에서 파면당한 것은 명백한 자신의 실수인 것을.

　나는 창가로 다가가 블라인드 끈을 잡아당겼다. 창밖에 전혀 예상 못 한 풍경이 펼쳐졌다. 점심때 호텔에서 굽어본, 도심 재개발 공사 현장이 여기서도 한눈에 내려다보였다. 거리는 꽤 있어 타워크레인이 깜찍한 레고 장난감같이 보였다.

　여전히 통화 중인 사무장에게 눈인사를 하고 병원 현관을 나서는데 기다리고 있던 간호사가 손짓을 했다. 우리는 조용히 구석으로 불려갔다. 가볍게 고개를 숙이는 여자의 왼편 가슴에 간호사 이주연이라는 이름표가 붙어 있었다. 너무 젊지도 너무 늙지도 않은, 정확한 나이를 가늠하기 힘든 아담한 체구의 미인이었다.

　"형사님들이시죠?"

　"넵, 그렇습니다만."

　갈호태의 거짓말이 너무 자연스럽다.

　"뭘 바라는 건 아니고요, 이렇게라도 이야기 안 하면 원장님이 돌아가신 마당에 제 인생이 너무 억울할 것 같아서요."

"무슨 말씀이신지?"

내가 호기심을 보이자 간호사가 좌우를 둘러보고 심호흡을 했다.

"저는 원장님과 사귀는 사이였어요. 뭐, 결혼 약속하고 그런 단계는 아니고요. 암튼, 그래서 이런저런 사정을 좀 아는데, 얼마 전에 술에 취해서는 어떤 여자 아나운서에게 이용당했다고 화를 벌컥 내시더라고요. 그 여자가 신축 병원 자금 조달에 애먹는 걸 알고 각 구단의 지인들 소개시켜주고 커미션을 떼먹은 모양이에요. 또 그걸 빌미로 이런저런 요구 사항이 많았대요. 어쩌면 이번 사건과 관련이 있겠다 싶어서…."

"사기라고 단정하기엔 구체성이 부족해 보입니다만?"

나는 신중을 기했다. 뭔가 명확한 증거를 보여달라는 의미였으나 간호사는 뜻밖의 이야기를 했다.

"원장님이 그러셨어요. 그래도 자신에겐 다 뒤집을 반격의 카드가 있다고. 자기만 믿고 따라오면 된다고. 저는 어쩌면 원장님이 이런저런 상황에 휩쓸려서 당하지 않았나 싶어요. 꼭 진실을 밝혀주시길 바랍니다."

간호사는 의미심장한 말을 남기고, 손수건으로 눈물을 한 번 훔치더니 뒤돌아섰다. 내가 급히 불러 세웠다.

"혹시, 최 박사님 집에 있는 혈액 냉동고 용도를 아십니까?"

간호사는 고개를 흔들더니 다시 한 번 고개를 숙이고 병원 안으로 뛰어갔다.

"백나나 그 짜증 나는 지지배, 그렇게 돈 벌어서 턱 깎았구나. 그러니까 자기가 다리 놔주고 수수료 떼먹은 거네. 그래놓고 아까는 소문 들었는데 이 지랄하고. 천박하게. 8등신 미녀는 무슨, 그냥 등신이지."

갈호태의 눈 밖에 나자 야구 여신은 하룻밤 새 꽃뱀으로 추락했다.

택시를 잡지 못해 언덕길을 터벅터벅 걸어 내려오는데 저 멀리 재개발 공사판이 다시 눈에 들어왔다. 텔레파시가 통했는지 홍예리가 때맞춰 전화를 걸어왔다. 목소리가 다급했다.

"선배! 선배! 도심 재개발 사업 관련해서 정보를 모으다가 엄청난 사실을 알아냈어요. 얼마 전에 조합장의 거액 횡령 의혹이 있었는데요, 아직도 해결 안 난."

"안 그래도 그것 때문에 비상대책위원장이라는 사람이 크레인 위에서 고공 농성하고 있다면서?"

"그런데 말이에요, 사기당한 투자자 중 한 명이 사이먼 최 박사입니다. 오늘 공원에서 죽은 채 발견된 재활의학의 권위자 말입니다."

"뭐야, 우연치고는 시기가 절묘한데. 안 그래도 내가 지금 그 사람 병원에 왔다가 가는 길이거든. 그럼 최 박사와 조합장이란 사람 사이에 연결 끈이 생긴 거네? 어젯밤 카페에서 급히 나가 만난 사람이 행방불명 상태인 조합장일 가능성이 있는 거고. 수배 중이라 눈을 피해 밤에 으슥한 공원에서 만난 건가?"

"그렇다고 봐야겠죠."

"일이 급박하게 흘러가네. 예리야, 낮에 점심 먹은 곳에서 다시 좀 볼까? 꼭 확인해보고 싶은 게 있어서 말이다."

통화를 끝내자마자 실수를 깨달았다. 분노에 찬 갈호태의 이글거리는 눈빛과 마주쳤다.

"뭐야, 픽큐! 나 몰래 홍 기자님 만난 거네. 정신과 치료받으러 간 게 아닌 거네. 둘이서 맛난 음식 흡입하며 내 욕한 거네."

세 번째는 사실이 아니지만 반박할 수 없었다.

저녁 시간. 나는 일찍 호텔에 도착해서 점심을 먹었던 스카이라운지 창가 자리에 다시 앉았다. 수첩을 펴놓고 볼펜을 그어가며 최 박사의 주변 인물 관계를 다시 정리했다. 수사가 진행될수록 의외의 사실이 속속 드러나고 있었다. 잘나가는 줄로만 알았던 최 박사가 부동산 사기를 당해 병원까지 저당 잡힐 정도로 파산 위기에 몰렸고, 여자 문제도 복잡해 모 아나운서를 거쳐 간호사와 그렇고 그런 관계에 금전 거래도 얽혔다는 증언이 나왔다. 그 와중에 카페 행사에 참석했던 지인들이 하나둘씩 사건의 수면 위로 등장하자 당혹스러웠다. 하지만 진상을 추적하는 일은 거기서 막혀버렸다. 정황만 있고 증거는 없는 난관에 봉착했다.

스마트폰으로 검색을 해보니 부활파 팬 미팅 행사가 바로 지지난주 강촌의 한 리조트에서 있었다. 낮에 말한 대로 그 행사에 허고민 해설위원도 참석해 강연을 했다. 그렇다면 부활파 4인방은 겨우 두 주 만에 다시 모인 셈인데, 왜 모두 오랜

만인 것처럼 행동했을까.

"선배, 나더러는 일 중독이니 뭐니 하더니, 사람이 와도 알아채지도 못하고 뭐 그렇게 열심이신가요?"

홍예리가 바로 눈앞에 서 있었다.

"우리 카페의 자존심이 걸린 일이라서 말이야. 후후."

말해놓고 보니 민망하다. 갈호태에게 면박 줬던 멘트를 그대로 인용하다니. 홍예리가 피식 웃으면서 책 한 권 분량은 될 법한 A4 출력지를 테이블에 올려놓았다. 나는 그 자료를 제목 중심으로 휘리릭 넘겨봤다. 별별 내용이 다 들어 있었다. 그중 눈길 끄는 몇 장을 빼내 테이블에 쫙 펼쳤다.

낮에도 봤던 눈썹 짙은 종업원이 불편한 눈으로 "손님, 이곳은 북카페가 아닙니다. 여기서 이러시면 안 됩니다"라고, 차마 말은 못하고 "오늘 두 번째 뵙네요" 하며 아는 체했다. 나도 가볍게 눈인사를 건네고는 출력지를 샅샅이 훑었다. 최 박사 피살 사건과 재개발 사기사건에 어떤 연관성이 있는 걸까.

내가 홍예리에게 추가로 드러난 사실을 알려주었다. 그중 가장 시선을 끄는 건 최 박사가 죽기 직전에 받은 휴대폰 문자 메시지. 경찰에서 조사한 결과 9시 45분에 수신됐고 대포폰을 이용해 발신자는 찾지 못했다. 물론, 늙다리 형사가 흘려준 정보다. 나는 내 휴대폰으로 재전송받은 장문의 메시지를 홍예리에게 보여주었다.

〈사정이 생겨 전화번호를 바꿨습니다. 일이 다 잘 처리됐습니다. 원장님 피해는 없을 겁니다. 다 비상대책위원장이란 작자가 꾸민 짓입니다. 급히 만나 뵙고 설명드리겠습니다. 적선동 힐링오피스텔 뒤편의 공원에서 기다리고 있겠습니다.〉

"어때? 정황상 도피 중인 조합장이 최 박사에게 보낸 것이 확실해 보이지? 때마침 인근에 있던 최 박사가 달려갔고, 갈등이 일어나 격하게 싸웠고, 끝내 덩치 큰 털보 조합장의 완력을 당해내지 못했다, 뭐 그런 시나리오가 아닐까 싶어. 나도 처음 문자를 봤을 땐 최 박사와 조합장을 연결 지어 생각 못 했어."

홍예리가 끄덕끄덕하며 자신의 수첩을 뒤적거렸다.

"조합장이란 사람의 행적을 추적해봤더니, 열흘 전 비상대책위원장과 만난 게 확인됐고요. 이야기가 틀어져 사람들 앞에서 심하게 다퉜다고 하더라고요. 그 이후로 조합장은 행방불명. 돈 짊어지고 밀항했다는 소문이 돌고 있어요."

"조합장 그 인간이 여기저기서 트러블메이커로군."

낮에 먹은 파스타 대신 리소토를 시켰지만 생각이 살인사건에 가 있어서인지 쌀알이 자꾸 목구멍에서 걸렸다. 생수를 한 잔 다 들이켜며 창밖으로 눈을 돌렸다.

타워크레인 꼭대기에는 빨간 항공장애등이 반복적으로 점멸하고 있었다. 밤이라서 기둥은 안 보이고 운전석 옆 드럼통에 피워놓은 불 때문에 꼭 비행물체가 허공에 떠 있는 것 같은 착시를 일으켰다.

"선배, 비대위원장이 고공에서 열흘 넘게 버티려니 춥고 힘든 모양입니다. 그나마 식사와 생수 반입을 막지 않는 걸 보니 인도적 차원이라고 해야 하나요?"

"목숨 걸고 올라갔는데 배고파서 내려오기야 하겠어. 어차피 고공농성이란 게 자존심을 건 쇼잉이라서 말이야. 서로 이해관계의 절충점에서 타협을 하고 체면 지켜주는 쪽으로 출구를 열어줘야 결론이 나지. 경찰이 작정하면 바로 끌어내릴 순 있을 거야. 그런데 용산참사가 많은 걸 바꿔놓았지. 많은 희생자를 냈다는 학습효과 때문에 여론 눈치 보며 마구잡이 진입을 안 하는 거고. 점심때도 말했지만, 냉정히 보면 사유 재산 갈등인데 생업에 쫓긴 대중이야 어디 그렇게 깊이 따지고 드나. 누가 고공농성을 한다니깐 또 힘없는 서민이 억울한 일을 당했구나, 막연한 동정심이 작용하는 거지. 나는 진보, 보수를 떠나 대중의 심리를 교묘히 이간질하는 작자들이 최고 악질이라고 봐."

홍예리가 건성으로 고개를 끄떡였다. 표정은 이미 딴생각에 빠져 있었다. 식사를 마치고 일어설 때, 나는 마지막으로 타워크레인을 봤다. 불길이 점점 사그라지는 드럼통에 비상대책위원장이라는 작자가 운전석에서 가져온 뭔가를 넣고서 생수병 물을 들이부었다. 예상과 달리 불길이 확 커져서 사람 키 높이만큼 활활 피어올랐다.

"잠깐! 아직 망원경 있어?"

홍예리가 급히 가방을 뒤져서 꺼냈다. 나는 불빛이 있는 운전석과 지브 연결 부분에 초점을 맞췄다. 그리고 결정적인 장면을 목격했다. 동시에 머릿속 세포가 일제히 깨어나 극단의 상상력을 향해 꿈틀댔다. 때마침 비상대책위원장은 같은 행동을 한 번 더 반복했고, 나는 스마트폰 줌을 최대한 당겨서 촬영했다. 꽤 고사양의 카메라가 달린 제품이지만 거리의 한계가 있어 선명하게 찍지는 못했다. 상상이 확신으로 변하는 순간 두려움에 발걸음을 뗄 수 없었다. 다리가 부들부들거렸다. 손바닥으로 테이블을 짚으며 계산대로 향하는 홍예리를 불러 세웠다.

"특종이야. 증명만 할 수 있다면."

실내에 묵직한 비올라 선율이 깔렸다. 어릴 때 미국으로 입양됐다가 유명 음악가가 되어 돌아온 꽃청년의 연주였다. 센스쟁이 구양이 분명 이 시각 이후 카페 안에서 무슨 일이 일어날지 예상하고 분위기에 맞는 CD로 갈아 끼운 것이리라. 출입문에 영업 종료 팻말이 내걸렸고 홀 중앙에 남자 네 명이 모였다. 그들을 소집한 사람은 나였지만 그들과의 인연을 생각하면 도망치고 싶은 심정이다. 나는 조금 떨어져서 뒷짐을 지고 섰다.

마동식이 내게 말을 걸었다. 상황이 예사롭지 않음을 직감했는지 말투가 시니컬하다.

"형님, 사건은 다 해결됐습니까? 아니면 추가 조사 때문에 부른 겁니까?"

대답은 나를 대신해 갈호태가 했다.

"뭐, 추가 조사까지 필요할까 싶습니다. 최 박사를 죽인 범인을 알아냈으니."

확신에 찬 대답에 네 명의 눈동자가 동시에 동그랗게 커졌다. 마운드에서의 포커페이스는 잊고 다들 긴장해 있다.

"뭐야, 그럼 우리 중에 최 박사님을 살해한 범인이라도 있다는 겁니까?"

이번에도 마동식의 질문은 나를 향했으나 대답은 갈호태가 했다.

"당신들 중에 범인이 있는 게 아니고…."

그 대목에서 갈호태가 슬쩍 내 눈치를 살폈으나, 나는 애써 외면하고 창밖으로 시선을 가져갔다. 거리에 겨울 밤안개가 차오르고 있었다.

"범인은 바로 당신들 모두입니다!"

갈호태의 단언에 긴 침묵이 생겼다. 구양이 커피를 뽑아서 가져왔다가, 싸늘한 분위기를 보더니 마이클 잭슨의 '문워크'를 흉내 낸 뒷걸음질로 미끄러지듯 물러섰다.

부활파 4인방이 일제히 웃음을 터뜨렸다. 갈호태의 대답이 어이가 없어서인지, 구양의 웃겨주는 액션 때문인지 알 수 없었다.

먼저 유인구가 가볍게 반박하고 나섰다.

"지금 슬픔에 잠긴 우리를 위로하려고 장난치시는 거죠? 우리 인생을 구제해주신 분을 왜 죽입니까?"

"에잉! 사람 관계에 영원한 게 어디 있습니까. 그런 논리라면 낳아 길러준 부모를 죽이는 자식새끼는 없어야죠. 하지만 세상에는 그런 사건이 부지기수란 말입니다."

나는 갈호태의 머리에서 1년에 하나 나올까 말까 한 적절한 비유라고 생각했다. 다시 일동이 침묵에 잠겼다. 다들 머릿속이 복잡해 터질 것 같다는 표정. 음악이 다음 곡으로 넘어갔다. 다소 빠른 템포의 왈츠 곡이었다. 그 리듬감에 맞춰 마동식이 검지를 세우며 도전적으로 나섰다.

"좋아요. 사장님이 우리를 의심하는 건 자유니까. 그런데 잘 아시겠지만 우리는 어젯밤 새벽 1시가 넘어서까지 바로 이곳에 있었습니다. 알리바이가 확실하단 말입니다. 최 박사님은 그사이에 살해당하셨고요. 설마 그걸 부정하겠다는 겁니까. 형님! 그렇게 가만히 계시지 말고 뭐라고 말 좀 해보십시오. 우리랑 마주앉아 술도 마시지 않았습니까?"

그랬다. 부정할 수 없는 사실이다. 하지만 그들이 최 박사를 죽인 것도 부정할 수 없는 사실이다. 부활파 4인방이 애타게 구조 신호를 보냈지만 나는 눈을 마주칠 수 없었다. 어떻게 행동해야 할지 진짜 알 수 없었다.

대신 갈호태가 부활파를 향해 손가락질하며 말을 이었다.

"자, 지난밤을 재구성하면 이렇습니다. 증거가 부족한 부분엔 살짝쿵 추측이 들어갔으니 감안하고 들어주시고요."

부활파 4인방이 동시에 냉소적인 웃음을 터트렸다.

"아니 그럼 증거도 없이 범인으로 지목한 겁니까? 생트집도 정도껏 해야지, 참 나."

갈호태는 들은 척 만 척 말을 계속했다. 무시함으로써 기 싸움에서 밀리지 않겠다는 태도.

"의심의 시작은 강대호 씨가 기자회견장에서 소감을 밝힐 때입니다. 안타깝게도 사소한 단서를 두 가지나 흘리고 말았습니다. 물론 제가 아니라 여러분을 후원하는 팬이자, 옆에 서 있는 저의 절친이 찾았지만."

4인방의 시선이 일제히 내 쪽으로 쏠렸다. 다들 눈빛이 사나워져 있었다. 갈호태가 말을 이었다.

"강대호 씨는 은연중 최 박사님이 어젯밤에 돌아가셔서 몹시 슬프다고 했습니다. 새벽, 혹은 오늘 아침도 아니고 왜 어젯밤이라고 단정적으로 표현했을까? 게다가 기금 출연도 함께 고민했다고 했습니다. 박사님이 죽을지 알고 준비했다는 인상을 강하게 받았거든요. 우연의 일치인가요? 왜 이런 의심을 하느냐 하면 그때는 짭새들⋯ 아, 죄송. 경찰이 추정한 사망 시각이 언론에 공표되기 전입니다. 즉, 범행 당사자가 아니면 알 수 없는 정보란 말입니다."

부활파의 눈빛이 살짝 흔들렸다.

"또 이런 말도 했죠. 선발 외에도 중간계투, 마무리가 잘 도와줘야 올해도 다승왕이 가능하지 않겠느냐. 그러면서 협업의 중요성을 강조했습니다. 본인이야 뭐 대수롭잖게 말했겠지만 거기엔 사실 엄청난 비유가 숨어 있습니다. 여러분은 이번 일도 자신의 등판 순서에 맞춰 투입돼 맡은 임무를 해낸 것입니다. 아, 물론 이것도 옴팡지게 야구 좋아하는 저 친구가 찾아낸 겁니다. 참고로 저는 모태 축구팬입니다요. 흠흠."

부활파 4인방의 얼굴에 핏기가 사라졌다. 그들은 여전히 갈호태가 아닌 나를 의존적으로 쳐다봤다. 갈호태는 기선제압에 성공했다고 판단했는지 발걸음을 떼며 천천히 걷기 시작했다. 목소리를 깔고 진지해지다보니 〈그것이 알고 싶다〉 진행자의 말투와 비슷해졌다.

"그런데 말입니다, 범행은 과연 어떻게 이뤄졌을까요? 거기에는 어떤 비밀이 숨겨져 있을까요? 그 질문에 대한 해답은 실로 놀라웠습니다. 자, 방법은 이렇습니다. 9시 45분, 먼저 마동식 씨가 나섭니다. 미리 준비한 대포폰으로 바로 옆자리의 최 박사에게 문자를 보냅니다. 재개발 조합장인 척하며 급히 만날 것을 제안합니다. 여기서 마동식 씨의 결정적 실수가 있었습니다. 스트라이크존 한가운데에 몰린 실투라고나 할까. 이 화면을 좀 봐주십시오. 어젯밤의 내부 영상입니다."

갈호태가 테이블에 놓여 있던 아이패드를 들어 저장된 화면을 사람들 앞에서 재생시켰다.

"요기요기 보이시죠? 마동식 씨가 구석의 커튼 앞에서 검은 휴대폰을 꺼내 열심히 뭔가를 입력합니다. 문제의 대포폰입니다. 마동식 씨가 개인적으로 사용하는 모델은 초록색 커버의 아이폰인 것으로 다른 화면을 통해 확인됐고요. 자, 문자를 전송하고 대포폰을 주머니에 넣자마자 화면 왼쪽 끝에 앉아 있던 최 박사가 문자를 받고 확인합니다. 이렇게 한 화면 안에서 보니까 한눈에 딱 알겠죠? 문자를 받은 최 박사는 지척거리에 있는 사람이 보냈을 거라고는 상상도 못 합니다. 많이 취했지만 돈 문제로 다급해진 상태라 서둘러 자리를 뜹니다. 그때 마동식 씨가 첫 번째로 등판합니다. 최 박사에게 준비한 선물이 있다거나, 아니면 잠깐 상의드릴 일이 있다면서, 아 요건 추측입니다. 암튼 뭐 다른 구실을 만들어 반지하 주차장에 세워둔 차로 유인합니다. 트렁크를 열고 선물을 찾는 척하다가 전기충격기로 최 박사를 강하게 지져버립니다. 요때 피부에 접촉 자국이 남지 않도록 외투에 충격을 가합니다. 아마 두꺼운 옷에도 효과가 있는 고전압용을 사용했겠죠. 또 무기력하게 만들기 위해 여러 차례 반복했을 것이고. 기절한 최 박사를 차 트렁크에 던져 넣고는 카페로 돌아와 태연히 술을 마십니다. 채 5분이 걸리지 않았습니다. 자, 시간이 흐릅니다. 이번엔 중간계투로 강대호 씨와 유인구 씨가 나섭니다. 주차장에 내려가 한 사람은 최 박사를 뒤에서 끌어안고, 한 사람은 앞에서 최 박사의 가슴을 반복적으로 때립니다. 왜 칼이나 야구방망이 같은 흉기를 사용하지 않았느냐? 피를 흘리지 않는 게 중요하기 때문입니다. 살해 현장이 옮겨졌다는 걸 숨기고 싶어서겠죠. 또 피라는 게 일단 흘러버리면 닦기도 힘들고 살해 현장의 결정적 증거로 남으니까요. 수면제나 청산가리 같은 약물을 사용하지 않은 이유도 있습니다. 조합장과의 우발적 다툼으로 만들어야 하는데 부검에서 검출되면 곤란하지 않겠어요? 이 부분에서 강한 살의가 느껴집니다. 명치를 반복적으로 구타당한 최 박사가 죽습니다. 두 사람은 시신을 트렁크에 집어넣고 역시 바람을 쐬고 온 양 카페로 돌아옵니다."

부활파 4인방의 자세가 로봇처럼 뻣뻣해졌다. 갈호태는 한 호흡을 멈춘 다음 반대쪽으로 발걸음을 틀었다. 좀 거들먹거리는 게 거슬리긴 해도 진짜 연기를 해도 될 만큼 템포 조절이 늘었다. 듣고 있는 내가 감탄할 정도로.

"자, 마지막입니다. 새벽 1시가 넘었습니다. 다들 자리를 뜹니다. 드디어 차량의 주인이자 술을 마시지 않은 마무리 오봉우 씨가 등판할 차례입니다. 일행과 헤어지고 주차된 차를 몰고 주위를 배회하다 가까운 근린공원으로 향합니다. 혹시 몰라서 검은 후드에 마스크까지 착용하고 방범 CCTV 위치를 살펴가며 공중화장실 뒤에 시신을 유기합니다. 알리바이 주장을 위해선 날이 밝는 즉시 시신이 발견되는 게 좋기 때문이죠. 방범카메라 위치는 답사를 통해 사전에 인지하고 있었다고 판단됩니다. 휴대폰은 놔두고 가방과 지갑을 들고 강도로 위장한 채 사라집니다."

"이야기 참 잘 지으시네요?"

"범죄 영화를 너무 많이 보셨나봐?"

"결론을 내놓고 적당히 끼워 맞춘 짜깁기군요?"

현대 돌핀스의 선발, 계투, 마무리 투수가 순차적으로 격앙된 불만을 쏟아냈다.

"거 참 성격들 급하시네. 아직 이야기 안 끝났습니다. 날이 밝은 아침 8시, 참 아리까리한 시간에 강대호 씨는 최 박사 병원을 찾아갑니다. 아직 출근 전이라는 이야기를 듣고 5층으로 직접 올라가죠."

강대호가 말허리를 자르고 끼어들었다.

"기자회견장에서 밝힐 기금 출연 문제를 조율하기 위해 갔습니다."

"바로 그거라니깐요. 그걸 핑계 삼아 실은 다른 목적으로 간 겁니다. 마음 같아서는 최 박사가 죽고 난 직후, 바로 달려가고 싶었겠지만 아무래도 한밤중에 찾아가는 건 부자연스럽죠. 그래서 아침까지 기다렸다가 자연스러운 방문 형식을 취한 겁니다. 엘리베이터 내부 카메라에 찍혀도 이상할 것이 없으니. 당신은 최 박사 집에서 소기의 목적을 달성하고 병원을 나옵니다. 가족같이 지내온 사무장도 그 모습은 수상쩍어할 리가 없고. 자, 여러분이 자신 있어 하는 알리바이는 서로 짝짜꿍해서 완성된 겁니다."

실내가 침묵에 휩싸였다. 강대호가 좀 더 도전적으로 나섰다. 약간의 위기 상황에 몰렸음에도 에이스답게 침착함을 잃지 않았다.

"우리에게 최 박사님을 죽여야 할 동기가 있습니까?"

나는 숨을 길게 내쉬었다. 마침내 올 것이 왔구나 싶었다. 어쩔 수 없이 나서야 할 타이밍. 악역을 감수해야 하는 슬픈 밤이었다. 뒤돌아서서 부활파 4명과 한 명 한 명 눈빛을 마주쳤다.

"최 박사는 여러분 인생의 구세주가 분명해. 그런데 말이야, 그런 구세주한테서 협박을 받는다면 몇 배의 충격일 테지? 그렇지?"

"네에?"

강대호가 허를 찔린 듯 입을 쩍 벌렸다. 나머지 셋도 표정이 미묘하게 일그러졌다.

"최근 최 박사가 벌인 사업이 영 신통찮았어. 독점해온 수술도 경쟁 병원들이 생기니 한계가 있었겠지. 파이가 한정된 시장이라 새로운 동력이 필요했을 거야. 그 타개책으로 최 박사는 재활 전문에서 탈피해 정형외과 전반을 다루는 종합병원으로 확장하려 했어. 병원을 시내 중심가로 옮기고 의사들 충원하고…. 그런데 그 과정에 부동산 사기를 당하고 아나운서에게 돈까지 떼여 좀 힘드셨나봐. 이때 강대호의 150억짜리 FA 계약이 터진 거지. 벼랑 끝에 몰린 최 박사는 이 대목에서 최악의 시나리오를 그리지. 바로 자신이 재활시켜준 선수들의 연봉을 탐하게 돼. 뭐, 그다음은 너희들이 더 잘 알 테고."

"하하, 형님. 그건 말이 안 됩니다. 우리가 무슨 바보입니까. 박사님이 돈 달란다고 돈을 주게요."

강대호가 어색한 웃음을 지었다. 나는 눈에 힘을 주고 쏘아봤다.

"최 박사에겐 돈을 무조건 받아낼 수 있는 비장의 무기가 있었어. 너는 바로 그 물건을 찾으러 오늘 아침 병원에 갔던 거야."

"빙빙 돌리지 말고 말씀하세요. 그래, 그게 뭡니까!"

강대호가 나를 따라서 눈에 힘을 주고 쏘아봤다.

"최 박사가 자기 방 특수 냉동고에 오랫동안 보관해왔던 것! 부활파 4인방의 혈액!"

실내 공기가 살얼음판처럼 변했다. 누구 하나라도 섣불리 움직이면 쩍, 갈라져버릴 것 같은 긴장감. 10초, 20초, 30초….
결국 유인구가 견디지 못하고 알아듣기 힘든 말을 했다.

"끝났어! 다 끝났다고! 우리는 그때 미국행 비행기를 탔어야 했다고! 거기서 수술을 받았어야 했다고! 우리가 재기에 성공한 것은 우리의 노력이야! 그 인간 덕분이 아니라고!"

마동식이 버럭 소리를 지르며 가로막았다.

"주둥이 닥쳐! 증거는 없다고! 다 추측이야!"

그러나 유인구는 귀신에 홀린 사람처럼 눈동자가 희번덕 풀리더니 계속 주절주절 불었다.

"이럴 줄 알았어! 내가 하지 말자고 했잖아, 씨팔! 나는 때리지 않았어. 그냥 도왔을 뿐이라고. 최 박사를 뒤에서 붙잡아준 거밖에 없어. 그건 살인도 아니고 뭣도 아냐. 주먹으로 가슴을 때린 건 쟤라고!"

그러면서 손가락 끝으로 강대호를 가리켰다. 순간, 바로 옆에 서 있던 오봉우의 주먹이 유인구의 얼굴로 날아왔다. 휘청거리던 유인구가 의자를 번쩍 들어 오봉우의 머리를 내려치려는 찰나, 마동식이 레슬러처럼 유인구의 허리를 향해 달려들면서 어깨로 밀쳤다. 둘이 바닥에 뒤엉켜 싸웠고 유인구는 고삐 풀린 망아지처럼 외쳐댔다.

"우리는 쓰레기 사이코 자식한테 놀아난 거야! 병원 홍보를 그만큼 해줬으면 감사한 줄 알아야지! 나도 올 시즌만 끝나면 FA야! 재래시장에서 떡집 하는 부모님 가게를 백화점 안에 내

드리는 게 소원이라고! 얼마나 고생해서 여기까지 왔는데, 포기할 수 없다고! 절대 포기 못 해!"

강호의 의리는 진작 땅에 떨어졌고, 믿었던 부활파의 의리도 그러했다. 강대호는 그 장면을 넋을 놓고 바라봤고 나는 묵묵히 시선을 돌렸다. 할 말이 아직 많이 남아 있었다.

"강대호는 최 박사에게 협박받은 사실을 멤버들에게 알렸겠지. 이번 시즌을 마치면 줄줄이 FA로 풀리는 세 명은 남의 일 같지 않았겠고. 분노와 고민의 시간을 보내다 2주 전 부활파 팬 미팅 행사에서 만난 허고민 해설위원에게서 솔깃한 정보를 얻은 거야. 최 박사가 부동산 업자에게 크게 사기를 당해 파산 위기라고. 너희들은 위닝샷을 던져버릴 절호의 찬스라고 직감했어. 그때부터 매일 아지트에 모여 범행을 모의했지. 인터넷을 뒤져 갖은 정보를 긁어모으고, 작전을 짜고, 대포폰을 구입하고, 공원과 도로의 감시 카메라 위치까지 확인했을 거야. 최 박사 사업이 어디서 삐걱거렸는지도 챙겼을 테고. 조합장이 행방불명됐다는 사실을 알았고 시사 주간지의 인터뷰도 읽게 돼. '이름을 밝힐 수는 없지만 덕망 높으신 재활의학 권위자도 투자를 하셨습니다.' 그 대목에서 권위자가 누군지 너희들은 바로 알아차렸지. 며칠을 기다려도 조합장이 나타나지 않자 이것을 미끼로 사용하게 되지. 디데이는 어제, 장소는 우리 카페. 행방불명 상태인 재개발 조합장이 최 박사를 죽인 걸로 만들면 모든 게 퍼펙트. 그 둘에겐 동기가 있으니까. 방금 생각났는데, 마동식은 이 카페를 예약하면서 전화로도 확인 가능한 일을 직접 둘러보는 치밀함까지 보였어."

강대호의 꽉 움켜쥔 주먹이 크게 떨렸다. 그것을 숨기려고 손을 바지 주머니에 찔러 넣고 천장을 올려봤다.

"150억 중 100억을 달라고 하더군요. 미치광이처럼 눈을 희번덕이며 너는 아직 팔팔하니 4년 후에 다시 FA계약을 맺을 수 있지 않느냐? 혹시 부상이 재발하면 공짜로 고쳐주겠다나 뭐라나. 내 노력으로 번 돈인데 3분의 2를 빼앗기게 생겼지 뭡니까."

남의 일처럼 담담하게 말하니 더 짠했다.

"형님, 대체 어떻게 눈치챘습니까?"

"병원이 아닌 숙소에 혈액 냉동고를 두었다는 자체가 부자연스럽더라고. 사무장 말대로 오랫동안 사용 안 했다면 전원이 꺼져 있어야 하는데 켜진 채 내부는 텅 비어 있고. 그건 최근까지 작동했다는 의미겠지? 최 박사가 지적에 둘 정도면 중요한 물건이 있었다는 얘기고. 그래서 추측을 해봤어. 너희 목적은 여기에 들어 있던 물건이 아닐까 하고."

"그게 혈액이란 건 어떻게 아셨습니까?"

"흠, 간단한 질문이구나. 혈액 냉동고니까 혈액이겠지. 와인 냉장고였으면 와인을 의심했겠지. 그렇게 가정하고 나니까 쉬워지더라고. 장기 보존 혈액으로 선수를 협박할 수 있는 카드는 무엇일까. 답은 쉽게 나오더라고. 추측건대 재활 과정에서 금지약물을 복용시켰고, 최 박사는 그 피를 뽑아서 보관하고 있었던 게 아닐까. 처음엔 수치 검사를 위한 순수한 치료 목적이었다가 나중에 변질된 것이 아닐까. 최 박사 그 양반 집념도 대단하구나 싶었어. 머리 좋은 인간이 나쁜 마음을 먹어버리니 대형 참사를 일으키는구나."

"역시. 형님은 예나 지금이나 예리하시군요. 우리 것 외에 최근에 수술한 선수들 것도 보관하고 있더라고요. 같은 운동을 하는 입장에서 짠한 마음에 통째로 들고나올 수밖에 없었어요. 그래서 혈액 냉동고가 텅 빈 것이지요."

"폐기처분해서 지금 증거는 하나도 남아 있지 않겠지?"

"네."

"경찰이 동기 입증하는 데 애먹을 수 있겠구나?"

"네."

"우리는 하루 동안 조사로 이만큼 알아냈어. 경찰은 더 완벽한 증거를 찾아내 범행 전모를 밝힐 수 있을 거야."

"각오하고 있습니다. 하지만 진술과 정황 증거뿐이니까. 결정적인 물증은 없는 상황이니까요."

"죄를 인정하지 않겠다는 얘기구나?"

"최악의 타자에게 보복구를 던질 권리는 있다고 봅니다. 우리는 경기에 투입된 선수고 판정은 구심이, 죄는 법이 판단하겠지요."

강대호는 담담하게 말했다. 역시 포커페이스. 최악의 상황에서도 침착하게 다음 단계의 대응책을 마련하고 있다.

"항의할 수 있지 않았을까? 부활파는 이용당했다고. 도핑 추적에 걸릴지 모르는데 어떻게 투여했겠냐고, 아니면 최 박사가 우리 피를 뽑은 다음 도핑 약물을 섞었다고."

"하하, 왜 생각 안 했겠습니까. 그런데 형님! 프로의 세계에서 절대 용서받지 못하는 범죄가 둘 있습니다. 승부조작과 약물복용. 아껴주는 팬들을 우롱하는 행위이기 때문이죠. 우리는 팬심을 먹고 삽니다. 거기에 이름이 언급되는 순간 바로 사망선고입니다. 메이저리그를 호령했던 마크 맥과이어를, 배리본즈를 보십시오. 최 박사님은 대외적으로 존경받는 의사입니다. 재활의학에 기여한 공로로 나라에서 훈장까지 받았습니다. 그 양반이 양심선언이라는 이름하에 추잡한 언론 플레이를 하면 진흙탕 싸움이 될 것이고 결국 우리가 혐의를 벗어난다 해도 이미 진 싸움입니다."

"도핑테스트는?"

"협박받기 전까지 혈액의 존재를 몰랐으니 그런 걱정은 안해봤습니다. 또 우리가 수술받을 땐 지금처럼 상대팀이 특정 선수를 찍어 불시에 검사하던 시절도 아닙니다. 그 양반이 KBO의 그쪽 자문위원이기도 하고, 검사 정보를 미리 알면 기술적으로 회피하는 방법도 있다고 하더군요."

듣는 내가 더 분해서, 화가 나서 목소리를 높이고 싶었다. 오히려 말을 아끼며 최악을 대비하는 강대호가 나보다 더 냉정해 보였다.

"그런데 왜 나였어. 왜 나를 사건에 엮었지?"

"형님은 항상 신뢰를 줬으니까요. 항상 우리 편이었죠. 항상 약자 편에 선 기자였잖습니까."

"지금의 솔직한 고백도 그 이유인 거야?"

"네, 형님에게만 하는…. 두 번은 하지 않을 겁니다."

민망해서 얼굴이 화끈거렸다. 그래서 더 잔인하게 다그쳤다.

"너무 빨리 위닝샷으로 승부를 낸 것 같구나. 상대가 허점을 보일 때까지 기다리는 인내가 필요했어. 돌직구가 아닌 적절한 유인구로 최 박사의 속내를 알아내고, 조급해서 헛스윙을 할 때까지 말이야. 그런 변화구를 던지라고 야구공에는 108개의 실밥이 있는 거잖아. 완급 조절을 잘했으면 이런 비참한 결과가 아닐 수도 있었겠지. 슬프게도 좋은 판단은 아니었어."

"형님! 늘 최고의 컨디션으로만 마운드에 오를 수 없는 게 우리의 숙명입니다. 프로의 세계는 그런 겁니다. 주어진 환경에서 최선을 다해 버티고 이기는 법을 깨쳐야죠. 어떤 악랄한 방법을 쓰더라도 말입니다. 그리고 결과를 받아들여야죠. 게다가…."

강대호가 뭔가를 반박하려고 입술을 씰룩이다가 순간 감정이 격해져 고개를 숙였다. 결국 눈물이 터져 나왔다. 덩치 큰 사내의 흐느낌이 묘하게 먹먹한 분위기를 만들었다. 나머지 셋도 망연히 고개를 숙였다. 유인구가 여전히 숨을 씩씩거리며 찢어진 입술에서 흐르는 피를 손등으로 닦고 있었다. 마동식과 오봉우가, 그런 유인구에게 다가가 가볍게 어깨를 두드려주었다. 나는 직감했다. 그들은 난조를 딛고 다시 뭉쳤다. 경찰은 힘든 싸움을 해야 할 것이다.

격정적인 비올라 선율을 가르며 출입문에 달린 방울 소리가 울렸다. 밖에서 대기하고 있던 늙은 형사와 젊은 형사가 들어 왔다. 상황을 보고 직감했는지, 늙다리가 갈호태를 향해 주먹을 쥐어 보였다. 자식 아직 죽지 않았네, 그런 격려였다. 젊은 형사는 두 손을 앞으로 모으고 45도로 고개를 숙였다. 갈호태의 입가에 미소가 스쳐 갔다. 관계인을 수사에 잘 활용한다는 늙은이만의 수사법이 이런 것일까. 여전히 미덥지 못하다. 결정적 증거가 사라진 판이라 사건 전모를 증명해내는 일이 쉽지 않을 것이다.

비현실적 판타지. 내 눈에는 지금 벌어지고 있는 상황이 그렇게 비쳤다. 자수를 권유하는 일을 잊고 있었는데 불필요해 보였다. 경찰은 살인을 증명할 수 있을까. 부활파는 다시 마운드에 설 수 있을까. 그 또한 알 수 없다. 이제 그들은 부활을 넘어 목숨을 내걸어야 할 것이다. 현대 돌핀스의 골수팬으로서 확실한 건, 올 시즌 한국시리즈 제패 꿈은 물 건너갔다는 점이다. 에이스는 물론 마무리까지 마운드의 동시다발적 붕괴는 불가피해 보였다. 그것만이 현실이다. 기자회견장에서 강대호의 등을 토닥이던 노감독이 마법을 부리지 않는다면 말이다.

또 하나의 기억이 되살아났다. 나의 옛 애인 채연수도 강대호를 무척이나 좋아했다. 그가 현대 돌핀스를 상대로 잠실구장에서 원정 경기를 치를 때 함께 관전한 적도 있다. 채연수가 완봉승을 하게 해달라고 두 손 모아 주문을 걸었고 주문은 현실이 됐다. 그날 비로소 확인했다. 야구는 남자만의 드라마가 아니라는 것을.

갈호태에게 뒷수습을 맡기고 카페 밖으로 나왔다. 뇌가 쪼이는 느낌이 들 정도로 두통이 심했다. 양쪽 관자놀이를 눌러보니 핏줄이 터져버릴 듯 팽창해 있다. 정신과 의사 말을 믿고 무작정 밤길을 걸었다. 발걸음이 절로 근린공원과 이어진 외딴길로 향했다. 인적은 없었다. 밤안개가 짙고 길이 굽어 가시거리가 짧았다. 연쇄살인범 바리캉맨이 불쑥 나타나 칼을 겨눠도 무방비 상태. 희한하게도, 지금 순간만은 그놈이 전혀 두렵지가 않다.

근린공원에 인접한 지점에 설치된 고정형 CCTV 앞에 섰다. 일부러 카메라를 올려다보며 이런저런 상념 속에서 헤매는데 주머니에서 벨소리가 울렸다. 홍예리가 전화를 걸어왔다. 밤 12시가 넘었는데 다짜고짜 타워크레인 이야기부터 꺼냈다.

"선배, 디데이를 내일로 잡았어요. 오후에 경찰이 투입되지 않을까 싶어요. 더 늦어지면 증거가 사라질지 모르니까. 물론 비상대책위원장을 설득하는 작업도 병행할 거고요. 제가 경찰에 충분히 설명했고 경찰도 수긍했습니다. 선배가 휴대폰으로 찍어주신 영상파일 밤새 분석하고 있고요. 긴장 때문에 잠이 오지 않아요. 하지만 확신이 있으니까 걱정은 안 합니다. 만에하나, 선배의 예상이 빗나가도 원망하지는 않을게요."

나는 휴대폰을 귀에 댄 채로 다시 CCTV 카메라를 응시했다. 차라리 지금 바리캉맨이 덮쳐서 그의 모습을 남겨줬으면 좋겠다.

"예리야, 조합장이 마지막으로 만난 사람이 비상대책위원장이야. 둘이 공사가 멈춘 현장에서 다퉜다는 진술은 확보했고 그 후 조합장이 행방불명 됐지. 그건 무엇을 의미할까? 고의든 과실이든 그때 사람이 죽은 거야. 문제는 사방이 펜스로 막혀 있고 하나뿐인 출입구 앞에는 시공사 용역과 의경들이 언제라도 쳐들어올 기세로 눈을 부릅뜨고 있으니 시체를 공사장 밖으로 옮길 수 없었던 거지. 그때 당국에서 현장 조사를 나왔다든지 암튼 빼도 박도 못한 일이 벌어진 거야. 다급해진 비상대책위원장은 조합장의 시신을 일단 빈 타워크레인 위로 옮겼어. 그때부터 그는 마음에도 없는 노동 열사가 되기로 결심한 거지. 재개발 사업의 모든 추진 과정을 투명하게 공개하라며 뒤늦게 법석을 떤 거라고. 시신 처리를 위한 시간을 벌기 위해서 말이야."

"그러면서 매일 조금씩 조금씩 밤을 이용해 시체를 태워버릴 계획이었군요. 그런데 진짜 어떻게 아셨어요?"

"우선 공사가 시작된 마당에 사업 방해를 하는 행위를 이해할 수 없었어. 둘째는 생수병에 섞여 올라간 휘발유병. 겉보기에 잘 표가 안 나지만 드럼통 안에 부으니 불길이 치솟더라고. 아래의 누군가가 생수병에 섞어서 휘발유를 지속적으로 올려주고 있었어. 시신을 태우려면 많은 양이 필요하잖아. 셋째, 내려올 날을 기약한 점. 일주일 후에 시위를 끝내겠다는 건 아마도 그때까지 시체를 다 없애겠다는 거지. 진정한 노동 열사는 내려올 날을 기약하지 않지. 지금 이 밤중에도 타고 남은 뼛조각을 망치로 부수고 빻아서 허공에 날려버리고 있는지 모르겠다. 찬바람 불고 썩은 내가 쉽게 안 나는 한겨울에나 가능한 일이야. 마지막이 제일 중요한데, 비상대책위원장이 타워크레인에서 일방적 주장을 펼치며 고공농성 한다는데 반대편의 조합장이 침묵하고 있더라고. 도피 중이라면 전화라도 걸어서 반박을 하거나 했을 텐데. 아예 존재를 드러내지 않는다는 건 밀항을 했거나 죽었거나 둘 중 하나겠지?"

"정말 미치광이가 아니고서야…. 호러 영화에나 나올 법한 무시무시한 이야기가 대한민국 수도 한가운데서 버젓이 벌어지고 있군요."

"시신을 다 태우고 운전석 주변을 물로 씻어내도, 루미놀 검사하면 핏자국이 나올 거야. 피라는 게 그리 쉽게 지워지는 게 아니거든. 나는 확신해."

전화 저편에서 고개를 끄덕이는 홍예리의 모습이 그려졌다.

"선배, 존경합니다. 진심입니다."

그녀가 내게 보내는 최고의 찬사. 내가 다시 살아가야 할 이유. 그 격려가 있어 바리캉맨의 공포도, 부활파의 슬픔도 잠시 잊고 잠들 수 있겠다.

나는 CCTV 카메라를 향해 일부러 삐딱한 표정을 지으며 손가락으로 V자를 해 보였다. 꽤나 슬픈 밤이고 또한 멋진 밤이다. 뉴욕 양키스의 전설적인 포수 요기 베라의 명언이 생각났다.

"끝날 때까지는 끝난 게 아니다."

어디 야구뿐일까. 인생도 그러하지 않을까.

제4요일의 암호

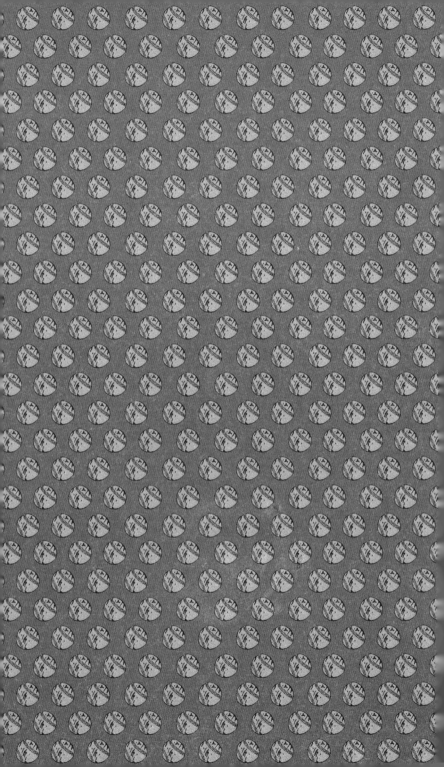

대학생 시위대가 광화문 광장을 점령했다. 등록금 인하와 취업 대책을 촉구하는 전국 각지의 청년들이 깃발을 펄럭이며 몰려들었다. 선봉대는 정부종합청사 진입을 시도하다가 의경들과 무력 충돌해 양측 모두 부상자가 속출했다. 고집불통 종로경찰서장이 대화는커녕 더 강력한 진압을 명령했고, 뿔난 시위대 또한 붉은 머리띠를 동여매고 스크럼을 짜 수위를 높였다. 그 와중에 지명수배를 받고 있던 운동권 학생 하나가 인근 빌딩의 외부 철제 계단에서 추락사했는데, 시위대에서는 무리한 검거 과정에서 일어난 사고사라 하고, 경찰에서는 만취한 피해자의 단순 실족사라며 엇갈린 주장을 했다. 탤런트 뺨치게 예쁜 전국대학생연합 의장의 긴 생머리가 삭발식에서 싹둑싹둑 잘려나가자 집회 현장의 긴장감이 극에 달했다. 언론에서는 연일 속보를 쏟아내고, 급변하는 상황은 SNS를 타고 실시간으로 업데이트됐다.

며칠째 일어나고 있는 인근의 그런저런 소란은 직접 현장에 나가보지 않아도 TV 뉴스를 통해 내가 일하는 세종문화회관 뒤편의 카페 '이기적인 갈 사장'까지 속속들이 전해져왔다. 시위 대열에서 빠져나온 몇몇 여대생들이 카페에 숨어들어 구석 소파에 퍼져 앉았다가 느지막이 합류하곤 했는데, 그럴 때마다 카페 주인이자 전직 형사이고, 나의 친구인 갈호태는 비식거렸다.

"희한할세. 몇천 원짜리 커피를 퍼마시면서 말이야, 반값 등록금 타령이라니⋯. 경복궁 앞에 저렇게 죽치고 앉았으면 외국인 관광객들이 흉볼 텐데. 이미지 완전 나빠지겠어. 이순신 장군님이랑 세종대왕도 노하실 테고."

시위가 길어져 매출에 타격받는 인근 상가 업주들이 예민해지긴 했지만, 그 탓으로 돌리기엔 상황 인식이 하찮아서 일부러 시니컬하게 대꾸했다. 어쩌면 실직 상태에서 친구 가게에 눌러붙어 산다는 자격지심이 더 크게 작용했는지도.

"서양 사람들이 시위 문화에 얼마나 관대한지 알아? 아, 데모를 하는구나, 불편해도 좀 참아야겠지, 다들 그렇게 생각한다고. 헌법에 보장된 인간의 기본권을 존중하는 자세, 일상 속에서 그런 마음을 항상 품고 살지. 예전 프랑스에 출장 갔을 땐데 파리 드골공항 청소 노동자들이 임금 삭감에 항의해 신문지를 갈기갈기 찢어 바닥에 뿌리는 퍼포먼스를 하더라고. 보딩이 지연됐지만 다들 불평불만 없이 줄 서서 잘만 기다리더만. 그러니 한국 이미지 나빠지면 어쩌나 하는 쓰잘데기 없는 걱정일랑 집어치우셔. 틈만 나면 핵미사일 드립치시는 북쪽의 어린 독재자 포스가 워낙 강하셔서 말이야. 어쩌면 남쪽은 집회와 시위가 보장되는 나라로구나, 되레 감탄할지도 모르지. 그리고 학생이라고 비싼 커피 마시지 말라는 건 또 뭔 논리인지. 그럼 자판기 커피만 마셔야 하나?"

"엥? 갑자기 왜 발끈해서 설교질이야. 이 땅에 비정규직이 800만 명이 넘잖아. 그들만 똘똘 뭉쳐도 정권을 몇 번 바꿀 수 있었을 텐데 그만큼 절박하지 않다는 얘기지. 나는 그런 이야기를 하고 싶은 거라고."

갈호태가 구국 투사처럼 두 주먹을 움켜쥐고 짐짓 심오한 표정으로 뇌까렸으나 싸이를 빼닮은 올백 머리와 기름기 좔좔 흐르는 통통한 볼살, 귀태가 나는 감색 맞춤 양복 때문에 전혀 어울리지 않았다.

쯧쯧, 내가 혀로 입천장을 차며 고개를 돌려버리자 갈호태가 그제야 머쓱해져서 수습하듯 덧붙였다.

"하긴, 그런 논리라면 우리나라 인구 절반이 여자인데 여성 대통령이 더 빨리 나왔어야지, 그치? 단순 산술적으로 세상일이 돌아가는 건 아닌데, 그치?"

갈호태가 변명조로 옹알거렸으나 역시나 귀에 들어오지 않았다. 나는 말을 더 섞기가 귀찮아 한 손을 내저으며 보고 있던 신문에 다시 고개를 처박았다. 아까부터 광고란에 실린 이상한 문구 하나에 온 정신이 팔려 있었기 때문이다. 논리에 맞지 않고 불온함이 느껴지는, 그래서 흘려버리기엔 찜찜함이 가득한….

"뭔데 그렇게 뚫어져라 봐? 신문지 빵꾸 나겠다. 슈퍼모델 비키니 사진이라도 실렸냐?"

"이상해. 아무리 봐도…."

내가 반복해 중얼거리자 갈호태는 찻잔을 든 채 똥배를 내밀고 다가와 내 이마에 닿을 듯이 얼굴을 들이밀었다. 민주일보 8면에 실린 가로세로 각각 5센티미터짜리 흑백 광고. 그나마도 법원 경매 기일 공고와 맞붙어 있어서 잘 보이지도 않았다.

이혼 경험이 있는 43세 오 씨 여성입니다. 이쁘고 키 큼. 일본 유학파 출신. 사는 데 지쳐 전문직 일 가진 사람 만나 편안한 노후 보내고 싶습니다. 딸린 아이 없음. 오빠같이 푸근한 53세 남성 원함. 02) 4961 7643

인터넷이란 게 발달하기 전 동네 생활정보지에서 흔하게 보던 구혼 광고였다.

"뭐가 이상한데? 요즘엔 사이트마다 출장 안마나 정력제, 성형 광고 배너들이 번쩍번쩍하잖아. 거기에 비하면 점잖구먼."

"웃기는 게 원하는 남자 나이를 50대 초반이라고 하면 될걸, 왜 굳이 53세로 못 박았나 이거지. 다른 조건이 맞아도 52세나 54세는 안 된다는 건가. 그리고 집 전화 대신 휴대폰 번호 남기는 게 더 편하잖아."

"호오…. 갑자기 웬 디테일? 누가 전직 기자 아니랄까봐 구혼 광고 문장까지 트집 잡고 말이야. 궁합 같은 거 보려고 그랬겠지. 개띠는 곤란하고 닭띠나 돼지띠를 만나야 한다, 그런 속설의 신봉자들이 의외로 많다고. 우리 사촌 누나는 교회 권사인데도 서울 시내 용한 점쟁이 다 꿰고 있더라. 그리고 쪼들려서 휴대폰은 없애버렸을 수도 있고…. 아니면 장난 전화 때문에 일부러 집 전화만 냈을 수도 있잖아. 신경 끄쇼. 세상은 넓고 고민할 건 많아. 이런 광고는 어제 신문에도 실렸다고."

"그래?"

내가 눈을 치켜뜨자 갈호태가 확인이라도 시켜주겠다는 듯 카운터 아래 선반에서 구겨진 신문을 꺼내와 탁자 위에 펼쳤다. 한 장씩 거칠게 넘기다가 뭉툭한 손가락 끝으로 한 곳을 찍었다.

"보셔, 여기."

똑같은 민주일보의 8면 생활정보란의 구석자리. 광고 문구가 짧아서인지 활자 크기는 오늘 자보다 좀 더 컸다.

사흘 전 집 나간 진돗개 찾습니다. 이름은 3살 먹은 일삼이. 18일 밤 이태원 사거리에서 5시 30분경 실종. 찾아주시는 이께 후사. 031) 919-4254

확실히 황당하긴 하다. 개를 찾는 광고에 개 사진이 안 보인다. 뭘 보고 어떻게 찾으란 말인가. 서울 바닥에 세 살 난 진돗개가 한두 마리는 아닐 테고, 족보 없는 똥개였다면 광고비도 안 빠질 텐데. 이딴 호사를 누릴 정도면 유전자 관리받는 순종

이거나 주인 목숨이라도 구한 적이 있는 명견인 걸까. 게다가 동네에서 사라졌다면 그 바닥 벼룩시장이 더 효과적일 텐데 버젓이 중앙 일간지에 광고질이라니. 근처 유기견 센터에 가보기나 한 걸까. 결정적으로 031은 경기도 지역번호다.

그제야 갈호태가 팔짱을 끼고 조금 진지하게 중얼거렸다

"혹시 이거 마약 판매를 위한 접선용 신호가 아닐까? 아니면 남파 간첩들 암호 같은 거."

"가능성은 있다만 요즘 시대에 너무 구닥다리잖아."

"하긴, 걔들도 요즘엔 카톡 쓸 거다, 그치? 저번에 미니시리즈 보니깐 서울에 오래 눌러앉은 남파 간첩들은 청약통장은 기본이고 증권사에서 ETF계좌 트고 막 그러던데. 크하학."

갈호태가 입을 쩍 벌리고 제 농담에 박장대소하다가 갑자기 뭔가 생각난 듯 탁자 머리맡의 전화기를 끌어당겼다.

"뭐 하려고!"

내가 갈호태의 팔목을 붙잡았을 땐 이미 늦었다.

"뭐 어때. 호기심 작렬하잖아. 목소리 쫙 깔아서 쉰셋의 재력가 연기 해보는 거지. 후훗."

앞뒤 안 따지고 찔러보는 성격은 천성이다. 장단점을 떠나 결과를 바로 확인할 수 있으니 좋긴 하다. 그러나 기대와 달리 갈호태는 미간을 찡그리며 허망한 표정으로 수화기를 내려놓았다.

"결번이란다. 그런 번호 없대. 미모의 일본 유학파 출신 이혼녀는 자기 집 전화번호를 잘못 기재했단 얘기지. 애초에 가공 인물이거나."

내가 검지로 허공을 두드리며 목소리에 힘을 실었다.

"거봐! 확실히 수상하잖아. 기자의 감은 예리한 거라고."

"기자 앞에 '전직'이라는 말은 꼭 넣으렴. 네가 조금 예리하다는 건 인정하지만, 지구 평화를 위협하는 일 아니면 우리 관심 끄자. 피곤하게 더 엮이지 말자고. 안 그래도 데모질에 장사 안 돼서 화딱질 나는데."

갈호태가 통유리창 너머 광화문에 우뚝 솟은 민주일보사 건물을 바라보며 히죽거렸다.

"그런데 예리, 예리 그러니까 갑자기 홍예리 기자님 보고 픈 맘이 확 솟구치네. 크하학."

실없이 날린 농담이지만 의도는 잘 알고 있다. 엉뚱한 곳에 신경 쓰지 말고 심신 잘 추스르라는 얘기다. 나는 여전히 젊은 여자만 노리는 연쇄살인범 바리캉맨의 트라우마에서 벗어나지 못하고 있다. 2주에 한 번씩 정신과 상담을 받아야 하고, 어떤 날은 놈의 잔상이 뇌리에 들러붙어 독한 술이나 수면제의 힘을 빌려야만 잠이 들었다. 어쩌면 죽는 날까지 가져가야 할 숙명!

카페 출입구에서 방울 소리가 들렸다. 묵직한 유리문이 밀리더니 붉은 머리띠를 두른 앳된 여대생 셋이 안으로 들어섰다. 어제도 왔던 무리다. 광화문에서 시위가 시작되고 며칠 새 단골이 돼버렸다. 어떤 절박함도 느껴지지 않는, 세상사 고민 없어 보이는 해맑은 얼굴들. 그녀들은 라테를 한 잔씩 시켜놓고 구석자리에서 시답잖은 이야기들로 시간을 때웠다. 피부 재생 효과가 탁월하다는 대만제 마스크 팩과 몸짱 아이돌 멤버의 호스트바 시절의 난잡한 소문들. 서로 머리를 맞대고 스마트폰 화면을 넘기며 신상 MCM 백의 디자인에 관한 이야기도 했다. 그러다 또 집회 시간이 되면 광장으로 몰려나갔다.

"퍽큐! 네 말대로 장난이 아니었어."

다음 날 저물녘, 갈호태가 신문 광고 이야기를 다시 꺼낸 것은 내가 1년 넘게 식물인간으로 누워 있는 신문사 후배 문병을 다녀온 직후였다. 후배는 비 오는 날 체육대회를 다녀오던 중 가파른 계단에서 괴한에게 떠밀려 머리를 다쳤다. 치료에 차도가 없고, 직전까지 같이 술을 마신 나도 일말의 책임이 있어 늘 기분이 착잡했다. 병상을 지키고 있는 노모 얼굴이 눈앞에 계속 어른거려 광고 문제는 아예 잊고 있었다. 그래서 처음엔 무슨 말인가 했다.

"일본 유학파 이혼녀는 가공인물이 확실하다고."

"신경 끄기로 하지 않았나? 지구 평화를 위협하는 일도 아니잖아."

갈호태가 고개를 끄덕이면서도 몸소 오늘 자 조간을 챙겨와 테이블 위에 펼쳤다. 침을 묻힌 검지로 지면을 화르륵 넘기더니 8면의 생활광고란을 가리켰다. 예상대로 수상쩍은 문구 하나가 박혀 있었다. 사흘 연속으로 같은 자리에 실리는 셈이다. 확실히, 한번 꼬인 눈으로 사건을 보기 시작하면 계속 꼬여 보이는 법이다.

이수등산회 3월 정기모임. 광화문 삼오식당. 24일 저녁 7시. 2차는 이웃의 호프 골뱅이집서. 5호선 지하철역에서 40미터. 오시는 길 문의 010 9934 5149 많이 참석바랍니다.

글자 하나하나 확인해가며 봤으나 딱히 수상한 점은 찾지 못했다. 같은 인물이 게재했는지도 확실치 않았다. 그러나 갈호태는 확신에 찬 어투로 말했다.

"논리적이지 않잖아. 모임 날짜가 오늘인데 당일에 행사 공지하는 바보가 어디 있냐. 일주일 전 아니 최소한 2, 3일 전에는 냈어야 정상이지. 그래야 다들 스케줄 조정하고 인원 파악하고 그러잖아."

맞는 말이긴 하지만 당일에 광고 내지 말란 법은 또 없잖은가.

"그냥 마지막 확인 차원에서 한 거 아닐까?"

"회원이 수만 명인 유명 산악회도 아닌 다음에야 왜 헛돈을 쓴대? 총무가 카톡이나 밴드로 공지 올리면 끝인데."

"흐음…."

"신문에 광고 낼 때 신분 확인하지? 짬밥 오래 먹었으니 알 거 아냐?"

"당연하지. 광고주 입장에서도 나중에 급히 문구 바꿔야 하는 경우가 생기고 세금 정산도 해야 하니까. 하지만 그런 걸 포기한다면 연락처 없이도 가능은 할걸?"

"의무적인 건 아냐?"

"지금이 무슨 군사 독재 정권도 아니고…. 다 현금 장사인데 신문사에서도 반사회적이거나 미풍양속을 해치는 내용만 아니라면 굳이 거절할 이유 없잖아. 대통령 자근자근 씹는 멘션도 픽픽 날리는 트위터리안이 넘실대는 시대에 뭔 검열이라고. 컴맹인 영감탱이들이라면 또 모를까."

"조그맣게 실려도 중앙지라 광고비 꽤 들었겠지?"

"글쎄다, 액수까진."

"에잉! 뭐 하나 똑 떨어지게 아는 게 없어."

"광고국 소관이라…. 너도 형사일 할 때 수사 파트에서만 굴러서 경무과나 경비과 일은 모르잖아."

사실이다. 기자 일을 오래 했지만 편집국에만 머물러서 타국의 실무까지 알지는 못한다. 게다가 광고는 회사의 매출과 직결되다보니 이런저런 기밀들이 많다. 대기업들의 이미지 광고는 연 단위로 한꺼번에 계약하고, 부음 광고가 상품 광고보다 훨씬 비싸며, 책과 약품 광고는 게재 지면과 날짜를 특정하지 않는 대신 싸게 여러 번 실어준다는 건 알지만, 그것도 담당자에게서 직접 들은 건 아니다. 게다가 요즘은 온라인 쪽과 광고 물량이 같이 엮이다보니 그 계산법이 더 복잡해졌다.

갈호태가 턱짓을 해 보였다. 궁금증을 참지 못할 때 나오는 그의 버릇. 은근한 압력에 마지못해 이번엔 내가 수화기를 들었다.

민주일보. 8년을 넘게 일한 곳에, 이런 용무로 전화를 걸기는 민망하다. 대표번호를 누르고 교환에게 광고국으로 돌려달라고 하자 싹싹한 중년 남자 목소리가 흘러나왔다. 다행히 염과장은 퇴근 전이었다. 재직 때 안면이 있어도 역시 불편한 건 퇴사한 쪽이다.

"아, 안녕하세요. 혹시 기억하실는지. 네. 작년까지 사회부에 있던 박희윤입니다. 아뇨, 아뇨. 다른 일 때문에요. 네네. 부탁 좀. 흐흐. 그러게요, 언제 소주 한잔해야 하는데…. 저, 다름이 아니라 어제 자에 나온 구혼 광고 관련해 궁금한 게 있어서요. 여성분이 원하는 조건에 맞는 재력남을 제가 한 사람 알고 있거든요. 그런데 신문에 나온 번호로 전화를 하니 결번이에요. 혹시 광고 내신 분 다른 연락처 알 수 있나 해서요?"

잠시 키보드 두드리는 소리가 흘러나오더니 염 과장이 말했다.

"이상하네. 접수할 때 연락처를 안 남겼어요. 이메일로 들어온 거라. 비용도 무통장 입금으로 처리됐고요. 이런 경우 잘 없는데…."

"그게 가능한가요?"

"단순 생활광고인데요, 뭘. 자주는 아니고 가끔은 있습니다. 촛불집회 한창때는 고등학생 수십 명이 각자 인터넷 아이디로도 접수했답니다."

"간첩들 지령인지 어찌 압니까?"

"에이, 농담이시죠? 요즘 빨갱이들이 어디 있다고. 게다가 그딴 걸 왜 신문에 냅니까."

"그래도 어떻게 좀…. 아는 형님이 자꾸 보채네요. 혹시 압니까? 신문 덕분에 혼인 성사됐다고 그럴지. 그 형님은 강남 땅 부잔데 일본 유학파에 대한 환상이 있거든요."

나는 갈호태를 쳐다보면서 생각나는 대로 막 지껄였다. 확실히 놈과 섞여 생활하다보니 임기응변과 구라만 팍팍 늘었다.

염 과장이 불러주는 이메일 주소 하나를 신문지 여백에 받아 적었다. 'madagascar@****.net' 수상한 광고 문구를 보내온 사람의 것이다. 지금으로썬 유일한 단서. 그 외에는 흔적을 남겨놓지 않았다. 그건 다른 의미로 보통의 광고는 아니라는 얘기고 좀 더 상상력을 넓히자면 그 디테일에서 범죄의 냄새가 풍겼다.

카운터 뒤 둥근 벽시계가 짧은 멜로디를 울렸다. 저녁 6시. 갈호태가 휴대폰을 바지 뒷주머니에 찔러 넣으며 외출 준비를 했다.

"가보자."

"어디를?"

"오늘 광고에 난 삼오식당. 어차피 저녁 먹을 거잖아. 진짜로 산악회 정기모임을 할지도 모르는 일이고."

"광화문에 그런 집이 진짜 있어?"

"형사 시절 파트너 형님이 좋아해서 좀 다녔지. 맛에 대한 평가는 엇갈리지만 암튼 오래된 곳이야."

내가 코트를 껴입으며 비품실 문을 열자 구양이 화들짝 놀라 들여다보던 담뱃갑을 닫았다. 카운터 열쇠를 맡기며 궁금증이 발동해 물었다.

"뭐야, 남자 친구 사진이라도 붙여 놓은 거야?"

구양이 그냥 깔깔 웃었다.

해거름 거리로 나섰다. 광화문 하늘의 뿌연 연무가 풍향을 따라 천천히 바닥으로 내려앉기 시작했다. 이른 봄인데 춥지는 않았다. 세종로로 이어지는 대로변 여기저기가 마스크를 쓴 시위대로 붐볐다. 소강상태라 긴장감은 좀 사그라졌으나 여전히 어수선했다.

닷새 전, 대학생들의 청년실업 대책 요구에서 촉발된 시위가 비정규직, 이주 노동자, 장애인까지 합세해 아예 사회 약자층의 릴레이 농성으로 번지는 분위기였다. 어큐파이! 미국 월가 시위대에서 배웠는지 '점령' 구호가 적힌 팻말과 10여 동의 노숙 텐트까지 등장했다. 휠체어를 타고 온 장애인 단체 회원들도 손팻말을 들고 인도 한쪽을 메웠다. 경찰은 물대포를 쏘거나 진압봉으로 두들겨 패는 짓 따위는 하지 않았다. 의문의 명문대생 추락사 여파인지, 시위를 무력 진압한다고 근본 해결이 되지 않음을 깨달은 것인지, 아무튼 민감한 행동은 자제하는 게 확연히 보일 정도였다.

"빅이슈! 빅이슈!"

그 와중에 붉은 조끼를 걸친 추레한 행색의 노숙자 하나가 시위대 사이를 돌며 잡지를 팔고 있었다. 나이를 가늠 못 할 정도로 거칠고 뭉개진 얼굴에서 피어나는 발그스레한 선열. 인생 재기에 대한 집념과 하루하루 삶을 이어가야 하는 절박함이 겹쳐 보였다. 희한하게 낙오자들의 그런 달뜬 표정이 주위의 회색톤 풍경과 어울려 묘한 훈훈함을 연출했다.

갈호태는 이런 어수선함이 편치 않은 모양이다. 정리가 안된 것, 해결을 못 본 것들을 놔두지 못하는 조급증은 오랜 형사 생활에서 얻은 직업병. 시위대와 나를 번갈아 보며 고까운 표정으로 투덜댔다.

"사람 의심하는 일을 오래 하다보니 매사 눈이 꼬여서 그렇겠지만, 지들 동기는 순수하다고 해도 꼭 저걸 이용해먹는 인간들이 있다고. 얍삽한 국회의원들이나 과격한 노동단체들이 합류하는 순간 정치놀음으로 변질되지. 어떻게 보면 대학생들은 선봉대고 소모품이야. 쓰파! 쟤들 막고 선 의경들도 다 학생이잖아."

의협심에 불타는 청년처럼 또 음모론을 끄집어냈지만 그러거나 말거나 듣지 않았다. 대신 고개를 들고 입을 벌려 공기를 흡입했다. 부유물이 둥둥 떠다니는 탁한 대기라도 상쾌했다. 신선함이란 꼭 물리적인 것만이 아니다. 받아들이는 느낌인 것이다.

그렇다. 핵심은 자기화를 통해 받아들이는 것. 나는 이 혹독한 나날을 회피하기보다 받아들이려고 노력 중이다. 일자리에 목메는 청년의 절박함 따위는 가소로워 보였다. 벌써 반년이 더 흘렀다. 도시를 활개 치는 사이코패스의 연쇄살인사건에 엮여 애인을 잃고, 직장을 잃고, 쓰러져 누웠다. 긴 시간 외부와 단절해야 했다. 굴곡 없이 서른다섯 해를 살아오면서 이런

적이 없었다. 해저에 가라앉아 숨이 다하기 전에 부상하지 못할까 하는 두려움. 그러나 엄연한 현실이고 다시 일어서기 위해선 받아들여야 했다.

짧은 스커트를 입은 아가씨가 스쳐 가자 갈호태의 머리와 몸이 저절로 돌아간다. 휘파람이라도 불어댔으면 낯 뜨거울 뻔했다.

"유후! 드디어 핫한 계절이 돌아오는가. 역시 난 도시형 인간인가봐."

천박한 인식과 단순한 삶. 희한하게도 그걸 자주 보다보니 그리 나쁘게만 보이지 않았다. 어떨 땐 부럽기까지 했다. 어찌해야 일상의 중책을 가벼운 오락으로 치환해버리는 능력자가 될 수 있을까. 유치한 감정 하나하나를 부끄럼 없이 드러낼 수 있는 긍정의 마인드를 소유할 수 있을까. 갈호태를 비꼴수록 자괴감에 빠지는 건 결국 나였다. 매사에 날이 서 있는 사회부적응자는 바로 나니까.

이게 다 바리캉맨 탓이다. 놈과 나는 언젠가 다시 만나게 돼 있다. 내가 친구 카페의 창가에서 매일 스스로를 노출시키는 건 그런 확신이 있어서다. 그런 놈들은 본능적으로 그렇게 태어났으니까! 표적이 활보하는 찜찜함을 못 견디고, 꼭 결판을 봐야 하는 종자들이니까!

손바닥으로 허리춤을 툭 쳐봤다. 갈호태가 보관하고 있던 7연발 콜트를 늘 꽂고 다닌다. 그렇게라도 하지 않으면 견딜 수 없을 것 같았다. 방심하는 순간 스윽, 하고 혼령처럼 바리캉맨이 눈앞에 나타나 내 목을 겨누리라.

금호아시아나그룹 사옥 뒷골목에 들어서자 진짜 '삼오식당' 간판이 보였다. 갈호태 설명에 따르면, 광화문 재개발 과정에서 아슬아슬하게 구획선을 피해 구식 건물 몇몇이 살아남는데 삼오식당도 그중 하나였다. 일대에서 흔치 않게 나무 대문 위에 낡은 한자 간판이 붙어 있었다. 한옥을 개조한 실내는 뒤틀린 사각형 형태. 밖에서 볼 때와 달리 꽤 널찍했으나 뚫린 창이 작아서 환기는 시원찮았다. 음식 냄새가 모직 옷에 꿉꿉하게 밸 정도였다.

테이블에 물컵을 챙겨오던 대머리 주인장이 갈호태를 보더니 먼저 아는 체를 했다.

"아이고, 이 썩을 놈이 누군가. 뭐 하느라 요새 코빼기도 안 보였냐?"

갈호태는 성의 없이 고개만 까딱하고는 손바닥으로 입을 가리며 살짝 물었다. 벽시계가 6시 15분을 가리키고 있었다.

"영감님, 혹시 오늘 산악회 모임 예약 잡힌 거 있습니까?"

주인장은 어이없다는 듯이 고개를 도리도리.

"썩을, 방도 없는 가게에서 뭔 산악회고 나발이여. 여긴 월급쟁이들이 그냥 가볍게 처먹고 가는 집이지. 뭐야, 강력사건이여?"

갈호태는 대답 대신 미련이 남는 눈빛으로 사방을 훑었다. 주인장 말대로 주위 테이블에선 화이트셔츠의 샐러리맨들이 삼삼오오 둘러앉아 소주잔을 부딪혔다. 몇몇은 양념이 튈까봐 앞치마를 걸쳤다. 파란색 회사 점퍼를 똑같이 걸친 구석자리 상고머리 남자와 긴 생머리 여자 커플이 시선을 끌었는데, 연신 키득거리며 불판 위에 눌어붙은 볶은 밥을 긁어댔다.

"옷 입은 꼬라지 보아하니 사내 커플인 모양이네. 요즘 시대에 졸업해서 바로 직장 구하는 것도 행운이지. 게다가 애인까지 두고⋯. 진정한 능력자들이셔."

갈호태가 불판 위에서 쪼그라들기 시작하는 주꾸미를 뒤집으며 질투의 시선을 날렸다.

"그런데 이 집 사장 원래 욕 잘하냐? 왜 처음 온 손님한테까지 말 까고 지랄이야."

나는 장사를 위해 캐릭터 만드는 인간들을 혐오한다. 욕심을 위해 본심을 가린 위선자들. 갈호태가 대수롭잖은 듯 대꾸했다.

"욕쟁이 할매로 유명한 식당은 방방곡곡에 많지? 그런데 욕쟁이 영감은 별로 없지? 그래서 새로 캐릭터 잡은 거래. 어느 날부턴가 막 욕을 해대더라고. 참 나, 어찌나 황당한지 웃겨가지고. 이런 식당을 가지고 있으면서도 돈 욕심은 끝이 없나봐. 잡스 이후 명실공히 캐릭터와 콘텐츠의 시대 아니냐."

"갖다 붙일 걸 갖다 붙여야지. 주꾸미 먹다가 잡스가 왜 튀어나오냐."

나는 어이가 없어 그냥 웃었다. 그새 갈호태가 스마트폰을 이용해 이메일 문구를 만들었다.

"이 정도면 어때? 내가 되레 협박범 같네, 그치? 파헤칠 수 없으면 유인하라. 그것도 한 가지 방법이지."

신문 광고의 비밀을 알고 있다. 일을 더 확대시키고 싶지 않다면 7시까

지 광화문 동화면세점 앞 시계탑으로. -변태왕자

"지방에 살고 있다면 시간 맞춰서 못 오잖아."

"오고 말고가 문제 아니잖아. 중요한 건 반응이야. 만약 못
온다면 연락이 오겠지. 시간을 늦춰달라거나."

"그렇긴 하네. 변태왕자는 또 뭐냐?"

"그냥…. 뭔가 허세 쩔고 삐딱하면서도 의협심 넘쳐 보이지
않아?"

수분이 빠지면서 쪼그라든 주꾸미는 맵고 짰다. 아마도 물
먹여 냉동한 베트남산을 수입해 캡사이신 때려 넣어 만든 게
분명하다. 내가 바로 불평을 쏟아냈다.

"밥알 차 있어야 할 머리통을 다 잘라버리고 없잖아. 그건
생물이 아니라는 얘기지. 그냥 진한 양념으로 혀를 속이는 거
라고. 맛집이 뭐 이래."

"알아. 알고 있거든?"

"그래? 근데?"

"원래 파는 음식 다 그렇지. 깐깐하게 굴지 말고 대충 처먹자.
떡볶이나 순대도 원래 MSG 가미된 조잡한 맛에 먹는 거라고."

사실이다. 욕은 했지만 몇 점 입에 넣어 씹어보니 혀를 알싸
하게 하는 중독성이 있다. 맛있는 불량식품, 그 표현에 딱 떨

어지는 맛. 그러나 옹졸한 자존심이 허락하지 않았다. 나는 반발의 표시로 젓가락을 탁 내려놓으며 주위를 다시 훑었다. TV 맛집 프로그램 화면을 캡처해놓은 액자가 벽에 훈장처럼 걸려 있었다. 차기 유력 대권주자가 들렀다가 찍은 사진도 보였다. 욕쟁이 주인장이 어쩌면 저때는 진짜 요리를 했을지도 모르겠다. 욕심이 욕심을 부르는 법인데, 초심을 잃지 말아야 하는 법인데, 세월이 지나면 그 모든 게 허상인 걸 주인장은 깨닫지 않을까.

이런저런 잡생각을 하는 동안에도 산악회 회원처럼 보이는 무리는 나타나지 않았다. 광고 문구는 거짓으로 확인됐다. 갈호태가 이쑤시개를 입에 쑤셔 넣은 채 밥값을 치를 때까지 메일 답장도 오지 않았다. 구석자리 커플의 상고머리가 밥의 돌조각이라도 씹었는지 오만상 찌푸린 표정으로 화장실로 들어가는 게 보였다.

벽걸이 TV에서는 대담 프로가 흘러나왔다. 독일에서 철학박사 학위를 따온 지적인 풍모의 젊은 패널이 두꺼운 뿔테 안경을 밀어 올리며 호소하고 있었다.

"여러분! 스펙에 목숨 거는 시대는 지났습니다. 자신만의 삶을 개척하는 태도가 진정한 스펙이고, 진짜 청춘이죠."

욕쟁이 주인장이 팔짱을 끼고 투덜거린다.

"미친놈, 지는 처먹고 살 만하니까 저렇게 나불대지. 하여튼 주둥이로 먹고사는 놈들은 다 사짜야. 아프니까 청춘이라고? 아프면 그냥 환자지. 염병할."

"지당하신 말씀!"

갈호태가 요란하게 맞장구치며 입술을 씰룩이는 순간, 물고 있던 이쑤시개가 뚝 부러지며 비명이 터져나왔다.

"아악! 혓바닥 찔렸어."

나는 거들떠도 안 보고 먼저 골목으로 나섰다.

코리아나호텔 옆길 카페 2층. 우리는 창가 자리에 머리를 맞대고 앉아 밖을 내려다봤다. 그곳에선 광화문 시계탑 풍경이 한눈에 들어왔다. 일산행 광역버스 정류장 앞에는 퇴근하는 사람들이 길게 줄지어 섰다. 전도 나온 교회 청년들이 기타 반주에 맞춰 노래 부르고, 대용량 배낭을 멘 금발의 외국인 남녀는 인포메이션 부스에서 지도를 펴놓고 길을 물어보고, 반대편 주차장 쪽에는 중국인 관광객들이 양손에 쇼핑백을 여러 개씩 들고 관광버스에 오르고 있다. 의심을 살 만한 행동을 하는 사람은 보이지 않았다.

나와 갈호태는 손목시계와 시계탑을 번갈아 보며 시간이 되기를 기다렸다. 20분 정도의 여유. 막간을 이용해 다시 한 번 퍼즐 맞추기를 시도했다. 제아무리 어려운 문제라도 첫 단추만 잘 끼우면 두루마리 휴지처럼 술술 풀리는 경우를 수없이 봐왔다.

"일단 범위를 좀 좁혀보자고. 광고에 숨어 있는 메시지를 누군가에게 전달하는 게 목적이라면 대상자는 이 신문 구독자라야 한다는 거잖아?"

갈호태가 눈으로 창밖을 훑으며 물었고 나는 아메리카노를 홀짝이며 끄덕였다.

"아마도 전국의 가정집과 회사, 관공서 배달분 합치면 구독 자가 100만 부는 넘을 거다."

"모래사장에서 바늘 찾기네."

"한 신문을 여러 사람이 돌려보는 경우가 많으니 독자 수는 훨씬 많다고 봐야지. 한편으로는 조그만 광고까지 눈길이 다 간다고 할 수는 없고…. 암튼 단순 산술적으로는 그래. 하지만 상호 약속된 사람끼리 문제의 광고를 보는 거니까 냉정히 말 하면 숫자는 무의미하지."

"특정하기 불가능한 숫자군. 슬슬 뒷골 땡기려 하네."

"게다가 요즘은 종이신문을 구독하지 않더라도 인터넷이나 모바일로 지면을 다 볼 수 있어. 광고 내용 전달이 목적이라면 그쪽을 이용했을 가능성도 배제할 수 없어."

"흐음…. 그 얘긴."

"광고 보는 쪽은 포기하고, 광고 낸 쪽을 쫓지 않으면 승산 이 없단 얘기지."

어느새 7시. 시계탑 앞은 더 많은 행인들로 붐볐고 특별히 눈에 띄는 사람은 없었다.

10분이 더 흘렀다. 갈호태가 스마트폰으로 메일을 확인했 지만 답장은 오지 않았다. 또 10분이 흘렀다. 허탈함이 몰려왔 다. 역시 우리의 호기심이 과했던 걸까. 단순한 광고 그 이상 도 이하도 아니었던 걸까.

약간 틀어진 방향의 옆 건물 빵집 2층 창가에 앉아 있던 손님 하나가 자리를 떴고, 동시에 다른 손님이 들어와 그 자리를 채웠다. 내가 답답함에 손바닥을 비비고 있는데 꼿꼿이 창밖을 주시하던 갈호태가 소리쳤다.

"잠깐만, 저 인간…."

방금 빵집 2층에서 내려간 손님이 두 손을 바지 주머니에 꽂은 채 시계탑 옆을 지나고 있었다. 팔자걸음 외에 딱히 눈에 띄는 모습은 아니었다.

"옴팡 재밌어지는데. 이번 사건은 픽큐 네가 제대로 짚은 것 같다."

갈호태가 벌떡 일어서면서 너털웃음을 터트렸다.

"왜 웃어. 남은 기분 꿀꿀한데. 뭔 일이야?"

"저 인간 기억 안 나?"

"조금 전 빵집 창가에 앉았던 사람이잖아. 왜?"

남자 뒷모습을 한 번 더 쳐다봤지만 특이점은 없었다.

"한 시간 전 삼오식당에서 봤잖아? 회사 점퍼 입고 커플로 온 상고머리."

"엥? 왜 기억에 없지?"

"얼굴보다 파란색 점퍼의 강렬함이 첫인상으로 각인된 거지. 그걸 벗어던지고 양복 차림으로 앉았으니 지척에서도 몰라봤고. 그리고 우리 시선은 아무래도 어여쁜 긴 머리 처자 쪽에 더 가 있었잖아."

"넌 어떻게 알았어?"

"구두. 아까 식당에서 우연히 봤는데 굽 바깥쪽이 왕창 닳아 있더라고. 팔자걸음이 심하겠다고 생각했는데 방금 내려간 상고머리가 걸어가는 모습을 보는 순간 딱 감이 오더라고."

"우쭈쭈, 눈썰미 제법인데. 그런데 저 사람이 왜?"

"아마 우리처럼 창가에 앉아서 시계탑 주위를 주시하고 있었을 거야. 광고의 비밀을 알고 있다면서 협박 메일을 보낸 변태왕자가 과연 나타나는지. 나타난다면 어떤 인간인지. 우리와 반대로 협박범을 찾아 관찰하고 있었던 거 아닐까? 여기나 저 빵집만큼 시계탑이 한눈에 내려다보이는 곳도 없잖아. 변태왕자가 나타나지 않자 조금은 안도하면서 돌아갔겠지."

"그 얘기는…"

"그래, 수상한 광고를 낸 놈일 확률이 커. 공적인 일인지 사적인 일인지는 아직 모르겠다만 아무튼 저 인간 주위를 살피면 진실은 곧 모습을 드러낼 거야. 자, 슬슬 따라가보실까."

"아, 기억났다. 네가 식당에서 메일 보내고 얼마 후에 똥 씹은 얼굴로 화장실 다녀오더라고. 그때 메시지 확인한 게 아닐까? 그런데 삼오식당에는 왜 나타난 거지?"

"필요한 신문광고 문구에 우연히 단골식당 이름이 딱 맞아떨어져서 생각 없이 집어넣었을 것이고, 저녁 시간 되자 혹시나 싶은 호기심에 손님으로 가본 게 아닐까. 결국은 르까프의 법칙!"

"르까프가 아니고 로카르의 법칙 아님? 모든 접촉은 흔적을 남긴다. 그거랑 지금 상황과는 전혀 안 맞는데?"

"뭐, 암튼 그거."

"그리고 증거 없이 추리가 너무 앞서가는 느낌이잖아."

그때 탁자 위 아이폰이 부르르 떨었다. 광고국의 염 차장이었다.

"박 기자, 조금 전에 이상한 전화를 받았어요. 그 문제의 구혼 광고 낸 사람 같은데 다짜고짜 광고주 메일 주소를 왜 가르쳐줬냐고 난리를 치더라고. 그런 식으로 개인정보 누설하면 다시는 광고 안 싣겠다고."

나는 아이폰을 다른 쪽 귀로 옮겨 쥐었다.

"그래서요, 어떻게 하셨어요?"

"일단은 그런 일 없다고 박박 우겼지. 사실대로 말할 순 없잖아요. 암튼 그렇게 알고 있어요. 내가 발설했다고 밝혀서 곤란하게 하기 없기요. 내 딸내미 아직 초등학생입니다."

"그건 염려 마세요. 그런데 혹시 그 전화를 건 사람이 20대 후반의 남자 목소리 맞죠?"

"어, 어떻게! 완전 족집게네. 진짜 뭔 큰일이 난 겁니까? 나한테 불똥 안 튀게 해줘요. 제발!"

통화를 훔쳐 듣던 갈호태는 자신이 자랑스럽다는 듯 엄지를 척 치켜들었다. 그의 말대로 첫 단추는 제대로 끼웠다.

우리는 급히 상고머리를 쫓아 나섰다. 나는 속으로 갈호태의 눈썰미에 새삼 감탄했다. 만약 형사 일을 계속했더라면 범죄 척결에 큰 도움이 됐을 놈인데, 역시 너무 여자를 좋아하는 게 화근이었다.

상고머리는 광화문 사거리 횡단보도 앞에서 신호를 기다리고 있었다. 행인들이 북적이는 데다 거리를 충분히 확보해 미행이 들킬 일은 없었다.

그때, 어디선가 거대한 함성이 에코 음향처럼 울려 퍼졌다. 연이어 최루탄 터지는 소리. 확성기의 다급한 발성과 함께 의경들에게 쫓기는 청년 시위대가 세종로 남쪽으로 밀물처럼 밀려 내려오고 있었다. 놀란 퇴근길 시민들이 덩달아 사방팔방 흩어지고, 동시에 교차로 차량들이 엉키면서 아수라장이 됐다. 찢어지는 경적 소리가 하늘을 찔렀다. 상고머리도 놀랐는지 갑자기 뛰기 시작해 편의점 건물 모서리를 돌아 사라졌다. 우리가 뒤따라갔을 땐 이미 시야에 없었다.

표적을 잃어버리자 길이 막혀버렸다. 상고머리가 미행자의 존재를 알고 도망쳤는지, 아니면 우리가 한눈을 팔아 부주의로 놓친 것인지 분명치 않았다. 그러자 더 혼란스러웠다.

나는 가벼운 한숨을 쉬며 주위를 둘러싼 대기업들 사옥을 올려다보았다. 저마다 휘황찬란한 조명을 내뿜고 있다. 책과 보험을 주력으로 파는 곳, 고급 화장품을 만드는 곳, 자동차를 수출하는 곳과 항공사를 보유한 곳도 보였다. 식당에서 본 파란색 회사 점퍼를 떠올렸다. 놈은 이곳 어딘가에 둥지를 틀고 있을 텐데.

"갈 사장, 그 자식 점퍼에 뭔 글자 박혀 있는 거 못 봤음?"

"거기까진…. 삼성이나 엘지처럼 로고만 봐도 딱 알 만한 데면 좋을 텐데."

"놈이 다니는 직장을 당장은 알 수 없다는 얘기인데…."

궁금증은 의외로 쉽게 풀렸다. 지푸라기라도 잡는 심정으로 삼오식당으로 되돌아오니, 그새 반주 몇 잔 얻어 마셨는지 코끝이 빨간 욕쟁이 주인장은 단골을 잘 기억하고 있었다.

"아, 그놈의 새끼. 저기 길 건너 대한조선 본사에 다니잖아. 직접 들은 건 아니고 전에 동료들이랑 우르르 와서 떠드는 걸 봤어. 부서까지야 알 순 없지만."

대한조선이라면 국내에서 세 손가락 안에 꼽히는 굴지의 조선소다. 한국에서 그 정도면 세계 10위 안에 드는 배 만드는 회사라는 얘기다. 그렇지만 그것뿐이다. 그래도 단서가 의외로 쉽게 나온다 싶었다.

"혹시 이름이나 전화번호 아세요?"

내가 딱딱하게 물었다. 주인장은 눈을 히뜩 치켜뜨더니 무시하듯 고개를 도리도리. 갈호태가 거들었다.

"혹시 특별히 기억나는 일은…."

"자주 오긴 하는 데 짠돌이야. 안주 넉넉하게 시키는 일은 절대 없고. 경상도 사투리가 남아 있는 걸로 봐선 고향이 남쪽 어디 아닌가 싶어."

갈호태를 아직 형사로 알고 있는 주인장은 뭔가 도움을 주지 못해 미안한 표정을 지었다. 부탁하지 않았는데 계산대에서 신용카드 전표를 한 장 찾아와 내밀었고 뭔가를 더 기억해 내려고 애썼다.

"맞다! 그러고 보니 지난주인가, 어떤 중늙은이랑 같이 밥 처먹고 간 적 있어. 인상이 하도 더러워서 기억나네."

"더럽다니요?"

"우락부락한 게 험한 일 하는 사람 같았거든. 딱딱한 경상도 말투까지 섞여서 더 그렇게 느꼈을 수도. 왜 있잖아? 닳고 닳은 뱃사람이나 공사판 십장 분위기. 볼때기에 큰 십자 화상 흉터까지 있더만…. 그런데 그 중늙은이가 눈깔이 삐었는지 통로에 국그릇을 두 번이나 쏟아서 짜증 지대로 돋게 하더라고. 그러니 기억이 안 날 수가 없지."

"어떤 사이 같았습니까?"

"몰라. 얼핏 들으니 배 만드는 기술에 관해서 혼자 열라 씨불씨불거리던데. 젊은것들은 배운 기술에만 의존해 창의적 연구를 안 한다고. 그런데 뭐야, 그 자식에 대해 꼬치꼬치 캐묻는 걸 보니 뭔 사고 친 거야? 갈 형사가 뛰는 거라면 단순한 범죄는 아니잖아. 착실해 보이던데."

"아, 아닙니다. 탐문 단계고요, 영감님은 그 친구 또 보더라도 그냥 모르는 척하시면 됩니다."

갈호태가 두 손바닥을 들어 보이며 얼버무렸다. 졸지에 형사 파트너로 오해받게 된 나도 민망해 고개를 돌렸다. 홀로 웅웅거리던 TV에서는 60년째 전통 옹기 만드는 일을 계승하고 있는 장인의 꼬장꼬장한 인터뷰가 나오고 있었다.

"젊었을 때부터 말여, 끈기를 가지고 한 우물을 파여. 그것이 궁극에는 성공한 인생인 것이여."

그 말을 듣고 욕쟁이 사장이 또 참견했다. 이번엔 질투가 섞인 푸념조.

"참 나, 우리 어릴 적엔 그냥 장터 옹기장이였는데 어느새 예술가가 되셨구먼. 나는 뭐 심오한 철학이 있는 것처럼 자기 직업을 포장해 똥폼 잡는 인간들이 정말 싫어. 그릇 만드는 너나 그 그릇에 밥 담아 파는 나나 그 나물에 그 밥이지. 그런데 저렇게 TV에 나오면 지가 뭐 대단한 사람 된 것마냥 이래라저래라 설교질이라니. 내 말 틀려?"

나는 대답 대신 속으로 훗! 비웃어주었다.

속칭 '뻗치기' 타임.

사건을 쫓는 형사나 기자에게 대책 없이 목표물을 기다리는 일은 지루함 그 자체다. 우리는 25층짜리 대한조선 사옥 정문의 누드 조각상 옆 벤치에서 상고머리가 퇴근하기만 고대했다. 나이로 봤을 때 자가 차량을 이용해 주차장 쪽으로 빠져나갔을 확률은 커 보이지 않았다.

곁에서 갈호태는 카드 전표를 쥐고 흔들며 어디론가 계속 전화를 해댔다. 신경질적으로 닦달하는 것으로 봐선 형사 시절 부리던 후배에게 신원 조회를 부탁하는 게 분명한데 여의치 않은 모양이다. 나는 약간 불안해지기 시작했다. 이번 일이 범죄와 무관한, 단순 해프닝으로 끝날 가능성도 높지 않은가. 약간의 우려를 감수하더라도 무죄추정의 원칙은 지켜져야 할 가치가 아닌가.

184

갈호태가 다른 곳으로 전화를 걸었다. 이번에는 180도 돌변한 저자세. 두 손으로 전화기를 잡고 굽실굽실거린다.

"그려, 그려. 조금 늦을 거야. 뭐야? 혼자 와서 비싼 와인 처드시는 손님이 계시다고? 에궁, 할 수 없지, 뭐. 오늘만 초과근무 좀 부탁해. 그럼, 그 손님만 가면 바로 퇴근해야지. 그렇지. 내일 봐. 굿 밤!"

미모의 글래머 알바생에게 쩔쩔매는 사장 꼴이라니. 저 짓거리가 한심해 보이다가 자주 보니 귀엽고, 또 부럽기까지 하다.

"야, 너 홍예리밖에 없다며? 근데…."

"홍 기자님은 우아하고 지적이라서 좋고, 구양은 쿨 하고 섹시해서 좋고. 두 사람 다 완전 내 스타일!"

갈호태가 히죽거리며 두 어깨를 들어 보였다.

흉보고 싶지 않다. 내가 채연수를 그렇게 못 잊어 하면서도 가끔 홍예리에게서 느끼는 후배 이상의 감정. 솔직하지 못한 사람은 어쩌면 나라고 생각하니 부끄러웠다.

나는 엉덩이를 살짝 틀고 앉아 코트 안주머니에서 찢어온 신문지를 꺼냈다. 그리고 광고 문구 세 개를 한 자 한 자 발음해보며 다시 읽었다. 눈으로 볼 때와 입으로 발음할 때의 미묘한 차이. 글 쓰는 일을 업으로 삼은 사람들은 정확히 구분한다. 눈이 아닌 혀에서 맴도는 위화감! 그것이 뭔지 지금은 알 수 없지만 분명 뭔가가 숨겨져 있다. 감추면 감출수록 알고 싶은 게 본능 아니던가. 더 강한 호기심이 뇌리를 자극한다.

나는 홍예리에게 전화를 걸었다. 딱히 용건은 없지만 그냥 목소리라도 듣고 싶었다. 핑계는 만들면 되는 것이다. 한때 동료였던 인간들 근황이 못 견디게 궁금했다. 연쇄살인범과 얽인 사건이 찌라시를 통해 다 돈 터라 나는 이 바닥에서 어느 순간 좀비가 돼 있었다.

그녀는 아이템 회의 중이라고 했다. 전화기를 들고 비상계단으로 나왔는지 말할 때마다 울림이 생겼다. 지치고 나른한 목소리.

승승장구 그녀는 요즘 시청률 경쟁의 한가운데에 있다. 민주일보 기자에서 작년 초 미디어그룹 내 민주TV에 파견 형식으로 옮기더니, 1년도 안 돼 아침뉴스 앵커에 발탁됐다. 봄 개편에 맞춰 기존 뉴스 포맷을 뜯어고치라는 회장의 지시와 관련이 깊다. 종합편성채널의 가세로 보도채널이 늘고 SNS 사용자가 급증하면서 속보성보다 심층 기사로 차별화하지 않으면 시청률 경쟁에서 이길 수 없다고 판단한 것이다. 보도국장은 간밤의 칙칙한 사건사고 전달에 주력하던 기존 방식을 버리고 밝은 분위기 속에서 심층보도와 현장 중계를 늘린 라이브 형식을 택했다. 그 여파로 8대 2 가르마를 탄 중후한 아나운서가 퇴출되고 기자 출신 홍예리가 밝은색 원피스를 입고 전격 등판했다. 이름하여 '굿모닝 펀치'.

나는 펀치 않았다. 외모를 시청률 미끼로 이용하는 자체가 불편하고 아끼는 후배의 재능이 엉뚱한 식으로 소진될까 우려스러웠다. 앵커 파격 발탁을 둘러싸고 별별 소문이 나돌던 터였다. 취재 현장을 두루 경험해 사건의 행간을 읽을 줄 알고,

카메라발 잘 받고, 글로벌 감각까지 갖췄다는 것은 이해하는데, 이혼녀라 새벽 출퇴근이 자유롭다는 별 상스러운 시각은 뭔지. 정작 홍예리 본인은 괜찮다지만 강행군의 연속이었다. 주 5일 새벽 출근에, 낮에 취재도 다녀야 하고, 어떨 땐 늦은 밤까지 아이템을 체크해야 했다.

내가 홧김에 인생 상담사로 통하는 편집부 동기 최에게 하소연했더니 냉정한 분석을 내놨다.

"그건 걱정을 가장한 질투심이야. 아니면 걱정을 가장한 관심이든지."

곱씹어보니 부정할 수 없었다. 얼굴 벌게질 만큼 남의 속내를 들여다보는 무서운 자식.

"잘하면 쌈박한 읽을거리 하나 나올 것 같아."

나는 담담하게 지금 쫓고 있는 사건을 언급하며 기대감을 심어주었다. 역시나, 홍예리는 얄팍한 미끼에 목소리가 급히 밝아졌다. 콧소리까지 내뱉으며 애교질이다.

"오! 그거 재미난데요. 선배 알죠? 단독 기사는 오직 내게로만. 호호홍."

"그래서 말인데, 몇 가지 사실관계 확인 좀 해줘야겠어. 물론 정당한 취재 범위 안에서."

"에효, 누가 반듯한 선배 성격 모를까봐. 하는 데까지 해보죠, 뭐."

"대한조선 관련해 내부 정보 좀 긁어모을 수 있지? 담당 출입에게 슬쩍 물어봐주련."

"요즘 조선업계 사정이 다 그렇잖아요. 몇 년 치 물량을 확보해뒀다고 해도 중국과의 사활 건 경쟁에 긴장 모드. 이런저런 구조조정 소문이 들리던데…."

"그래서 더 이상해. 지금 상황에서 문제의 신문 광고는 대한조선과 관련이 있다고밖에 안 보이거든. 분명 은밀한 내막이 있다고."

"흠…. 선배의 촉을 믿어볼게요. 일단 챙겨보고 연락드리겠습니다. 아, 그리고 약속 어기면 곤란합니다."

"예리 기자님! 갈호태입니다! 저번에 저녁 먹기로 한 건 날짜 언제로 잡…. 바쁘면 그냥 명동에서 프리허그…."

대화 중 갑자기 갈호태가 큰소리로 끼어드는 통에 인사도 못 하고 나는 종료 버튼을 눌렀다.

"내가 말했지. 걔 이혼녀라고. 한 번 더 실패하면 힘들어. 게다가 새로운 프로그램 맡아서 요즘 혼줄 놓고 다닌다고. 개수작 부리지 마."

내가 오라버니 모드로 압박하자 갈호태가 바로 정색을 했다.

"아, 견제구 엄청 날리시는구먼. 흥! 냉정하게 따지면 법적 총각인 내가 더 손해지. 광화문에 번듯한 카페 가지고 있지. 우리 노인네가 바닷가 땅 부자인 건 잘 알지? 요즘 대기업에서 리조트 만든다고 통째로 팔라며 연일 들이대는 모양이더라. 집구석에 아들은 나 혼자라고. 게다가 신체 건강해. 나이를 잊고 요 똘똘이 녀석은 얼마나 혈기왕성한지. 아쉬울 것 없는 사람은 오히려 나라고."

갈호태가 한 손으로 자기 가슴을, 다른 손으로 아랫도리를 툭 쳤다. 듣고 보니 완전히 틀린 말은 아니다. 그런데도 배알이 꼴려 괜히 수긍하기 싫었다. 쪼잔하게 놈의 흑역사를 꺼냈다.

"담당 형사가 폭행 피의자 미모에 홀려 그 짓 하다 걸린 건 대한민국 경찰사에 꼽힐 만한 토픽감 아니고? 게다가 가방끈 짧고 무식하지. 성질머리는 대책 없이 급해."

"아 또 옛날얘기. 그거야 혈기왕성한 남녀의 본능인데 재수 없어서 걸린 거고, 학벌 짧은 거야 머리가 없다기보다 질풍노도의 시기를 워낙 격동적으로 겪다보니 공부 때를 놓쳐서…. 우헤헤. 그런데 너 좀 수상하다. 내가 홍 기자님 이름만 꺼내면 날 흠집 못 내 안달이네. 혹시?"

"내가 뭘…."

속내를 들킨 것 같아 얼굴이 화끈거렸으나 다행히 주위가 어두웠다. 나는 바로 뒤돌아서 커피를 핑계로 편의점으로 달려갔다. 계산대 앞에 서 있는데 누군가 뒤에서 등을 툭 쳤다. 박경수 경감이었다. 작년 여름 서울을 공포에 떨게 했던 바리캉맨 연쇄살인사건 전담반의 팀장. 지척의 시경에 근무해도 만나기가 편치도, 쉽지도 않았다. 수사에 진전이 없어서인지 많이 초췌해 보였다. 우리는 편의점 구석으로 자리를 옮겼다.

"팀장님, 보이스체인저는 풀지 못했다고 하셨죠?"

"목소리의 왜곡이 상당히 심했어요. 고급 사양의 일제를 사용한 것 같습니다. 세운상가를 중심으로 구입자를 조사해봤는데 성과는 없었습니다."

"목격자 아가씨가 증거로 남긴 사진도⋯."

"그게, 태아 사진처럼 피사체가 원체 작고 주변이 어두워서. 사람이 찍힌 부분의 해상도를 높여봤더니 얼굴에 가면 같은 걸 쓰고 있었답니다. 영악한 놈이지요."

팀장은 지난번 통화에서 들은 이야기를 변명처럼 반복했다.

"박 기자님도 잘 아시겠지만, 보통 연쇄살인사건이 발생하면 전담반을 구성해서 현장 주변의 도주로를 파악하고, 인근 CCTV를 토대로 용의자를 압축해나갑니다. 주변 탐문과 동종사건 전과자를 살펴보는 일은 기본이고요. 이 과정에서 단서를 건져내지 못하면 자칫 수사는 원점을 맴돌게 됩니다."

무슨 말을 하고 싶은지 알 것 같았다.

"그러니까, 장기 미제사건이 될 수 있다는 겁니까?"

팀장은 자존심이 상하는지 잠시 생각에 잠겼다가 고개를 끄덕였다.

"뭐, 언젠가는 풀리겠지만 당장은 쉽지 않다는 이야기입니다. 범인이 바위 밑 가재처럼 숨어버렸으니까요."

담담해지고 싶었는데 마지막 말을 듣는 순간 감정이 격해져버렸다.

"진짜 코미디군요! 단서를 못 찾아 다음 범행을 기다린다는 게 코미디가 아니고 뭡니까! 경찰이 할 말이냐고요! 놈은 분명히 다시 나타납니다. 그런 새끼들은 원래 그런 유전자를 갖고 태어났거든요! 살인의 쾌감을 이성으로 억제 못 하는 족속이라고요!"

내 고함에 편의점 안 사람들이 일제히 쳐다봤다. 팀장이 팔을 뻗어 내 어깨를 지그시 눌러줬다. 그래도 흥분하면 몸이 들썩이는 건 어쩔 수 없었다. 나는 겨우 발작증이 멎은 환자처럼, 눈을 찡그려 팀장을 째려보고는 뒤돌아서 나왔다.

다시 조각상 옆 벤치에 앉아 침묵에 빠져들었다. 갈호태가 칼로리 높은 캔커피로 사 왔다고 애처럼 투덜거렸으나 무시했다. 낯선 사내 둘이 회사 정문 앞에서 얼쩡대는 게 신경 쓰였는지 제복 수위가 나타나 담배꽁초 버리지 말라고 주의를 주었다. 간헐적으로 광화문 시위대의 함성이 들려왔다.

나는 끓어오르는 화를 애써 누르고 있었다. 천천히 숫자를 100까지 헤아렸지만, 효과가 없어 신문 광고 문구를 다시 꺼내 읽었다. 한 단어, 한 단어를 곱씹으며 다각도로 의미를 분석해보려 했으나 역시 고난도의 작업이었다. 제2차 세계대전 때 암호 해독기를 발명해 독일군 암호 체계 '이니그마'를 무력화시킨 천재가 아니라면 말이다.

"혹시 앨런 튜링이란 사람 아셔?"

기대 없이 던진 질문에 역시나 허접한 답이 돌아왔다.

"튜닝 전문가셔?"

나는 마른침을 삼킨 다음 굴곡 많은 삶을 살다 간 영국인 수학자이자 컴퓨터 과학의 아버지에 대해 말해주었다. 인류에 지대한 공헌을 했지만 동성애자라는 이유로 화학적으로 거세당하고 비참한 말로를 맞은 비운의 천재.

"자살한 그의 시체 곁에는 한 입 베어 문 사과가 놓여 있었어. 평소 튜링을 존경한 스티브 잡스가 그래서 애플사의 로고를 한 입 베어 문 사과로 선택했다는 설도 있어."

"그래?"

갈호태는 잡스의 열혈팬답게 그의 이름이 나오자 별 연관성 없는 내용을 집중해 듣기 시작했다. 사후 복권과 명예회복까지 험난했던 한 남자의 인생 여정에 관해서. 그러면서 나도 무의식중에 하나의 느낌을 받았는데 그것은 입 끝에서 맴도는 숫자의 리듬감. 삼오식당, 일오등산회 같은 단어들…. 순간 머릿속이 뻥 뚫렸다. 뇌 속에 차 있던 불쾌한 가스가 순식간에 날아간 기분이었다. 대신 하나의 가능성이 몽글몽글 피어올랐다. 확실했다. 나는 안주머니에서 급히 볼펜을 꺼내 들었다. 광고 한 단어, 한 단어를 크로스워드 풀듯 동그라미를 치며 체크해나갔다. 그때, 갈호태가 내 어깨를 잡고 흔들었다.

"나왔다."

상고머리는 밤 8시가 지나서야 모습을 드러냈다. 서두르는 기색 없이 서류가방을 들고 일정한 보폭으로 청계천 쪽으로 향했다. 편안해 보이는 걸음걸이로 봐선 미행을 눈치채지 못했다. 우리는 놈의 팔자걸음만 쳐다보며 거리를 맞췄다.

"그나저나 우리가 이 짓 해서 남는 게 뭐지? 오지랖 넓은 것도 어느 정도라야지. 용감한 시민상 받을 것도 아니고 사립탐정처럼 의뢰비가 있는 것도 아니고. 카페는 손님이 없어 망하기 직전인데. 그냥 대책 없이 본능에 막 끌려가는 기분이야."

갈호태의 말을 듣고 보니 그랬다. 단순히 호기심 차원에서 벌인 일치고는 소모적이었다. 하지만 그 답을 지금 상황에서 따지는 것도 소모적이었다. 나는 대답 대신 조금 전에 떠올린 가설을 꺼냈다.

"예상대로 그거 어떤 시험의 답이야. 그건 확실해."

"그래? 어떻게?"

나는 코트 주머니에 손을 꽂은 채 앞서가는 상고머리를 응시하며 말했다.

"자, 우선 첫 번째 광고를 보자고."

문구를 하도 많이 봐서 절로 외울 지경이다.

"이혼 경험이 있는 43세 오 씨 여성입니다. 이쁘고 키 큼. 일본 유학파 출신. 사는 데 지쳐 전문직 일 가진 사람 만나 편안한 노후 보내고 싶습니다. 딸린 아이 없음. 오빠같이 푸근한 53세 남성 원함. 그리고 마지막에 연락처가 붙어 있었지. 02에 4961 7643."

갈호태가 앞을 주시하며 고개를 끄덕였다.

"여기서 한글, 숫자 구분 없이 1에서 5까지 들어가는 글자만 뽑아봐. 나머지는 다 버리고. 우선 '이혼'의 이, '경험이 있는'의 이, '43세'의 4와 3, '오 씨'의 오, '이쁘고'의 이, '일본'의 일, '사는 데'의 사, '전문직 일'의 일… 이런 방식으로 다 풀어보면 22435 21414 35253 24143. 딱 스무 개 떨어지지. 53세라고 지정할 수밖에 없었던 이유가 여기 있었어. 같은 원칙을 두 번째, 세 번째 광고에도 대입해보라고."

"보자, 두 번째 광고는 42313 21245 32431 14254 스무 개,

세 번째 광고도 23352 41222 54513 45142 스무 개. 흐음."

"어때, 우연이라고 하기엔 너무 정확하지 않아. 고로 이건 20문항짜리 5지선다형 세 과목의 시험 문제야."

갈호태가 감탄의 눈빛을 보냈다. 내가 으쓱해 어깨를 들어 보이는데, 빈정 상하는 말을 한다.

"풀고 나니 별거 아니네. 참 허망하다. 그치?"

"암호란 게 원래 그렇잖아. 범인도 잡고 나면 별거 아니듯이. 갑자기 기분 나빠지는데."

"크하. 그렇긴 하지. 쏴리~. 그렇다면 이게 무슨 시험일까?"

"그게 이번 사건의 핵심이지. 이제부터 알아봐야지. 문제 유출의 증거도 있고, 유출하려는 사람도 아는데, 용처를 찾아내지 못한다면 발바닥에 땀 낸 수고가 무의미해지잖아. 범죄 해결의 세 요소. 범인과 증거와 동기. 우리는 지금 두 개를 찾았어. 하나만 찾으면 된다고."

"초딩들 중간고사는 아니겠지?"

"왜, 유치원 입학시험이라고 하지. 걔들이 신문에 이딴 걸 왜 내냐? 요즘 다들 스마트폰 들고 다니는데. 공무원 시험 같은 국가고시도 생각해볼 수 있겠지만 애초 출제위원을 합숙소에 가둬놓고 관리하니 외부로 유출한다는 건 불가능할 거고. 혹시 군대는 어떨까?"

바로 갈호태의 반박이 들어왔다.

"일반 사병이야 그렇다고 쳐도 장교들은 예외야. 또 분명 팬티에 휴대폰 숨겨 다니는 말년 병장들도 있을 거고. 그리고 거기 인간들 목숨 걸고 필기시험 볼 일 없잖아. 하긴 너는 동사무소 공익 출신이라 잘 모르겠다. 한 가지는 확실해. 대한조선과 관련이 있다는 거!"

"아차, 그걸 잊고 있었군."

광화문 시위대의 함성이 멀리서 전해져왔다. 순간, 바람 같은 뭔가가 뒷덜미를 훅 스쳐 지나갔다. 청년 취업난? 놀고 있는 친구들?

"신입사원 채용 과정에서 시험문제를 접하게 된 상고머리가 친구들을 위해 빼돌렸다는 가설은 어때?"

내 의견에 또 갈호태가 반박했다. 그래도 주워들은 건 있는 모양이다.

"그냥 정답 알려주면 될 걸 왜 신문 암호를 통해 전해야 하지? 들통이라도 나면 완벽한 증거를 남기는 꼴인데. 또 요즘은 스펙 심사에다가 면접 비중이 높아서 필기시험이 합격을 보장하는 것도 아니잖아."

우리는 거기서 생각이 막혔다.

사위는 완전히 어두워졌다. 청계천을 흐르는 물 위로 보름달이 일렁거렸다. 일본인 관광객 수십 명이 다들 흰 마스크를 쓴 채 스쳐 갔는데 불그스름한 조명과 어울려 괴이한 장면을 연출했다.

"지금 불필요한 전제가 너무 많아. 사실과 증거를 토대로 검증이 필요한데 가설에 얽매여 있다고. 오컴의 면도날이랄까."

"오늘 졸라 아는 척하네. 튜닝 전문가에 이젠 면도날 형님까지 등장이시구나."

"시간 안에 풀지 못하면 헛수고야. 시험이 끝나버리면 증거를 찾기란 사실상 불가능하다고. 확실한 건 앞에 가는 저 자식 머리에 답이 들어 있다는 거."

나는 사건의 키워드를 하나씩 되뇌었다. 대한조선, 5지선다형 시험, 그리고 신문 광고. 이 중에서 아직까지 그 용도를 찾지 못한 것이 신문 광고다. 신문에 광고를 냈다는 것은 무엇을 의미할까. 온라인에 검색되지 않기를 원한다는 것. 아니면 인터넷이나 스마트폰 사용이 통제되고 신문만 배달되는 곳. 교도소나 군대가 먼저 떠오르지만 그곳은 대한조선과 연결고리가 끊어진다. 생각이 뒤얽혀, 나는 머리를 세차게 흔들었다.

상고머리는 모전교를 지나다 말고 뒤를 한 번 쓱 훑어보더니 나무 계단을 올라가 탑골공원 쪽을 향해 걷기 시작했다. 종로 바닥은 시위로 얼룩진 광화문과는 달리 불야성의 밤이었다. 불과 몇백 미터의 거리를 두고 전혀 딴 도시 같았다. 휴대폰에 문자가 하나 도착했다. 홍예리였다.

〈대한조선 올 신입사원 채용 없음. 하반기 잡혔다가 지난달 취소 공고. 실적 악화로 오히려 조용히 구조조정하고 있다는 소문. 타사 홍보담당 임원에게서 직접 확인한 내용임.〉

한숨이 나왔다. 문자를 보여주자 갈호태도 바로 인상을 찡그렸다.

"이런 닝기리, 가장 확실해 보이던 가능성이 사라진 거네."

상고머리가 지하철 종로 5가역까지 걸어가더니 골목길로 접어들었다. 새로 지은 아트센터 앞에서 잠시 공연 포스터를 보다가 혼령처럼 건물 안으로 쓸려 들어갔다. 한 대기업이 메세나 사업의 일환으로 투자해 예술성과 실험성 짙은 연극을 주로 올리는 공연장이었다.

"아 씨…, 요즘 누가 이딴 걸 자기 돈 내고 보냐고."

갈호태가 매표소 앞에서 투덜거리며 지갑을 열었다.

좁다란 로비에서 아는 얼굴을 하나 더 발견했다. 먼저 퇴근한 긴 생머리 여자가 남자를 기다리고 있었다. 예상대로 그들은 사내 커플이고 주위 눈을 피해 은밀한 데이트를 나선 게 분명하다. 오늘은 불타는 금요일, 불금이다.

취향 탓인지 나이 탓인지 공연 '미스 김은 남고 싶다'는 지루했다. 회사 부서원 다섯 중 한 명이 구조조정으로 사표를 내야 하는 상황에서 다른 넷에게 집중 공격을 받는 막내 미스 김의 처절한 직장 생존기. 연극도 아니고 뮤지컬도 아니고, 정극도 아니고 코미디도 아니며, 통기타 반주와 오글거리는 키치적 대사를 곁들인 퓨전 무대. 갈호태도 고역인지 팔짱을 끼고 대놓고 하품을 해댔다.

통로 측에 앉아 있던 상고머리가 일어난 것은 극이 막바지에 이르렀을 때였다. 내가 조용히 따라나섰고 놈은 로비 구석의 화장실로 들어갔다. 누군가와 접선을 하려는 것이 아닐까, 그런 생각을 하며 나무 문을 밀었다.

찬 기운이 덮치는 서늘한 공간. 화장실 안에는 아무도 없었다. 옅은 소독약 냄새. 조도 낮은 조명과 하얀색 바닥의 타일. 똑, 똑, 똑, 고장 난 수도꼭지에서 물 떨어지는 소리. 발소리를 죽인 채 변기 칸까지 확인했지만 다 비어 있었다. 그때 날카로운 목소리가 뒤에서 들렸다.

"당신, 뭐야!"

화들짝 놀라 돌아보니 화장실 문 뒤에서 상고머리가 노려보고 서 있었다. 선한 얼굴은 오간 데 없고 핏발 선 눈빛이 흉포하다. 두 주먹을 내린 채 불끈 쥐고 있었는데, 분노를 다스리려고 애써 인내하는 모양새였다. 내가 조금이라도 공격적 액션을 취하면 바로 달려들 기세. 빼도 박도 못할 상황이라 나는 말문이 딱 막혀버렸다.

"누구신지? 저는 화장실에 볼일이 있어 들어왔습니다만."

태연한 척 대꾸했지만, 내가 듣기에도 민망한 핑계였다.

"왜 뒤를 졸졸 따라다니느냐고. 광화문에서, 청계천에서…. 설마 우연히 만났다고 우기진 않겠지?"

놈이 길을 빙빙 둘러서 온 이유를 알았다. 추적자들의 존재를 확인하고 싶었던 것. 우리는 미행을 한 것이 아니라 그의 의도에 유인당한 것이다.

상고머리가 표독스런 눈빛을 반짝이며 같잖다는 듯 이를 드러내고 씨익 웃었다. 평범한 얼굴 뒤에 숨은 현대인의 광기가 스쳐 보였다.

"묻고 있잖아. 당신 누구냐고. 경찰이라도 되냐고!"

독기 오른 목소리가 음울한 공명을 일으켰다. 핑곗거리가 없었다. '잔머리의 달인' 갈호태라면 이런 상황에서 어떻게 처신했을까.

연극이 끝났는지 로비에서 웅성거림이 들렸다. 갈호태가 다급히 화장실로 뛰어들어 왔다가, 심상찮은 상황을 보더니 갑자기 바지춤을 붙잡고 쭈뼛쭈뼛. 곁눈질로 힐끗거리다 변기 앞에서 오줌을 갈기고는 머리를 긁적이며 밖으로 사라져버린다. 역시 대단한 대처법.

상고머리가 큰 걸음으로 다가와 내 멱살을 우악스럽게 잡았다.

"경고야. 한 번만 더 날 따라다니면 경찰 부를 거야."

나도 지지 않으려고 놈의 얼굴에 내 얼굴을 바짝 갖다 붙였다. 서로의 코끝이 거의 닿았다.

"나도 경고하지요. 당신이 의문의 신문 광고를 낸 장본인이란 건 이미 확인했습니다. 그게 시험문제의 답이란 것도 알고 있고요. 부정행위를 계획한다면 이쯤에서 그만두는 게 좋을 거요. 그건 범죄입니다."

상고머리의 눈동자가 잠깐 흔들렸으나 바로 평정심을 되찾았다. 양미간을 찡그리더니 갑자기 내 두 어깨를 힘껏 밀쳤다.

"범죄? 푸하하. 미친 새끼! 뜬구름 잡는 잡소리는 집어치우고, 그래 그 범죄란 게 뭔지 이야기나 들어보자."

나는 말문이 막혀 질문으로 응수했다.

"그럼 왜 그런 광고를 냈습니까? 목적이 있을 것 아닙니까!"

"질문을 질문으로 받아넘기는 건 얍삽한 짓이야."

완전히 궁지에 몰렸다. 상고머리가 더 압박하고 나왔다.

"좋아, 그게 궁금하다면 이유야 많지. 우선, 움직이는 실험 주의 예술을 하고 싶었다고 해두지. 신문 광고를 매개로 연락이 오는 사람들을 만나는. 나는 그런 걸 해보고 싶었어. 당신의 이 소란도 예술극의 일부가 될 수 있겠군. 아니면 이건 어때? 나는 호기심이 넘치는 추리소설 마니아야. 암호풀이 광고를 게재하고 대한민국 사람 중 과연 몇 명이나 의심을 품고 맞히는지 궁금했지. 그 범주에서 보자면 당신은 대단히 영리한 양반이고, 박수라도 쳐드려야 되겠어."

상고머리가 박수를 끊어서 세 번 짝짝짝 쳤다. 완전히 농락당하는 기분. 손등에 슬금슬금 두드러기가 일어나려고 한다.

"이것도 영 마음에 안 드신다…. 그러면 또 다른 이유를 만들어야겠네? 그냥 꿈자리에 나타난 산신령에게 계시를 받고 광고를 냈다고 하지. 이런 것도 죄가 되나? 아니면 증명이라도 해야 하나?"

놈이 킬킬 냉소를 지었다. 보기와 달리 만만찮은 상대. 면전에서 떠나가는 모습을 보고도 붙잡을 수 없었다. 그렇다고 분한 마음에 그냥 보낼 수도 없었다. 놈의 뒤통수에 대고 생각나는 대로 뇌까렸다.

"너희 아버지도 아시냐? 이런 미친 짓 하고 돌아다니는 거."

녀석이 잠시 멈칫했다. 하지만 이내 화장실에서 성큼성큼 나가버렸다.

갈호태와 함께 공연장 밖으로 나섰을 땐 상고머리는 긴 머리 여자의 어깨를 감싸고 가로등 아래 골목길로 사라지고 있었다. 밤의 색깔인지, 그림자의 색깔인지 분간할 수 없는 종로의 모호한 어둠 속으로.

추적이 중단됐다. 답안의 용처를 찾지 못했다. 사건 해결을 위한 정보와 시간이 절대적으로 부족했고 덩달아 머리가 복잡해졌다. 카페로 돌아오는 길이 허탈했다.

갈호태가 후배 형사에게 사정 반 협박 반 부탁했던 신원 확인이 그제야 휴대폰에 도착했다. 상고머리 이름은 이순규. 28세이며 울산 태생이다. 그 외 이런저런 잡다한 가족 관계가 달려 있었으나 특이점은 찾을 수 없었다.

"이런 식의 수사 동의할 수 없어. 카드 전표 이용해 사람 알아내는 건 불법이라고."

일이 꼬여서인지 내가 엉뚱한 곳에 신경질을 냈다.

"알거든. 그런데 안 그러면 발바닥에 땀만 내다가 날 샌다. 네가 신문사나 방송국에서 선후배 통해 정보 빼내는 방식과 뭔 차이가 있는지 모르겠다만."

입술이 실룩이는 걸 겨우 참았다. 대꾸하기 싫었다. 우리는 바지 주머니에 손을 꽂고 침묵한 채 종로통을 따라 걸었다. 자진 해산한 대학생 시위대 한 무리가 스쳐 갔다. 그들 몸에서 쉰내가 진동했다. 가슴 띠에 적힌 '청년 지옥 노인 천국'의 붉은 글자가 망막에 오랫동안 맺혔다.

시위의 발단에는 정부와 여당의 안이한 인식이 한몫했다. 당국에선 태평스레 유럽의 실업률과 비교하면 심각하지 않다고 언론 플레이를 해대고, 꼰대 필이 나는 한 중진 의원은 능력이 부족하면 눈높이를 낮춰서 지방 중소기업이나 중동 건설 현장에 나가라고 비꼬았다. 때마침 헌혈해서 받은 영화 표를 모아 데이트를 한다는 한 취업준비생의 사연이 사회적 반향을 일으키며 청년들의 분노가 들불처럼 번져나갔다.

승산 없는 싸움. 나는 이번 청년 시위를 그렇게 판단하지만 그들을 응원한다. 승산 없는 싸움도 필요할 때가 있으니까. 최소한 가슴속 응어리진 절규를 배 밖으로 보여주는 것만으로 가치 있는 일이니까.

저 멀리 보이는 카페 '이기적인 갈 사장'에 불이 훤히 켜져 있다. 갈호태가 두 손바닥으로 머리통을 감싸고 구시렁댔다.

"이년이 불도 안 끄고 튀었네. 하여튼 주인이 자리를 비우면 안 돼."

착각이었다. 카페에 들어서니 영업은 끝났고 귀한 손님이 와 있었다. 홍예리가 가운데 테이블에 앉아 영국제 다기로 우아하게 홍차를 마시고, 구양이 그 곁에 서서 말동무를 했다. 달리 보면 구양이 차 마시는 법을 지도하는 다도 선생 같기도 했다. 갈호태의 입이 헤벌쭉 벌어지며 에너지 급충전 모드로 돌변. 내색은 안 했지만 반갑기는 나도 마찬가지였다.

퇴근길에 들렀다는 홍예리는 가벼운 화장에 포니테일 머리, 스키니 청바지와 스니커즈라는 최대한 간편한 차림이었지만 그래도 지쳐 보였다. 하지만 일을 마다 않는 특유의 근성과 긍정의 마인드는 강력한 아우라를 뿜어내며 사건 해결 의지를 다시 북돋워주었다.

"대한조선이 올 신입사원 채용 계획이 없다는 건 아까 말씀드렸죠. 업황이 안 좋아 다니는 사람도 쫓아낼 판이래요. 그러니 그 의문의 신문 광고가 채용 시험의 답은 아니라는 거죠. 여기서부터 다시 시작해보죠."

그녀가 마이크 잡은 앵커처럼 회의를 진행하자 사건의 선이 좀 더 또렷이 보이기 시작했다. 갈호태가 초저녁 삼오식당에서 조금 전 소극장까지 겪었던 일을 침 튀겨가며 과장에 과장을 더해 설명했다. 내가 신문 광고의 비밀을 빨간 볼펜으로 동그라미 쳐가면서 풀어 보일 땐 희열을 느꼈다. 결국은 정답의 사용처 문제로 다시 귀결됐고 내가 의외의 실마리를 제공했다.

"막 생각났는데 말이야. 내가 소극장 화장실에서 별 뜻 없이 놈의 아버지를 툭 건드렸는데 움찔하더라고. 반응이 묘했어."

갈호태가 생트집이다.

"그렇게 중요한 걸 왜 이제 말해?"

"방금 생각났다고 했잖아! 화장실에서 딴청 피우며 내뺀 사람은 누군데?"

내가 바로 반박했다. 홍예리가 우리 사이에 팔을 뻗으며 제지하고 나섰다.

"선배, 사장님, 이런 가정은 어때요. 식당에 나타났다는 그 험상궂은 중년의 남자가 혹시 이순규 씨의 아버지라면?"

"홍 기자님, 그날 배 만드는 이야기를 큰 소리로 떠들었다니깐 회사 상사일 확률이 더 높지 않을까요?"

갈호태의 주장에 내가 다른 의견을 냈다.

"여기는 본사잖아. 건조 공정상의 기술적인 파트를 다루는 데는 아니라고. 그날 식당에 나타난 중늙은이가 작업복을 입었다고 그랬지. 회사 상사였다면 정장 차림이었을걸."

홍예리가 고개를 끄덕이며 다시 정리했다. 주도권을 잃고 그녀의 페이스에 끌려가는데도 기분이 나쁘지 않았다.

"그렇다면요, 그 중년의 남자가 의문의 광고를 낸 이순규 씨의 부친이면서 같은 대한조선에 다닌다. 행색과 대화 내용으로 봤을 때 서울 본사 사무직이 아니고 지방 조선소 현장 근무일 가능성이 크다, 그런 얘기 아닐까요?"

"혹시 볼의 화상 흉터 때문에 그리 판단한 거야?"

"선배, 주꾸미집 사장이 분명히 화상 흉터라고 했다면서요. 주방에서 불을 오래 다룬 사람이니까 모양만 보고 정확히 안 겁니다. 선박 만드는 과정에서 그런 쪽 사고가 잦으니 추측해 본 거고요. 가족관계증명서만 보면 확실할 텐데."

"잠시만!"

갈호태가 스마트폰 화면을 이리저리 휙휙 넘기더니 소리쳤다.

"있다! 아까 경찰 동생이 보내준 자료에 붙어 있네. 이순규의 부. 이름이 이명구. 57년생. 울산광역시 화정동 거주. 나이로 봤을 때 틀림없네."

비로소 연결고리를 찾았다. 의문의 광고는 상고머리의 아버지와 관련이 있는 게 확실하다.

"사장님, 저 들어갑니다. 특근비 잊지 마시고용."

하품 찍찍해대던 구양이 이 민감한 상황에서 콧소리 작렬 퇴근 인사를 날렸다. 휭하니 사라지는가 싶더니 테이블 위에 놓인 신문 광고를 보고 뭔가 생각난 듯 덧붙였다.

"에잉, 아직도 그거 고민하고 계시네. 휴대폰을 못 가지고 들어오게 하는 곳이겠죠. 신문밖에 안 들어오는 교도소나 교외에 자리한 재수생 스파르타식 합숙소 같은 데. 사이비 종교 기도회도 있겠고. 스트레스 받는 직장인들을 위한 명상캠프나 대인관계를 최소화해야 살을 뺄 수 있다고 주장하는 단식원 중에도 그런 데가 있대요. 아, 그리고 시험이란 게 꼭 누군가를 뽑기 위한 것만은 아니잖아요. 솎아내기에도 이용되고. 예전 일하던 호텔에서도 기분 드럽게 잘려봐서 느낌 아니까~. 호호."

머릿속에 뇌성이라도 친 걸까. 홍예리는 차를 마시다 말고 덩달아 일어섰다.

"선배, 저도 막 짚이는 게 있어요. 회사에 가서 좀 더 알아보고 연락하겠습니다. 출생연도와 이름은 아니까 재직 여부는 바로 확인할 수 있을 겁니다."

그렇게 한 손에는 가방을 들고, 다른 손은 머리 위로 흔들며 다급히 뛰어나갔다. 연쇄반응인지 내 머리통도 스프링 달린 버블헤드 인형마냥 저절로 흔들렸다. 어떤 강렬한 깨달음이 스쳐 갔다. 갈호태의 눈빛도 반짝였다. 입술을 삐죽이며 일어섰다.

"구양 쟤 오래오래 붙잡아둬야 하는 거 맞지? 혹시 여기 오기 전에 경찰이나 흥신소에서 알바 했던 건 아니겠지, 그치?"

그녀의 한마디는 많은 매듭을 풀어주었고 앞으로 갈호태가 그녀를 '덜떨어진 년'이라고 무시할 수 없게 만들었다.

우리는 지하 주차장으로 내려왔다. 산타페가 달려갈 시간이다. 어디로 갈지 몰라 시동을 걸려놓고 스탠바이! 홍예리가 사실관계 확인 후 목적지를 찍어줄 것이다. 범인과 증거와 동기. 범죄의 세 요소를 모두 찾았다. 우리 예측이 맞다면….

빠른 속도로 흘러가는 밤안개 사이로 커다란 건물이 으스름 모습을 드러냈다. 우리가 내비게이션에 의지해 밤새 달려온 강원도 산골에는 풀장이 딸린 낭만적 유스호스텔 대신 대한조선의 연수원이 있었다. 길쭉한 3층짜리 회색 콘크리트 건물에 높은 담벼락이 사방에 둘러쳐져 있어 교도소 느낌이 강했다. 여긴 접근 금지 구역이야, 그렇게 대놓고 풍기는.

창살 철문이 굳게 닫혀 있는 정문. 경비 초소에는 아무도 없었다. 차 안에서 밤을 지새워야 할 판이다.

"여긴 징하네. 대기업 연수원은 보통 교통 편리하고 경치 좋은 곳에 있잖아. 그나저나 새벽까지 꼼짝 마라시군. 이럴 줄 알았으면 읍내 편의점에서 캔 맥주라도 사 올걸."

뻗치기를 싫어하는 갈호태가 차를 길 한쪽에 세우자마자 투덜거렸는데 잠시뿐이었다. 잠복근무에 이력이 난 듯 운전석 의자를 눕히더니 이내 코를 골았다.

대한조선 연수원은 바닷가가 아니라 산 중턱에 위치하고 있었다. 예전 탄광회사 기숙사 시설을 개조한 것으로 알려졌다.

남성 근로자가 많은 업종 특성 때문인지 연수원을 보고 있자니 도전, 진격, 의리, 군기, 용맹, 충성 같은 강한 느낌의 단어들이 떠올랐다.

서울에서 출발해 홍예리의 전화를 다시 받은 곳은 경기도를 막 벗어난 고속도로 휴게소였다. 시간이 자정을 지나고 있었고, 그녀의 이야기는 의외로 길었다.

"선배, 확인했습니다. 예상대로 이순규 씨의 아버지 이명구 씨는 울산 조선소에서 40년째 용접 파트 일을 하고 있어요. 홍보팀에는 구라 좀 쳤죠. 한 직장을 오래 다닌 장인들 기획물을 준비 중이다, 현장 근로자면 더 좋겠다, 뭐 대충 그렇게 유도했더니 바로 걸려들더라고요."

"그럼, 아들놈만 족치면 술술 나오겠구면."

"그런데요 선배, 저는 이 사건을 듣는 순간 아버지 쪽에 포커스를 맞춰 보고 싶었어요. 아들은 당신의 무엇을 위해 그런 비밀스런 작업을 해야 했을까. 여기에 셀링포인트가 있다고 생각해요."

역시 사건의 행간을 읽을 줄 아는 여자. 짧은 시간에 상황을 뒤집어서 볼 수 있는 능력. 사건기자로서 참 많이 성장했구나 감탄하게 된다. 유능한 기자는 자신만의 촉이 있다. 짠한 스토리는 누구의, 어느 대목에서 찔러야 나오는지 아는 촉!

"그래서 뭐 좀 나왔어?"

"이름과 회사명으로 한국언론재단의 '카인즈 검색'을 하다가 흥미로운 옛날 기사를 하나 찾았어요. 1989년 6월 19일 자 울산에서 발행하는 한 지방지 인물 면을 보면, 자신이 용접해 건조한 유조선을 타고 6개월간 오대양을 여행한 한 남자의 이야기가 실려 있어요. 그해 최우수 기능인으로 선정돼 선박 발주업체 후원으로 그런 기회를 얻었던 것이고요. 네네, 맞습니다. 주인공이 바로 이명구 씨."

"같은 이름에 같은 직업. 우연일 가능성은?"

"제가 수습 때 두 번의 우연은 필연이라고 지적해준 사람이 선배입니다만…. 제가 첨부한 파일을 한번 보세요."

파일을 내려받는 데 시간이 걸렸으나 다행히 그것은 우리의 추리가 정확하다는 걸 보여주었다. 옛날 신문에 실렸던 중년 남자의 흑백 사진과 기사.

"그 용접공의 왼쪽 볼을 좀 확대해 보실까요? 뭐가 있죠?"

"…십자 흉터."

"기사에도 눈여겨볼 만한 대목이 있어요. 대충 어떤 내용이냐면, 내 인생의 목표는 퇴직 때까지 용접봉을 들고 앞만 보고 배를 만드는 것. 다른 바람은 없다. 정년퇴직 후, 내가 마지막으로 만든 배를 타고 다시 아프리카를 항해하는 꿈을 꾸곤 한다. 뭐 이런 식의 잡글."

"중학생 기행문 같군. 근데 그 기사가 왜?"

"선배, 기자 일 놓으시더니 완전히 총기를 잃으셨군요. 다른 이야기를 하나 더 하겠습니다. 이건 경쟁 관계에 있는 다른 조선사 홍보팀에서 엿 먹이려고 슬쩍 흘려준 겁니다. 대한조선에는 세 개의 그룹 연수원이 있답니다. 용인에 있는 건 호텔처럼 잘 꾸며 놓았는데 서울 본사 직원들 행사나 외국 바이어들 견학 숙소로 주고 사용하고요, 부산 기장의 바닷가에 있는 두 번째는 울산 조선소 근로자들과 그 가족들이 주로 여가용으로 이용하고, 문제는 강원도에 있는 연수원인데 여긴 사내에서 '삼청교육대'라고 불린답니다. 뭔 말이냐면 대외비가 필요한 업무에 주로 사용한다는 겁니다. 언론의 눈을 따돌리려고 일부러 산골짜기로 가는 거지요. 즉, 좋은 일은 없는 곳이죠. 그런데 지금 그 삼청교육대에서 업무 공정 관리 재편이라는 이름하에 대규모 구조조정 작업을 진행하고 있답니다. 입소 대상자는 정년퇴직을 얼마 안 남겨둔 고액 연봉의 현장 기술자들이랍니다. 닷새 교육해서 솎아낼 계획이라는군요. 요즘은 장비가 좋아져서 조선소에 여성 노동자도 많고 젊은 계약직이나 외국인 노동자로 채우면 인건비가 엄청 절감된다는군요. 자, 여기서 선배, 25년 전 지방신문 기사와 방금 말한 강원도 연수원 정보를 조합해봐요. 무슨 이야기 같아요?"

"정년퇴직이 필생의 꿈인 이명구 씨가 지금 삼청교육대에 들어가 빳이 치고 있다는 거네."

"딩동댕! 이명구 씨를 만나 진실을 듣는 일은 선배에게 맡길게요. 사건의 전말은 속속들이 내게만 알려줘야 하는 거구요. 호홋!"

눈을 붙이고 싶었지만 잠이 오지 않았다. 나는 차 안 실내등을 켜고 지방지에 실렸다는 옛날 기사를 찬찬히 읽어봤다. 갈호태가 불빛 때문에 뒤척였지만 무시했다. 만나 설득하려면 그 사람의 모든 것을 알아둬야 한다. 사건 해결에 또 어떤 돌발 변수가 생길지 모르니.

기자에 의해 각색은 됐겠지만 기행문을 쓴 이명구 씨는 의외로 낭만적 감성의 소유자였다. 홍예리가 간략히 들려준 부분을 직접 읽어보니 또 다른 느낌이었다. 특히 1인칭 화법의 다음 부분이 마음에 들었다.

> 글로리 호는 지금 어둠 사이로 아프리카 대륙의 동쪽 마다가스카르 해협을 향해 중이다. 파고는 잔잔하고 공기는 맑다. 나는 축구장 3개 크기의 갑판에 홀로 서서 상념에 빠져 있다. 밤하늘을 올려 봤는데 지척에 너무 커서 눈이 부실 만큼 큰 주먹별들이 금방이라도 내 곁에 내려앉을 것만 같다. 그 황홀경에 도취해 인생의 목표를 다진다. 정년을 맞을 때까지 한눈팔지 않고 오직 좋은 배 만드는 일에 매진할지어다. 그리고 내가 만든 마지막 배를 타고 다시 여기를 찾겠노라. 수천 년을 마다가스카르 섬의 주인으로 살아온 바오바브나무를 꼭 다시 보러 오겠노라.

나는 차창 너머로 안개에 갇힌 성채를 다시 봤다. 희뿌옇게 가려져 있던 비밀의 문이 거의 드러난 느낌이다.

옅은 어둠이 남아 있는 새벽. 경비 복장의 늙수그레한 남자가 랜턴을 들고 정문에 나타났다. 초소에 들어가 창문을 열어놓고 담배를 한 개비 피우고는 철문을 한쪽으로 밀었다. 잠시후, 구내식당의 조리사로 보이는 아낙들이 읍내 쪽에서 우르르 걸어와 일렬로 정문을 통과했다. 신문 배달 오토바이, 식재료를 실은 1톤 트럭, 의문의 12인승 승합차도 차례대로 들락거렸다. 그럴 때마다 경비는 일일이 철문을 밀고 닫았으나 자물쇠를 따로 채우지는 않았다.

잠에서 깨어난 갈호태가 입을 쩍 벌리며 하품을 했다.

"경비 아저씨는 뭔 대단한 일 한다고 저렇게 바지런을 떠시나. 그래도 대한조선이 지역 고용 창출에 나름 이바지하고 있네."

"통제라기보다 외부 시선에 노출 안 시키려는 의도겠지."

차에서 내리자 습한 흙냄새를 품은 공기가 바로 달려들었다. 그 청량감이 대단했는데 폐부 깊숙이 휘돌아 온몸을 정화시키는 느낌이었다.

"기분 죽여준다만 그래도 이런 촌구석에서 살기는 싫다."

갈호태는 그러면서도 허공에 코를 내민 채 마약견처럼 킁킁거렸다.

"톱배우 손승아 언니가 여기서 살자면 넌 바로 드러누울 애야."

내가 습관처럼 비식거렸고, 그는 침묵으로 부정하지 않았다.

우리는 '삼청교육대'에 몰래 침투하기로 맘먹었다. 정황 증거만 가지고 절차를 따져가며 사람 찾기에는 시간이 촉박했다. 만약 관리인에게 들키면 친인척인 양 호들갑 연기를 할 생각이고, 그조차 들통 나도 교도소 갈 정도의 죄는 안 되리란 판단을 했다.

경비만 자리를 비우면 정문 통과는 힘들지 않겠다 싶었는데 새벽 업무를 다 본 경비가 철문에 자물쇠를 걸더니 휑하니 사라졌다.

"망할 영감탱이! 결정적인 순간에 지랄이네."

"걱정 마, 방법이 있어. 담배 피울 때 확인했거든."

예상대로 경비초소 새시 창의 잠금장치가 부러진 채 방치돼 있었다. 내가 먼저 좁은 창틀 사이에 머리부터 넣고 엎드려서 초소 안으로 기어들어간 다음, 쪽문을 밀고 밖으로 나왔다. 갈호태는 36인치 똥배가 창틀에 끼어 빠져나오는 데 애를 먹었다. 이런 상황에서 꼭 터지는 그만의 사고.

"으앙, 창틀 고리에 바지 걸려서 무릎에 올 나갔다. 이거 재킷과 세트라 바지만 따로 안 파는데."

우리는 이정표를 확인한 다음 숙박동을 향해 뛰었다. 순간, 어디선가 스피커의 거대한 잡음과 함께 기상 신호가 울렸다. 3층 콘크리트 건물의 유리창마다 하나둘씩 불이 켜지기 시작했다. 잠시 후 숙박동 입구에서 막 깨어난 사람들이 좀비처럼 흐느적 몰려나왔다가 우르르 흩어졌다. 얼추 100명이 넘어 보였다. 대부분 흰머리가 지긋한 50대 초중반에 똑같은 감색 운동복을 입어 얼굴 식별이 어려웠다. 누구는 가벼운 맨손 체조를 하고, 누구는 식당 건물로 향했는데 적막하던 연수원이 순식간에 시장 바닥처럼 북적거렸다. 몇몇이 우리와 눈이 마주쳤으나 바로 눈길을 거뒀다. 그들은 수상한 타인의 행동에 관심을 둘 만큼 여유롭지 못한 처지다.

"그나저나 이명구 씨를 어떻게 찾지? 드러내놓고 방송을 할수도 없고. 그냥 식당 앞을 지킬까?"

내가 갈팡질팡하는 새 갈호태는 1층 로비에서 건물 배치도를 보더니 곧장 휴게실로 향했다. 마치 나를 따르시오 하듯이. 내가 따라가며 이유를 묻자 갈호태가 콧구멍을 후비며 대수롭잖게 말했다.

"배달 신문이 비치된 곳이야 빤하잖아. 그리고 조금 전에 뭔가 이상하지 않았냐? 그 많은 사람들 중 휴대폰을 손에 쥔 사람이 아무도 없더라고. 넷 중 셋은 스마트폰에 고개 처박고 사는 세상인데. 최근에 그런 비현실적인 광경을 본 적은 없다고."

역시나, 다혈질에 성미 급해도 볼 건 다 본다. 그런 관찰력은 형사 시절 잠복근무를 하면서 체득한 게 분명하다.

"그 말은…."

"그래, 처음부터 외부용품 반입 금지령을 만들어 휴대폰을 못 가지고 들어오게 한 거야. 사측에서는 두 가지 목적을 노렸을 것이고. 첫째는 연수원 안의 비인간적인 상황을 촬영해서 유출 못 하게 하려는 의도. 다른 하나는 바깥에서 들려오는 이런저런 소식을 단절시킴으로써 정신적 압박 혹은 철저히 고립시키겠다는 의도. 참 나쁜 새끼들이야."

"잔인하다. 아무리 조직은 개인의 희생을 기억하지 않는다고들 하지만…. 다들 오늘날의 대기업 신화를 일군 과거의 용사들인데. 아이러니한 게 배 만드는 회사의 운명이 침몰하는 배의 운명이랑 비슷하다니. 누군가가 살아남기 위해 누군가를 바다로 떠밀어야 하는 상황인 모양이다."

"인문학적 소양 강조하시는 분이니 지금 기분은 알겠다만,

그런 뜬구름 맹탕 잡소리 말고 좀 더 구체적인 거 없냐?"

"글쎄…."

나는 잠깐 생각에 잠겼다.

"굳이 꼽자면 똑같은 추리닝 복장에 거부감이 든 정도? 획일화된 조직 문화의 단면일 수도 있겠지만 과연 시대의 흐름에 올바른 건지. 더 열 받는 건 외부와 단절된 생활을 강요당하면 모멸감을 느껴야 하는데 다들 표정이 그렇지 않더라고. 회사에서 이런저런 회유를 했을 테고 또 그들은 자기만 희생자가 아니라면 된다는 생각에 딱히 불만을 보이지 않아서겠지. 네말을 듣고 나니 회사의 음모가 선명하게 그려지네. 연수 시험 성적을 토대로 한 명 한 명 각개격파로 잘라낼 거야. 객관화된 지표임을 강조하고 노동법에 저촉되지 않게끔. 반발하면 시험 성적을 가지고 모멸감을 줘 기술적으로 내치겠지."

"그렇지! 이제야 앞뒤가 똑 떨어지는구먼. 그런 계획을 본사 경영기획팀에서 실무를 맡고 있는 이순규가 미리 안 거야. 연수 성적 떨어지는 사람부터 쳐낼 거란 걸. 정년퇴직이 아버지의 인생 목표란 걸 잘 알기에 내버려둘 수 없었던 거고. 그치?"

"서울에 아버지를 불러 몰래 제안했겠지. 그런데 아버지는 그걸 순순히 받아들였을까? 그 정도의 애사심과 강직함이라면 거부했을 텐데."

"지 모가지에 칼 들어오는데 개길 장사가 어딨냐? 그럼 신문 광고는 그 문제와 어떻게 엮인 거지?"

갈호태의 질문에 해답은 바로 떠올랐다.

"아들은 아버지가 입소하기 전까지 시험지를 구할 수 없었어. 그래서 사전에 약속을 했겠지. 지정된 날 그 신문 광고를 통해 정답을 전하겠다고. 연수원에서 구독하는 신문을 알아내는 건 어렵지 않았을 테고. 면회 금지에 휴대폰 연락도 불가능한 상황이라 그런 꼼수가 필요했던 거야."

"회사에선 몰랐을까? 인사기록카드를 보면 부자지간인 거 바로 뽀록나잖아."

"내 생각에는 아들이 입사할 때 같은 직장 다닌다는 걸 숨겼다고 봐. 부자나 부부가 같이 다니면 한쪽이 구조조정 1순위잖아. 멀리 보고 영리하게 판단한 거지."

"흐음…. 졸라 똑똑한 새끼네. 그래도 궁금한 게 그런 부정적인 방법 말고 그냥 아비가 시험 치르면 되잖아. 신기술 개발을 강조할 정도라면 업무 지식은 충분할 테고. 경쟁자들도 다 고만고만 나이 처먹은 인간들인데 딱히 불리하지도 않잖아."

나는 대답하지 않았다. 식당 주인이 들려준 진술 중 하나가 신경 쓰였으나 확신은 없는 상태였다.

아침 식사 시간이라 휴게실은 텅 비어 있다시피 했다. 여러 대의 대형 TV와 과할 정도로 다양한 신문, 잡지 등이 구비되어 있었다. 외부 소식 단절에 대한 비판을 우려해 마련한 꼼수 조치로 보였다.

초로의 남자가 돋보기를 끼고 새벽빛이 들어오는 창가에 쪼그리고 앉아 신문을 들여다보고 있었다. 그의 얼굴에 흡족한 미소가 번져나가는 게 보였다.

"이명구 씨?"

갈호태가 다가가 다짜고짜 이름을 불렀고, 남자가 천천히 돌아봤다. 같은 머리, 같은 추리닝을 입어도 숨길 수 없는 왼쪽 볼의 십자 흉터.

"누군교?"

억센 사투리에 경계심이 잔뜩 묻어났다.

"서울에서 당신 아들 이순규 씨를 만나고 왔습니다."

갈호태가 탐색전도 없이 바로 몰아세우자 남자의 눈두덩이 꿈틀거렸다. 뭐라고 대답을 하려고 했으나 턱이 떨려 입술을 벌리지 못했다. 강인한 인상과 말투 뒤에는 안쓰러울 정도의 연약함이 숨어 있었다. 나는 갈호태가 함부로 범죄자 취급하며 또 무슨 막말을 할까 불편했다. 팔뚝을 지그시 잡으며 끼어들었다.

"아마도 선생님이 계획하신 일은 이쯤에서 그만두셔야 할 듯합니다."

"뭔 말이고? 뭘 그만두라꼬?"

벽면의 스피커에서 오늘 일정에 관한 안내방송이 흘러나왔다. 업무 적성 평가를 9시부터 치를 예정이니 한 사람도 빠짐없이 10분 전에 착석하라는 내용이었다.

"지금 안내 방송 나오는 저 시험 말입니다. 선생님은 이미 답을 다 외고 계시지요. 아드님이 신문 광고를 통해서 전달했으니까요. 아니면 팔뚝 어디에 커닝 페이퍼처럼 숫자를 적어 놓으셨을 수도 있고요."

갈호태가 그의 팔뚝을 향해 달려들려는 걸 내가 붙잡았다. 최소한의 예의라고 생각했다.

남자는 돋보기안경을 천천히 벗었다. 잠시 생각에 잠기더니, 한숨을 두 번 반복해 쉬었다. 상념에 잠겨 한참을 무표정한 상태로 있었다. 그리고 뭔가 거칠게 항의하려고 험한 인상을 짓다 말고 힘없이 고개를 숙였다. 쥐고 있던 돋보기안경이 바닥에 떨어졌다.

"다 알고 온기가?"

나는 대답 대신 고개를 끄덕였다. 또 침묵이 이어졌다. 우리는 인내를 가지고 기다렸다.

마침내 반백의 남자는 두 손등을 들어 보였다. 혈관이 툭 불거진, 검고 투박하고 주름진 손. 뼈마디는 굵고 단단했다. 군데군데 흉터자국이 전문 직업인의 훈장처럼 보였다.

"내가 말이다, 땜쟁이질을 40년 했거든. 한여름 땡볕을 머리에 이고 고철 덩어리 위에서 씨름하니 죽겠더라꼬. 그런데 말이다, 젊었을 때 그렇게도 하기 싫던 기 어느 순간 그걸 즐기고 있는 나를 발견하게 되더라꼬. 참 웃기제 그자? 내가 땜한 배만 해도 수백 척은 넘을 끼다. 그것들이 이리저리 대양의 바다 위에 둥둥 떠다니는 걸 상상하니 가슴이 막 뛰대. 고향에 집 있고 연금 나오고 자식도 서울에서 공부시키고 며느리 될 참한 아도 만나 봤고…. 회사 사정 안 좋다는데 정년까지 버티겠다는 게 욕심이라카마 또 욕심인 긴데…."

남자는 회환에 쌓인 듯 잠시 창밖을 바라봤다.

"근데, 그기 내한테는 또 긍지라 카마 긍지인 기라. 시골 장터에서 평생 옹기 꿉어 장인 대접받는 양반들처럼 나도 좀 그래 돼보마 안 되겠나? 그게 욕먹을 정도로 잘못된 기가? 하기사 이제 누굴 탓하겠노. 그자?"

반백의 남자는 우리의 정체를 묻지 않았다. 정황 증거만 있고, 우리는 수사권을 가진 사람도 아니며, 국가고시도 아닌 일개 회사의 직무 시험일 뿐이다. 그 점을 몰아세우면 이 상황을 피해갈 수 있을 것이다. 하지만 그러지 않았다. 지금 주절주절 의미 없이 되뇌는 말은 과욕과 집착에 대한 스스로의 반성일 것이다. 가슴이 아려왔다. 동정의 여지가 있다면 아마도 그 부분일 것이다. 평생을 지켜온 자신의 명예를 욕보이다니… 이순규의 아버지는 지금 그게 못내 부끄러운 것이다.

남자의 호흡이 가빠졌다. 어깨가 휘청하더니 탁자 모서리를 잡았다. 쓰러질까봐 내가 다가가 부축하는데, 연수원 관리 책임자로 보이는 땅딸이가 건장한 부하 직원을 둘 대동하고 나타났다. 험악한 표정으로 우리의 정체를 캐물었다.

나와 갈호태는 퇴직 때 반납하지 않은 기자증과 경찰증을 재빨리 꺼냈다가 재빨리 찔러 넣었다. 잠입 취재 들어왔다가 들켜버린 척 조용히 물러나고 싶었다. 땅딸이도 켕기는 게 있는지 기사화하지 않는 조건으로 문제 삼지 않았다. 대신 몰래 촬영한 영상이 있는지 부하들에게 스마트폰을 검사받아야 했다.

철제 정문 앞에 이순규가 기다리고 있었다. 긴 생머리 여자가 한 발짝 뒤에 서 있었다. 둘 다 어젯밤 소극장에서 본 옷차림 그대로다. 그들은 종로통에서 긴긴밤을 함께 떠돌다, 고민하다, 불안감에 내달려온 것이다.

나는 일부러 그를 못 본 척 지나쳤다.

"아버지 꿈을 지켜주고 싶었다고! 그걸 당신이 산산이 부숴버렸다고!"

절규에 가까운 원망이 뒤통수에서 들려왔다.

"아버지는 글자를 빨리 읽을 수 없다고. 정년이 3년도 안 남았는데, 그것만 버티면 되는데 그 정도 돕는 게 무슨 죄냐고!"

참지 못하고 내가 뒤돌아섰다.

"이봐! 아버지의 마지막 꿈을 망친 사람은 당신이야. 보직을 이용해 하지 말았어야 할 짓을 한 거라고. 아버지 명예에 자식새끼가 금을 가게 했다고. 뭔 말인지 아냐고! 그나마 이 일이 실행에 옮겨지지 못한 걸 다행으로 알아. 당신과 함께 쌍으로 잘렸을지도 모르니까. 그렇게 되면 당신 아버지가 어떤 마음으로 사셨을 것 같아! 그리고 회사를 떠나더라도 큰 배를 타고 아프리카를 항해하는 일은 가능하지 않겠어?"

상고머리는 고집을 꺾지 않고, 희번덕이는 호전적 눈빛으로 우리를 노려봤다.

"쳇, 잘난 척 훈계하는 꼬라지 못 봐주겠군. 기레기와 짭새님, 당신들이나 잘하세요."

안타깝게도 그 말을 온전히 부정할 수 없었다. 그래도 우리 역시 할 일을 하는 수밖에. 이제는 기자도, 형사도 아닌 카페 주인장과 그곳의 군식구일 뿐이지만, 무언가 잘못된 일이 벌어지고 있는 걸 알고도 바로잡지 않을 수는 없지 않은가.

갈호태가 뒤도 안 돌아보고 차에 올라탔다. 입을 꾹 다문 채
내비게이션 아가씨의 지시에 따라 서울로 달렸다. 두 손을 운
전대에 차분히 올려놓고 삐친 사람처럼 있는 모습이 생경했
다. 추측건대 바닷가 고향에 계신 아버지 생각을 하고 있지 않
을까. 망나니라고 다 불효자식은 아니니까. 과거 자신의 빗나
간 성장사를 이번 사건에 대입시켜보고, 아버지에게 어떤 용
서를 구할까 고민하는 듯했다. 그 모습이 짠해 내가 나직이 말
을 붙였다.

"가슴에 너무 오래 담아두지 마. 지금의 마음가짐이 중요한
거야."

"그러게, 계속 생각해봤는데 천하의 손승아라도 난 깡촌에
서 못 살아. 절대로! 차라리 손승아를 설득하는 게 빠르겠지,
그치?"

크억! 기침이 목구멍에 걸렸다. 홍예리와 연락하려고 급히
휴대폰을 찾아 주머니를 뒤진 건 그 황당한 대답에 대처법을
찾지 못해서였다.

막상 전화를 하려니, 간밤에 겪은 아릿한 이야기를 구구절
절 설명하기 싫었다. 한 시간을 떠들어도 모자랄 판이다. 고심
끝에 통화 대신 문자를 택했다.

〈미안해, 박스기사는 없다.〉

짧고 딱딱한 발신에 바로 까칠한 답장이 날아왔다.

〈없는 겁니까? 안 주는 겁니까?〉

나는 답장하지 않았다. 홍예리가 다시 문자를 보내왔는데 웬일로 진지한 장문이었다.

〈내가 사스마와리 돌 때 선배가 폼 잡고 그랬죠. 가끔 보도하지 않아서 더 가치 있는 일이 있다고. 솔직히 그때 나는 속으로 비웃었어요. 이번 일이 그 경우에 해당된다고 생각하진 않지만 현장을 본 선배의 판단을 믿어요. 우리의 시각이 다 진실은 아니니까.〉

나는 조수석 깊숙이 등을 기대고 그 문자를 수차례 반복해 읽었다. 그리고 저장 버튼을 눌렀다. 홍예리가 입사해 수습기자로 뛰던 때, 그녀가 엮인 민망하기 짝이 없는 몇몇 해프닝을 애써 기억해냈다. 룸살롱에 잠입 취재 갔다가 조폭 호색한에게 제대로 걸려 미니스커트 입고 맨발로 강남대로로 탈주한 사건은 두고두고 안줏거리다. 호시절의 추억을 곱씹는 일만큼 맥 빠지는 일도 없다더니, 역시나 뒤끝은 공허하고 더 초라해진 나 자신만 남았다.

새벽, 국도를 따라 집으로 돌아오는 길이 우여곡절 많은 인생의 항로 같았다. 하늘과 산, 강, 길, 나무 같은 원초적 자연의 경이 사이로 빨간 네온간판의 모텔과 노래방, 24시간 주유소의 지친 알바생, 도색이 벗겨진 중앙차선, 지붕이 날아간 채 방치된 폐가들이 남루한 삶의 부산물처럼 스쳐 갔다. 그 꼬불꼬불 2차선 길을 폐차 직전의 산타페는 좌우로 한눈팔지 않고 잘도 달렸다.

서울로 진입하는 큰 교차로에서 신호가 걸렸을 때다. 내가 연수원에서 챙겨온 신문을 4분의 1 크기로 접어 운전석 갈호태 눈앞에 들이밀었다.

"아까, 노인네가 돋보기 끼고 흐뭇한 표정으로 쳐다보던 거야. 역시나 민주일보 8면이었어."

"뭐야, 그 자식. 오늘도 광고 낸 거야? 그럼 나흘 연속 실리는 거잖아."

"내용은 달라. 자식 놈이 보내는 격려문이라고나 할까."

아버지는 위대한 사람. 내게 꿈을 심어준 사람. 마다가스카르로 항해할 당신의 미래를 언제 어디서나 응원합니다. 파이팅! -서울에서 아들이

유치 뽕이라고 놀리고 싶은데 희한하게 어떤 먹먹함이 몰려왔다.

"근데 픽큐, 그 중늙은이가 시험 치르기 힘들 만큼 시력에 이상 있다는 건 언제 알았어?"

"주꾸미 집에서 옆에 놓인 국그릇을 두 번이나 쏟았다는 말을 듣고 어쩌면 시야가 좁아지는 병을 앓을 수 있겠다 싶었지. 망막색소변성증이나 녹내장 같은 거."

"그런 눈으로 어떻게 작업을 계속할 수 있었을까?"

"집념의 힘이 아닐까. 본인은 가능하다고 자신했을 거야. 한순간에 시력이 확 꺼지는 병도 아니고 평생을 해온 일이라면 눈이 아니라 머리와 손이 체득하고 있으니…. 우리가 무의식적으로 운전하는 것처럼 말이야. 그래서 더 축복 속에 정년퇴직하고 싶다는 인생의 목표에 집착했던 건지도 몰라."

"참, 너도 기자질 계속했으면 사회 부조리 척결에 한 이바지 했을 놈인데. 그치?"

갈호태가 칭찬인지 위로인지 모를 말을 던지고는 한참을 침묵했다. 이번에는 진짜로 고향에 계신 아버지 생각을 하고 있을지 모르겠다.

몰려드는 피로감에 잠시 눈을 붙였다 떠보니 어느새 광화문. 해가 중천에 떠 있었다.

"오늘도 시위로 시끄럽겠구먼."

갈호태가 집결하는 청년시위대를 보고 어제 아침처럼 또 투덜거렸다. 지난밤에 무슨 일이 있었는지 깡그리 잊은 듯이. 하루살이의 기억력도 아니고.

"인간의 기본권이라니깐 자꾸 그러시네."

"지랄, 기본권 같은 소리. 그럼 임대료 내고 장사하는 사람들은 풀 뜯어서 먹고사냐? 그건 인간의 무슨 권리에 반하는데?"

"우리는 어제 생생한 현장을 봤잖아. 취업 못 하는 청년과 쉬지 못하는 노인. 개인의 신념과 사회의 이익이 충돌할 때 해결 방법이 없다는 사실을."

"방법이 왜 없겠냐, 윗것들이 못해서 문제지. 나라는 부국강병하고 국민은 심신건강하면 다 해결되잖아."

역시 하찮은 상황 인식. 그러나 어쩌면 그게 정답이다. 나는 핀잔 대신 모처럼 갈호태를 향해 엄지를 척 치켜세웠다.

4막

세월이 가면, 43초

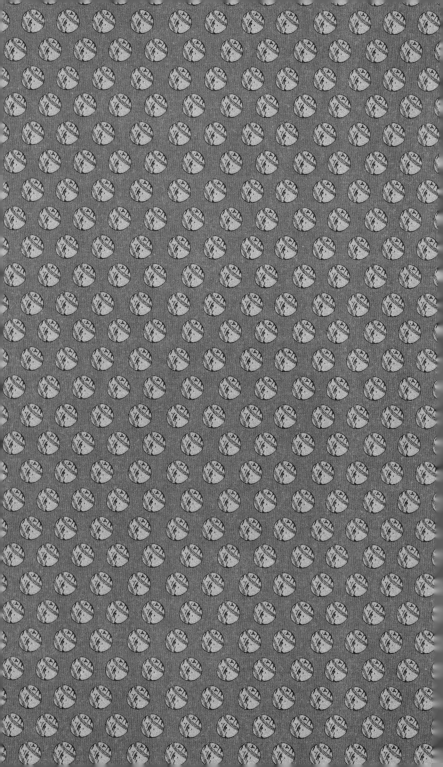

"그러니까, 이 안에 범인이 있다는 말씀이시군요?"

무대 위에서 뽀글이 파마를 한 방동구 실장이 뿔테 안경을 밀어 올리며 콧등을 찡그렸다. 통통한 체구에 어울리지 않게 목소리는 가늘게 떨렸고, 눈빛은 당황해서 초점을 잃었다. 왜 사장까지 모셔온 행사에서 인명사고가 터져 시련을 주시나이까. 그런 원망이 표정에 강하게 묻어났다.

나는 대답 대신 고개를 주억거렸다. 옆에서 나의 친구이자 전직 경찰인 갈호태가 헛기침을 한 번 내뱉더니 드라마 속 형사처럼 설명했다.

"장소가 좀 넓긴 하지만 일종의 밀실사건이라고 봐야죠. 일본 탐정만화 생각하시면 됩니다. 유명인에게서 초청장이 날아오고, 파티가 열리는 섬에 갔더니 태풍이 불더라. 그 타이밍에 맞춰 의문의 살인사건이 일어나고 배는 끊어지고. 뭐 그런 비현실적인 설정들. 당연히 휴대전화도 먹통이라야 하고⋯."

그러면서 검은 재킷 겉주머니에서 휴대폰을 꺼내 들었다.

"어라, 여긴 섬인데도 와이파이 팡팡 터지네. 그치?"

아무도 따라 웃지 않았다. 그러기엔 상황이 심각했다. 노래하던 여가수가 죽었고 공연장 출입구가 폐쇄됐다. 관객들은 동요 속에서 무대만 빤히 바라보고 섰다.

무대 위에는 행사 총책임자인 방동구 실장을 중심으로 관계자들이 둥글게 모였다. 모두 넋을 놓고 침묵. 결국, 쇼트커트에 얼굴이 하얗고 몸은 모델처럼 깡말라 시크한 느낌을 주는 여자가 울음을 터트렸다. 대중에게도 잘 알려진 '붉은숲 엔터테인먼트' 대표 인지영이다. 슬픔과 안도, 증오와 용서, 회한과 염원처럼 양립하기 힘든 감정들이 뒤섞인 듯한 기묘한 울음이었다. 사건기자로서 별별 장면을 다 봐왔을 홍예리도 곁에서 어찌할지 몰라 손바닥만 비벼댔다.

긴장감 속에서 뿜어져 나오는 사람들의 열기 때문이었을까. 실내가 답답하다고 느끼던 차에 누군가 암막 커튼을 열어젖히고 창문을 열었다. 좁은 틈새로 강풍이 송곳처럼 뚫고 들어왔다. 드럼 위에 놓아두었던 스틱이 바닥에 떨어지면서 또 음산한 소음을 일으켰다. 나는 한숨을 쉬며 시선을 창문 너머로 가져갔다. 숙소동을 둘러싼 검은 숲의 나무들이 심하게 출렁거리고 있었다.

인천에서 배로 한 시간 거리의 증심도. 그 섬 언덕에는 분교를 개조해 만든 게스트하우스 '목향타운'이 있고, 그 안의 작은 공연장에서 인기 여가수 민유가 노래를 부르다 즉사했다. 겨우 스물아홉의 나이에 팬들 앞에서 불귀의 객이 됐다. 이게 불과 15분 전의 상황.

무대 바닥에는 몸이 뒤틀린 시신이 허공을 초점 없이 바라보고 누웠다. 머리카락은 풀어헤쳐졌고, 가슴에서 흘러나온 검은 보석 펜던트 줄이 얼굴을 감았다.

두 손을 맞잡은 코디네이터가 가늘게 흐느꼈다.

"평소에도 심장이 안 좋긴 했지만…."

갈호태가 두어 발짝 다가가서 무릎을 꿇고 시신의 입술에 자신의 입술을 가져갔다. 내가 이 무슨 해괴망측한 짓이냐고 말리려는 찰나 그가 말했다.

"옅은 아몬드 냄새! 청산가리를 먹었어!"

내가 증심도에 들어온 것은 오늘 오후. 예정에 없던 갑작스런 일정이었다. 사연인즉, 우울증으로 한동안 공백기를 가진 인기가수 민유가 컴백을 앞두고 팬들에게 감사의 마음으로 작은 콘서트를 마련했는데 이름하여 '미스 민, 다시 날다'. 그녀가 직접 장소 섭외는 물론 테마, 선곡까지 심혈을 기울여 팬클럽 회원 70여 명과 소속사 식구들을 초대하는 자리였다.

그런데 컴백과 맞물리면서 사적일 수도 있는 이 행사가 의외로 대중의 관심을 끌었다. 우선, 서해의 증심도가 개발 갈등 문제로 언론에 자주 오르내리는 상황에서 콘서트 장소로 선택됐다는 점이고, 또 하나는 수백 대 일의 경쟁률을 뚫고 초대권 추첨에 당첨된 팬클럽 부운영자가 돈을 받고 타인에게 몰래 양도했다가 카페에서 축출당한 사건 때문이었다.

젊은이들이 다 떠나 지금은 50여 가구만 거주하는 증심도는 민유의 고향. 초등학교 때 온 가족이 인천으로 나와 그녀가 섬 생활을 어느 정도 추억하는지 모르겠지만 자신의 복귀 무대로 정한 데는 그만한 이유가 있을 것이다. 초심으로 돌아가 다시 노래하겠다 혹은 섬의 난개발을 막고 싶다는 간접적 의사 표현이 아니겠느냐는 것이 주위의 해석이었다.

아무튼, 내가 그 행사에 동행하는 행운을 얻은 건 이틀 전이다. 느닷없이 홍예리가 전화를 걸어와 콧소리까지 동원해 꼬셔댔다. 자신이 진행하는 주말 프로에 공연 스케치와 인터뷰를 단독으로 내보내기로 소속사와 합의 봤다는 것이다. 개인 사정으로 불참하는 회원이 생기면서 홍예리는 그 빈자리에 선심 쓰듯 카페 '이기적인 갈 사장' 식구들을 꽂아 넣었다.

나는 속으로 환호성을 질렀다. 민유의 오랜 팬인 데다가 8년 만의 해후에 대한 설렘이 컸다. 8년 전, 나는 그녀를 인터뷰한 적이 있다. 당시 나는 문화부 2진으로 방송과 가요를 담당했고 그녀는 갓 데뷔한 스물하나의 신인이었다. 그때도 골반댄스 추는 걸그룹의 위세는 대단해서 기타 치며 노래하는 미소녀를 눈여겨보는 대중은 많지 않았다. 하지만 그녀는 요란하게 내지르는 창법 없이도 사람들의 마음을 움직이는 편한 음악이 있음을 증명했고, '힐링걸'이란 다소 오글거리는 별명을 지닌, 긴 생명력을 가진 뮤지션이 됐다.

갈호태는 초대를 받고 처음엔 시큰둥해했는데, 민유를 알긴 하지만 노래 취향이 안 맞는 데다 나와 둘이서만 가는 줄로 오해한 모양이었다. 사장 허락도 없이 마음대로 결정한다고 역정까지 냈다. 수화기 너머에서 홍예리가 자초지종을 설명하기 전까지는.

"사장님, 저도 같이 갑니다. 아, 그리고 초대 가수로 폭풍 고음의 아이미가 올 거예요. 같은 소속사거든요."

"까약! 까약!"

태도가 돌변한 갈호태가 미친 갈까마귀 비명을 내질렀다. 급기야 샌드위치 100인분을 준비해서 대접하겠노라 대책 없는 약속까지 해버렸다.

"홍 기자님 일인데 우리가 두 손 두 발 도와야지. 여신님! 여신님! 게다가 폭풍 고음의 아이미! 아이미!"

신이 난 갈호태가 부흥집회에 참석한 사이비 교도처럼 두 손을 올렸다 내렸다를 반복했다. 나는 냉소를 숨기지 않았다.

"여신은 무슨…. 성형발 여자들로 신전 미어터지겠구나. 그리고 샌드위치는 누가 다 만들 건데?"

"흠흠…, 홍 기자님도 얼굴 손봤냐? 보기엔 다 자연스럽던데. 헤헤. 그리고 아무리 그래도 그렇지 100개나 되는 걸 사장이 앞치마 두르고 만든다는 게 웃기지 않아?"

우리는 동시에 구양을 돌아봤다. 주책없이 쾌활하다가도 대책 없이 우울해지는 이 '미녀장사'는 지난밤 나이트클럽을 다녀왔는지 한 손에 턱을 괸 채 졸고 있었다.

파고가 높았지만 여객선은 정시에 인천여객터미널을 출항했다. 뱃고동 소리에 맞춰 노란 티셔츠를 맞춰 입은 민유의 팬클럽 '유블리' 회원들이 갑판에 몰려나와 환호성을 질렀다. 자신의 우상과 하룻밤을 보내는 행운이 날씨 때문에 날아가버릴까 가슴 졸였던 모양이다. 10대 학생부터 대머리 중년 아저씨까지, 진정 민유 팬층의 스펙트럼은 넓었다.

나 또한 다소 들뜬 기분으로 선미 전망대에서 눈으로 갈매기 떼를 좇았다. 바닷바람의 청량감은 확실히 광화문의 매캐한 공기와 달랐다.

"굳이 나를 행사에 부른 이유가 뭐야?"

곁의 홍예리에게 까놓고 물었다. 그녀도 철제 난간에 등을 기댄 채 선글라스 긴 눈으로 갈매기 떼를 좇고 있었다. 감색 트렌치코트에 하늘색 스카프가 잿빛 하늘과 근사하게 어우러졌다.

"선배 보고 싶어서. 공짜로 바닷바람도 쐬고 좋잖아요."

빈말이라도 싫지 않았다. 아니 진심이었으면 좋겠다. 확실히 그녀는 타인의 기분을 들었다 놨다 하는 묘한 재주가 있다.

"천하의 홍예리가 노래 몇 곡 듣자고 휴일을 허비해 섬에 출장 갈 일은 없을 테고, 뭔가 딴 속셈이 있겠지. 골프장 개발 때문이야? 설마 민유 등을 떼밀어 존 바에즈 같은 반전과 환경운동의 기수로 포장하려는 의도는 아니겠지?"

증심도는 지금 서해안 섬 난개발 논란의 중심에 있다. 레저 전문 도명그룹에서 외지인이 보유한 사유지를 비밀리에 사들여 리조트와 골프장 개발에 나섰는데 원주민들이 반발하면서 갈등을 빚었다. 환경단체에선 남반구의 호주, 뉴질랜드에서 1만 킬로미터를 날아와 북쪽으로 향하는 도요새들이 쉬어가는 쉼터라며 도명그룹 사옥 앞에서 개발 반대 시위를 벌이기도 했다.

홍예리가 고개를 돌려 피식 웃었다.

"에이, 골프장 환경 파괴 논란이야 강원도에도 있고 제주도에도 있잖아요. 그리고 민유는 여린 외모처럼 멘탈이 약한 아이예요. 존 바에즈처럼 될 배포도 없고 본인도 바라지 않을 겁니다. 그냥 가요계 언저리에서 자기 노래만 차분히 잘하는 그런 가수라고요."

"그러면?"

"실은, 민유가 왜 지난 1년간 종적을 감췄는지 그게 궁금해요. 우울증이야 연예인들 잠수타면 다 둘러대는 핑계인 것이고…. 붉은숲이 곧 코스닥 상장한다는 소식 들으셨죠? 그래서인지 지분과 엮인 잡음이 끊이지 않고 돌아요. 붉은숲은 초기부터 민유와 함께 커왔잖아요. 첫 번째 히트상품이기도 하고. 제보가 한 건 들어와 있는데 꽤 그럴싸하더라고요."

"여전히 넌 사람과 사건의 배후를 읽는 데 관심이 많구나."

"호호, 지금 나 칭찬하는 거 맞죠? 희한하게 궁금한 건 꼭 확인해보고 싶단 말입니다. 선배가 예전에 그랬죠. 확인하고 싶은 충동을 억누르는 순간, 더 이상 기자가 아니게 된다."

"민망하게 별걸 다 기억하네. 내가 거기에 집착하다가 인생

폭삭 망했잖아. 낄낄."

우리 대화가 정겹게 보였는지 곁에서 갈호태가 시샘 많은 아이처럼 끼어들었다. 오늘도 섬 콘서트 여행과 전혀 매치 안 되는 스트라이프 블랙 정장을 고집스레 입고 나왔다.

"세상에, 종업원들이 이렇게 지 맘대로 가게 문 닫고 놀러 가는 데가 대한민국 천지에 어디 있냐?"

또 그 곁에선 구양이 샌드위치가 100개가 든 아이스박스 위에 걸터앉아 말대꾸했다.

"사장님, 그게 그렇게 눈꼴시면 제 월급에서 일당 까셈."

"내 말은 그 뜻이 아니잖아. 게다가 샌드위치 비용까지 덤터기 씌우고 말이야."

"그건 사장님이 홍 기자님 후원 차원에서 제공하기로 약속한 거잖아요?"

구양은 도움을 요청하듯 홍예리를 힐끗 보았다. 당황한 갈호태가 변명거리를 찾아 더듬거린다.

"그, 그야 새, 샌드위치를 우리 가게에서 만든다는 얘기였지여, 옆 빵집에서 사 오라는 건 아니었잖아."

"그럼 그것도 제 월급에서 까셈. 제가 홍 기자님 후원하는 걸로 하겠어요."

구양은 이미 사장 다루는 법을 터득했다. 웬만해선 자신을 해고할 수 없다는 자신감도 있었다. 외모와 월급만 신경 쓰는 단순한 아이인 줄 알았는데 여장부다운 배포도 보인다. 게다가 앞치마를 벗고 캐주얼 복장으로 야외에 나온 그녀는 건강미 넘치는 아웃도어 의류 모델처럼 스타일이 살았다. 바람이 불 때마다 함께 날리는 머리카락과 스커트 자락. 남자들 눈길을 꽉 사로잡는 북유럽 글래머녀의 치명적 요염함! 그 자체였다.

나는 샌드위치 상태가 궁금해 아이스박스를 열어봤다. 역시 구양다운 센스 작렬. 옆 빵집 상표를 다 뜯어내고 카페 포장지로 일일이 새로 쌌다. 깜찍한 문구까지 붙여놓았다.

〈가수 민유와 홍예리 기자님을 응원합니다. 빠이링! 카페 '이기적인 갈 사장' 대표 갈호태 드림.〉

어디서 구했는지 사장의 얼굴 사진과 휴대전화 번호까지 박아놓았다. 그제야 포장지를 확인한 갈호태 얼굴에 함박웃음. 까약, 꺄악, 또 미친 갈까마귀 비명을 내질렀다.

항해라고 하기엔 서운할 정도로 배는 금세 선착장에 닿았다. 증심도는 배가 들리는 여덟 개의 섬 중 두 번째 섬이었다. 선착장 앞은 흔히 예상하는 고즈넉한 낭만적 섬 풍경 대신 어수선하고 살벌했다. 여느 대도시의 재개발 구역처럼 개발 찬성파와 반대파가 내다붙인 붉은 글자 현수막들이 바닷바람에 펄럭거렸다. 마을 슈퍼와 몇몇 민박집은 문을 닫았고, 공사판 일꾼으로 보이는 사내들이 떼로 트럭 짐칸에 올라탔다. 섬 왼편 산 중턱은 깎여나가 누런 맨땅이 드러났다. 논란 속에 건설되는 리조트 부지로 보였다. 줄 '증'자에 마음 '심'의 증심도, 마음을 주는 섬이라 했건만 더 이상 그 이름에 어울리는 곳은 아니었다.

사건이 발생하고 30분이 지났다. 무대 위의 시신을 하얀 모포로 덮어주는 일 이외에 아무것도 할 수 없었다. 소속사는 소속사대로, 게스트하우스 관리인은 또 그대로 현장이 훼손될까 자리를 뜨지 못했다. 책임 소재 때문에 서로 눈치만 보는 곤란한 상황이었다. 벌써 많은 사람들 발자국이 무대 위에서 뒤엉켜 엉망이 됐다.

허리가 꾸부정한 게 예순도 넘어 보이는 관리인 박 씨가 숙소에서 잡일을 하는 다리가 불편한 아들을 시켜 관할 인천중부경찰서에 신고했으나 뱃길이 막혀 내일 아침에나 수사진 파견이 가능하다는 대답을 들었다. 뱃길로 40분 더 들어가면 대심도에 섬 파출소가 있지만 상황은 마찬가지였다. 현장 보존을 잘 하시라, 목격자를 현장에 머물도록 하시라, 언론에는 사고 내용을 흘리지 마시라 등등을 지시 받았지만 지켜질지 의문이었다.

사고인지 사건인지 애매한 상황. 조속한 진상 파악을 위해 누군가가 탐정 역으로 나서야 했다. 아니나 다를까, 눈치 빠른 홍예리가 치고 나왔다.

"관내 경찰이 도착할 때까지 일단 갈 형사님이 현장 지휘를 하시죠? 이런 일 경험 많으시잖아요."

형사란 말에 다들 놀랐으나 상황이 상황인지라 유명 여기자의 한마디는 주변을 압도하는 힘이 있었다. 소속사 대표 인지영, 실장 방동구를 비롯 로드매니저, 코디네이터, 기타와 드럼 및 베이스 연주자들, 조명과 음향 담당, 초대가수 아이미, 촬영을 위해 홍예리와 동행한 민주TV 카메라맨과 관리인 박 씨까지, 무대 위에 모인 사람들이 동시에 갈호태를 쳐다봤고 토를 다는 사람은 없었다.

"박 기자님이 곁에서 좀 도와주시구요?"

이번에는 사람들 눈빛이 나를 향했다. 보통 이런 상황에선 "저 인간들을 어떻게 믿냐고!" 반발하는 인간이 나오기 마련인데 다들 순순히 고개를 끄덕였다.

떠밀리는 모양새로 우리가 나섰다. 달리 대안이 없기도 했고 은근히 맡겨주길 기대하는 마음도 있었다. 정의 사회 구현의 사명감을 띠고 발바닥에 땀나도록 뛰던 전직 기자와 형사 아니던가.

갈호태가 무대 위에서 마이크를 잡고 현장 정리부터 나섰다.

"주목!"

하이 톤의 그 한마디에 시끌벅적하던 관객석이 침 삼키는 소리도 들릴 만큼 조용해졌다. 80명도 넘는 사람들의 시선이 올백 머리에 고급 양복을 걸친, 싸이를 빼닮은 느끼남 한 명에게 모였다.

역시나, 갈호태는 현장 다루는 법을 잘 알았고 지시는 명료했다. 사고 상황을 설명하고 동요하지 말 것을 당부한 다음, 현장 참석자들 신분확인 작업에 협조 바라며, 향후 일정은 다 취소되니 각자 배정된 방에서 대기해달라는 얘기였다. 사람들을 무작정 붙잡아둘 수 없는 상황인 데다 혹 용의자가 나와도 섬이라 쉽게 도주 못 하리란 판단도 작용했다.

관객 중 누군가가 침통하게 외쳤다.

"사망 원인이 뭡니까? 혹시 타살입니까? 어설프게 처리했다 간 우리가 가만있지 않을 겁니다!"

주위가 술렁거렸다. 여기저기서 흐느끼는 소리가 들리기 시작했다. 그 와중에 젊은 여자가 앙칼지게 소리쳤다.

"내일 돌아갈 수 있죠? 중요한 데이트 약속 있다고요! 팬클럽 회원들이 사고에 연루됐을 리가 없잖아요!"

이번엔 욕설과 야유가 터져 나왔다.

"유 님이 죽었는데 저 또라이 년은 뭐야."

관객석의 웅성거림이 커졌다. 알아들을 수 없는 외침이 동시다발적으로 들렸다. 날카로운 휘파람이 경계심을 일으키고 누군가는 홧김에 신발 한 짝을 벗어 무대로 던졌다. 더 방치하면 소요라도 일으킬 태세.

하지만 갈호태는 새끼손가락으로 귓구멍을 한 번 후비고는 군대 버전으로 일거에 무시했다.

"부검 전까지 확실한 건 하나도 없슴돠. 한 치의 의혹 없이 사건을 해결하느냐, 빨리 집으로 돌아갈 수 있느냐는 전적으로 여러분 협조 여하에 달렸슴돠. 알아서들 판단하십쇼."

반 협박조의 그 말은, 사건이 해결되지 않으면 귀가가 아주 늦어질 수 있다는 뉘앙스를 풍겼다. 사소한 것도 좋으니 단서 될 만한 것을 알려달라는 주문도 잊지 않았다. 흥분했던 관객들이 바로 군대처럼 일사불란하게 움직이기 시작했다. 추억 대신 악몽을 간직한 얼굴에 불만을 가득 품고서.

공연장 출입구 앞에서의 신분 대조 작업은 방동구 실장이 맡아주었다. 이벤트 신청 때 실명으로 주소와 연락처를 받아놓은 터라 어렵지 않았다. 세션과 스태프도 모두 기획사 인맥이라 바로 신원이 파악됐다. 몇몇 현지 주민은 관리인 박 씨가 얼굴을 알고 있었다. 사고 순간 공연장 안에 있던 사람은 모두 87명으로 확인됐다.

나는 크게 숨을 들이켠 뒤 하얀 모포를 살포시 들췄다. 사후 경직이나 시반이 본격적으로 진행되지 않아 아직은 젊고 예쁜 여자의 얼굴 그대로다. 수사에 도움이 될까 싶어 휴대폰으로 사진 몇 장을 근접 촬영하는데 울컥, 눈물이 나려 했다. 어쨌든 나와 인연이 닿아 있던 사람. 내 기자 생활 첫 인터뷰이가 그녀였고, 갓 데뷔한 그녀의 첫 인터뷰어가 나였다. 두 손을 무릎에 얹고 반듯하게 앉아 조심조심 대답하던 얼굴이 눈에 선한데… 여전히 현실의 일 같지가 않았다. 경찰도 구급차도 부를 수 없는 외딴 섬에서 앞날 창창한 20대 여가수가 공연 중 독살되다니… 그런 일은 이름도 생소한 먼 나라 토픽에서나 볼 줄 알았다.

어느새 30분이 더 흘렀다. 사람들이 공연장을 다 빠져나갔다. 현장 보존을 위해서 관리인 박 씨가 마지막으로 출입구 문을 잠그고 열쇠를 갈호태에게 넘겼다.

쉬익- 쉬익-. '목향타운'을 둘러싼 숲의 고목들이 풀어헤친 머릿결처럼 가지를 일렁이며 다시 음산한 소리를 내기 시작했다. 숙소동의 낡은 창틀이 불규칙한 화음을 만들며 덜커덩거렸다. 일기예보대로 밤새 강풍을 동반한 폭우가 들이닥칠 모양이다. 일정상 지금쯤 모닥불 앞에서 생맥주와 바비큐를 즐기며 민유의 팬 미팅을 가져야 하거늘. 주인공은 죽었고, 모든 계획이 흐트러졌다. 불길한 밤이 다가오고 있었다.

밤 8시 30분. 사건 발생 후 한 시간 반이 경과했다. 식당에 미리 만들어놓은 바비큐가 차려졌으나 다들 식욕이 동할 리 없다. 팬클럽 회원들은 저마다 벙찐 표정으로 갈호태가 준비해간 샌드위치를 챙겨 4인 1실로 지정된 방으로 사라졌다.

"아이 씨, 왜 먹는 거에 지 얼굴 처바르고 장난질이야. 오바이트 쏠리게."

스무 살도 안 돼 보이는 어린 여자가 샌드위치 포장지를 보고 힐난하다가 갈호태와 눈이 딱 마주치자 뒷걸음질로 달아났다.

나는 속으로만 웃고 표 내지 않았다. 사건 전모를 파헤쳐야 하는 하루살이 수사반장을 존중해주고 싶었다.

열쇠꾸러미를 들고 우리 뒤를 따라다니는 관리인 박 씨 얼굴에 그늘이 깊었다. 안 봐도 사정은 뻔했다. 사고 소식이 전해지면 줄줄이 예약 취소는 불가피. 증심도 토박이 부자가 오순도순 숙소를 꾸려나가는 상황에서 육지에 사는 이곳 실소유주에게 관리소홀 책임을 추궁당할지도 모르겠다.

원래 '목향타운'이 알음알음 알려진 명소이긴 하나 전국적으로 유명세를 탄 건 TV 예능프로에 나오면서부터다. 운동장 구석의 은행나무 아래에서 연예인들이 텐트를 치고 야외취침을 하면서 화제가 됐다. 서울과 가까운 데다 섬 정취를 물씬 느낄수 있고, 분교를 고풍스럽게 리모델링한 건물은 중장년층의 학창시절 향수를 불러일으켜 동창회는 물론 기업, 대학의 수련회 장소로 각광 받았다. 음향시설이 잘 갖춰진 100석 규모의 아담한 공연장도 자랑거리였다. 지난달에는 '트로트 제왕' 모 가수도 이곳에서 인근 섬마을 주민을 위한 자선공연을 했다.

나는 박 씨에게 어떤 위로의 말도 할 수 없었다. 그도 분명 용의선상에 있는 사람이니까.

우리가 맨 먼저 찾아간 곳은 민유가 머물던 2층 복도 끝 방. 이곳 유일의 VIP용 객실인데 창으로 근사한 바다 낙조를 볼 수 있다고 했다.

실내는 휑했다. 옅은 방향제 냄새만 났다. 바닥에 주인 잃은 예비용 기타와 여행 가방만 덩그러니 놓여 있었다. 침대 시트에는 사람이 누웠던 흔적도 없었다. 하긴, 민유는 소속사 직원들과 첫 배로 섬에 들어와 오후 내내 리허설을 했다. 저녁 콘서트를 끝내고 인터뷰 녹화 뒤 잠만 자고 내일 일찍 나갈 예정이었다. 객실에 머무른 시간이 거의 없었다.

갈호태가 여행 가방부터 살폈다. 화장품 파우치와 세면도구, 그리고 여행 책 한 권과 휴대폰 충전기, 악보집 등이 나왔다. 검은색 정장과 흰색 블라우스도 구겨진 채 들어 있고, 공연용인지 잠옷인지 모를 피아노 치는 남자가 프린팅된 롱 티셔츠도 보였다.

"누구야? 가수?"

갈호태가 궁금한지 다시 티셔츠를 펼쳤다.

"엘튼 존이잖아. 영국 팝스타. 지금이야 한물갔지만."

"이름이야 알지. 그 인간이 이렇게 생겼구나. 그런데 왜 이런 영감탱이 얼굴을?"

"글쎄다. 존경하는 뮤지션으로 생각했을 수 있지. 그러고 보니 음악적으로 닮은 구석이 있긴 하네."

여행 가방 앞 포켓에서 둥근 플라스틱 약병이 나왔다. 상표는 없고 파란색 알약이 몇 개 들어 있었다. 혹시나 했던 청산가리는 아니었다. 약 표면을 살피던 갈호태가 웬일로 아는 척을 했다.

"어 그거. 우울증 치료제네."

"어떻게 알아? 약 색깔은 딱 비아그라인데."

"뭐 눈에는 뭐만 보인다더니. 나도 소싯적에 우울증 좀 앓았거든! 그래서 잘 알거든!"

수모였다. 살다 살다 호색한 갈호태에게서 그런 막말을 듣다니.

"네가 우울증? 믿을 수 없다고!"

"이보시오! 나도 예민한 남자거든!"

문 앞의 박 씨가 한심하다는 표정을 지어 바로 말싸움을 접었다.

사건과 관련된 특별한 단서는 찾지 못했다. 그때 갈호태가 양복 안주머니에서 휴대폰을 꺼내 들여다보더니 묘한 웃음을 지었다.

"이야, 우리 가게 샌드위치가 또 이렇게 위력을 발휘하는구나."

무슨 말인가 했다. 게다가 포장지만 바꿨을 뿐인데 천연덕스럽게 우리 가게 샌드위치라니.

"공연 시작 직전에 실장이랑 기타리스트가 큰 소리로 다투는 걸 봤어요. 그리고 이건 또 뭐냐, 화가 잔뜩 난 아이미를 키가 큰 여자가 달랬다고 하네. 종업원이 리허설 중인 민유에게 주먹밥을 갖다 줬는데 디스 당함. 흐흐 이게 진짜 죽인다. 아까 아저씨 얼굴 보고 오바이트 쏠린다고 욕했던 학생인데 죄송해요. 크하학!"

팬클럽 회원들이 샌드위치 포장지에 적힌 전화번호로 목격 정보를 문자로 보내주고 있었다. 확실히 얼굴 맞대고 떠드는 진술보다 부담이 적을 터였다. 명색이 열혈팬인데 정확한 사인 규명을 위해 앉아 있을 수만은 없었을 것이고.

나는 커튼을 걷고 창문을 열었다. 이미 어둠이 내려앉아 증심도에서 제일 아름답다는 낙조는 볼 수 없었다. 대신 조그만 가방을 들고 해안 절벽으로 향하는 그림자 하나가 눈에 들어왔다.

민유가 마지막 노래를 부르기 직전, 갑자기 조명이 나가면서 암전이 됐다. 카메라는 고장 난 것처럼 검은 화면만 계속 녹화를 했다. 어둠 속 관객들의 웅성거리는 소리. 모니터 아래 타이머로 정확히 43초가 흐른 후에 다시 조명이 들어왔다. 관객들 박수 소리가 터져 나오고, 민유가 아무 일 없었다는 듯 무대 앞까지 걸어 나와 기타를 치며 〈세월이 가면〉을 불렀다. 80년대에 크게 히트한 곡을 자신의 스타일로 리메이크한 곡이다. 한 소절 한 소절 정확하게 불러 가사가 아름다운 시처럼 귀에 쏙쏙 박힐 정도였다.

'나는 알고 있어요. 우리의 사랑은 이것이 마지막이라는 것을~. 서로가 원한다 해도 영원할 순 없어요. 저 흘러가는 시간 앞에서는~.'

절제된 어쿠스틱 반주에 특유의 청아한 목소리를 실어 꼿꼿하게 선 채 노래를 불렀고, 관객들은 빨려들 듯 숨을 죽이고 경청했다.

'세월이 가면~ 가슴이 터질 듯한 그리운 마음이야 잊는다 해도~ 한없이 소중했던 사랑이 있었음은 잊지 말고 기억해 줘요~.'

고음부가 끝나자 우레와 같은 박수. 전자기타와 베이스, 드럼이 치고 들어와 간주가 이어진다. 그사이 민유는 바닥에 놓인 생수병 물로 입술을 축였다. 턱을 약간 쳐들고 관객을 그윽하게 바라보는 눈빛, 무언가를 갈구하듯 애절하다. 그러다 갑자기 숨을 못 쉬면서 얼굴이 일그러지더니, 두 손으로 목을 움켜잡고 그대로 고꾸라졌다. 앞자리에 앉았던 소속사 사장이 놀라 맨 먼저 일어났다. 그 옆자리의 실장과 로드매니저가 무대로 달려갔다. 그 뒤를 갈호태와 내가 뛰어갔다. 그제야 반주가 멈췄다. 꽁지머리 남자도 전자기타를 멘 채로 엉거주춤 다가섰다. 코디네이터가 쓰러진 민유의 가슴을 흔들며 비명을 질렀다. 갈호태가 소리쳤다. 만지지 말아욧!

홍예리와 동행한 자사 카메라맨에게서 가져온 녹화 영상은 거기까지였다. 우리는 로비의 응접 소파에 모여 민유가 쓰러지기 전후의 장면을 10번 이상 반복해 봤다. 스케치용으로 촬영한 것이라 무대를 다 담지 못하고 공연 전체를 찍은 것도 아니었다. 하지만 사고 순간은 멀리서나마 비교적 잘 잡았다.

"이거 다음에 이어질 토크 쇼를 메인 꼭지로 쓸 생각이라 신경을…."

홍예리답지 않게 변명조로 중얼거렸다.

녹화 영상을 통해 하나의 사실을 확인했다. 민유는 콘서트 막바지에 극약이 든 생수병 물을 마시고 죽었다.

일일 수사반장 갈호태 표정이 사뭇 진지해졌다. 큰소리는 쳐놨는데 흔치 않은 사건 전개에 어디서부터 뚫어야 할지 난감해하는 게 분명하다. 보나 마나 내 의견을 물어볼 것이다. 아니나 다를까 손으로 입을 가리며 속삭였다.

"타살 맞지? 그치?"

나는 본능적으로 고개를 끄덕였다. 변사에 대한 판단, 즉 자살과 타살 그리고 사고사. 하나씩 가능성을 지워가는 소거법이 필요했다. 홍예리가 적확한 타이밍에 거들었다.

"저는 민유가 자살했다고 생각할 수 없네요. 컴백을 앞두고 의욕에 넘쳐 스스로 행사까지 준비하지 않았나요? 다음 달에는 새 앨범도 나와요. 전국 투어 콘서트도 한다고 들었어요. 그런데 여기까지 와서 목숨을 끊다니요. 소속사가 상장되면 대주주라 큰 부자가 될 수 있는데. 자살한 다른 연예인들처럼 팬카페나 트위터에 죽음을 암시하는 글이라도 남겼나요? 자살하려는 사람에게는 그 행위 자체가 하나의 성스러운 의식입니다. 어디에도 그런 흔적이 없었다고요."

전적으로 동의한다. 오늘 오후 숙소에 도착해 연습 중인 민유와 짧은 인사를 나눴다. 영광스럽게도 그녀가 먼저 나를 기억하고 아는 체했다. 말수는 아꼈지만 목소리에 생기가 넘쳤다. 공연을 끝낸 뒤 다시 이야기를 나누자고 악수까지 했다. 자살을 암시할 만한 분위기는 느껴지지 않았다.

바로 눈앞에서 목격한 사건이라 사고사 가능성은 더더욱 희박하다. 그렇다면 결론은 뻔하다.

"이제 범인 찾는 일만 남았군."

갈호태가 목에 힘을 주고 손가락 마디를 딱딱 꺾으며 말했다. 그러나 다음 말을 잇지 못했다. 설명하기 힘든 난제가 바로 앞에 있기 때문이다. 민유는 무대 위에서 극약이 든 물을 마시고 죽었다. 설사, 타살이라고 해도 결국은 스스로 마신 셈이 된다. 이 부분을 명쾌하게 정리할 수 있을까. 관객 대부분은 민유의 팬클럽 회원들과 소속사 식구들. 그들은 외형상 일단 사망자에 대해 호의적인 인물들이다. 동기를 찾아내는 게 쉽사리 가능할까.

머뭇대는 수사반장을 대신해 내가 떠오르는 의문을 마구 쏟아 냈다.

"무대 위 소품에 손을 댈 정도라면 면식이 있는 측근일 가능성이 커. 또 낯선 콘서트장에서 살인을 계획했다면 즉흥적이라기보다 오랫동안 준비했다고 봐야지. 그렇다면 팬클럽 회원들은 혐의가 좀 옅어져. 그들은 경쟁률 치열했던 초대권 추첨에 당첨이 돼야 올 수 있잖아. 그리고 현장에 도착한 지 불과 몇 시간밖에 되지 않았고."

홍예리가 내 말을 채갔다.

"소속사 입장에서 생각해봐도 답은 없어요. 민유가 죽어 가장 이득을 보는 사람이 누구일까. 금방 안 떠오르시죠? 그렇다면 민유가 죽어 가장 손해 보는 사람은 누구일까. 보나 마나 소속사예요. 왜냐하면 회사가 코스닥 상장을 눈앞에 두고 있다고요. 사업 핵심인 자사 소속의 인기 가수가 의문의 죽임을 당했다면 공모가에 악영향을 미칠 건 분명하잖아요. 소문도 흉흉해질 테고."

내가 홍예리의 말을 가볍게 반박했다.

"지분이란 것도 창업 멤버들이나 조금씩 가졌을까 최근에 입사한 직원들에겐 없을 거야. 그리고 세션과 장비 담당은 외부업체 사람들이고. 살해 동기는 돈 문제가 아니라 다른 갈등일 수 있어. 흔히 발생하는 부모를 위한 한 맺힌 복수나 남녀 간의 치정은 돈으로 설명할 수 없는 문제잖아."

홍예리가 고개를 끄덕였다. 한 템포 쉬고 내가 말을 이었다.

"눈여겨봐야 할 건 왜 노래하는 무대를 살인 장소로 택했느냐는 점이지. 그것도 도망가기 힘든 섬 안에서. 왜 그렇게 복잡하고 어렵게 죽여? 사망자가 극약이 든 물을 안 마셨으면 어쩔 건데? 단순히 죽이는 게 목적이라면 교통사고로 위장하거나 흥신소 해결사를 고용하면 되잖아. 노출된 무대란 설정은 용의자가 알리바이를 만들 수 있다는 장점밖에 없어. 그런데 이 알리바이는 다른 사람에게도 똑같이 적용되거든."

"선배, 좀 극단적이긴 하지만 무대에서 사람이 죽어가는 걸 보면 절대 쾌감을 느끼는 사이코패스는 어떨까요? 군중 속에 숨어서 훔쳐보는 아찔함을 즐기는 미치광이들이 요즘 나라 꼴 봐선 주위에 수두룩할 것 같은데."

홍예리의 조심스런 의견에 갈호태가 장난스럽게 엄지를 치켜세웠다.

추리는 거기서 멈췄다. 가진 단서가 너무 적었다. 탐문을 통해 새로운 정보를 더 모은 다음 판단해야 한다.

조속한 사건 해결은 쉽지 않아 보였다. 현장 감식에서 나온 단서를 토대로 탐문하고 증거를 찾고 동기를 밝혀 용의자를 좁혀가는 게 수사의 정석. 시간이 흐를수록 그만큼 해결 가능성은 줄어든다. 그래서 초동 수사의 중요성을 이야기하지만 지금은 그조차 쉽지 않은 상황. 용의자를 압축하는 것도 불가능하고 과학수사의 힘도 빌릴 수 없다.

갈호태도 거기까지 생각이 미쳤는지 자신감 상실 모드로 돌변. 입으로 끙끙 앓더니 소파에 등을 기대고는 머리를 뒤로 젖혀버린다. 현직 시절, 힘을 앞세워 강간범이나 폭력배만 쫓아다니다 추리소설에나 나올 법한 '지적 게임'을 만나자 지레 주눅이 든 꼴이다. 그렇다고 홍예리 앞에서 무기력해 보이는 건 모양새가 빠질 테고. 이래저래 골치가 아픈지 엄지와 중지로 관자놀이를 누르고 배배꼬아 얼버무렸다.

"에, 그러니까 그 뭐냐…. 시방 참 거시기하게도 타살일 확률이 쬐금 더 높되 자살 가능성을 완전히 배제할 수 없는 상황이다. 이거잖아."

그 와중에 내가 또 다른 의문을 던졌다. 콘서트에서 마지막 노래가 흐를 때부터 신경이 쓰였던 것이다.

"내가 민유의 팬이라 곡 대부분을 알거든. 그런데 공연의 하이라이트인 마지막 노래를 왜 리메이크 곡으로 정했지? 톱텐 정상을 5주 연속 차지한 〈첫사랑〉이나 〈혼자인 밤〉, 〈잘생긴 여자〉 같은 자신의 히트곡을 놔두고서. 〈혼자인 밤〉은 오늘 아예 부르지도 않았다고. 그걸 라이브로 듣고 싶어 엄청 기대했는데 말이야."

"그거야 노래하는 사람 맘이지. 선곡이랑 사건의 관련성을 따지기는 좀 그렇지."

갈호태가 목을 바로 세우며 시큰둥해했다.

그렇다고 의문을 그대로 흘려버리자니 더 찜찜했다.

"민유가 잠수타기 직전에 연 콘서트를 얼마 전 음악 케이블에서 해줬는데 그때도 마지막 곡은 〈혼자인 밤〉이었다고. 그전에도 그랬고. 〈세월이 가면〉이 3집 리메이크 앨범에 들어 있긴 하지만 콘서트에서 부른 적은 없었어."

"지금은 팬 추모 시간이 아니거든. 무슨 노래를 불렀는지보다 왜 죽었는지에 집중하자고. 안 그래도 머리 터지겠는데. 자자, 홍 기자님 아침 뉴스 시간에 맞추려면 시간이 별로 없다. 최소한 사건의 배경 정도는 시청자에게 알려줘야지. 그죠?"

홍예리는 민망해 흠흠 마른기침을 했다. 강심장의 그녀가 얼굴 붉히는 건 처음 봤다. 나는 여전히 선곡이 신경 쓰였지만 시간에 떠밀려 잊을 수밖에 없었다.

홍예리가 데스크에게 보고 전화를 넣었다. 기사 내보낼 시간을 조정하는 게 쉽지 않은지 통화가 길었다. 하지만 현장에 있는 기자 고집을 꺾을 수 있는 데스크는 많지 않다. 민유의 사망 사실만으로도 특종이다. 결국은 홍예리 뜻대로 됐다.

"아침 뉴스에 비중 있게 보도하기로 했어요. 일단 살인사건 쪽에 무게를 두고서요. 현장 리포팅을 여기서 보내고 서브 꼭지인 '사망한 민유는 누구인가'는 보도국 안에서 자료화면 넣어 처리하기로."

묘했다. 사람이 죽었는데 홍예리 말투에서 들뜬 긴장이 느껴졌다.

갈호태도 질 수 없다는 듯 따라나섰다. 보나 마나 옛 인맥을 들쑤신 불법 정보 수집. 말릴 생각은 없었다.

"형님, 제가 문자로 사람들 이메일 주소 보낼 테니 기록 좀 뒤져봐주십쇼. 독극물 판매 사이트 같은 데 최근 접속한 흔적이 있는지요. 모두 7명입니다. 엥? 영장요? 아, 그러니까 비공식 루트로 형님 찾는 거 아닙니까? 며칠 걸린다고요? 지금 인기 가수 민유가 죽었거든요! 엄청 급하다고요! 사이버범죄대책과의 수장께서 그런 걸 며칠씩 걸려 처리하면 어쩝니까. 관

할서에 맡기다니요, 그런 무책임한 말씀을. 예전부터 형님이
랑 저랑 업주 가게에 공짜로 뽕뽕하러 다닌 사이 아닙니…. 아
니 협박은 무슨, 부탁이죠. 양아치 자식이라니요. 네네. 저 입
무거운 놈입니다, 기다리겠슴돠. 아참, 여기 목향타운 실소유
주가 누군지도 좀 알 수 없을까요? 에이, 알죠. 담당 부서 아닌
거. 그래도 기왕 하시는 김에 같이. 넵! 형님, 충! 성!"

홍예리가 눈을 동그랗게 뜨고 물었다.

"사장님, 공짜로 뽕뽕하러 다닌 사이라는 게 무슨…."

갈호태가 화들짝 놀라 얼굴을 붉혔다. 자신이 무슨 실언을
했는지 그제야 깨달았나보다.

로비 구석의 낡은 괘종시계가 묵직한 종소리를 아홉 번 울
렸다. 사건 발생 두 시간째. 이제 소속사 식구들을 만나볼 차
례다. 그때였다. 구양이 흥분한 얼굴로 달려와 스마트폰을 우
리 눈앞에 들이밀었다.

"홍 기자님, 이것 좀 보세요. 강호에 의리는 진정 다 떨어졌구
낫!"

화면을 바라보던 홍예리 인상이 일그러졌다.

"젠장, 트위터에서 터졌어. 지금 이 숙소에 있는 팬들 중 누
가 띄운 거라고. 그렇게 당부했건만 그새를 못 참고."

**가장 사랑하는 무대에서 산화하듯 끝내 일어나지 못한 민유 언니. #이
시대 마지막 아티스트 #민유 RIP**

첫 글을 올린 사람은 갈호태를 흉봤던 바로 그 여자였다. 척 보기에도 사고뭉치 같더라니. 어차피 이 밤이 지나면 알려질 사실이라 탓하기도 뭣했다.

"팬클럽 회원이라 더 빨리 소식을 공유하고 싶었던 게 아닐까? 어쩐지 현장에서 고분고분하더라니, 그게 더 이상하긴 했지. 원래 열혈팬의 이름을 달고 그러면 안 되는 거잖아. 훌리건처럼 광분하는 게 당연한 거잖아. 그치? 여기 밀폐된 섬 안이라 자신들도 불안해서 그런 거야. 서울이라면 개난리 났을 거다. 그치?"

갈호태가 눈치 없이 종알거렸지만 정확한 말이다. 취재 환경이 변했다. 홍예리가 그걸 모를 리가 없다. 눈앞의 특종이 희석돼 그냥 분한 것이다. 더 심층적인 분석 기사로 승부할 수밖에 없다. 그런 까닭에 홍예리를 위로해주고 싶지는 않다. 서해의 외딴 섬. 밤은 길고 시간은 많다.

내가 203호실을 노크하려는 순간, 중년의 배불뚝이 실장과 깡마르고 젊은 로드매니저가 나란히 생담배를 입에 문 채 방문을 열어젖혔다. 우리는 숙소동 밖으로 나와 방범등 아래 나무 벤치에 앉았다. 섬 정상 쪽에서 이름 모를 짐승 울음소리가 들렸다.

초면의 로드가 명함을 건네며 담배를 권했으나 나는 정중히 사양했다. 로드의 이름은 이경태. 민유의 스케줄 관리와 현장 이동을 챙겨주는 게 주된 업무다. 갓 제대한 군인처럼 짧은 머리에 튀어나온 광대뼈. 몸까지 삐쩍 말라서 뽀글뽀글 파마에 몸집이 퉁퉁한 방동구와 대비됐다. 이경태는 자신이 일거수일투족을 챙겨야 할 사람이 사라졌음에도 딱히 슬퍼하지 않았다. 실패한 주식투자자처럼 뒷짐 지고 서서 담배만 빨아댔다.

사고 순간 심하게 떨리던 방동구 실장의 목소리도 안정을 되찾았다. 대신 말끝마다 짜증이 묻어났다. 최악의 사고가 터졌으니 행사 책임자 입장에서 신경이 날카롭지 않을 수가 없다.

나는 위로의 말을 전한 다음 준비해간 질문을 볼펜으로 하나씩 체크해가며 부러 딱딱하게 물었다.

"소속사의 피해가 클 텐데요?"

"뭐, 외부와 단절된 연예인들과 같이 생활하다보면 놀랄 일이 어디 한두 가지겠습니까. 당분간 회사 이미지 타격이야 불가피하겠지만 걔네들 사건사고야 늘 그렇듯 시간 지나면 잊힐 테고…. 회사 경영 측면에서도 심각하게 손해날 것은 없습니다."

공식 수사가 아니라서 거부감을 가질 법한데도 답변이 시원시원하다. 회사에 대한 불만을 여과 없이 쏟아내 되레 듣는 사람이 무안할 지경. 이판사판 상황이라 감정이 격해진 데다, 그간 업무에 쪼였던 속내를 누군가에게 탁 털어놓고 싶었던 건지도 모르겠다.

"그래도 붉은숲의 대표 가수가 죽었는데…."

"그건 옛날얘기고 밖에서 보는 시각인 거죠. 최근에 붉은숲 자체 양성 시스템 안에서 성장한 애들이 많아요. 5인조 밴드 '원더보이'에 뽕짝 걸그룹 '미스엠'도 잘나가고. 사장님께서 오래 공을 들였던 아이미도 영입했고."

방동구의 반응이 너무나 담담해서 놀라웠다. 그는 내 표정에 개의치 않고 하던 말을 계속했다. 말문이 터지자 달변가였다.

"죽은 사람 두고 이런 말 뭣하지만 민유는 전형적인 콘서트형 가수입니다. 90년대에 데뷔했으면 더 크게 됐을 인물이죠. 가수가 노래만 잘하면 됐지 뭘 더 바라느냐고 그러시겠지만, 소속사 입장에선 트렌드를 무시할 수 없습니다. 가수가 예능도 하고 연기도 해야 하는 시대가 온 겁니다. 그래야 소속사 수입이 늘고 상장하고 배당도 하지요. 아시다시피 음반 시장이 완전히 죽어 100만 장 판매는 아주 먼 옛날의 아리따운 전설이 돼버렸습니다. 디지털 음원이라는 것도 들인 공에 비해 다운 사이트나 작곡가들이 다 떼먹어 소속사에는 남는 게 없어요."

"그러니까 민유가 명성에 비해 돈 되는 가수는 아니었다 그거군요?"

"네. 10년 새 천지개벽할 만큼 대중가요계 환경이 바뀌었으니까요. 게다가 콘서트형 가수를 모신다는 건 신경 쓸 게 한두 가지가 아닙니다. 전국 투어라도 한다 치면 우르르 공연 준비에 매달려야 하고, 예매 부진하면 어쩌나 마음 졸이고, 오늘처럼 객지에서 사고 터질까 걱정해야 하고…. 가요 순위 프로나 예능이야 방송사에서 밥상 다 차려주니 가서 MR 틀어놓고 노래 대충하고 이빨만 잘 털면 통장에 돈 꽂히잖아요. 민유는 그 부분이 좀 아쉬웠죠. 최근에 아이미가 이적해왔으니 그런 점을 잘 메워주리라 기대합니다. 대체재라는 표현은 좀 그렇지만 솔직히 둘의 이미지 겹치는 부분이 있죠? 같이 포크에 기반을 둔 음악을 하지만 결정적 차이는 아이미는 더 어리고 더 대중적이고 연기도 예능도 재능 있다는 거."

"민유도 이제 스물아홉인데."

"나이 문제가 아니라 음악 스타일이 올드해진다는 겁니다. 대중이 조금씩 질려 한다는 걸 스스로 깨달아야 하는데…. 뭐, 무명 시절 없이 일찍 뜬 탓도 있지만. 혹시 기자님, 테일러 스위프트 아세요? 아주 미국적인 여가수인데."

내가 고개를 끄덕였다.

"컨트리에 기반을 둬서 제 취향은 아니지만 상업적으로 잘 만들어진 가수죠. 키 큰 금발에 새침데기 같으면서도 예쁘고 사랑스러운…. 라이브 잘하는 싱어송라이터에 배우 겸업까지. 남자들에게 꼬리 쳐서 끊임없이 염문 만들고 패셔너블한 그녀의 옷, 구두, 핸드백은 매일 온라인에 화보가 뜬다죠. 1인 기업이라고 봐야죠. 처음부터 잘 계산된 캐릭터와 콘셉트의 결과 아니겠습니까? 이름부터 달달하잖아요."

방동구가 놀라 입을 반쯤 벌렸다.

"제가 하고 싶은 말을 다 해버리셨네요. 바로 그겁니다. 대표님이 원하는 롤모델이. 그런 뮤지션을 계속 키우고 싶어 하세요. 뽕짝이든 록이든 어떤 장르를 하느냐가 아니라 어떤 스타일이냐가 중요한 겁니다."

"그러니까 그게 민유와 아이미의 결정적 차이군요?"

"뭐, 그렇죠. 솔직히 민유는 숫기가 없어 대중과 소통을 못 했거든요. 본인은 이미지 관리 때문이라고 말하지만 방송 활동 없이 몇 년에 음반 한 장씩 내서 수익이 얼마나 남겠습니까? 요즘은 대학축제도 걸그룹 초청하지 통기타 가수 안 부릅니다. 창업 멤버이긴 하지만 고비용 저효율의 계륵 같은 존재죠."

내부 평가가 너무 신랄해 놀랐다.

"그럼 민유가 스트레스 좀 받았겠네요? 안 그래도 유약한 성격에."

"유약? 흐흐. 그것도 메이킹 된 이미지이고 사실 한 성깔에 한 고집 합니다. 분노조절장애 진단받아도 이상하지 않을 만큼요. 그래도 사내에선 대주주인데 대놓고 무시 못 하죠. 민유는 사장님이 회사를 차리고 처음 픽업한 가수예요. 회사 성장의 발판이었죠. SM의 보아나 강타라고 보시면 됩니다. 초창기 공헌도야 이루 말할 필요도 없고요. 그런 상황에서 사장님이 1년을 공들여 아이미를 영입해와 속앓이 꽤 했을 겁니다."

"삐걱거렸군요? 그래서 가출한 거고?"

"이번 공연만 봐도 그렇잖아요. 좋다, 정 그런 콘셉트를 원하면 서울 근교에서 하자. 그것도 싫다면 인천 바닷가에서 하자. 굳이 섬까지 들어갈 필요 있느냐. 그런데도 난리법석 피워 직원들 개고생시키고. 그래도 어쩝니까. 제 눈에는 그냥 철없는 막내 여동생 같은데 대외적으로는 이사님이시니 군소리 없이 따라야죠. 창업공신이 무서운 게 아직 그 정도 파워는 있어요. 우리야 뭐 월급쟁이 일개 졸이지만."

방 실장은 로드를 힐끗 올려봤다. 로드는 대화에 관심 없다는 듯 입 꾹 다물고 담배만 피워댔다.

　"이번 행사에 다들 반대가 심했던 모양이군요."

　"최근 몸집 키우는 과정에서 영입된 뮤지션이 많은데 직원은 한정돼 있거든요. 활동 쉴 때는 융통성 있게 매니저나 차량도 같이 좀 쓰면 좋잖아요. 그런데 수족처럼 부릴 수 있는 전담을 원하니. 여기도 최소 인력만 챙겨서 온 건데 결국 사고 터지고. 어쩔 수 없죠, 뭐. 다 제 운명인 걸."

　"그렇다면 혹시 사장님과도 갈등이?"

　"뭐, 그녀들이야 으르렁대다가도 밤 되면 풀리겠죠. 옆집 사람끼리."

　"옆집 사람이요?"

　"아, 소속사 건물 6층을 가정집으로 개조해서 오른쪽은 사장님이, 왼쪽은 민유가 사용했어요. 오랫동안 비어 있었는데 최근에 아이미가 들어가는 걸로 정리됐다고 하더라고요. 뭐 사생활 영역이라 더는 잘…. 아시다시피 붉은숲은 여인천하잖아요."

　"저 혹시, 실장님은 회사 지분 좀 받으셨는지?"

　방동구가 갑자기 자신의 재킷 바깥 주머니를 뒤집어 보였다. 나는 고개를 돌려 로드를 쳐다보았다. 그도 동네 양아치처럼 짝다리를 짚고 서 있다가 바지주머니를 뒤집어 보였다. 오히려 당돌한 질문까지 했다.

　"그런데 기자님은 어떻게 보십니까?"

"어떻게 보다니요?"

"까놓고 말해 자살이냐 타살이냐 그 말입니다. 독약 든 물을 마시고 죽었다는데 그건 타살이라는 얘기지요?"

"글쎄요. 아직 판단을 내릴 단계는 아닙니다. 지금 갈 형사가 아이미를 만나고 있고, 대표님도 곧 뵐 예정이니 그 후 어느 정도 결론이 나겠지요. 내일 현장 감식하고 부검해보면 더 확실할 테고."

소속사 대표를 만난다고 하니 그제야 방 실장은 경계의 기미를 보였지만 이미 털어놓은 걸 후회하지는 않았다.

"민감한 부분만 못 들은 걸로 해주십시오. 혹 오해하실 수 있으니. 뭐, 이 상황에선 이러나저러나 파리 목숨입니다만."

방 실장이 입을 삐죽 내밀고 새 담배에 불을 붙였다. 나는 질문지를 들여다보았다. 제일 궁금한 걸 물었다.

"혹시 오늘 공연의 선곡은 누가 했습니까?"

"본인이 직접 한 걸로 압니다만. 뭔 문제라도?"

"아니, 그게 아니라 마지막 노래가 좀 뜬금없다 싶어서."

"하, 역시 노래 좀 아시네. 만약 저였다면 마지막 곡은 〈혼자인 밤〉으로 했을 겁니다. 원래 최고 히트곡을 앙코르용으로 남겨두잖아요."

"저도 당연히 〈혼자인 밤〉이죠. 민유 콘서트에서 와서 그 노래 안 들으면 삼겹살 구워 먹고 냉면으로 입가심 안 한 기분이죠."

방 실장 이마에 주름이 잡히며 눈동자가 커졌다.

"그 정도로 표현하시는 걸 보니 박 기자님도 민유 팬이신가봐요?"

"네. 콘서트도 몇 번 갔었죠. 여자 친구와. 흐흐."

"그럼 혹시 '유블리' 회원? 제가 방금 한 얘기 카페에 올리시면 전 그냥 초토화됩니다. 낄낄."

"아, 무댓글주의자에 유령 회원이니 그건 걱정 마십시오. 근데 오늘 팬클럽 운영자는 안 오셨나요? 회원들 대표로 이것저것 좀 여쭤보고 싶은데."

"아, 그분은 민유 데뷔 직후부터 팬카페를 만들었지만, 철저하게 얼굴을 숨기고 활동하십니다. 아시겠지만 닉네임이 '굿맨'입니다. 저도 뵌 적은 없고 행사 같은 거 상의할 때 가끔 통화는 합니다. 독신에 30대 남자 회사원이 아닐까 싶어요. '유블리'가 워낙 충성도 높은 팬카페라 사실상 민유를 지탱하는 최고 후원자인 셈이죠. 회사 내에서도 그분 얼굴 아는 사람 없을 겁니다."

사실이다. 나도 회원이지만 운영자 '굿맨'의 얼굴을 본 적 없다. 그토록 불철주야 매달려 팬카페를 관리하는 사람도 없을 것이다. 백수이거나 생업을 포기한 사람이 아니라면 불가능한 어마어마한 노력. 민유의 열혈팬을 넘어 대변인이나 스토커라고 해도 이상하지 않을 정도로.

방 실장은 구둣발로 담배를 비벼 끄고는 휴대폰에서 번호를 하나 찾아서 보여주었다. 내가 팬카페 운영자의 전화번호를 옮겨 적으며 물었다.

"실장님, 한 가지만 더…. 공연 직전에 기타 치는 양반이랑 대판 싸우셨다고….."

방 실장은 벌써 그런 것까지 조사했느냐는 듯 눈을 치켜떴다.

"그것도 따지자면 섬 공연 때문에 일어난 다툼이죠. 세션들이 내일 잡힌 행사 포기하고 멀리 왔으니 따로 수고비 좀 챙겨달라고 하더라고요. 계약서 써놓고선 꼭 공연 직전에 배 째라고 하니 순간 야마 돌아서. 저러니 뮤지션도 못 되고 딴따라소리나 듣지."

내가 고개를 틀어 로드에게 물었다.

"혹시 최근 민유 주변에 눈에 띌 만한 일이 있었나요? 예를 들면 죽음을 암시하는 소리를 한다거나 스토커가 생겼다거나. 매일 곁에 계시니…."

로드가 침을 한번 퉷 뱉고 말했다.

"뭐, 전담된 지 달랑 한 달인걸요. 친해질 시간도 아니죠. 다들 민유 밑에선 개고생한다고 꺼려해 짬밥에 밀려 맡은 건데…. 그런데 막상 일해보니 소문과 달리 괜찮았어요. 의욕 넘치고 시간도 잘 지키고. 오늘 이렇게 스스로 저승 갈 사람 같지 않았거든요. 최근엔 뭔가에 초탈한 사람 같았다고나 할까. 공백기에 절간에서 인격수양을 했거나 종말을 믿는 사이비 종교에 귀의했나 싶었죠. 아니면 무슨 약을 잘못 처먹었나 싶기도 하고. 흐흐. 그게 좀 특이하다면 특이한 거죠."

물기를 품은 서늘한 바람이 목덜미를 스치고 갔다. 고개를 드니 어두운 밤하늘에서 빗방울 하나가 안경에 톡 떨어져 번진다. 회색구름이 빠르게 몰려들고 있었다. 섬 정상에서 짐승 울음소리가 다시 들렸다. 어디선가 콰쾅! 천둥이 치더니 세찬 빗줄기가 떨어지기 시작했다.

숙소 층계참에서 기다리던 갈호태가 나를 보자마자 고개를 흔들었다. 그는 '포크 요정' 아이미를 단독으로 알현하는 영광을 누리고 오는 길이었다.

"작아, 너무 작아."

계속 혼잣말을 중얼거렸다. 내가 물었다.

"키 때문에 실망했어? 그래도 비율이 좋잖아. 배우 뺨치게 예뻐, 목소리 죽여주게 맑지, 음악성 있고 학벌 좋아. 아버지가 대학교수에 뭘 더? 키 작은 정도의 약점이 있어서 세상이 공평한 거야."

"키 말고 가슴. 방금 결정했어. 노래 못해도 좋으니 훤칠한 홍 기자님이나 구양이 백배 나아. 그럼, 남자가 나처럼 지조가 있어야지."

"미친놈. 아이미 좋다고 거품 물고 자빠질 땐 언제고. 그렇게 실망해서 사건은 제대로 따져 묻기나 했겠냐. 그리고 홍예리 걘 노래도 잘하거든! 몇 년 전 기자협회가요제에서 1등 했거든! 피아노도 잘 치거든! 못하는 거 없거든!"

"역쉬~ 내가 여자 보는 눈 하나는 정확하다니까."

갈호태는 아이미를 머릿속에서 잊는 것으로 부족해 안티 팬으로 돌변했다.

"걔 진짜 싸가지 없는 게, 질문도 하기 전에 자기는 얼마 전에 소속사 옮겨 아는 게 없다고 선 딱 긋더라. 민유와 친분도 없는데 대표님이 부탁해서 마지못해 따라왔다나 뭐라나. 가슴은 작은 게 잔머리만 굵어가지고…."

버림받은 사생팬도 저러지는 않을 텐데 단독 알현이 이런 부작용을 낳을 줄이야. 유명한 수필의 한 구절처럼 '아니 만났어야 좋았을걸'.

"이해되는 구석도 있잖아. 지금 상황에서 솔직히 예쁜 말 나오겠냐?"

"딱 보니깐, 민유가 선배라고 군기 잡으려 하니까 한 성깔 하는 요년이 대들다가 충돌한 것 같아. 20대 여자들이 폭주하면 얼마나 무서운지 모르지? 어린 게 벌써 안하무인에 편 가르기나 하고 말야. 평소 생각했던 이미지랑 너무 달라서 놀랐다. 나는 그냥 조작되고 포장된 아이미를 좋아했던 게 아닐까 싶어."

"오오! 이 우매한 중생을 어찌하오리. 그걸 이제 알았냐. 그렇다고 너무 자조하지는 마. 민유도 다르지 않으니깐. 나도 지금 멘탈 붕괴다. 대체 뭘 본 거야. 아마도 민유의 아바타가 8년 동안이나 청순 모드로 미개한 대중을 홀렸나 싶어."

나는 실장과 로드매니저와 대화한 내용을 자세히 들려주었다. 갈호태가 심히 위안받은 표정을 지었다.

"그럼 너도 배신감 크겠구나. 그치?"

나는 길게 숨을 내쉬었다. 도대체가 뒤죽박죽이다. 두 얼굴의 민유, 두 얼굴의 아이미. 어디 그녀들뿐일까. 로드의 말이 신경을 건드렸다. 최근에 딴 사람처럼 변해버렸다는 말. 무슨 심경의 변화가 있었던 걸까.

배는 고프고 수사는 난관이다. 만나야 할 사람은 많고 돌파구는 안 보인다. 어쩌면 아니 왔어야 좋았을 여행이다.

다행히 샌드위치가 딱 두 개 남아 있었다. 우리는 홍예리와 구양의 처소에 쳐들어가 일단 허기부터 채웠다. 흐물흐물해져서 식감이랄 것도 없지만 그거라도 없었으면 쫄쫄 굶을 뻔했다. 그 와중에도 갈호태는 생존 식량을 마련한 자신의 선견지명을 예찬했다.

남자 둘, 여자 둘이 머무르기엔 방이 좁았다. 내가 홍예리와 얼굴을 맞대다시피 해서 관계자에게서 탐문한 이야기를 들려주었다. 홍예리도 취재 핑계로 팬클럽 회원 몇몇을 접촉해봤지만 소득이 없었다며 아쉬워했다.

구양이 방구석에서 검은 아디다스 후드 저지를 걸치고 베개를 가슴에 품고 앉아 TV 뉴스를 보고 있었다. 앵커가 주한미군용 헬멧과 방탄조끼, 단검, 야간투시경 같은 군용 장비를 빼내 시중의 군사 마니아들에게 팔아온 미 8군 소속 군무원이 적발됐다는 소식을 전한다. 손목시계를 보던 갈호태가 배 위에서 당한 수모를 되갚으려는 듯 놀렸다.

"놀랍군. 이 시간에 조인성이 소설가로 나오는 미니시리즈를 안 보고 뉴스 시청이라니. 시청률 30퍼센트가 넘는 장안의 화제인데."

"사장님, 저는 그런 거 안 봅니다. 그 시간에 차라리 신문이나 책을 읽지요. 아직 드라마에 위탁받고 싶은 청춘이 아니라서요."

구양의 정중한 반박에 갈호태가 벙쪄서 샌드위치 씹던 입을
떡 벌렸다. 나는 웃으며 구양의 새로운 모습에 감탄했다. 볼수
록 매력이 있는 아가씨다. 사실, 홍예리가 얼마 전 흘리듯 말
했다. 구양은 남다른 과거가 있는 아이라고, 여자가 여자를 보
는 눈은 정확하다며 경계를 당부했다. 나는 건성으로 고개를
끄덕이면서 일개 알바생을 흠집 내는 홍예리에게 약간 실망했
었다.

과거 이야기에 생각이 미치자 죽은 민유의 사라진 1년이 또
궁금해졌다. 어디서 무엇을 했는지. 홍예리도 그것에 관심을
표명하지 않았나.

나는 스마트폰으로 검색을 시작했다. 민유의 트위터는 휴업
상태였다가 최근 컴백을 알리면서 재개됐다. 개인적인 글보다
행사 안내가 더 많았다. 즉, 본인이 아니라 소속사에서 관리
한다고 봐야 한다. 모처럼 '유블리' 카페에도 들어가 봤다. 그
녀가 증발한 동안 팬들에게 전한 게시물은 딱 하나였다. 그것
도 운영자가 대신 올렸다. 이름 모를 여행지에서 노을을 배경
으로 찍은 셀카 사진 한 장과 계속 응원해달라는 짧은 메시지.
회원들 댓글이 500개 넘게 달리며 조속 복귀를 응원했다.

"최호섭 아저씨는 지금 뭐 하고 있을까? 요즘 활동 없는 것
같던데."

곁에서 갈호태가 샌드위치를 우적우적 씹으며 뜬금없는 질
문을 했다.

"누구?"

"1988년에 공전의 히트곡 〈세월이 가면〉을 부른 가수 말이야. 동글동글 인상 좋게 생긴. 우리 죽은 할마씨가 생전에 좋아한 노래라 잘 알거든."

내가 여덟 살 때다. 서울에서 올림픽이 열리던 해. 어렴풋이 기억난다.

"아, 그 가수 이름이 최호섭이구나. 글쎄 7080 같은 쇼프로에 나오지 않을까. 갑자기 왜? 노래에는 관심 없다며."

"그랬지. 그런데 그 가사가 머릿속에서 떠나지를 않네. 이런 걸 두고 불후의 명곡이라고 하나봐."

"민유가 부르다가 죽은 곡이라 더 그렇겠지. 나도 무대 잔상이 안 지워져."

고인이 쓰러지던 장면에 저절로 기억이 닿았다. 불편한 리플레이. 분명 간주 중이었다. 내 앞자리에 앉았던 인지영 사장이 맨 먼저 일어섰다. 뒤이어 실장과 매니저가 무대로 달려가고 갈호태와 내가 뒤따랐다.

궁금증이 생겼다. 인지영 사장은 왜 바로 무대로 뛰어가지 않았을까? 소리도 치지 않았을까? 여자 체면 때문에? 상황이 불확실해서? 자연스럽지 않다. 사람은 본능에 반응하게끔 만들어진 동물이다. 분명 놓친 게 있다! 찾아야 한다! 내 안의 확인 본능이 꿈틀거렸다.

갈호태가 걸려온 휴대폰을 받았다. 대화 내용으로 봐선 경찰에 계신 뽕뽕이 형님이 분명하다.

"네네! 그러니까 제가 드린 메일 주소 중 하나가 독극물 판매 사이트에 접속한 흔적이 있다고요? 앗싸! 형님, 대체 누굽니까? 에잉? 민유 본명이 민유정이냐고요. 네, 맞습니다. 이메일도 맞고요. 그러니까 지금 그 민유정이가, 독극물을 몰래 파는 사이트에, 3주 전쯤 접속을 했다는 거잖아요. 그 얘기는 희생자가 직접 극약을 구입하려 했다는…. 헐! 우째 그런 일이. 그렇다면 타살이 아니라…."

통화를 훔쳐 듣던 나도 할 말을 잃었다. 사건이 조금씩 진실을 드러내는가 싶더니 원점으로 되돌아갔다. 설명이 안 된다. 의욕에 넘쳐 복귀를 준비하던 민유의 모습은 다 뭐란 말인가.

나는 스마트폰으로 찍어온 민유 사진을 찬찬히 들여다봤다. 밀랍 인형처럼 굳은 느낌의 얼굴. 눈에 띄는 특이점은 없었다. 목 깊숙이 차고 있던 역삼각형 모양의 검은 돌 펜던트가 셔츠 밖으로 튀어나와 얼굴에 걸려 있다는 걸 빼고는. 그 사소함에서 문득 어떤 가능성이 떠올랐다. 거기에 단서 몇 개를 갖다 붙이자 어설프나마 하나의 가설로 이어졌다.

갈호태의 휴대폰을 잠시 빌렸다. 통화기록을 뒤져서 화가 난 아이미와 달래는 키 큰 여자의 밀담 장면을 목격했다는 팬클럽 회원에게 문자를 보냈다. 혹시 대화 중 엿들은 게 있는지. 답장은 바로 날아왔다.

〈키 큰 여자가 아이미에게 "걱정 마, 방해할 사람은 없어"라고 말했어요. 그나저나 형사님, 우리 내일 돌아갈 수 있는 거죠? 집에도 가고 싶고 무섭기도 하고.〉

머릿속이 뻥 뚫렸다. 따로 놀던 단서들이 드디어 하나의 방향으로 모이기 시작했다. 펜던트, 노랫말, 여인천하, 옆집 사람… 사건의 윤곽이 모습을 드러냈다. 예상이 빗나간, 평범한 결말을 향해서.

대형 괘종시계 시침이 밤 10시를 향해 가고 있다. 우리가 로비를 가로질러 105호 방을 노크하고 들어갔을 때, 여자는 낮에 입은 그레이 바지 정장 차림 그대로, 정면 의자에 꼿꼿이 앉아 방문객을 맞았다. 한참을 기다리고 있었다는 듯이. 붉은숲 엔터테인먼트 인지영 대표. 헤어 왁스로 붙여 넘긴 짧은 머리와 창백한 피부에 치켜 올라간 눈초리. 고양이상 특유의 차가운 느낌 때문에 접근이 어려울 거라고 예상은 했지만 막상 마주하니 거리감은 더 커 보였다. 그녀 뒤편의 유리창을 굵은 비가 후려치고 있었다.

인지영은 홀로 일본에서 날아와 남성들의 주 영역인 엔터테인먼트 사업에 깃발을 꽂고 성공 신화를 이뤄낸 입지전적인 인물이다. 그녀가 어떤 마법을 부렸는지 모르겠지만 창사 10년도 안 돼 업계에서 손꼽히는 회사가 됐다. 붉은숲의 특징은 음악성이 아닌 상업성이다. 일각에선 실력보다 운발로 일어섰다고 얕보지만 질투일 뿐이다. 모든 건 실적이 말해준다. 인지영의 장점은 정확한 판단력을 가진 눈. 그 기준은 음악이 아니라 사람이라고 언론 인터뷰에서 수차례 밝힌 적 있다. 그녀가 영입하거나 키운 뮤지션 중 실패한 케이스는 없다. 하물며 한물갔다고 버림받은 90년대 록그룹 '무지개'조차 멤버들이 여러 채널의 연예오락 프로에 얼굴을 내밀며 제2의 전성기를 구가 중이다.

인지영의 과거에 대해선 알려진 게 거의 없는데, 한국어판 위키피디아나 엔하위키를 뒤져봐도 재일교포 2세로 일본 오사카에서 성장했다는 것 외에 그 흔한 출신 학교나 추억담 한 줄 검색이 안 된다. 어린 시절 유흥주점에서 일했다는 확인 안 된 악소문도 떠돌았다. 아무려나, 곧 붉은숲이 상장되면 그녀는 갑부다. 질투와 음해가 판치는 바닥에서 신비주의 콘셉트 하나로 대성공을 일궈낸 것이다.

"박 기자님, 여전히 멋쟁이시네. 볼에 살이 붙으니 더 보기 좋아요."

인지영의 인사가 뜻밖이라 깜짝 놀랐다. 언제 만났던가. 기억이 가물가물하던 차에 겨우 생각이 났다. 당시에도 보이시한 샤기 커트에 청바지 차림이었다. 남성성이 강해 내 관심망에서 벗어난 지 오래였다.

"이런, 미처 몰라뵙고…. 오래전 민유 데리고 신문사에 인터뷰하러 오셨죠?"

"붉은숲을 차리고 처음으로 발굴한 뮤지션이 민유예요. 싸구려 승합차에 태워 전국 무대 돌면서 고생 참 많이 시켰죠."

인지영이 옛 추억에 잠겨 다시 흐느끼기 시작했다.

"그렇게 따지니 짧은 시간에 엄청난 성공이군요. 젊은 사람 중에 대표님 얼굴 모르는 사람 없는데. 여대생들이 닮고 싶은 CEO 조사에서도 1위 하셨고…."

"글쎄요. 다 허상이겠죠. 운도 많이 따랐고."

그녀의 말이 겸손인지 진심인지, 진심으로 헷갈렸다.

누가 엔터테인먼트 사업을 신기루 같다고 했다. 투자를 해서 성과를 내기까지 인내를 요한다. 대박이 손에 잡힐 듯 잘 잡히지 않는, 하지만 몇 건만 제대로 터지면 곧바로 일어서는. 기획자들은 그 확률 낮은 허상을 좇아 쉽게 그 바닥을 못 떠난다. 나는 연예계를 취재하면서 수많은 기획사들의 흥망성쇠를 봐왔다. 쌓기는 어렵고 무너지기는 쉬운 신기루의 세계.

인지영의 주변사에 집중하다보니 자꾸 사건 수사보다 성공 스토리에 빠져든다. 하지만 걱정 없다. 내가 총기를 잃을 땐 늘 곁에 갈호태가 있다. 그는 자신의 취향이 아닌 여자 앞에서는 매정하고, 투박하고, 엄격하다. 아니나 다를까 잠 깨시라는 듯 내 어깨를 툭 치고 바로 압박에 들어간다.

"아이고, 대표님. 상심이 크시겠지만 아무래도 사고 원인을 밝히는 게 급선무라 몇 가지 여쭐게요. 관례상 묻는 거니 기분 나빠 하지는 마시고요."

"자살 아닌가요?"

인지영이 피곤한지 기지개를 켜며 단정적으로 말했다. 가녀린 손목에 걸고 있던 푸른 형광 빛이 도는 고급 메탈 팔찌가 드러났다.

"그러기엔 몇 가지가 아리까리해요. 주변 이야기로는 최근 컴백 준비를 의욕적으로 해왔다던데, 대표님이 보시기에 갑자기 자살했다고 판단할 근거가 있으신지?"

"글쎄요. 거기까지는…. 우울증 탓일 수도 있겠죠. 감정 기복이 심했던 아이라."

내가 끼어들었다.

"혹시 아이미의 영입으로 상심한 건 아닐까요?"

"네?"

인지영이 눈을 크게 뜨며 반문했다.

"박 기자님 질문 의도를 모르겠군요. 둘이 비슷한 음악을 하긴 하지만 스타일이 다릅니다. 게다가 민유는 회사 주주예요. 재능 있는 뮤지션을 영입해 회사 실적이 좋아지는 것, 그것이 곧 자신에게도 이익인 겁니다. 뭐, 둘이 개인적인 악연이 있는지는 모르겠지만."

"대표님께서 오래전부터 아이미 영입에 공을 들였다고 하더군요. 옆집에서 살 수 있도록 배려하고 영입 조건으로 회사 지분도 약속했다고."

"능력 있는 뮤지션 수혈은 중요한 업무입니다. 계약 종료된 전 소속사와도 마찰 없이 잘 정리됐습니다. 그런 비즈니스가 왜 비난받아야 하죠?"

"그렇군요. 아 참, 방송사에서 찍은 녹화 화면을 확인했습니다. 처음엔 민유가 쓰러지자 놀란 대표님이 맨 먼저 자리에서 일어난 줄 알았습니다. 그런데 다시 보니 그게 아니더군요. 미묘한 시차가 있긴 하지만 대표님은 민유가 쓰러지기 바로 직전에 일어났습니다. 아마, 뭔가가 못마땅해 공연장 밖으로 나가려고 했던 게 아닌, 때마침 민유가 쓰러지는 바람에 착각이 있었던 거죠. 궁금하시다만 동영상을 보여드릴 수 있습니다. 확실합니다."

"그게 중요한가요? 마치 제가 사건에 깊이 연루됐다는 투군요?"

"아, 물론 민유가 자살했다는 결론에는 차이가 없습니다. 하지만 신변을 비관해서 자살한 거랑 다른 이유로 자살한 거랑은 차이가 크잖습니까?"

"그 차이라는 게 뭐죠?"

인지영이 노골적으로 인상을 찌푸렸다. 내가 움찔해 강호태를 쳐다보자 녀석은 손을 들어 몰아붙이라는 사인을 줬다. 침을 꿀꺽 삼킨 다음 결국 하고 싶은 말을 뱉고 말았다.

"예를 들면, 연인에게 버림받은 것도 이유가 될 수 있겠지요."

"흠, 실연의 상처라. 민유가 사귀는 사람이 있었는지는 잘…."

인지영이 말끝을 흐리며 잠시 천장을 올려봤다. 나는 다시 침을 삼켰다. 목소리가 힘겹게 목구멍을 뚫고 나왔다.

"그 상대가 대표님일 수도 있지요. 8년을 옆집에 사셨으니."

인지영의 안색이 하얗게 변했다. 평정심을 잃고 목소리가 신경질적으로 올라갔다.

"뭔 대답을 듣고 싶은 겁니까?"

"민유가 가슴 깊숙이 걸고 있던 검은 역삼각형 펜던트를 봤습니다. 쓰러지지 않았다면 몸 밖으로 노출이 안 됐을 물건이지요. 제 지식 자랑하려는 건 아니고요, 역사적으로 분홍색이

나 검은색 역삼각형에는 하나의 상징이 있습니다. 특히 나치의 박해 이래로 억압에 대항하는 성소수자들의 자긍심과 자매애의 표식으로 쓰이고 있죠. 이 또한 저의 상식에 기반한 추리일 뿐입니다. 증거는 없습니다. 편견도 없습니다. 그건 대표님이 제 말을 부인하셔도 증명할 수 없다는 뜻입니다. 아마도 이런 부분은 내일 경찰이 와도 밝혀내지 못할 것입니다. 서로의 가슴으로만 공유하는 마음의 증거라서요. 재차 말씀드리지만 동기야 어떻든 민유가 자살했다는 결론에는 변화가 없습니다. 다만, 원인이 분명치 않으면 관 뚜껑은 덮지 않는 법입니다. 저는 그렇게 생각합니다."

"저도요."

갈호태가 어설프게 끼어들었다.

정적이 흘렀다. 그녀와 나 사이에 물리적인 거리 이상의 거리가 벌어졌다. 도발하고 나니 좀 과했나 싶지만 멈춰야 할 단계는 지났다.

"대표님! 아마도 죽은 이는 사랑하는 사람 앞에서 이별 노래를 불렀던 게 아닌가 합니다. 떠나려는 연인을 향한 절절한 그리움을 담아서. 그래서 자신의 히트곡도 아닌, 전혀 뜻밖의 노래가 마지막에 선곡된 것이고요. 대표님은 그런 노래 가사가 듣기 싫었을 것입니다. 지금에 와서 커밍아웃이라도 하려는 건가. 마음이 떠나버린 과거의 연인. 쿨 하지 못한 뒤끝이 불편했겠죠. 그래서 거북함을 참지 못하고 자리를 박차고 일어난 겁니다. 무대에서 말실수가 튀어나올까 걱정스럽기도 했고요. 때마침 민유가 독약이 든 물을 마시고 쓰러졌습니다. 그런 배경을 모르는 우리는 착각을 한 것이죠. 대표님의 새 연인인 포크 요정 아이⋯."

"그만!"

인지영이 벌떡 일어나 소리쳤다. 팽팽하던 긴장이 한순간 금이 갔다. 이토록 민감하게 반응할 줄 몰랐다. 하지만 그녀는 바로 냉정을 되찾았다. 표정을 보이기 싫었는지 뒤돌아서서 비 내리는 창밖을 향해 담담하게 말했다. 알 듯 모를 듯한 내용을, 연극배우의 독백처럼.

"집착증이었어. 사랑은 변하는 건데 구속하려고 했다고. 다 허상이야. 신기루라고. 자기가 자신을 못 이긴 거라고⋯."

나는 통속적인 결말이 몹시 씁쓸하였다. 민유는 나약했고 비관적이고 사랑을 구걸하는 삶을 살았다. 대중에게 희망과 위안을 주는 노래를 부르면서 정작 자신은 그러지 못했다.

무엇을 듣고 무엇을 봤는지 명확하게 기억할 수 없다. 인지영 말마따나 신기루 같은 대화였다. 홍예리도 기사화를 놓고 난감해하는 눈치다.

"선배, 들은 대로 보도했다간 바로 명예훼손에 걸리겠죠?"

"아마도. 인지영이 부정을 안 했을 뿐이야. 증거가 없으니 번복의 가능성이 충분하지. 설사 구구절절 실토한다고 해도 치정에 얽힌 도의적 책임일 뿐이고. 자살 자체에 대해 달라진 건 없어. 회사가 주식 상장을 앞둔 시점이라 어설프게 접근했다가 왕창 뒤집어쓸 수도 있어. 게다가 한국은 성소수자에 대한 시선이 아직도 편치 않은 곳이라."

"우앙, 이렇게 재미난 기사를 묵혀야 한다니…. 이니셜 처리해서 주간지에라도 실으면 엄청나게 먹힐 기사인데."

홍예리가 아까워 발을 동동 굴렀다. 그녀답지 않은 기사 밸류 접근법에 나는 약간 실망했다.

"재미? 나는 좀 짠한데. 아직도 이해가 안 돼. 민유의 복귀 노력은 다 뭐냐고. 극약까지 구해놓고 왜 혼자 죽었지? 나 같으면 논개의 심정으로 적을 끌어안고 동반 자살을 했을 것 같은데. 표현이 좀 그런가?"

말해놓고 나니 민망함을 넘어 허망했다. 저녁까지 걸러가며 탐문한 수고 때문이 아니라 사람으로 태어나 일생을 기복 없이 사는 일이 참 어렵구나 싶은 생각에 한탄이 나왔다. 아무리 봐도 민유의 자살로 결론 내기에는 아쉬운 구석이 많았다. 동기야 그렇다고 쳐도 억지로 아귀를 맞춘 느낌. 그렇지만 달리 방법이 없었다. 극약을 구입한 정황이 있고, 직접 무대 위에서 마셨고, 그리고 죽은 자는 말이 없으니.

곁에서 생각에 잠겨 있던 수사반장 갈호태가 전직 형사답게 고개를 흔들었다.

"자살이라굽쇼? 흥, 그 무슨 말 같잖은 소리. 뒤집어서 보라고. 만약 민유가 사랑을 구걸한 게 아니라 진짜 이판사판 논개의 심정으로 인지영을 협박했다면 어쩔 건데? 그러면 인지영이가 죽었을 가능성이 다 설명되지? 우리는 지금 민유에게 뽕

가서 그녀 입장만 대변하는 실수를 범하고 있다고."

그러면서 나를 쏘아봤다. 나는 움찔하면서도 인정하기 싫어 반론을 제기했다.

"인지영 짓이라면 굳이 방송사를 부를 필요가 있었을까? 녹화까지 하게 되면 위험 부담만 커지는데."

"선배, 먼저 방송을 요청한 건 민유예요. 소속사도 반대 못 했을 겁니다. 그걸 보면 민유도 자살할 생각이 없었던 겁니다."

"거봐."

갈호태는 완전 신이 났다.

"자, 들어보셔. 요즘에야 커밍아웃 많이들 하지만 인지영 입장에선 굳이 지금 자신의 성 정체성을 드러내 소문에 휩싸일 필요가 없지. 하지만 버림받은 민유가 질투를 넘어 상대의 파멸을 원했다면 집요하게 괴롭혔을 수도 있어. 소속사 상장을 앞둔 시점이라 시기도 딱 좋잖아. 그만큼 사귀었는데 어디 관계 입증할 증거 하나 없겠어? 인지영 입장에선 추문이 언제 터질까 계속 불안했을 테고. 그래서 지속적으로 협박받기보다 과감한 결단을 택한 거야. 인지영은 무대와 전 스태프에게 쉽게 접근할 수 있는 위치에 있고 콘서트 때도 맨 앞자리에 앉았잖아. 어때? 살인의 동기와 방법 다 설명이 가능하지?"

"사장님, 그럼 민유가 극약을 구입한 정황은요?"

"회사 계정의 메일은 소속사에서 관리하잖아요. 알바생 고용해 팬레터 답장도 대신 보내주고 그러잖아요. 청산가리를 민유가 구입한 것처럼 위장하는 건 간단해요. 그죠?"

사실이다. 그것도 설명이 된다. 모든 정황의 교집합에 인지영이 있다. 갈호태의 확신에 찬 설명이 이어졌다.

　"콘서트 중에 정전 사고가 있었지. 아마도 그때 물병을 바꿔치기했을 거야. 맨 앞자리에서 무대까지 5미터도 안 떨어졌잖아. 명품백 안에 장갑이랑 극약이 든 물병 하나 숨겨 들어오는 건 문제도 아니라고."

　"사장님, 인지영 대표는 정장 구두를 신고 있었어요. 발소리는요?"

　"맨발로 올라갔다 내려온 겁니다. 족흔도 안 남기고 더 좋잖아요."

　내가 의문을 제기했다.

　"인지영 뒤에 바로 우리가 앉아 있었잖아. 그녀가 움직였다면 우리가 알아채지 않았을까?"

　"기억해봐. 정말 한 치 앞이 안 보일 정도로 깜깜했다고. 거기다 관객들까지 웅성거려서 불안했고. 알아채지 못했다기보다 거기에 관심을 안 기울였지."

　정전된 43초. 그사이 무슨 일이 일어난 걸까. 뭔가가 계속 꼬여 뒤죽박죽이다. 우리는 머리를 맞대고 사고 순간의 녹화 영상을 다시 봤다. 새까만 화면과 관객들의 잡음 외에 아무것도 보이지 않았다.

　"잠깐! 거기 스톱!"

　갈호태는 대단한 발견을 한 양 소리치며 화면 한곳을 손가락질했다. 민유가 쓰러지기 직전, 간주 중에 독이 든 물을 마시는 장면이었다.

"생수병을 잘 봐. 물이 7할 정도 차 있지? 그런데 내 기억이 맞으면 민유는 공연 중 물을 여러 번 마셨어. 거의 절반을 비웠다고. 앞쪽으로 화면 좀 돌려봐요. 어서."

갈호태가 재촉했다. 홍예리가 화면 되감기를 했다. 정전이 있기 10분 전에 민유가 목을 축이는 장면이 있는데 생수병 물은 그때 이미 절반이 비어 있었다.

"이건…."

홍예리가 눈과 입을 크게 벌리고 우리를 번갈아 쳐다봤다. 갈호태는 대단한 발견을 한 자신의 관찰력에 의기양양.

"넵! 홍 기자님. 이것으로 정전 때 생수병이 바뀐 건 명확해졌습니다. 노래하던 가수가 그걸 알아채기는 불가능하고요. 반복되는 이야기지만 무대에서 가장 가까이 있던 사람 중 하나가 인지영입니다."

불길한 상상이 현실이 됐다. 다만 그 방식이 충격적이어서 내 몸에 전율이 일었다. 홍예리가 흥분을 가라앉히려고 손바닥으로 볼을 다다다 두드렸다.

생수병 바꿔치기는 확인됐다. 관건은 누구의 짓이냐, 그리고 어떻게 증명하느냐, 그것이었다. 현장에 가서 확인해보면 될 일이었다.

떨어지는 빗줄기가 거셌다. 우리는 우산도 없이 공연장으로 달려갔다. 갈호태가 열쇠로 자물통을 따고 짧은 통로를 가로질러 방음문 옆에 설치된 전원 스위치를 올렸다. 공연장 천장의 조명등이 순차적으로 켜지면서 널찍한 공간이 환히 모습을 드러냈다. 무대 위에 불룩하게 솟아 있는 모포를 외면하려 해도 자꾸 눈길이 갔다. 그냥 무서웠다. 그 옆에 뒹구는 생수병이 흉기처럼 섬뜩했다.

홍예리가 인지영이 앉았던 맨 앞자리에 앉았다. 무대 중앙까지 7미터 남짓. 내가 스마트폰 타이머를 작동시키자마자 홍예리가 신고 있던 구두를 벗고, 시신이 있는 곳까지 가서 페트병을 내려놓는 시늉을 하고 돌아왔다. 무대와 객석 사이에 계단도 없는 구조라 10초면 충분했다. 이론적으로 생수병 바꿔치기는 가능했다.

"그때는 캄캄했을 텐데 정확히 바꿔놓을 수 있었을까?"

내가 의문을 제기했고 공연장 불을 끄고 다시 실험을 했다. 홍예리는 생수병 위치를 미리 가늠한 다음 부근에서 바닥을 더듬는 방법을 택했다. 시간이 배 이상 걸렸지만 집중력만 발휘하면 충분했다. 갈호태는 휘파람까지 불며 신바람을 냈다.

"돌아오는 방법은 아주 간단해. 야광 열쇠고리 같은 걸 가방에 매달아서 의자 위에 놔두면 표식으로 활용할 수 있어."

컨디션에 따라 기복은 있지만 갈호태의 관찰력은 확실히 놀랍다. 야광 열쇠고리 대신 팔찌도 가능하리라. 나는 인지영이 끼고 있던 그것을 의식하면서도, 그런 기술적인 추리보다 왠지 죽기 직전 오래된 연인을 바라보던 민유의 그윽한 눈빛의 의미가 더 궁금했다. 그 눈빛만은 진실이라고 믿고 싶었다. 그전에 설명해야 할 것이 또 있다.

"그런데 말이다. 인지영은 정전 사고가 날지 어떻게 알았을까?"

내 한마디에 갈호태는 허를 찔린 듯 말문을 잇지 못하고 더듬거렸다.

"그, 그러니까 뭐냐. 이, 인지영이를 돕는 사람이 있다는 거잖아? 그치?"

"조력자는 없어."

내가 단언했다.

새벽 1시. 사건 발생 여섯 시간째.

관계자들이 심야의 공연장에 하나둘씩 몰려들었다. 갑작스런 호출에 다들 잠이 덜 깬 얼굴이었다. 슬리퍼를 끌고 온 로드매니저는 하품을 하며 무대에 올라왔다가, 하얀 모포 밑으로 삐져나온 여자 손가락을 보고는 정신이 드는지 바로 긴장한 표정을 지었다. 10여 명의 관계자들이 사고 직후 때처럼 다시 둘러섰다. 소란스럽던 관객만 없을 뿐이다.

갈호태가 손뼉을 두 번 치면서 주의를 환기시켰다. 주연배우처럼 일동을 향해 호탕하게 말문을 열었다.

"이 밤에 불러서 죄송합니다만 사건이 빨리 해결돼야 여러분도 두 다리 뻗고 주무시지 않겠습니까?"

"그래, 진상은 밝혀졌습니까?"

성미 급한 방동구 실장이 뿔테 안경을 올리며 물었다. 옆에 선 인지영은 팔짱을 끼고 모호한 표정을 지었는데, 전부터 느껐지만 주위 남자들보다 키가 큰 탓인지 내리까는 그 눈빛을 보면 나도 모르게 주눅이 들었다. 화장도 안 지우고 여전히 그레이 바지 정장 차림이었다. 분명 잠들지 못하는 밤이리라. 어떤 결론이 나더라도 불편할 수밖에 없으리라.

"넵. 거의…. 몇 가지 사실 확인만 남았습니다. 그래서 다들 모여 주십사 부탁드린 거고요."

갈호태의 대답에 방동구는 안도의 한숨을 내쉬었다.

"역시 자살 맞죠? 설마 여기에 범인이 있는 건 아니죠?"

그때 공연장 출입구가 열렸고 홍예리가 두 사람을 더 데리고 나타났다. 관리인 박 씨와 잡일을 돕는 다리 불편한 아들. 사건 때문에 퇴근을 못 하고 숙소 내에 머무르고 있었다. 고맙게도 객실마다 콜을 넣어 사람을 다 모이게 하는 수고를 마다하지 않았다.

그들 부자도 긴박한 호출에 긴장했는지 눈동자를 굴리며 주위를 살폈다. 갈호태가 다시 한 번 일동을 둘러본 다음 목소리를 키웠다.

"이제 다 오셨군요. 자, 그럼 수사 보고를 하도록 하겠습니다. 두두둥! 결론부터 말씀드리자면 처음에는 치정에 얽힌 충동적 자살로 봤는데 참으로 안타깝게도 타살로 판명 났습니다. 즉, 독극물을 이용한 살인사건이란 얘깁니다."

사람들이 서로서로 눈치를 보며 술렁거렸다. 갈호태가 뜸을 들이는 동안 나는 인지영의 표정을 살폈는데 동요하는 기색은 없었다.

"그럼 대체 범인이 누구요?"

시비조로 나온 사람은 전자기타를 치는 꽁지머리였다.

"아, 잠시만. 그 전에 민유가 사라진 동안의 행적에 대해 궁금한 게 있습니다. 혹시 소속사 대표님이나 방 실장님께선 민유가 어디에 머물렀는지 아십니까?"

인지영과 방동구는 거의 동시에 고개를 저었다.

"설마 일부러 찾지 않으신 건 아니죠? 헤헤."

"형사님! 나이 스물아홉 먹은 사람입니다. 공인이기도 하거니와 회사 임원이시고요. 찾아서 강제로 끌고 온다고 해결될 일입니까? 가출한 고삐리 찾는 것도 아니고. 이거 불쾌해서…."

방 실장이 사장 앞이라 그런지 똥배를 내밀고 강하게 받아쳤다.

"아아, 쏘리합니다. 그럼, 이걸 좀 봐주시죠."

갈호태도 지지 않으려고 똥배를 내민 채 스마트폰에 저장해 둔 사진 한 장을 사람들 앞에 들어 보였다.

"이건 민유가 은둔 중일 때 팬카페에 띄운 사진입니다. 행적을 알 수 있는 유일한 단서지요. 사람들은 해외 어디에 짱박혀 보낸 줄로 알지만 실은 국내에 머물렀습니다. 우선 사진의 배경을 좀 봐주십시오. 이 낡은 창문틀과 그 너머로 보이는 낙조, 어째 낯이 익지 않나요? 네, 바로 이곳 숙소 2층의 끝 방입니다. 민유가 오늘도 머물렀던…. 그런데 민유는 어떻게 하나뿐인 VIP룸을 오랜 기간 몰래 자기 방처럼 쓸 수 있었을까요? 돈이 많아서?"

갈호태가 일일이 눈을 맞췄으나 아무도 대답하지 않았다.

"그건 민유가 이곳 관리인과 잘 아는 사이기 때문입니다. 그렇지요?"

시선이 일제히 관리인 박 씨에게 쏠렸으나 그는 뒷짐을 지고 흠흠, 마른기침을 했다.

"영감님은 왜 민유가 이곳에 은둔했던 사실을 탐문 때 말하지 않았습니까?"

갈호태가 몰아세우자 그제야 박 씨는 낭패감을 숨기지 않으면서도 대수롭지 않게 받아쳤다.

"내부 사정을 일일이 밝힐 이유가 없잖소. 그게 이번 사건과 연관된 것도 아니고. VIP룸 장기 대여했다고 소문나면 골치도 아프고…."

갈호태가 코끝을 엄지와 검지로 문질렀다. 미지근한 반응에 조급증이 생기는 모양이다. 이번에는 시선을 돌려 야상을 입은 아들을 몰아 세웠다.

"이곳 증심도가 고향이죠. 실례지만 올해 나이가?"

사람들은 뭐 그런 걸 다 물어보느냐는 표정이었다. 야상 청년은 쭈뼛쭈뼛하더니 말끝을 흐렸다.

"스물아홉…."

갈호태가 청년 얼굴을 노려보며 말을 이었다.

"죽은 민유도 스물아홉에 고향이 증심도입니다. 여덟 살 때 초등학교에 들어가니 아마 같이 분교를 다녔겠죠. 지금 우리가 있는 바로 이곳입죠. 한 학년이 열 명도 안 됐을 텐데 서로 몰랐을 리는 없고…. 아니, 설령 학년이 달라도 코딱지만 한 섬이라 서로 알았을 겁니다. 그런데 이상한 장면을 목격했습니다. 낮에 섬에 들어와서 쭉 지켜봤는데 서로 외면하더군요. 일부러 모른 척하는 느낌이었죠."

사람들 입이 벌어졌다. 관계가 그렇게 이어질지 몰랐다는 투로.

"이런 경우 보통 두 가지 해석이 가능합니다. 싸웠거나 혹은 일부러 그러거나."

주변부에서 갑자기 사건의 중심으로 들어온 야상 청년이 당황해 변명조로 나왔다.

"민유는 스타입니다. 괜히 친한 척했다가 말 나오는 게 싫었다고요. 게다가 게스트하우스의 VIP 손님입니다. 저는 아버지를 도와서 일하는 종업원이고요."

갈호태가 그에게 한 발 다가서며 말했다. 말투가 거칠어졌다.

"말 같지도 않은 소리. 당신은 이미 칩거 중인 민유와 몇 달을 함께 보냈다고. 또 하나, 민유가 죽을 당시 공연장 밖에는 세 사람밖에 없었어. 관리인인 당신 아버지는 식당에서 당신 어머니를 도왔다고 이미 진술했고. 나머지 사람들은 다 이 공연장 안에 있었잖아."

"그게 뭐 어떻다는 겁니까?"

"다른 사람에게 들키지 않고 전원을 차단할 수 있는 사람은 당신밖에 없단 얘기지."

야상 청년의 태도가 돌변했다. 입꼬리를 실룩이며 비식거렸다.

"하하. 저도 맨 뒷자리에서 공연을 봤습니다. 고향 찾아온 친구 노래를 안 들을 수야 없잖습니까. 그때 갑자기 정전이 돼서 제가 바로 확인했습니다. 고출력 음향기기 때문에 과부하가 걸렸던 거죠. 정전입니다. 잠시만 기다려주세요. 저는 분명히 그렇게 외쳤습니다."

인지영이 살짝 손을 들었다.

"저, 분명히 들었습니다. 어둠 속에서 들려오는 고함요. 금방 고칠 수 있으니 자리에 앉아 계시라는."

"저도 들었어요."

홍예리까지 덩달아 맞장구치자 야상 청년이 턱을 쳐들었다.

"모든 건 형사님 추측에서 나온 거죠?"

증명할 수 없으니 갈호태가 급시무룩. 할 말을 못 찾고 머뭇거리는 찰나, 출입구 문이 열리면서 한 줄기 바람과 함께 구양이 모습을 드러냈다. 풍선껌을 씹으며 터벅터벅 무대까지 걸어온 구양은 손에 든 갈색 가방을 던지듯 내려놓았다. 그러고는 하얀 모포 밑으로 삐져나온 시신의 손을 쓰윽 보고도 두려움 없이 말했다.

"사장님 지시대로 식당이 비었을 때 뒤졌더니 냉장고 아래에 숨겨 놨더라고요. 아까 뉴스에서도 나왔었는데…. 그리고 밤에는 이런 위험한 일 시키지 마세요. 전 일개 알바생이라고욧!"

구양은 그 말만 남기고 제 역할을 다한 시트콤의 카메오처럼 다시 출입구 쪽으로 사라졌다.

야상 청년의 얼굴에 핏기가 가셨다. 허를 찔렸다는 표정. 갈호태가 다시 전투력을 회복했다.

"우헤헤, 옜다 증거! 그토록 원하던…. 밖에서 상황을 살피던 당신은 기회를 봐 전원차단기를 내리고 깜깜한 공연장 안에 들어온 거야. 가운데 통로를 걸어 무대에 올라간 다음 물병을 바꿔 놓지. 다시 통로를 이용해 문밖으로 나가면서 소리를 질러. 잠시만 기다려주세요! 정전이에요! 곧 복구됩니다! 정신없는 사람들은 당연히 수리 중인 줄로 알 테고."

갈호태가 백과사전 크기의 갈색 가방의 지퍼를 열었다. 렌즈가 달린 야간투시경이 나왔다. 붉은숲 식구들이 다시 놀랐다. 관리인 박 씨도 걱정의 눈빛으로 아들을 올려봤다.

갈호태는 득의양양했다.

"이 결정적 증거물을 왜 가지고 있었을까! 나는 당신이 이 갈색 가방을 들고 해안 절벽 쪽으로 올라가는 걸 봤어. 그냥 바다에 던져버렸으면 그만인데 왜 다시 가지고 돌아왔을까. 분명 처리를 못 한 게 아니라 안 한 거지. 당신이 입고 있는 야전 상의 말이야, 평범해 보이지만 베트남전 때 미군 특수부대가 입었던 타이거 스트라이프 맞지? 레플리카가 아닌 정품은 인터넷에서 꽤 고가에 팔릴 텐데. 신고 있는 데너부츠도 마찬가지고. 그런 걸 일상복으로 입을 정도라면 밀리터리 마니아라고 봐야 해. 송구한 얘기지만, 다리 장애 때문에 군 복무 경험도 없는 사람이 군복을 즐겨 입는다면 그 이유 중 하나는 신체에서 오는 열등감 때문이 아닐까 싶네. 땅딸이 내 친구도 할 리데이비슨이나 허머 같은 큼직한 탈 것에 집착하더라고. 이 야간투시경은 아마 수백만 원을 호가할 걸. 미군 부대에서 흘러나온 정품은 레어템 대접받는다고 하더군."

갈호태가 가방을 높이 들고 흔들었다.

"막상 절벽 끝에 서니까 버리기 아까웠던 거야. 어차피 사건은 아무도 풀지 못한다, 내일 관할 경찰이 들어오기 전까지 비밀 장소에 숨겨놓으면 문제없을 거다. 그런데 일행 중에 군용물품에 정통한 형사가 있을 줄이야. 바로 저 말입니다! 푸하핫."

갈호태가 두 손을 들며 쾌감이 깃든 웃음을 날렸다. 야상 청년은 그대로 물러서지 않았다.

"왜 내가 고향 친구를 죽였다는 겁니까?"

그때 청년의 야상 바깥 주머니에서 벨소리가 요란하게 울렸다. 그는 심야에 걸려온 전화의 발신번호를 확인하더니 통화를 주저했다.

"받아보시죠?"

내가 턱을 들어서 재촉하자 청년이 마지못해 수신버튼을 눌렀다. 그와 동시에 내가 주머니에서 아이폰을 꺼냈다.

"제가 걸었습니다. 굿맨 님! 열혈 회원만 2만 명을 거느렸다는 '유블리'의 운영자시죠? 저도 그 팬카페에 7년 전에 가입한 정회원입니다. 닉네임은 '마지막 십새'고요. 반갑습니다."

야상 청년이 휴대전화와 내 얼굴을 번갈아 노려봤다. 짙은 눈썹이 신경질적으로 꿈틀거렸다. 붉은숲 식구들이 또 놀란 눈으로 청년을 쳐다봤다. 특히 방동구는 콧구멍을 최대한 벌리고 똥 씹은 표정을 지었다. 몇 차례 통화를 했다지만 전화 목소리만으로 확인할 수 없는 게 또 사람이다.

청년의 움켜진 주먹이 부들부들 떨렸다. 그러다가 한순간, 무릎이 탁 꺾였다. 이마를 무대 바닥에 박고 엎드려서 한참을 흐느꼈다.

"왜 나를 좋아하지 않냐고! 병신이면 죄인이냐고! 평생을 그렇게 열성적으로 도왔는데, 왜 다른 사람을 사랑하냐고!"

고개를 드는 청년 얼굴에 눈물이 여러 갈래로 흐르고 있었다.

나는 점잖게 타일렀다. 의미를 담다보니 성직자의 오글오글한 훈계처럼 들렸지만.

"굿맨 님, 확신을 가지고 말씀드립니다. 민유는 당신을 싫어하지 않았습니다. 장애가 있다고 무시하지도 않았고요. 단지 당신을 사랑하지 못하는 운명을 타고났을 뿐입니다."

인지영의 얼굴을 다시 살폈다. 그늘진 두 눈은 먼 곳을 향하고 있었다. 반대편의 아이미를 봤다. 손가락을 접었다 폈다 반복하며 안절부절못했다. 그녀들에게 이런 말을 해주고 싶었다.

"사랑이 증오로 돌변하는 순간, 어느 누구도 말릴 수 없습니다."

"섬에 소년이 살았습니다. 소아마비를 앓아 다리가 불편했죠. 소년은 초등학교에 들어가 소녀를 보고 단숨에 마음을 빼앗겨버립니다. 소녀는 예쁘고 상냥하고 노래를 잘했으니까요. 3학년이 되던 봄, 소녀 가족이 육지로 나가면서 둘은 헤어져야 했습니다. 하지만 소년은 한시도 소녀를 잊을 수 없었습니다. 언젠가 돌아오리라 믿으며 그리워합니다.

그러던 어느 날, 청년이 된 소년은 인터넷으로 소녀의 소식을 듣게 됩니다. 성장한 소녀가 민유란 이름으로 가수 데뷔를 하게 된 것이죠. 청년은 응원하는 마음으로 팬카페 '유블리'를 만듭니다. 장애에 대한 소심함 때문에 대중들 앞에 나서는 대신, 더 부지런히 팬클럽을 관리하게 되고 충성도 높은 팬들을 모으게 됩니다. 무명의 민유는 연이은 히트곡으로 승승장구하게 되고 결국 스타가 됩니다. 물론, 그 성공 배경에는 '유블리' 열혈팬들의 도움이 컸습니다. 청년은 자기 일처럼 기뻐합니다.

하지만 첫 팬 미팅 행사에서 민유는 청년을 기억하지 못합니다. 단지 팬클럽 운영자로서 대할 뿐이죠. 청년은 상심합니다. 그리고 이해합니다. 또 그렇게 세월이 흘러갑니다."

내레이터는 나였다. 당연히 나의 고용주이자 나서길 좋아하는 친구를 위해 마지막 하이라이트 무대까지 양보할 용의가 있었다. 하지만 하루살이 수사반장은 두 어깨에 힘을 잔뜩 준채 곁에서 똥폼 잡는 쪽을 택했다. 아무래도 아릿한 청춘남녀의 비망록을 읊는 쪽은 체질적으로 자신 없었던 듯했다.

"그러던 어느 날 눈물 없이는 볼 수 없는 오해의 드라마가 시작됩니다. 민유에게 슬럼프가 찾아온 것입니다. 음악은 어느 순간 트렌드에 뒤처지고, 실연의 상처까지 받아 도피하듯 섬에 들어옵니다. 감격스러운 해후. 그러나 하루, 이틀, 열흘, 한 달…. 청년은 함께 생활할수록 첫사랑 그녀에 대한 기억 대신 매사 시샘 많고 성마른 성격의 여자를 보게 됩니다. 스타로 성장한 소녀의 실상을 본 것이지요. 실망을 하고 자주 다투게 됩니다. 원래 그런 아이였는데 청년이 몰랐을 수도 있고요. 둘의 접점이라야 섬마을 초등학교 때의 짧은 만남뿐이니까. 하지만 청년이 민유를 사랑하는 마음을 접은 것은 아닙니다. 아이러니하게도, 그런 허상이 깨지니 집착증이 생기고 오히려 용기를 가지게 됐습니다. 환상 속의 그녀가 아니었지요. 팬카페 운영자로서 청년은 이미 민유를 구속할 수 있는 제왕입니다. 현실에서도 민유를 조정할 수 있다고 자신한 것이지요. 사랑 고백. 그것은 착각이었습니다. 당신은 모멸감을 넘어 광기에 휩싸입니다. 관심이 지나치면 집착이, 집착이 지나치면 살의를 품게 됩니다. 가질 수 없다면 부숴버릴 거야! 당신이 카페 회원들을 선동했는지는 알 수 없지만, 섬에서 열리는 컴백 콘서트는 배후에 숨어서 완전 범죄를 노릴 기회였습니다. 비루해지는 자신을 봤을 땐 이미 늦었습니다. 민유가 간주 중에 물 마시는 습관이 있다는 건 당연히 알았을 테죠. 당신이 조금 더 열린 마음으로 열등감 없이, 팬클럽 회장으로서의 계산 없이 순수하게 민유에게 접근했더라면, 민유가 남과 다른 자신만의 사랑 방식이 있음을 숨기지 않았다면, 어쩌면 이 비극은 막을 수 있지 않았나 싶습니다. 이야기는 여기까지입니다. 나머지는 여러분 상상에 맡기겠습니다. 내일, 아니 이제 오늘이군요. 경찰 수사가 시작되면 정확한 전모가 드러나겠지만 결론에는 차이가 없다고 확신합니다. 이상입니다."

긴 이야기가 끝났다. 다들 고개를 숙이고 반론을 제기하지 않았다. 그냥 숙연히 한참을 서 있었다. 사랑받지 못한다는 것이 얼마나 한 인간을 잔혹하게 만들 수 있는지 돌아보게 했다.

새벽 6시. 휴대폰 알람에 잠을 깼다. 안경을 찾아 쓰고는 리모컨으로 TV 아침 뉴스를 틀었다. 홍예리와 카메라맨이 밤샘 작업해 전송한 '민유 살인사건'이 증심도 발 현장 보도로 나오고 있었다.

홍예리는 언제 챙겼는지 방송국 로고가 새겨진 노란 우의를 걸치고 안개 자욱한 공연장 앞에서 긴박한 어조로 리포팅했다. 연출의 냄새가 나지만 흡입력 하나는 최고였다. 역시나, 시청자들이 원하는 속성을 속속들이 꿰고 있다.

예정된 두 꼭지 외에 '붉은숲 엔터테인먼트 상장에 미칠 영향'에 관한 기사가 하나 더 방송을 탔다. 휴대폰으로 포털사이트에 접속해보니 '민유 독살'이 실시간 검색어 1위에 올라 있고 증심도, 붉은숲, 인지영 같은 관련 단어들도 가파르게 순위가 상승하고 있었다. '단독'을 달고 메인 화면에 노출된 기사는 댓글이 5천 개 이상 달렸다.

갈호태는 팬티 바람으로 깊은 잠에 빠져 있었다. 콧구멍으로 공기를 들이켤 때마다 배가 풍선처럼 부풀어 올랐다가 가라앉았다. 홍예리가 보는 앞에서 사건을 멋들어지게 해결했다는 성취감에 자면서도 행복한 표정을 짓고 있었다.

착잡한 심정으로 인스턴트 커피에 부을 뜨거운 물을 찾아

복도로 나섰다. 밤새 내린 폭우가 가늘어지면서 안개비로 변해 사위를 부옇게 뒤덮었다. 여명이 비치는 복도 바닥에 연출용 드라이아이스가 스멀스멀 피어오르는 것 같은 착시를 일으켰다. 시공초월의 선계를 거니는 것 같은 몽환적 느낌. 몇 해 전, 팸투어를 간 부탄의 작은 마을에서 지금과 같은 새벽 풍경을 목도한 적이 있다.

복도 끝에서 옅은 불빛이 흘러나왔다. 민유가 머물렀던 방이다. 나는 정수기 앞을 지나쳐 홀리듯 그쪽으로 발걸음을 옮겼다. 객실 문이 살짝 열려 있어 들여다보니, 창문을 활짝 열어놓고 팔짱을 낀 채 바깥 풍경을 바라보는 여자가 있었다. 홍예리였다. 안개비에 막혀 섬에서 최고로 멋진 바다 풍경은 여전히 볼 수 없었다.

"혼자 있는 시간을 방해했네. 밤새 작업했을 거면서 좀 쉬지 그래. 온라인에서 지금 난리가 아니던데."

"어중간한 시간이라 잠이 안 와요. 속보로 뭘 써야 하나 고민 중입니다."

나는 고개만 끄덕이고 그녀의 평온을 깨지 않기 위해 뒤돌아 나오는데 목구멍에 딱딱한 뭔가가 걸렸다. 이물질이 아닌, 감정의 그 무엇. 지금 내뱉지 않으면 후회할 것 같은. 완전히 정리가 안 됐지만 입에서 흘러나오는 대로 담담하게 말했다.

"예전부터 느꼈지만, 너는 사건이 난 현장으로 달려가는 게 아니라 현장에서 사건을 만드는 재주가 더 있었지. 그게 정론의 저널리즘 원칙에 부합하는지는 여전히 판단이 안 서."

홍예리는 아무런 반응을 하지 않았다.

"네게 제보 전화를 걸어와 아련한 사연을 풀어놓은 사람은 굿맨 아니면 민유였을 거야. 나는 네가 이 섬에서 어떤 드라마틱한 사건이 일어날지 어렴풋이 예측하고 있었다고 봐. 극단적인 살인으로까지 이어질지는 몰랐겠지만. 나를 의도적으로 끌어들이고, 갈호태와 함께 유도되듯이 사건풀이에 임했던 거지. 과욕과 집착을 멈추는 힘. 그것도 기자에게 요구되는 덕목이지."

홍예리가 천천히 뒤돌아서서 큰 눈을 끔벅였다. 밤샘 작업으로 얼굴이 지쳐 보였다. 처음으로 그녀도 나이가 드는구나, 하는 생각이 들었다. 목소리까지 살짝 잠겼으나 그 허스키함조차 싫지 않았다.

"선배의 좋은 점은 생각이 깊고 감성적이라는 것. 진심에서 우러나오는 충고를 한다는 것. 안 좋은 점은 생각이 깊은데 대책은 없다는 것. 그리고 충고하는 타이밍이 늘 안 좋다는 것. 어떨 땐 애늙은이 같다니까요. 지금 하신 얘기 과히 편하지 않아요. 공감 안 되고 선배가 오해하는 것도 있어요. 하지만 변명은 않겠어요. 대신 가슴에 담아두겠습니다. 언제 다시 얘기할 날이 오겠지요."

내가 입술을 다문 채 비식거리자, 홍예리도 같은 포즈로 비식거렸다. 어색한 침묵. 홍예리가 크게 하품을 하며 말꼬리를 돌렸다.

"그나저나 오늘 첫 배 타고 타 공장 선수들 우르르 몰려오겠죠? 찌라시 수준의 연예신문 애들이 특히 막장이던데. 선후배 안중에 없고, 취재 룰 어기고, 사실관계 확인 없이 일단 기사부터 써제낀다는. 선배는 오늘 돌아가실 거죠? 저는 후속 보도 때문에 하루 더 머물러야 합니다."

나는 고개만 끄덕이고 대답하지 않았다. 방을 나서는데 죽은 민유의 흐트러진 여행 가방 안에서, 최근 동성 연인과 결혼식을 올린 영국 팝스타 얼굴이 빼죽 고개를 내밀었다. 귓속에 박혀버린 〈세월이 가면〉의 마지막 소절이 저절로 재생됐다. 안개비에 갇힌 긴 복도를 걸으며 나직이 흥얼거려 보았다.

"한없이 소중했던 사랑이 있었음을 잊지 말고 기억해줘요~."

단언컨대, 누군가에게 바치는 '사랑가'가 아니라 '이별가'가 확실하다.

고도리 저택의 개사건

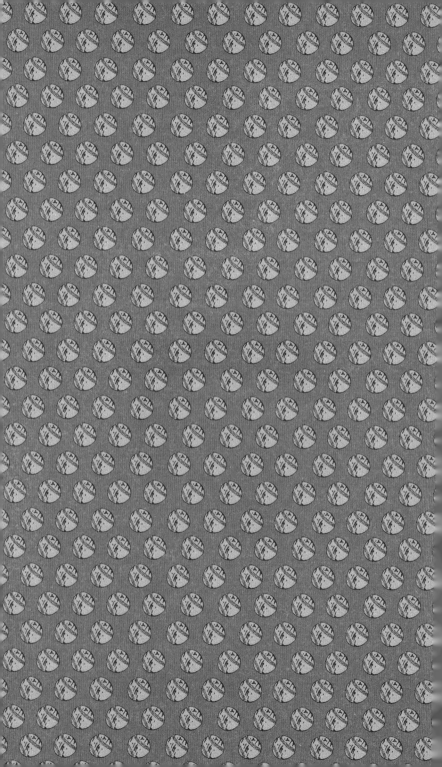

고도리(高道里).

벚꽃 지는 계절에 말도 많고 탈도 많은 그곳으로 갈호태의
옛 상사를 만나러 간다. 갑작스런 방문이고 친구의 강압에 마
지못해 따라나선 길이라 나는 차 조수석에 처박혀 노가다판에
끌려가는 일용 잡부처럼 불편한 속내를 숨기지 않는다.

"대체 누군데 그리 쩔쩔매? 바쁘다고 잘라버리면 되지."

"지방경찰청장까지 지내시고 퇴직하신 분이야. 나 초짜 형
사 때 우리 서의 서장님이셨고. 너무 간절하게 방문을 원하시
는데 어쩌겠냐. 내게 형사의 혼을 심어주신 분인데."

그래서 더 마음에 안 든다. 까칠한 기자 생활을 오래 한 탓
인지 좀 행세한다는 인간들이 아랫사람을 종처럼 부리는 행태
에 체질적으로 알레르기가 있고, 경험상 그런 일은 대부분 사
적이며 뒤가 구리고 하찮다.

"카페 일손도 없는데 왜 나까지 끌고 가? 구양 혼자 놔두고서."

"이번만 좀 봐주라. 혼자 가기 뭣하잖아?"

"그리고 형사 그만둔 지가 언젠데 네가 무슨 힘이 있다고…."

"그러니까 나를 콕 찍어서 부른 거지. 현직에 있는 사람을 쓸 순 없잖아. 조용하게 처리해야 할 뭔 일이 있겠지."

"그 정도 지위에서 물러났으면 인맥 빵빵할 텐데 본인이 해결 못 하나?"

"그러게 말이다. 그런데 원래 많이 둔하셔. 수사과장 할 때도 항상 증거를 눈앞에 두고 빤히 놓치시는 분이야. 성이 동씨라 별명이 '동 구멍'이야. 문중엔 죄송한 이야기지만 말단끼리는 그냥 똥구멍으로 불렀어. 딱 하나의 타고난 재능이 있는데 매사 위치 선정 하나는 끝내주셔. 이탈리아 축구선수 인자기 알지?"

나는 모태 야구팬이라 고개를 저었다.

"인자기는 슈팅, 스피드, 드리블 능력 다 별로지만 위치 선정이 워낙 탁월해 주워 먹기의 달인이었어. 그거 하나로 명문 AC밀란에서 10년을 주전으로 뛰었지. 그 재주를 닮은 선배님의 또 하나의 별명이 '동자기 경감'이야. 웃기지? 뭔가 사고를 쳐서 욕먹을라치면 길목에서 커트가 되고 적당히 무마되는. 당연히 관운이 있어 승승장구했지. 그런 것도 다 사주팔자 잘 타고나서 그런 거라고."

"관운? 좋은 표현이 그렇고 나쁜 표현으로 연줄이지. 실력과 상관없이 승진하는 걸 관운으로 돌리는 이 비현실적인 나라,

진정한 능력자들의 꿈을 좀먹는 관피아, 아니지 경찰이니 경피아라고 해야 하나?"

나는 손등에 돋아나는 두드러기를 일부러 빡빡 긁으며 이죽거렸다.

"아이고, 알았다, 알았어. 내 미안하다. 그만해라, 다음 주중에 일 하루 빼줄게. 됐지?"

상대가 항복하자 쾌감은 들었으나 영양가 없는 싸움에서 진을 뺀 것 같아 허무했다. 하루 휴가를 얻었으니 그나마 포인트는 챙긴 기분이랄까.

고도리는 서울에서 남쪽으로 차로 한 시간 거리에 있는 전원주택단지. 평범한 시골이었다가 바로 옆으로 고속도로가 뚫리면서 돈 좀 있다는 은퇴자들이 몰려 땅값이 몇 년 새 폭등했다. 열한 살 연하의 미스코리아 출신 탤런트와 재혼한 모 유통 대기업 총수가 거기에 대리석으로 지은 구중궁궐에 살림을 차리면서 더 유명세를 탔다. 거기다 내가 좋아하는 인기 절정의 걸그룹 '핫식스' 숙소가 거기 있다. 몇 달 전, 멤버 6명 전원이 뒷뜰의 큰 나무 아래에서 삼겹살을 구워 먹는 사진이 공개돼 한동안 온라인을 뜨겁게 달궜다. 소속사 대표는 완벽한 시설을 갖춰 잡념을 잊고 연습에 집중할 수 있는 최적의 베이스캠프라는 주장인데, 누리꾼들은 갓 스물 넘은 멤버들의 사생활을 통제하기 위한 술책이라고 비난했다. 얼마 전 몇몇 열혈팬이 '연애할 수 있는 권리'와 '저녁이 있는 삶'에 위배된다며 인권위원회에 진정을 넣어 이목을 끌기도 했다. 암튼, 이런저런 화제의 그곳에 막상 가게 되자 살짝 호기심이 발동한다.

"그래서 그 선배님이 무슨 일을 맡기시려는 건데?"

"얼핏 듣기로는 귀중한 뭔가가 사라졌나봐. 한나절 대충 찾는 시늉이나 해주면 될 것 같긴 한데. 차마 다른 사람한테 말할 수 없는 예민한 거겠지. 그래서 믿을 수 있는 사람, 즉 나를 조용히 부른 거야. 많이 예뻐하셨거든."

"어이구, 퍽이나 이뻐하셨겠다. 숨겨둔 금붙이나 5만 원권 현금 다발이라도 도둑맞으셨나? 그래서 조용히 찾으시려는 거 아님? 아니면 본인 누드 사진이라도 유출이 됐나?"

"안 될 일이지! 예순 먹은 배불뚝이 영감의 누드가 퍼지면 대한민국 야동계의 물을 다 흐리게 돼. 회수해야 해, 암! 꼭!"

시답잖은 농담을 주고받는 새 강남을 빠져나와 남쪽으로 향하는 고속도로에 올라탔다. 평일 낮이라 길이 시원하게 뚫렸다. 산으로 들로 알록달록 수채화 같은 봄 풍경이 흘러간다. 나 같은 만성피로 환자는 가끔 야외바람을 쐬는 것도 괜찮구나 싶었다.

톨게이트를 벗어나 5분쯤 달리자 한눈에 봐도 유럽의 전원주택 단지를 옮겨놓은 듯한 이국적 풍경이 펼쳐졌다. 큼직한 단독 주택들이 정돈된 듯, 개성 있게 옹기종기 자리를 잡고 있었다. 토지 정비 과정에서 오래된 나무를 베어내지 않고 그사이에 집을 짓는 방식을 택해 잎사귀가 무성한 고목들이 여기저기 쭉쭉 뻗어 있다. 그래서 최근에 지어진 단지임에도 숲 속에 들어앉은 동네 같았다.

편의점이 보이지 않아 단지 초입의 플라워카페에 들렀다. 상사의 집을 방문하는데 빈손으로 갈 수 없다는 게 갈호태의 생각이었다. 실내엔 커피와 화초 향이 어우러진 묘한 향기가 떠다녔다. 정성스레 진열해놓은 꽃과 화분들. 바닥에 널브러진 흙 포대와 카트, 전지가위 같은 도구가 자연스럽게 조화를 이뤘다. 창가에 앉아 먼 산을 바라보며 차를 마시면 저절로 마음이 치유될 것 같았다. 실내를 비추는 보안카메라와 모니터가 분위기를 깨버렸지만.

키가 큰 여자가 카운터를 지키고 앉았다. 나이를 가늠키 힘든, 비주얼이 압도적인 미인이었다. 이탈리아 여배우 모니카 벨루치를 빼닮았다. 길고 짙은 검은 머리에 오뚝한 콧대, 진홍색 입술이 뇌쇄적이다. 가슴에 '대표 민경아'라고 이름표가 달린 것으로 봐서 주인인 모양이다. 앞치마를 걸쳤는데도 가슴은 풍만하고, 허리는 잘록하다. 하얀 블라우스 소매 아래로 팅커벨 문신이 살짝 보였는데 그조차 도발적으로 보였다. 동네 카페를 운영해서 얼마나 버는지 모르겠지만 분명 아까운 미모였다. 와인바라도 열었으면 인근 졸부들을 바글바글 모아 애끓게 했을 스타일. 갈호태도 똑같은 생각을 한 모양이다. 하지만 나와 다른 점은 미모의 여인을 보면 꼭 한 마디씩 섞는다는 것.

"미스 다방이나 미스 꽃집 사장님 선발대회가 열린다면 1등은 떼놓은 당상입니다요."

좀 품격 있는 농담이면 좋으련만, 그래도 사장은 또 그걸 유머로 받아넘긴다.

"상금만 두둑하면 진짜 한 번 나가보려고요. 호호."

오홋! 고른 치아에 목소리까지 청명하다. 정확한 발성이 성적 매력을 세 배나 더 끌어올린다는 보고서가 작년 미국 존스홉킨스 의과대학연구소에서 나온 게 아니고 그냥 나의 경험치다. 확신한다!

되레 한 방 먹은 갈호태가 수줍게 고개를 숙이며 갈지자로 매장을 헤맨다. 원래는 선물용 원두세트나 사갈까 했는데 고가의 난초 화분을 과시하듯 계산대에 올려놓았다. 모니카가 어느 집을 방문하는지 물었고, 갈호태가 여전히 부끄러운 표정으로 B블록 8호라고 답하자, "아, 그 멋쟁이 영감님" 하고 아는 체를 했다.

갈호태가 내 귀에 나지막이 속삭였다.

"역시 우리 선배님은 은퇴를 하셔도 여성들 사이에서 존재감이 여전하구나. 현직에 계실 때도 여경들을 특히 잘 챙기셨거든. 회식이나 체육대회 때 한 사람도 빠짐없이 꼭꼭 부르시고…."

"흠, 네가 잘못 따라 배운 모양이구나. 그건 존중하는 거랑 껄떡대는 걸 구분 못 하는 거야."

진짜, 멋쟁이 영감님을 기대했었다. 그런데 현관문이 열리는 순간, 나는 거대한 늙은 하마와 마주친 줄 알았다. 선배님은 머리가 벗겨지고 하관이 넓고 콧구멍이 크며 몸통은 짧고 굵고 둥글둥글했다. 골프 연습 중이었는지 한쪽 손에 스윙 교정 장갑을 끼고 있었다.

"제군들, 방문을 격하게 환영하네!"

나를 힘껏 끌어안는데 겨드랑이에서 땀 냄새가 났다. 달랑 둘뿐인데 제군들은 무슨. 보나 마나 습관적으로 남용하는 말투다.

거실은 저택 외관과 어울리는 화이트 톤으로 꾸며져 화사하면서도 품격이 흘렀다. 높은 천정이 청량감을 주었고 구석구석 신경 써 배치한 수제 클래식 가구가 고급스러움을 더했다.

사모님이 부엌에서 커피를 내왔는데 고상하게 나이를 먹었다고나 할까. 집에 있으면서도 공들여 화장을 했고 웬만해선 소화하기 힘든 드레스 형태의 자주색 반짝이 실내복이 근사하게 어울렸다. 돈으로 관리한 티가 나긴 하지만 그 짓도 부지런하지 않으면 못 한다.

"여대 불문과 교수님이셔. 우리 선배님과 예전 학교 인질사건 때 황당하게 엮여 결혼까지 갔다는데 그 상황이 또 죽여줬지. 크하학."

갈호태가 옛날 생각이 떠오르는지 실실 웃으며 종알댔다. 내가 봐도, 자랑할 만한 예쁜 아내를 가리키는 '트로피 와이프'라고 하기엔 부인이 너무 잘났다.

더 기가 막히는 상황은 내가 커피 첫 모금을 마실 때 시작됐다. 하마 영감이 갈호태의 두 손을 꼭 잡더니 통사정을 한다.

"우리 덕식이가 갑자기 사라졌다네."

갈호태가 고개를 갸웃거렸다.

"선배님, 혹시 늦둥이 낳으셨나요? 두 따님 혼사는 경찰 재직하실 때 다 치른 걸로 기억하는데. 제가 결혼식장 일찍 가서 하객들 안내하고 막 그랬잖습니까?"

하마 영감이 순간 당황한 표정을 짓다가 바로 허리를 펴고 위엄을 되찾았다.

"덕식이는 내가 애지중지 키우는 개일세. 어제 집을 나간 후 아직 돌아오지 않고 있어 걱정이 이만저만 아니라네. 제군들이 우리 덕식이를 찾아주면 내 그 은혜 잊지 않음세. 사실상 식구나 마찬가지라고. 즉, 제군들은 집 나간 개가 아닌 나 동철수 청장의 유괴 당한 자식을 찾는다는 자세로 작업에 임해주길 바라네. 여기 며칠 머물면서 찾아보라고. 2층 다 비어 있으니 내 집처럼 편히 쓰도록!"

이 뭔 귀신 씨나락 까먹는 소린가. 그러니까 의뢰 내용인즉슨, 집 나간 개를 찾아달라는 거였다. 입안의 커피를 뿜을 뻔했다. 화가 끓어올라 귓구멍과 콧구멍에서 압력밥솥 스팀 같은 게 나올 것만 같았다. 당장 자리를 박차고 일어나고 싶었지만 친구 체면을 생각해 함부로 행동할 수도 없었다.

갈호태도 어찌할 줄 몰라 두 손만 비벼댔다. 어떤 식으로 하마 영감을 설득할까 묘수를 찾는 듯했다.

"선배님, 저는 생계에 매인 몸이라 오래 머무를 수 없습니다. 매일 카페에 들어오는 식재료비 결제도 해야 하고 또 종업원이 한 명밖에 없어서 근무 교대도 해줘야 합니다. 옆의 이 친구가 추리력도 있고 눈썰미가 좋아서 잘 해낼 겁니다. 그러니 믿어보시고…"

그러면서 내 어깨에 손바닥을 툭 얹었다. 헐! 이 또 무슨 황당무계한 시추에이션. 혼자 빠져나가려는 속셈 아닌가.

하마 영감의 얼굴이 굳었다. 자신의 부탁이 무시당해 기분 나쁜 것이다. 나이에 어울리지 않게 눈치가 빨랐고 삐치는 속도도 빨랐다.

"그래서, 지금 제군들은 나의 청을 거절하겠다는 건가?"

"선배님, 제 말씀은 그게 아니라, 이 친구가 대신해서 초동 수사를 한 다음에 제가…"

내가 멘탈 붕괴 상태에서 분노의 비명을 지르려는 찰나, 하마 영감이 당근책을 내밀었다.

"좋아! 설마 그냥 일을 맡기겠나? 덕식이만 무사히 찾아주면 내 자네 경찰 복직을 추진해주지."

갈호태 입술 모양이 바로 일자에서 V자로 변했다. 우이씨. 저건 나하고 아무 상관없는 일이잖아. 진짜 욕 나온다. 정말 경찰 고위간부까지 지냈다는 양반의 의식 수준이 저 정도일 줄은. 불미스러운 일로 파면당한 경찰을 개인적으로 부려 먹고 그 대가로 복직을 언약하다니. 정의롭지 못하고 타협할 수 없는 일이다.

나는 더 참지 못하고 자리를 박차고 일어섰다. 뒤돌아서 나오려는 찰나 하마 영감이 희한한 말을 했다.

"혹시 핫식스를 아나?"

"네, 선배님. 레드불과 더불어 중고딩들을 잠으로부터 해방

시켜준다는 신비의 음료 아닙니까?"

"아니, 그거 말고 걸그룹 핫식스!"

오옷! 어디 알다뿐인가. 늙은이 입에서 핫식스가 다 나오다니. 그러고 보니 그 걸그룹 애들이 고도리 어디에 산다고 했는데. 갑자기 호기심이 당겼다.

"바로 옆집이 핫식스 숙소라네. 요즘 활동을 쉬는 기간이라 나는 매일 본다고. 우리 집 2층 베란다에서 고개만 내밀면 연습실도 훤히 보여. 내가 오늘 밤 구경시켜주리?"

나는 바로 소파에 주저앉았다. 갈호태와 더불어 의욕을 북돋을 동기를 찾았다. 어느새 악마에 주술에 홀린 듯 뭔가를 외치고 있었다.

"자, 갑시다! 덕식이 찾으러!"

실종 대책회의가 서재에서 열렸다. 소파 좌우에 우리가 앉았고 하마 영감이 앞쪽 가운데에 서서 덕식이 행적에 대해서 차근차근 설명을 했다.

브리핑을 요약하면 덕식이는 캐나다 원산지의 노란색 래브라도 리트리버종 개다. 몸무게는 30킬로그램 안팎. 집을 나간 건 어제 오후 3시께. 다들 한눈 판 사이에 열린 대문으로 기어나가 행방불명된 걸로 추정. 가사 도우미를 포함한 식구들이 밤늦게까지 동네를 뒤졌지만 찾지 못했다. 해 질 무렵 플라워 카페 앞에서 개를 본 것 같다는 여사장 진술이 나왔다.

"이상, 제군들 질문 있나!"

"선배님, 동네 초입의 플라워카페 아가씨가 봤다면 멀리 동네 밖으로 나갔을 가능성이 있군요."

"먼저 사실관계를 수정하겠네. 아가씨가 아니고 돌싱일세. 내 개인 정보망을 통해서 이미 확인했네. 석 달 전 10호집에 이사 온 나의 이웃이기도 하고. 그리고 일하는 중에 흘려봐서 덕식이인지 명확하진 않다더군. 여기는 집집마다 개 한 마리씩은 있으니."

"역시, 선배님의 디테일한 수사 능력은 구석구석까지 안 미치는 곳이 없군요! 존경합니다."

주거니 받거니 잘들 논다. 이야기가 엉뚱한 곳으로 빠지는 줄도 모르고 희희낙락. 경찰 간부 재직 때 수없이 직면했을 주요 사건사고를 어떻게 처리했는지, 미진한 수사로 억울한 희생자를 낳지는 않았는지, 그리고 어떻게 지방청장까지 지냈는지 다 미스터리다.

"여기는 주위가 산입니다. 혹시 야생 짐승이 내려와서 해코지했을 가능성은 어떨까요?"

내가 진지하게 질문했다.

"일리는 있지만 일단 단지를 둘러싼 철조망이 있고, 호랑이 정도가 아니라면 우리 덕식이도 그리 작은 체구가 아니니 쉽게 끌려가지 않았을 걸세. 그런 상황이면 싸우며 개 짖는 소리가 들렸을 것이고."

"혹시 다른 개와 눈 맞아 도망쳤을 가능성은요?"

내가 질문해놓고도 이 무슨 말인가 싶었다. 하마 영감 페이스에 말려 내 총기까지 확 떨어지는 기분이다.

"흠, 아주 좋은 지적일세. 치정 사건으로 접근해보겠다는 시각의 전환. 하지만 그럴 가능성도 희박해. 덕식이는 열 살, 사람 나이로 치면 노인네야. 슬프게도 발정 날 힘도 없을 거야. 게다가 우리 집에는 덕식이 동생 덕분이가 있다네. 덕분이는 우리 마누라가 키우는 개라네. 오빠 잃은 슬픔에 밥도 거르고 저러고 있다네. 동생을 놔두고 바람나서 집 나가지는 않았을 걸세."

그러면서 구석 자리를 손가락질했다. 털이 복슬복슬한 시츄 한 마리가 개전용 담요 위에 움츠리고 있었다.

"선배님, CCTV 조사는요?"

"내가 제일 안타깝게 생각하는 게 그 부분이야. 이 동네는 집집마다 최고의 사설 보안업체와 계약해 완벽한 방범망을 구축하고 있다네. 저택 내부 보안은 완벽하다는 얘기지. 그런데 집을 나서면 달라져. 여기가 신흥 부촌이라도 행정구역상 군 단위의 작은 마을 아닌가. 도로에 방범카메라 다는 데도 기준과 요건이 있겠지. 일단 인구가 적으니 예산 혜택이 아직 미치지 않는 모양이야. 주민들이 거의 강남에서 살다 와 알아서들 잘 챙기니 급하지 않다고 생각해 방치하는 측면도 있고. 자, 이 정도로 끝내도록 합세."

하마 영감이 처음으로 진지하게 대답하고는 개 사진을 두장 프린터로 출력해 한 장씩 건넸다. 노란 털의 덕식이를 찾아라! 특수 임무를 띤 우리는 사진을 가슴에 품고 결연한 각오로 집을 나섰다. 일제강점기, 쪽바리 대장을 암살하기 위해 도시락 폭탄을 품고 떠나는 애국 투사처럼.

오후 3시가 넘어섰다. 덕식이 실종 24시간째.

B블록은 그리 넓지 않아 차 대신 걸으면서 주위를 살펴보기로 했다. 우리는 이 모양새 빠지는 사건을 빨리 해결하고 떠나기 위해 영화 〈맨 인 블랙〉의 두 남자처럼 선글라스를 끼고 의기투합했다. 둘 다 검은 재킷을 입고 와 폼이 그럴싸했다.

맨 먼저 향한 곳이 동네 초입의 플라워카페. 서로 약속한 것처럼 자연스레 발길이 그리로 갔다. 초동 수사를 하면 동네 터줏대감이 운영하는 슈퍼나 세탁소를 맨 먼저 탐문하는 게 정석인데 여기는 그런 곳도 없었다.

"진심이야? 경찰로 돌아가고 싶은 거."

내 질문이 진지해 부담스러웠나보다. 갈호태가 말끝을 흐렸다.

"그게 원한다고 되겠냐… 선배님이 사기 진작 차원에서 말씀만 그렇게 하신 거지. 내 젊은 날의 흔적이 많이 쌓인 곳이라 잊을 수는 없고, 진짜 억울하게 잘렸으니 명예회복도 하고 싶다만… 내가 어떻게 피의자를 겁탈하겠냐? 진짜 둘이 눈이 뿅 맞아서 그 짓 한 거라니깐?"

내가 신문사로 돌아가고 싶은 심정과 비슷한 모양이다. 현실적으로 쉽지 않아 보이지만 하마 영감의 인맥과 수완이면 또 어떤 묘수를 부릴지 모를 일이다. 뭔가에 씌어 정신줄을 놓고 개 찾으러 다니는 지금 내 꼴을 보면.

플라워카페 앞에는 널찍한 부지의 공터가 있었다. 한눈에 봐도 B블록 최고의 알짜 땅. 사방에 둘러쳐진 철조망에 '이곳은 사유지입니다. 관계인 외 출입을 금합니다'라는 팻말이 붙어 있었다. 잡초가 사람 무릎 높이만큼 무성한데도 몇 군데 텃밭을 일궈놓은 걸로 봐서 주민들이 경고를 무시하고 들락거리는 모양이다. 더 자세한 설명은 카페 여주인 모니카가 해주었다.

"여배우 민지아가 별장 지으려고 사놓은 땅입니다. 곧 공사 들어간답니다."

"아, 그 연기파 배우요?"

내가 칭찬을 하자 갈호태가 피식 코웃음을 쳤다.

"연기파 배우는 무슨, 완전 영계파 배우던데. 같은 프로에 출연하는 어린 총각들만 골라서 집적댄다고 소문 장난 아니던데."

"민지아는 저의 사촌 언니입니다만."

모니카가 정색을 하자 갈호태가 머쓱해져 선글라스를 벗으며 뒤돌아서 찌그러졌다. 내가 속으로 낄낄 웃으며 개 사진을 꺼내 보였다. 다행히 손님이 없어 이것저것 물어봐도 덜 미안했다.

"보신 적 있으시죠? 어제 집 나간 후 사라졌다는데."

모니카가 사진을 보더니 바로 알아봤다.

"어, 덕식이네! 안 그래도 어제 주인 영감님이 걱정 많이 하시더라고요. 심부름센터 사람이라도 불러서 동네를 샅샅이 뒤져야겠다고."

그러면서 우리 둘의 얼굴을 다시 찬찬히 바라봤다.

"그럼 혹시 두 분…, 심부름센터에서 나오신?"

아, 완전 자존심 무너진다. 굴욕이다. 하마 영감은 심부름센터 직원 대용으로 우리를 부른 것이다. 발끈한 갈호태가 선글라스를 끼고 다시 돌아섰다. 티끌 같은 자존심이라도 지키려고 정중하게 우겼다.

"저희는 경찰청 소속의 비밀 요원입니다. 실수반이라고…. 실종수사전담반."

그렇게 들으니 진짜로 실체하는 조직 같았다. 저런 임기응변과 구라 능력은 어디서 생기는 걸까. 모니카가 알면서 그러는지 모르면서 그러는지 까르르 웃었다.

"특수반에서 개를 찾는 일을 할 줄이야."

'범죄 해결에는 사람뿐 아니라 동물이나 물건이 결정적 역할을 할 때가 많습니다. 덕식이도 사실 엄청난 사실을 목격한 겁니다. 그러니 우리가 열심히 찾는 거고요."

"와! 신기하네요. 개가 사건을 목격하다니. 그런데 그 사실을 어떻게 증명하나요? 개가 말이라도 하나요?"

말문이 탁 막힌 갈호태가 다시 뒤돌아섰다. 꼬리에 꼬리를 무는 거짓말의 한계를 봐버렸다. 내 코와 귀에서 다시 스팀이 뿜어져 나왔다. 이건 〈맨 인 블랙〉이 아니라 〈덤 앤 더머〉가 아닌가.

플라워카페 옆 부동산에 들렀다. 지도를 보며 동네 전체를 조망하면 의외의 실마리가 나타나지 않을까 해서였다.

여기 건물주들은 세입자를 고를 때 외모를 보는 걸까. 공인 중개사도 얼굴이 반듯하고 몸매는 호리호리한 30대. 살짝 거뭇할 정도의 정돈된 턱수염에 뒤로 곱게 빗어 넘긴 머리. 핏이 좋은 청바지를 입었다. 청년 시절의 레오나르도 디카프리오를 닮았다. 사정 이야기를 하자 직접 설명까지 해주는 친절한 남자였다.

고도리 전원주택 단지는 별 모양을 하고 있었다. 다섯 개의 뾰족한 모서리 좌우로 각각 10채씩, A블록에서 E블록까지 총 100채의 집이 있고, 별의 가운데 부분에 광장형 공원과 관리 사무소, 체육시설, 상가 등이 모여 있는 설계였다. 사생활을 보장하면서도 생활에 불편이 없게끔 제반 시설을 잘 갖추어 놓았다. 용적률이 낮아 건물 공간이 널찍널찍하고 거리가 쾌적했다. 유통 재벌의 구중궁궐은 D블록의 맨 끝 집이었다. 구경을 가려고 했더니 하마 영감 집과 정반대 길이다. 지도상으로도 덕식이가 행인들 눈에 띄지 않고 다른 블록으로 넘어갔을 가능성은 크지 않아 보였다.

부동산을 나온 우리는 일단 덕식이의 흔적을 뒤쫓아 가볼 수밖에 없었다. 마지막으로 목격된 B블록 입구의 플라워카페 앞에서 출발해 단지 안쪽을 향해 걸었다. 영리한 개라면 어디로 끌려가는지 추적할 수 있게끔 똥이라도 싸놨겠지 싶어 좌우를 더 유심히 살폈다. 그야말로 똥 찾아 헤매는 개 신세였다. 집 한 채 한 채 구경하며, 지형물도 하나하나 확인하고 지나가자니 촌뜨기가 하릴없이 동네구경 다니는 모양새다. 좌우로 대리석과 통유리, 노출 콘크리트를 이용해 심플하면서도 독특한 외관의 집들이 즐비했다.

"경찰 간부 퇴직하면 이런 집에서 살 수 있냐?"

"선배님 태생이 섬유공장 부잣집 도련님이야. 잔정이 넘치고 돈에 구애 안 받고 사는 자유로운 영혼이시지. 경찰은 그냥 심심풀이로 하신 거고. 친형이 4선의 지역구 국회의원 동영수잖아."

갈호태 말에 과장이 섞였음을 감안해도 국민 치안을 책임지는 중요 자리를 심심풀이로 할 수 있다는, 그 자체가 다분히 비현실적으로 들렸다.

한참 걷다보니 9호집 대문 앞. 바로 핫식스의 숙소다. 8호에 사는 하마 영감과 10호에 사는 플라워카페 여사장의 집 사이에 끼어 있었다. 하지만 진짜 대저택으로 불러도 좋을 정도로 규모가 엄청났는데, 하마 영감 집의 네 배는 돼 보였다. 동네 자체가 인적이 드물지만 특히 이 부근은 산자락과 접해 있어 적막감마저 흘렀다.

우리는 발뒤꿈치를 들고 집 안을 슬쩍 훔쳐봤다. 그 짓만으로 핫식스의 신바람 댄스곡이 연상돼 엉덩이가 절로 리듬을 타면서 흔들거렸다. 그때였다. 벽에 붙은 주차장 셔터 문이 스르르 올라가더니 톱 연예인만 탄다는, 기름을 도로에 줄줄 흘리고 다닌다는 스타크래프트 한 대가 빠져나왔다. 혹시 그녀들인가 해서 눈에 불을 켜고 안을 들여다보았지만 짙은 선팅 때문에 차 내부는 보이지 않았다.

"혹시 덕식이가 주차장 자동문 열릴 때 집 안으로 뛰어들어간 거 아닐까? 개라고 핫식스를 좋아하지 말란 법 없잖아?"

갈호태가 황당한 의문을 제기했고 본인이 바로 확인 작업에 들어갔다. 주저 없이 대문 인터폰을 눌렀다.

"실례합니다. 노란 털 개를 잃어버린 이웃인데요, 혹시 이 집 마당에 안 들어왔나 해서요."

까칠한 남자 목소리가 흘러나왔다.

"그런 일 없다고 어제도 말씀드렸잖아요! 제발 그만 좀 하세요!"

뭐라 더 묻기도 전에 인터폰이 뚝 끊겨졌다. 뭔 의미인지도 모르겠다. 우리는 허전함과 아쉬움에 그 자리를 맴돌았다. 갑자기 갈호태가 길바닥에 큰 대자로 드러누웠다.

"뭔 짓이야?"

"개의 눈높이에서 보는 게 중요해. 아마도 덕식이가 집을 뛰쳐나온 다음 이쯤에서 뭔가를 보고 따라가지 않았나 싶어서 말이야. 그게 궁금해."

듣고 보니 그런 것도 같고 아닌 것도 같았다. 나도 드러누워야 하나 말아야 하나 갈등했다. 뭘까, 점점 총기를 잃어가는 이 기분은.

"그래, 뭐가 보이는데?"

"하늘."

그때 멀리서 승합차 한 대가 빠른 속도로 달려왔다. 화들짝 놀란 갈호태가 용수철 반동처럼 튕기듯 일어났다. 방송사 로고가 박힌 스타렉스가 우리 앞에 급정거했다. 슬라이딩 도어가 열리면서 선글라스를 낀 낯익은 여자가 내렸다. 세상에! 홍예리였다. 이런 곳에서 만날 줄이야. 내 꼴이 그래서 모른 척 돌아서는데 갈호태가 고기 냄새 맡은 개처럼 뛰어갔다. 결국 눈이 마주쳐버렸다.

"와! 두 분을 여기서 뵐 줄은. 저는 핫식스 숙소에 스토커가 난입했다고 해서 추가 취재하러 왔어요."

"스토커가요? 저런 쳐 죽일 놈을."

갈호태가 흥분했다. 나는 처음 듣는 이야기였다.

"네, 며칠 전에. 그냥 가벼운 소동이었대요. 그런데 선배는 여기 웬일로?"

내가 시선을 틀며 핑곗거리를 찾고 있는데 홍예리가 먼저 보고 말았다.

"손에 들고 있는 개 사진은 뭐예요?"

오늘 진짜 왜 이러냐. 진정, 아니 왔어야 할 자리다.

"귀한 손님 왔을 때만 내놓는 스페셜 와인일세."

미모의 여기자 앞에서 하마 영감의 입이 더 함박만 해졌다. 지금 순간만은 덕식이의 실종에서 오는 슬픔은 완전히 잊은 듯하다. 금요일 밤 2층 야외 베란다에 차려진 만찬. 하마 영감이 와인 상식을 뽐내며 앞치마까지 두르고 몸소 바비큐를 구웠다.

홍예리의 초대는 갈호태의 주선으로 이뤄졌다. 예정에 없던 손님이 몰려 저녁 식사 자리가 시끌벅적해졌지만, 엘레강스한 자주색 반짝이 드레스의 사모님은 싫은 내색을 하지 않았다. 접대 매너도 음식 솜씨도 훌륭했다.

하마 영감은 크리스털 잔에 일일이 와인을 채워주고 뭔가 사적인 주제로, 예를 들자면 자신이 경찰에 있으면서 겪은 범인 검거 무용담 같은 걸로 대화를 끌고 가길 원했으나 여우처럼 약은 홍예리는 그런 잡소리는 안중에 없었다. 핫식스 숙소에 난입한 스토커 사건에만 관심을 보였다. 그것이 낯선 노인네의 식사 초대에 선뜻 응한 이유였나 싶었다. 하마 영감이 전직 경찰 간부 이전에 이웃 주민이란 사실을 꿰고 있었는지 모르겠다.

"동네 창피해서 말이야. 한밤중에 젊은 놈이 만취해 젊은 처자들 집에 뛰어들지를 않나. 조용히 살려고 내려왔는데 그런 사건이 터지니 민망해서. 자기가 무슨 핫식스네 자유통행권 가진 덕식이인 줄 아나."

"그럼 덕식이는 옆집 숙소에 자주 갔었나요?"

"그럼. 핫식스 애들이 우리 덕식이를 얼마나 좋아하는데. 미국 공연 갔다 올 때도 선물로 개 껌을 사 왔더라고. 리더인 소피아 양이 특히 예뻐하지."

"그 사건 덕에 고도리가 주목받고 좋지 않습니까? 호호."

"주목은 무슨. 품격 다 떨어졌지."

"청장님, 원래 여기 동네 분위기는 어땠나요?"

하마 영감은 자신이 원하는 대화와 엇나가지만 꼬박꼬박 극존칭 붙여주는 여기자의 태도에 흡족한지 흔쾌히 대답했다.

"전원주택 단지 조성 전에는 노인들만 모여 사는 평범한 시골 동네였어. 원래 정씨들 집성촌이었고. 저 밑에 읍내에 가면 5일장도 서고 그랬어. 빨갛게 끓인 경상도식 장터국밥도 팔았고. 고속도로 하나 뚫렸을 뿐인데 럭셔리한 전원생활을 꿈꾸는 강남 부자들이 점령군처럼 내려왔다네. 여기서 톨게이트가 지척이잖아. 반면에 시외버스가 두 시간에 한 대씩 동네를 거쳐 가니 차 없으면 접근이 힘들지. 그걸 교묘하게 이용해먹는 인간도 있고."

하마 영감이 옆 건물을 손가락질로 가리켰다.

"내 그런 일 생길 줄 알았어. 처음 연예인 사무실 겸 숙소로 사용한다고 했을 때 주민들이 연대해 반대했어야 했는데…. 무슨 재수생 스파르타식 학원도 아니고 말이야, 여기다 아이돌 그룹 몇 개 처박아놓으면 피 끓는 청춘들이 견뎌내나? 팬들이 인권위원회에 진정을 넣었다는데 나는 잘한 짓이라고 봐. 암, 그런 디테일한 걸 신경 써야 진정한 선진국이지. 이제 먹고사는 걸로 징징거리는 시대가 아니잖아. 가수가 친구도 만나고 놀러도 다녀야 삘 받아 좋은 노래 부르고 춤추고 그러는 거 아닌가? 가둬놓고 사육하다는 발상 자체가 무리라고. 이 풍요로운 고도리가 인권문제로 엮인다는 자체가 수치 아닌가? 제군들! 그렇지 않나?"

"선배님, 지당하신 말씀입니다. 소속사 젊은 사장은 여론이 악화돼 동네에서 쫓겨날까봐 좌불안석일 겁니다. 얼마 전 연예뉴스를 보니까 숙소 뒤쪽에 잡목도 베어내고 애들 정서함양을 위한 연못과 화원을 만들어줄 거라고 나왔던데 별 쌩쇼를 다한다 싶더라고요."

갈호태가 과장을 섞어 침을 튀겨가며 이야기하자 영감은 입을 끝까지 벌리고 껄껄댔다.

홍예리가 잠시 한심스러운 듯 쳐다보다가 고개를 갸웃거렸다.

"그런데 청장님, 스토커는 조용히 훈방 처리됐다고요?"

"소속사 입장에서는 어쩔 수 없었을 걸세. 민감한 시기에 강경 대응하면 할수록 새로운 기사가 화수분처럼 나올 테고. 게다가 스토커가 생판 모르는 사람도 아니고 옆집 사람이니."

"옆집 사람이란 건 처음 듣는데요?"

"있어. 10호집 사내. 멀쩡하게 생긴 부동산 하는 놈."

나는 오후에 잠시 만난 친절한 디카프리오 씨를 떠올렸다.

"카페 돌싱녀에게 슬쩍 물어보니 애인의 배다른 동생이라고 하더군. 내가 보기에 그냥 술 한 잔 먹고 흥분해서 한 짓인데 과장된 측면도 있고, 소속사의 초기 대응도 미숙했고. 암튼 범죄 없는 마을에 이 무슨 비웃음거리인지. 경찰 고위직을 지낸 나를 무시하는 행동이기도 하고. 관리사무소 곽 소장 말로는 5년 전쯤 큰 소동이 한 번 있고 처음인 모양이야. 뭐, 그때야 단지가 조성되기 전이니."

눈을 반짝이며 홍예리의 관심이 이어졌다.

"5년 전 사건이라면?"

"여기 뒷산에서 수원의 양대 폭력 조직이 한밤에 충돌해 한쪽 두목이 죽었다더군. 경찰이 미리 정보를 입수해 현장을 덮쳤다고 하더라고. 다른 파 두목은 도망치다 포위망을 뚫지 못하고 결국 다음 날 새벽에 검거되고. 당시엔 시골에서 일어난 사건이라 언론에서 딱히 주목 안 했던 모양이야. 아마 고도리 뒷산은 그 세계에선 조폭 두목들이 맞장 뜨는 성지 같은 곳인가봐. 허허허."

어이구, 듣기 민망하여라. 내 얼굴까지 덩달아 달아올랐다. 갈호태도 분위기가 예상과 달리 흘러가자 될 대로 되라는 표정으로 귀한 와인을 넙죽넙죽 비웠고, 하마 영감은 또 그게 불만인지 찌릿찌릿 눈빛을 날렸다. 계속 소모적인 대화가 오갔다. 나는 입을 닫았고, 홍예리는 메모하던 수첩을 반복해 들여다봤다. 덕식이의 존재는 잊혀갔다.

"자! 제군들, 내일은 더 열심히 뛰길 바라네."

알근하게 취한 하마 영감은 10시 취침의 철칙을 지키러 먼저 자리를 떴다. 홍예리도 방송국 차량을 타고 서울로 올라가버렸다. 갈호태는 그게 좀 아쉬웠나보다. 내일은 토요일. 아침 뉴스가 없어 어쩌면 홍예리와 밤새 한잔할 수 있다고 기대했던 것 같다. 그녀를 좋아하지만 매번 무시당해온 입장에서 긴 시간 얘기를 나누면 자신의 장점을 어필할 수 있다고 판단한 모양이다. 직접 폭탄주를 제조하더니 벌컥벌컥 마셨다. 헤롱헤롱 꼬인 혀로 '인생 뭐 별거 있음? 그냥 이렇게 놀다 가는 거 아님?' 천하태평 모드로 주정을 하다 픽 고꾸라졌다. 역시나,

무책임하면서도 대책 없이 긍정적인 녀석.

나는 카페 '이기적인 갈 사장'에 전화를 해서 구양에게 자초지종을 설명하고 내일 출근 좀 해주십사 정중히 부탁했다.

"뭐, 초과근무 수당 찍을 테니 상관없어요. 어차피 돈 받고 하는 일인데요. 뭐."

구양은 그 또래 아이답지 않게 쿨 했다. 다급히 시골로 내려간 일에 대해서 물어왔고 내가 개 찾는 일에 동원됐다고 이실직고하자 전화기가 폭발할 듯 꺄르르 웃어댔다. 되레 나를 위로하며 이런 말을 했다.

"개 찾는 일이라 생각하지 말고 보물찾기나 뱃살 빼는 운동이라고 여기세요. 그럼 조급증이 없어지고 집중력이 생기겠죠."

스물 중반의 여자애가 하는 말이 꼭 현자의 말씀 같다. 싸가지 없는 언론사 후배들의 영혼 없는 위로보다 훨씬 나았다.

베란다에 홀로 서서 밤하늘의 별을 헤아렸다. 서울에서 1시간 달려왔을 뿐인데 별들이 숫자도 많고 선명하게 반짝였다. 대도시에선 고층 빌딩이 뿜어내는 반사 불빛 때문에 별을 볼 수 없다고 하지만, 실은 별을 볼 여유조차 없는 삶을 사는 건 아닐까.

그때, 옆집 반지하 연습실 창에 불이 들어왔다. 핫식스 멤버 중 내가 제일 좋아하는 소피아가 트레이닝 복장으로 모습을 드러냈다. 나도 모르게 환호성을 내지르려다 바로 입을 틀어막고 말았다. 엄청난 장면을 봐버렸다. 얼결에 휴대폰을 꺼내 들었다.

나는 자전거 페달을 힘껏 밟았다. 채연수는 해 질 녘 일산 호수공원에서 검붉은 석양을 마주 보며 산책로를 달리는 데이트를 좋아했다. 뒷자리에 앉은 그녀의 두 팔이 가볍게 내 허리를 감싸 안았다. 한껏 기분이 고조된 나는 미소를 머금고 천천히 뒤돌아봤다. 채연수의 머리통이 없었다. 팔다리만 있는 썩은 시신이 내 허리를 꽉 붙잡고 있었다. 급브레이크를 잡았고 자전거 뒷바퀴가 들리면서 나는 허공으로 튀어 올랐다가 머리부터 땅바닥에 곤두박질쳤다.

비명을 내질렀고 누군가가 흔들어 깨웠다. 사모님이었다. 온몸이 땀에 푹 젖어 있었다. 잊을 만하면 반복되는 악몽! 도무지 이 굴레의 끝이 있기나 한 것일까. 시작이 있으니 끝이 있지는 않을까.

"좀 일어나보세요. 남편이 체포됐다네요."

하마 영감이 경찰에 끌려가다니. 이 새벽에 무슨 봉창 두드리는 기괴한 소리인가. 사모님은 다급한 상황임에도 우아하고 차분하게 말했다.

들어보니 하마 영감이 간밤에 잠옷 바람으로 덕식이 동생 덕분이를 데리고 옆집 담을 넘어갔다는 것이다. 무단가택침입. 관리인에게 붙잡혀 있다가 경찰에 인계된 모양이다. 하지만 술을 과하게 마시지도 않았고 지난밤 그토록 경멸하던 짓을 본인이 했다는 건 납득할 수 없다. 덕식이 잃은 슬픔이 너무 커서 순간 노망이 나버렸나.

폭탄 맞은 것처럼 파마머리가 붕 뜬 갈호태도 잠이 덜 깬 채 곁에서 하품을 해댔다. 입을 쩍 벌릴 때마다 지독한 구취가 풍겼다. 소문대로 와인 폭탄주는 좋지 못하다.

상황 파악을 위해 씻지도 못하고 부랴부랴 군소재지의 경찰서로 달려갔다. 하마 영감을 찾는 것 어렵지 않았다. 별별 사고 친 사람이 다 모이는 형사과라도 용 자수가 놓인 실크 나이트가운과 슬리퍼의 조합은 특별했다. 면역력 강화에 좋다고 양쪽 손목에 찬 게르마늄 팔찌가 수갑 같았다. 등을 젖히고 다리를 꼰 채 기품을 잃지 않고 조사를 받고 있었으나, 그럴수록 화려한 경찰 경력과 화려한 의상이 왠지 초라해 보였다.

안타깝게도 하마 영감의 월담은 사실이었다. 상황이 좋지 못했다. 최악을 가정해 정리하면 이렇다. 술에 취한 전직 경찰 고위 간부가 속옷 차림으로 개를 끌고 걸그룹 숙소 담을 넘었다. 정상 참작해 정리하면 이렇다. 집에서 키우던 개가 갑자기 담을 타고 옆집 마당으로 뛰어들어 놀란 주인이 붙잡으려다가 같이 미끄러졌다.

우리가 경찰서 1층 로비에서 어찌할 줄 몰라 하고 있는데 한눈에 띄는 스타크래프트가 민원인 주차장에 들어서고 있었다. 파란 스트라이프 양복을 차려입은 젊은 남자가 차에서 내렸다. 핫식스 하나 잘 터져 돈방석에 오른 '대박엔터'의 안대박 사장이었다. 잔뜩 뿔이나 있는 게 멀리서도 보일 정도였다.

저 인간만 설득하면 길은 있다. 나는 그에게 다가가 앞을 막고 비장의 카드를 꺼내 보였다. 안대박 사장의 눈썹이 꿈틀거렸다. 얼굴이 시뻘겋게 달아오르는 게 폭발 직전의 사나이 같았다. 나는 하마 영감의 처벌불원 의사를 서면으로 제출해줄 것을 요청했다. 거절 못 하리란 건 알지만 자극하지 않도록 최대한 정중하게. 갈호태가 아니해야 할 말을 덧붙였는데 서두가 꼬여 듣기 좀 민망했다.

"제 새끼 같은 개새끼를 잃은 이웃의 슬픔을 조금만 헤아려주시길 부탁드립니다."

안 사장이 끝내 폭발하고 말았다. 광기에 눈알을 부라리고 어깨를 들썩이며 씩씩거렸다.

"미친 영감탱이! 안 그래도 요즘 돌아버리겠는데 왜 자기까지 사고 쳐서 불에 기름을 부어! 요즘 세상에 누가 개를 풀어놓고 키우냐고! 개새끼고 영감이고 한 번만 더 내 눈에 걸리면 뒈질 줄 알아!"

뒤따르던 소속사 직원이 말리지 않았으면 주먹이라도 날릴 기세였다.

돌아오는 차 안에서는 다들 침묵했다. 스타일 확실히 구긴 하마 영감이 시무룩해져 뒷좌석에 퍼져 앉았다. 결국, 참지 못한 갈호태의 목소리가 따지듯 올라갔다.

"선배님, 대체 어떻게 된 겁니까? 안 사장이 개 때문에 힘들어했다는 건 또 뭔가요?"

하마 영감은 부하 놈의 태도가 영 못마땅한지 흠흠, 헛기침만 내뱉고 입을 다물었다. 그러다 저 멀리 아침 햇살을 받아 반짝이는 고도리의 아름다운 전경이 보이자 그제야 변명조로 입을 열었다.

"핫식스가 덕식이를 너무 좋아해서 덕식이가 사장 몰래 옆집에 자주 놀러 갔었다네. 그 아이들이 돈 잘 벌고 겉으론 화려해 보여도 애완견도 못 키우게 통제받고 살더라고. 휴대폰도 없고 무리한 다이어트는 기본이고…. 삼겹살 구워 먹는 사진 그딴 건 다 사장 놈 연출이야. 다들 연습생 시절 거치며 외롭게 성장해온 아이들 아닌가. 먹고 싶고 놀고 싶을 나이지. 걔들 사는 모습이 예전의 덕식이를 보는 것 같은 마음이 짠하더라고. 나도 그 덕에 핫식스와 친해져서 호강했지만."

갈호태 목소리가 조금 더 올라갔다.

"그럼 됐네요. 서로 외로움 달래주고. 그런데 뭐가 문제입니까?"

"리더인 소피아 양이 온몸에 반점이 번져 방송 펑크 내고 몇 번 병원에 실려 갔던 모양이야. 처음에는 원인을 몰랐는데 알고 보니 개털 알레르기라더군. 화난 사장이 애들에게 주의 줘도 안 되니 내게 협박을 하더라고. 개 풀어놓고 키우지 말라고. 자꾸 그러면 민원 넣겠다고. 암튼 그간 갈등이 좀 있었어."

어제 개 찾겠다고 초인종을 눌렀을 때의 차가운 반응이 이해됐다.

"수사회의 때 왜 그런 중요한 얘기를 안 하셨어요?"

"중요하다니? 뭐가?"

듣고 있는 내 속이 다 뒤집힌다. 안 사장에게 자사 소속 연예인은 자산이다. 풀어놓은 이웃집 개가 숙소에 뛰어들어 피해를 줬다면 충분히 살의를 가질 수 있지 않을까. 동네 개 한

마리 죽인다고 감옥살이하는 것도 아니고.

"그럼 어젯밤은요?"

"와인도 한 잔 했겠다 덕식이 생각에 착잡해져 잠이 안 오더라고. 침대에서 뒤척이고 있는데 계속 깽깽거리는 소리가 들려 서재에 가보니 덕분이가 덕식이가 사용하던 개담요에 누워몸을 비비고 있더군. 짠하대. 피 한 방울 안 섞인 동물 사이라도 이틀째 안 보이니 오빠가 걱정스러웠던 모양이야. 기분도 울적하고 해서 덕분이를 안고 집 여기저기 산책을 했어. 2층 베란다를 도는데 덕분이가 순식간에 내 품에서 빠져나가 옆집과 맞댄 담 위를 타고 졸졸 가더라고. 당황해서 나도 따라 걸었지. 그런데 덕분이가 나뭇가지를 타고 다람쥐처럼 옆집 뒷마당으로 뛰어드는 거야. 나도 얼결에 쫓아가다보니 어느 순간 커다란 나무 앞에 서 있더라고. 마치 귀신에 홀린 것처럼. 그 후론 그렇게 된 거야."

"선배님을 가끔은 이해할 수 없습니다."

갈호태가 처음으로 쓴소리를 했다.

차가 관리사무소를 지나 B블록에 들어섰다. 갑자기 내 마음속에 충동적인 호기심이 차올랐다. 처음에는 개고생이라고 생각했는데, 이런저런 일련의 상황을 겪다보니 끝을 보고 싶었다. 구양의 조언대로 뱃살 빼는 운동이라고 생각하면 된다. 어차피 카페에 있어도 일을 해야 한다. 그건 재미없는 노동이다. 반려견 때문에 노망난 노인처럼 좌충우돌 헤매는 하마 영감을 보는 재미가 쏠쏠하고 짠하기도 했다. 어쩌면 진짜 가족을 잃은 슬픔에 빠진 것일까. 그리하여 더더욱 덕식이를 찾고 싶었다.

체력이 방전된 하마 영감을 일단 집에 내려놓고 우리는 바로 밖으로 나섰다. 문 앞에 놔둔 등산용 스틱을 하나씩 나눠 들고 습관처럼 향한 곳이 플라워카페. 동네에 편의점이 있었다면 뜨뜻한 컵라면 국물로 속풀이를 하고 싶었건만.

"오늘 하루만 더 뛰어보고 접자. 내가 선배님께 잘 이야기할게."

다소 냉정해진 갈호태가 다독이고 나섰다. 나는 마음을 달리 먹고 있던 터라 아무렇지 않았다.

모니카가 오늘도 일찍 나와 있었다. 아쉬운 대로 밀크티를 주문해 숙취를 달랬다.

"형사님들, 덕식이 찾았나요?"

젠장. 저걸 질문이라고 하는가. 꾀죄죄한 몰골에 등산용 스틱 들고 다니는 꼴을 보면 모르나. 문제는 모니카 뒤에 감색제복을 입은 경비용역이 둘 등장했다는 것. 부자동네를 지키는 사람답게 둘 다 젊고 크고 핸섬했다. 더 젊은 쪽이 말했다.

"동네에 이상한 사람들이 돌아다닌다고 아침에 신고가 들어왔습니다. 도로 가운데 막 드러눕기도 하고, 발꿈치 들고 남의 집 훔쳐보고, 막대기로 개구멍을 쑤신다고. 미친 사람들 아닌지 확인해달랍니다!"

민망하게 우리 이야기였다. 스틱을 들고 있는 손이 부끄러워졌다.

"이분들은 경찰청 소속 특수 업무…."

모니카가 옹호하고 나섰지만 덜 젊은 경비가 말을 잘랐다.

"네. 중요한 국가의 일을 하신다고 들었습니다. 하지만 저희도 입주민의 요구를 듣고 처리 결과를 알려드려야 하는 입장이라…. 실례가 안 된다면 신분증 확인 좀 부탁드립니다. 차가지고 오셨으면 관리사무소에서 방문증도 발급받아야 하는데 그것도 안 하셨더군요. 암튼, 저희 입장도 부디 이해를."

정중하면서도 거절하지 못하게 만드는 노련함이 있다. 분명 우리가 경찰이 아님을 알고 요것들 한번 당해봐라, 그런 속셈인 것이다.

아, 이 또 무슨 개수모를 당하려고…. 거짓말이 거짓말을 부른다더니 이제는 동네 사설 경비한테도 쩔쩔매야 하나. 아니면 모니카에게 경찰이라고 한 적 없다고 잡아떼야 하나. 모양새 빠지기는 둘 다 마찬가지다.

무지 비참해지려는 찰나 카페 문을 밀고 나타나는 여신 모드의 여자가 있었으니, 바로 홍예리다. 오늘은 민주TV 로고가 박힌 점퍼를 입은 카메라맨을 대동하고 나타났다.

"선배!"

그 한마디는 배가 침몰하기 직전 하늘에서 내려보낸 동아줄. 갈호태가 한발 치고 나왔다. 또 거짓말 작렬이다.

"실은, 저희는 경찰이 아니고 기자들입니다. 아시다시피 최근 여기에 여러 사고가 겹쳐서 뻗치기 중이고…. 어제 여기 사장님과 이것저것 얘기를 나누다 기자라고 하면 괜히 말씀을 꺼리실 것 같아 형사인 척했던 거죠. 직업 사칭할 생각은 추호도 없었습니다."

갈호태가 가볍게 고개를 까닥이자 경비들은 뭔가 찜찜해하면서도 방송용 카메라가 불편한지 한발 물러났다. 무서워서가 아니라 더러워서 피하는 거요. 표정은 딱 그랬다.

감을 잡은 홍예리도 실실 웃을 뿐 따로 토 달지 않았다. 모니카 앞에서 우리는 하룻밤 새 심부름센터 직원에서, 경찰청 특수반 형사로, 다시 기자로 돌변했다.

홍예리가 우리를 끌고 나가 매장 입구 파라솔 아래에 둘러 앉혔다. 시원한 과일주스를 돌리더니 당당하게 요구했다.

"저 좀 도와주세요. 아니면 형사 사칭으로 꼰질러버릴 겁니다."

아이고~. 이제 후배한테까지 협박받는 신세. 갈호태는 그딴 말에 아랑곳하지 않고 그냥 좋아서 히히거린다. 나는 반복되는 상황에 진이 빠져 배를 내밀고 의자에 퍼져버렸다. 이 평온한 동네에 뭐 그리 사건이 많은지. 따지고 보면 다 무시해도 좋을 일이건만. 확실한 건 처음부터 아니 왔어야 할 동네라는 거다. 그랬다면 뻘짓도 하지 않고 갖은 모멸감도 겪지 않았을 터.

홍예리가 급히 다시 달려온 데는 이유가 있었다.

"선배, 오늘 새벽에 핫식스 숙소에 난입한 사람이 또 있다면서요. 누구예요? 선배는 알죠? 연이어 일어났다면 그냥 넘길 일은 아니잖아요."

정말 미치겠다. 언론사 정보망이 빠르긴 빠르구나. 아니면 경찰서의 누군가가 엿듣고 자랑삼아 SNS에 올린 게 틀림없다.

"어디서 주워들었어?"

"허헐, 선배 이거 왜 이러십니까. 취재원 누설 금지는 기자의 기본 아닙니까? 게다가 미심쩍은 점이 하나 더 있어요. 이것 좀 봐요."

복사한 신문기사 하나를 테이블 위에 올려놓았다.

"어제저녁에 청장님 얘기 듣고 왠지 신경이 쓰여서 밤새 방송국 자료실을 뒤졌걸랑요. 5년 전에 진짜 고도리 뒷산에서 조폭 간 난투극이 있었더라고요."

사소한 의심을 풀기 위해 발품 파는 정성이 갸륵하다. 진정 기자에게 필요한 덕목인데 그녀는 몸소 실천하고 있다.

나는 신문기사를 집어 들었다. 들어서 대충 아는 내용이었다. 옥동자 파 두목이 죽고 피터팬 파 두목은 다음 날 새벽 현장에서 검거됐다. 형광펜으로 그어놓은 마지막 단락이 눈길을 끌었다. '경찰은 체포된 조직원들을 대상으로 사건 경위를 조사 중이나 특별한 점은 찾지 못했다.'

"두 조직은 그때 와해됐고 피터팬 파 두목은 실형을 선고받아 복역 중입니다. 형 만기가 다음 달. 즉 곧 출소한다는 얘기죠."

홍예리가 설명을 덧붙이며 이번에는 프린트한 사진을 세 장 올려놓았다.

"피터팬 파 두목 피태평이에요. 체포 당시 찍은 사진입니다. 관할서에 연락해 신분을 밝히고 겨우 받았습니다. 당시 수사관들이 외근 중이라 통화는 못 했습니다만."

전형적인 조폭 두목의 외형이었다. 나이는 40대 초반 정도.

짧은 머리에 부리부리한 눈과 흘러내리는 볼살. 목에 굵은 금목걸이를 찼다. 목과 등 뒤에 걸쳐 피터팬의 컬러 문신이 새겨져 있었다.

"선배, 기사 말미에 보면 경찰은 특별한 점을 찾지 못했다고 나오잖아요. 그럼 조폭들은 대체 왜 싸운 거죠? 역으로 말하면 어떤 목적이 있기에 관련인 모두 함구하고 있다는 뜻 아닌가요? 외진 동네 산 속에서 나와바리 다툼은 말도 안 되는 얘기고…. 제가 신경 쓰이는 건 바로 그 부분입니다. 지금 고도리에서 일어나는 사건과 혹시 연관이 있지 않을까요?"

사건 냄새 잘 맡는 기자의 놀랄 만한 분석이다. 하지만 분석이 설득력을 얻으려면 결말까지 이어주는 연결고리가 필요한데, 지금은 근거도 부족하고 거리도 멀어 보였다. 게다가 나는 지쳐서 그런 일까지 생각하고 싶지 않았다.

"우리는 개를 찾아야 해, 그런 건 관할 형사들이 더 잘 알겠지."

나는 까칠하게 대꾸하고 눈을 붙였다. 일이 실타래처럼 꼬여 있고 새벽에 꾼 악몽까지. 핫식스 숙소를 훔쳐본 일은 여전히 가슴이 두근거린다. 생생하긴 하나 믿기지 않았다.

덕식이 실종 36시간째. 서재에서 두 번째 수사회의가 열렸다. 하마 영감은 경찰서에 다녀온 지 서너 시간 만에 원기 회복. 용이 그려진 가운을 벗어 던지고 흰 셔츠에 빨간 보타이를 맸다. 홍예리가 가세하자 지난밤의 굴욕을 의식한 듯 더 위엄을 갖춘 목소리로 브리핑했다.

"제군들, 수고 많았네! 어젯밤 나의 도전은 실패로 끝났지만 어쨌든 그 처리 과정에서 옆집 기획사 사장에게 살의가 있었다는 게 확인됐네. 이 중요한 정보는 모두가 하나의 팀이 돼 노력한 결과물이라고 생각하네!"

젠장, 내가 안 사장을 협박 회유해 겨우 알아낸 사실을 저런 식으로 물타기 해버리나. 기자 세계였다면 왕따 당하고도 남을 처신이다.

홍예리가 전혀 새로운 시각에서 얘기를 끄집어냈다.

"청장님, 혹시 어젯밤 도망치는 덕분이를 따라가면서 이상한 느낌 못 받으셨나요? 일부러 청장님을 유도하려는 게 아닐까 하는."

"전혀? 왜?"

"덕분이는 덕식이가 실종된 장소를 알고 있었는지 모릅니다. 돌발 행동을 일으켜 청장님을 그 장소로 데려가려고 했을 수 있습니다. 사건을 파헤치게 하려고요. 이건 아주 중요한 대목이라고요."

"중요하다니? 뭐가?"

하마 영감은 어린 여기자에게 지적질 받자 시큰둥했다. 둔한 건지 약은 건지 진짜 속이 터질 지경이다. 그때 우아한 사모님이 방문을 살짝 열었다.

"여보, 잠깐만 나와봐요. 덕식이 일로 누가 찾아왔어요."

다들 우르르 현관으로 내려가자 부동산의 디카프리오 씨가 서 있었다. 하마 영감과는 안면이 있는지 가볍게 목례를 했다.

그리고 붉은색 가죽으로 만든 목줄을 두 손으로 들어 보였다.

"어르신. 혹시 이거? 산책하다가 공터 앞에서 발견했습니다. 개를 잃어버렸다는 소식을 저기 두 분께 들어서 혹시나 하고요."

하마 영감은 목줄을 넘겨받자마자 탄식하며 무릎을 꿇었다. 단면이 해져서 끊어진 게 아니라 날카롭게 잘려나가 있었다. 목줄이 풀렸다면 누군가가 덕식이에게 손을 댔다는 얘기고, 죽임을 당했을 가능성이 크다.

내가 등산용 스틱을 쥐고서 맨 먼저 대문 밖으로 달려 나갔다. 분위기를 직감한 갈호태가 뒤를 따랐다. 한참을 뛰다 뒤돌아보니 홍예리와 하마 영감이 함께 쫓아오는데 정장 구두를 신고도 홍예리가 더 잘 뛰었다. 뱃살이 출렁거리는 갈호태마저 제칠 기세. 자존심 상할 위기에 처한 갈호태는 요상한 괴음을 꽥꽥 내질렀다. 마음과 달리 몸이 따라주지 않을 때 내뱉는 본능적 발악.

나는 '영계파 여배우'가 소유한 땅의 철조망을 훌쩍 타 넘었다. 갈호태가 내 흉내를 내 한쪽 구둣발로 철조망을 찍고 올랐다가 훌쩍 뛰어내렸으나, 착지 순간 중심을 잃고 앞쪽으로 뒹구는 몸개그를 보여주었다. 그러나 당황하지 않고, 일부러 그랬다는 표정으로 일어나 옷에 묻은 흙을 털었다. 모호한 욕을 구시렁거리면서.

"이런 픽큐!"

나는 등산용 스틱으로 잡초를 헤집으며 주변을 샅샅이 뒤졌다. 그리고 찾아냈다. 겨우 3분도 되지 않은 시간 안에.

덕식이는 누워서 울고 있었다. 최소한 내 눈에는 그렇게 보였다. 실물은 처음 봤지만 사진을 품고 다녀서 단박에 알아봤다. 낭자한 유혈도 없고, 몸통이 훼손되거나 기괴하게 뒤틀려 있지도 않았다. 약을 먹고 잠들었다가 그냥 편히 떠난 것 같았다. 가끔 길에서 보는 비명횡사한 길고양이와 달리 덩치가 있는 놈이라 느껴지는 슬픔의 크기도 달랐다.

뒤늦게 숨을 헐떡이며 도착한 하마 영감이 현장을 보자마자 퍼져 앉아서 통곡을 했다. 덩치에 어울리지 않게 꺼이꺼이. 진짜 가족을 잃었구나 하고 생각될 정도로.

덕식이는 그렇게 B블록 최고의 알짜땅 안에서 발견됐다. 추측해보면 동네를 배회하다 철조망 아래에 뚫린 구멍으로 기어들어왔고, 뭔가 약이 묻은 먹이를 잘못 먹고 죽은 게 아닐까 싶다. 어떻게 알았는지 덕분이가 개 끈이 달린 채로 쫓아와 덕식이 머리 언저리에 쪼그려 앉아 낑낑거렸다. 덕식이의 죽음보다 그 장면이 더 애잔했다.

나는 덕식이 사체를 다시 찬찬히 훑어봤다. 반복되는 위화감! 거실에서 놀다가 잠든 아이를 부모가 살포시 들어 침실로 옮긴 것처럼, 덕식이도 누군가가 박제처럼 만들어놓았다가 조용히 옮겨놓은 것 같은 느낌이 들었다. 그만큼 사체가 훼손 없이 깨끗했다. 사고로 죽어 방치됐다면 벌써 부패의 징후가 나타났으리라.

용기가 생겼다. 팔을 뻗어 덕식이 몸을 쓰다듬어 보았다. 처음엔 까슬까슬한 털의 촉감이, 이어 차가운 피부의 촉감이 손 끝에 전해져왔다. 외부의 기온 때문이 아닌 몸 속 깊은 곳에서 뿜어져 나오는 냉기였다. 누워 있는 흙바닥에 물기가 배어 있었다. 그러나 의심일 뿐. 개의 죽음은 그냥 개죽음이다. 사람과 달리 법의학적 의미를 부여할 여지는 없다.

하마 영감은 울음을 못 그친 채 반려동물 장례업체와 연락을 취하고 있었다. VIP 고객인지 바로바로 결정됐다.

"그려, 운구차부터 보내게. 응, 빨리 치러야지. 관하고 납골함은 최고급으로 부탁해. 스톤비석도 해야 하고. 장례는 3일장으로. 뭐야? 개라서 그건 안 된다고?"

3일장 얘기에 나는 간신히 웃음을 참았다. 덕식이를 향한 무한 애정을 보면 하마 영감이 순수해 보이다가, 한편으로는 그무한 애정의 근원이 궁금했다. 사람 이상의 과한 대접엔 이유가 있지 않겠는가.

덕식이 실종 37시간 만에 상황 종료. 슬픈 결말이지만 사체라도 찾았으니 체면은 세웠다. 게다가 1분이라도 빨리 이 악연의 동네를 떠나고 싶었다. 아쉽다면 죽음의 원인을 명확히 밝혀내지 못한 점. 쥐약 잘못 먹고 죽어나간 개가 전국에 한두 마리는 아닐 것이고, 예쁘면 키우고 병들면 버리는, 유기견의 충성심만도 못한 인간이 수두룩한 세상이라 그만하면 됐다 싶었다.

하마 영감은 하염없이 눈물을 떨구며 구경하러 온 디카프리오의 손을 잡고 감사 인사를 했다. 우리는 당장 떠나기가 뭣해서 운구차량이 올 때까지만 기다리기로 했다. 그 동정심이 또 발목을 잡고 말았다.

"제군들, 덕식이 장례식에 올 거지? 같이 슬퍼해줄 수 있지? 나와 함께 이 밤을 지새워줄 수 있지?"

어안이 벙벙해진 나와 갈호태가 동시에 얼굴을 마주봤고 내가 더 빨리 치고 나왔다. 스스로 생각해도 놀랄 만한 순발력.

"갈 사장은 내일 출근 안 하니 당연히 장례식장에서 밤을 샐 거고요, 저는 근무라서 올라가봐야죠. 둘 다 가게를 비울 수야 없잖습니까."

하마 영감이 고개를 끄덕였다. 갈호태의 볼이 찌그러지고 입술이 씰룩씰룩거렸으나 이미 늦었다.

"제군들, 덕식이는 말이야 항상 배고픈 아이였어. 어렸을 때 너무 못 먹어 내가 입양할 때 얼마 안 남은 노년을 황제처럼 누리게 해주고 싶었거든. 그런데 또 저렇게 갈 줄이야. 다 제 타고난 운명이겠지."

하마 영감은 의미심장한 말을 하고선 뒷짐 지고 먼 하늘을 봤다. 후배 앞에서 흐르는 눈물을 감추고 싶은 걸까. 그렇게 한 시간여를 기다렸다. 검은색 운구차량이 동네에 들어서고 있었다.

'삼가 명복을 빕니다.'

꽃장식이 된 제단 위에 그렇게 적혀 있었다. 그 밑에 젊은 날의 덕식이 영정 사진이 걸려 있고 불 켜진 양초 옆에는 생전에 좋아하던 개껌과 육포가 놓여 있었다. 제단 앞, 꽃으로 뒤덮인 목관 안에 염습을 하고 수의를 입은 덕식이가 잠들어 있었다.

인근 대도시에 자리한 반려동물 전문 장례식장. 아담한 정사각형 방 안에서 열린 장례식은 엄숙한 분위기에서 치러졌다. 업체의 장의사가 추모의 글을 읽는데 검은 상복을 입은 하마 영감이 워낙 심하게 곡을 해대는 통에 잘 들리지 않았다. 요즘 세상에 나라님을 잃어도 저리 슬퍼하지 않을 텐데. 관이 화장로에 들어갈 때는 거의 실신 모드. 거구가 휘청거려 주위에서 부축을 해야 했다.

애견인이 아닌 나로서는 장례 과정이 심히 지루하고 불편했다. 검은 정장을 입은 탓에 진짜 조문객 같은 갈호태도 좀이 쑤시는지 하품을 하다가 하마 영감의 질타를 받았고, 얼결에 따라온 홍예리는 구석에서 조용히 취재수첩을 펼쳐놓고 뭔가에 골몰해 있었다.

분골을 납골당에 안치하고 나서야 장례식이 끝났다. 영감은 덕식이 사진 옆에 은빛 훈장을 함께 걸어주었다. 벌써 해 질 녘이다. 우리는 이제 자유의 몸. 서울로 돌아갈 수 있게 됐다. 하마 영감은 부하처럼 마구 부려먹은 게 미안한지 주차장까지 배웅을 해주었다.

거기서 하마 영감은 변명인지 뭔지 모를 말을 또 한번 내뱉었다.

"제군들, 오지랖 넓은 인간의 쓸데없는 간섭이겠지만 나는 핫식스를 볼 때마다 덕식이가 겹쳐 보이더라고. 내 집착증은 그래서 생긴 건지도 몰라. 덕식이는 배고프고 고단한 삶을 살았어. 내가 욕먹으면서도 덕식이가 맘껏 뛰어 놀게 풀어서 키운 건 다 그런 이유야. 나는 이제 개를 키우지 않을 걸세. 덕식이가 오랫동안 그리울 거야."

순간, 뭔가 아연해졌다. 머릿속에서 빙그르르 돌던 카지노 룰렛 판의 쇠구슬이 목표점에 똑, 떨어지는 것 같았다. 사건이었다.

갈호태가 액셀을 밟고 출발하려는 순간 내가 외쳤다.

"멈춰!"

출발하던 낡은 산타페가 급정거하면서 차체가 꿀렁거렸다. 손을 흔드는 하마 영감에게 되물었다.

"청장님, 덕식이가 실컷 못 먹다뇨? 혹시…."

하마 영감이 코를 킁킁거리며 대수롭잖게 고개를 끄덕였다.

"그럼 납골당에 함께 걸어준 그 훈장은 장난감이 아니군요?"

"예끼! 이 사람아. 장난감이라니. 덕식이도 경찰 식구였다네. 은퇴 때 받은 것이지."

"아이 씨, 그렇게 중요한 걸 왜 이제 얘기하냐고욧!"

내가 벌컥 화를 냈다.

"중요하다니? 뭐가?"

하마 영감은 여전히 말귀를 못 알아듣고 슬픔에 잠긴 눈만 끔벅거렸다. 진짜 하마를 닮았다. 갈호태가 가볍게 속삭였다.

"내 말 맞지? 항상 결정적 증거를 눈앞에 두고 놓치시는 분이라고, 똥구멍!"

다시 고도리로 내달렸다. 이제 진짜 뛰어야 할 시간이다. 덕
식이의 죽음이 진짜 개죽음이 안 되려면 밤을 새워 파헤쳐야
한다. 먼저 서울로 출발한 홍예리에게 전화를 걸었다.

"돌아와, 사건이야!"

세 번째 수사 회의였다. '덕식이 실종사건'에서 '덕식이 살견
사건'으로 이름이 바뀌었다. 홍예리가 합류했고 슬픔에 빠져
칩거 중인 하마 영감이 빠졌다. 장소도 플라워카페 앞 파라솔
벤치로 옮겨졌다. 주근깨가 있는 젊은 알바녀 혼자 가게를 지
키고 있었다. 주문한 커피를 받으러 카운터에 간 나는 슬쩍 질
문을 던졌다.

"사장님 퇴근 하셨나봐요?"

"아뇨, 선생님은 재벌 회장님 댁에 일 봐주러 가셨습니다."

의아한 건 선생님이란 호칭이다. 그냥 인물만 반반한 카페
돌싱녀가 아니었나. 궁금증이 동한 표정을 짓자 알바녀가 덧
붙였다.

"아, 선생님은 유명한 플로리스트세요. 일본에 유학까지 다
녀오신 걸요. 잘나가는 강남 가게 접고 여기로 옮겨오신 게 이
해 안 되지만…. 그래도 실력이 있으니 소문나서 바로 자리 잡
았어요. 이 동네도 오래 있지는 않을 거라고 말씀하시긴 하셨
는데."

자신은 일 배우는 제자라고 덧붙였다. 그 세계에도 도제식

수업이 존재하는 모양이다. 손님 뜨문뜨문한 플라워카페가 어떻게 유지되는지 이해가 됐다. 이런 동네라면 주기적으로 부잣집의 꽃을 관리해주는 것으로 충분해 보였다.

자랑에 신이 난 알바녀가 아예 카운터에서 사용하는 노트북 화면을 내 쪽으로 돌려서 보여줬다. 모니카가 운영하는 블로그였고 이름이 '미스 민은 꽃집여자'. 거기에는 꽃을 이용한 온갖 예술 작품의 사진이 올라와 있었다. 하나하나 눈이 호강할 정도로 기품이 있었다. 그러다 내가 마우스를 잘못 놀려 모니터 왼쪽의 즐겨찾기 목록이 열렸고 눈길을 끄는 걸 발견했다. 핫식스 관련 링크가 다섯 개나 이어져 있었다.

"혹시 사장님도 핫식스 팬인가요?"

"글쎄요, 그건 잘…."

알바녀가 의외의 질문을 받고 고개를 갸웃거렸다.

테이크아웃 컵에 커피를 챙겨 나오니 갈호태가 어찌나 조잘대는지 홍예리가 고개를 젖히고 깔깔거렸다. 나는 혼자 집중하고 싶었다. 들고 온 커피를 한 모금씩 홀짝이며 어둑해진 낯선 동네를 거닐었다. 시골 특유의 밤 한기가 돌았다. 산책 중 궁금한 게 생기면 멈춰 서서 전화를 걸고, 또 인터넷을 검색해 사실을 확인했다. 모니카 블로그에도 다시 들어가 봤다.

동네에서 제일 높은 곳에 올라서서 마지막 남은 커피를 삼켰다. 집집 창문마다 뿜어져 나오는 노란색 조명이 동화 속 세상에 온 듯 따뜻하고 평온해 보였다. 다시 채연수를 떠올렸다. 제주도 여행이 끝나고 올라오는 비행기 안에서 그녀가 말했다. '나 전원주택에서 살고 싶어. 황톳집 그런 곳 말고 거실 천장이 높은 예쁜 서양식 저택 말이야.' 솔직한 야심과 타인을 배려하는 성의가 그녀의 진짜 매력. 어쩌면 이런 동네를 꿈꿨는지도 모르겠다. 눈시울이 잠시 뜨뜻해졌다.

30여 분에 걸친 동네 순례가 끝나자, 드디어 마음에 걸렸던 의문이 하나의 형체로 윤곽을 드러냈다. 머릿속에는 체에 걸러진 굵은 단서만 남았다. 그것들이 고구마 줄기처럼 줄줄이 엮이기 시작했다. 한 줄기 쾌감이 솟구쳐 올랐다. 카페로 돌아오니 갈호태는 지치지도 않고 떠들고 있었다. 나는 의자를 당겨 앉으며 정색을 했다.

"덕식이 죽음은 핫식스가 촉발시킨 도미노 게임 때문이 아닌가 생각해."

"도미노 게임?"

갈호태와 홍예리가 동시에 답했다.

"혹시 일전에 화제가 됐던 사진 알지? 핫식스 멤버 전원이 뒷뜰에서 삼겹살 구워 먹는."

"선배, 그게 원래 스포츠신문에 실린 기사인데 포털 메인에 걸리면서 페이스북으로 번져나가 빅히트 쳤잖아요. 그 사진 때문에 시골 합숙소 생활이 알려지고, 다이어트 강요하면서 웬 고기냐고 소속사 욕하고. 의도와 상관없이 인권 유린 촉발시키고, 안대박 사장이 곤경에 처하고."

"거기서부터 꼬인 거야."

"좀 알아듣게 설명해봐요?"

내가 스마트폰으로 한 골수팬 블로그에 저장된 문제의 사진을 찾아 보여주자 둘 다 눈을 크게 뜨고 집중했다.

"잘 봐. 삼겹살 구워 먹는 두 장의 사진에 특이점이 있지? 보여?"

"삼겹살이 미국산 냉장인가? 핫식스가 미국 돈육 홍보대사 맞지?"

관찰력 하나는 끝내주는 갈호태가 이번 사건만은 하마 영감 페이스에 말려 일찌감치 에너지 방전. 의욕 상실에 삽질 남발이다.

"배경에 찍힌 나무가 특이하네요. 가지가 옆으로 뻗다가 수직으로 치고 올라간 게. 꼭 두 손바닥을 모아 공을 받으려는 모양 같아요. 안정적이면서도 독특한 기품이 있군요. 바오바브나무처럼요."

역시 홍예리가 예리했다.

"멀리서도 알아보겠지?"

"그럼요."

"바로 그거야. 한눈에 띄는 나무. 그렇다면 이런 나무의 용도에는 어떤 게 있을까?"

"목자재로 사용할 게 아니라면 지금처럼 저택이나 공원의 조경수로도 훌륭하고, 아니면 동네를 상징하는 랜드 마크? 오래된 마을 어귀에 꼭 이런 나무 한 그루씩 있잖아요."

"조금 더 확장해보면?"

"음…. 지표 같은 거? 보물이나 타임캡슐을 묻어놓거나, 아니면?"

역시 홍예리는 똑똑한 아이다. 반복학습을 통해 시험 문제를 풀듯이 집요하게 핵심에 접근해간다.

"아니면 뭐? 5년 전에 이 동네에 어떤 사건이 있었지?"

"조폭끼리 대판 싸웠죠."

"그들은 왜 싸웠을까? 신문에는 구역 다툼이라고 돼 있지만 이런 촌구석에 뭔…. 다 헛소리고 네 주장대로 뭔가 목적이 있으니 싸웠을 것 아냐?"

"혹시 마약? 한쪽이 거래하는 걸 다른 쪽이 덮쳤다. 그래서…."

"빙고! 내 생각도 그래. 경찰에 미리 정보가 새들어갔고 다음 날 새벽 피터팬 파 두목이 검거됐지. 아마도 밤새 산속을 헤매다 방향 감각을 잃었을 테고 체포 직전에 마약을 묻어야 했을 거야. 이유는 두 가지. 하나는 마약을 소지하고 잡히면 빼도 박도 못하고 중형에 처해질 것이고, 다른 하나는 나중에 조직을 재건하려면 자신만 알고 있으면서 출소 후에 쉽게 찾을 수 있는 장소라야 해. 바로 저 특이하게 생긴 나무처럼. 그런데 문제가 생겨버린 거야."

"그새 전원주택 단지가 조성되면서 집들이 들어선 거죠."

"다행이라면 나무가 잘려나가지 않았다는 것."

"그게 사실이라면 아직 나무 밑에 마약이 묻혀 있을 가능성이 크군요?"

"마약의 실체보다 앞으로 누가 거기에 접근하느냐가 더 의미 있겠지."

"선배, 그렇다면 덕식이는 왜?"

"덕식이가 청장님 댁에 입양되기 전에 무슨 일을 했는지 아까 들었지?"

"경찰 마약탐지견. 어라?"

홍예리가 말을 잊지 못했다. 갈호태도 그제야 사건의 진상을 파악한 듯 거들었다.

"선배님 말씀이 특수견은 어릴 때부터 후각 유지를 위해 양껏 안 먹인데. 포만감 오면 집중력 떨어진다고. 그런 개들은 수명이 짧을뿐더러 은퇴 후엔 보통 수의과대학에 실험용으로 기증되거나 헌혈견으로 전락한다네. 자비로운 선배님이 어떤 행사장에서 덕식이를 보고는 마음이 짠해 은퇴 때 약간의 편법을 동원해 입양했다고 들었어."

"그럼 제 예상대로 두 사건이 물려 있군요! 오우~ 예스!"

홍예리가 만족스러운지 감탄사를 내질렀다. 쾌감을 느끼기는 나도 마찬가지였다.

"며칠 전 핫식스 숙소에 난입한 스토커부터 의심해봐야 해. 친절한 디카프리오 씨를."

우리는 카페 옆 부동산에 눈길을 가져갔다. 사무실에 불은 꺼져 있었다.

헤드라이트 불빛 하나가 우리 쪽으로 뻗어왔다. 하얀색 폭스바겐 비틀이 카페 앞에 정차하더니 모니카가 작업용 가방을 들고 내렸다. 챙이 넓은 모자에 멜빵바지 작업복을 입은 채였다. 어떤 옷을 입든지 압도적인 미모였다. 갈호태가 "사장님!"
하고 부르면서 손을 높이 흔들자 모니카가 예의 그 고른 치아
를 드러냈다.

"덕식이 소식은 들었습니다. 안타깝네요."

"저희야 뭐 상관있나요. 선배님만 상심이 크시죠."

갈호태가 대수롭잖게 말하자 모니카가 고개를 끄덕였다.

"그나저나 기자님들도 이제 다 올라가셔야 할 시간이군요?"

"네. 핫식스도 숙소에 없어서 더 머무를 이유가 없어졌어요."

내가 딴청 피우듯 말했다.

"숙소에 없다니요?"

"최근 악재가 많아서 소속사 식구들과 오늘 밤 단체로 단합
여행을 떠난답니다. 내일부터 연습실 바닥 칠 공사도 다시 할
모양이고요."

"그렇군요. 그럼….'

모니카가 두 손을 모아 고개를 숙이고 돌아섰다. 홍예리가
그게 무슨 말이야, 하는 표정으로 나를 흘겨봤다.

"밑밥 깔아놨으니 이제 작업 들어가야지. 대단원이 멀지 않
았어!"

그 와중에도 갈호태는 모니카의 뒷모습에 눈을 떼지 못했다.

어둠이 내려앉은 고도리는 적막감에 휩싸였다. 새 울음, 벌
레 울음소리만 간헐적으로 들렸다. 홍예리가 자신감 있게 핫
식스 숙소의 인터폰을 눌렀다. 한참 응답이 없다가 반복해 누

르자 그제야 누군가가 답했다. 예의 그 불쾌한 남자 목소리. 홍예리가 신분을 밝히고 대표님 면담을 요청했으나 정중히 거절당했다. 예상했던 일이었다. 사전 약속 없이, 안 그래도 민감한 시기에, 연예부도 아닌 사회부 기자가 한밤에 찾아오면 경계하기 마련이다. 내가 인터폰에 입을 갖다 댔다.

"대표님께 경찰서에서 만난 박희윤이 찾아왔다고 전해주십시오. 그럼 아실 겁니다."

그 부분은 미리 하달을 받았는지 바로 철문이 열렸다.

대박엔터의 사무실 겸 소속 연예인 숙소는 3층 건물의 대저택이었다. 많은 사람이 들락거리는 건물과 달리 널찍한 정원은 거의 방치되다시피 했다. 깨져서 불이 안 들어오는 조명등도 있고 누렇게 말라죽은 소나무도 보였다. 화단을 받치는 바위 하나는 빠진 채 나뒹굴었다.

아침 경찰서에서 만난 젊은 직원이 현관으로 나와 우리를 맞이했다. 1층을 개조해 소속사 사무실로 사용하고 있었다. 반지하층은 연습실과 식당, 2층과 3층은 숙소로 사용하는 듯했다. 핫식스를 위시한 자사 소속 연예인들의 대형 사진이 벽 양쪽으로 걸려 있었다. 갈호태가 혹시 핫식스를 볼 수 있을까 목을 빼고 기웃거렸지만 허사였다.

우리는 응접실로 안내됐다. 악감정 때문인지 차도 한 잔 내오지 않았다. 잠시 후 안대박 사장이 모습을 드러냈다. 최근의 잇단 구설수로 얼굴이 초췌해 보였다. 팔꿈치 위로 걷어 올린 와이셔츠가 그의 답답한 심정을 대변하는 것처럼 보였다. 홍예리가 귀띔해줘 알게 된 사실인데, 그도 '똘이'란 예명으로 90년대에 활동한 아이돌 출신이다. 립싱크 파문과 나이트클럽 성추행 추문에 엮여 반강제로 은퇴했다가 제작자로 전향해 성공한 케이스. 누구보다 업계 밑바닥 생리를 잘 알기에, 두 번 실패하지 않으려고 소속된 연예인들의 사생활 관리에 과한 집착을 보이는지도 모르겠다.

내가 내건 조건은 세 가지였다. 첫째, 홍예리 기자와의 인터뷰. 둘째, 핫식스가 소속사 식구들과 함께 오늘 밤 여행을 떠난다는 트윗을 올려줄 것. 셋째, 내일 아침까지만 전원 숙소를 비워줄 것. 이것만 지켜주면 내 주둥이를 평생 다물겠노라 약속했다.

안 사장은 셔츠를 한 번 더 걷어 올리며 한숨을 내쉬었다.

"어떻게 보증할 겁니까?"

"문제될 시 여기 홍예리 기자가 모두 책임지는 걸로 하죠?"

내가 책임을 떠밀었다. 홍예리는 뭔지도 모르면서 고개를 끄덕였다. 후배에게 신뢰를 받고 있구나, 나는 야릇한 행복감에 젖었다.

사무실을 나서며 물었다.

"정원 관리하는 사람 따로 없습니까? 어지럽던데…."

안 사장이 쓰게 웃었다. 그딴 것에 신경 쓸 여력이 있겠느냐는 표정. 오직 돈 냄새만 쫓는 사업가 마인드로 무장된 자였다. 분명 이 집도 투자 목적으로 구입했을 것이다. 용처를 숙소로 사용하기 위해 대외적으로 그리 핑계를 댄 것이고 만약 큰 차익을 남기고 팔 수 있다면 바로 강남 한복판으로 사무실을 옮길 사람이었다.

갈호태가 마지막 질문을 했다. 작정하고 도발적인.

"어제 덕식이 진짜로 못 봤습니까? 죽기 직전 이 집에 들어온 것이 확실하다고 봅니다만."

안 사장이 계속 실실 웃으며 받아쳤다.

"남의 집에 기어들어온 개 한 마리 죽인다고 잡혀가기야 하겠습니까? 벌금 내죠, 뭐. 아니다. 도리어 정신적 스트레스에 대한 위자료 청구를 해야겠군. 암튼 증거로 말씀하시지요. 그렇다고 뭐 달라지는 건 없지만."

우리는 현관을 나와 건물 옆길을 따라 뒷뜰로 갔다. 조명 불빛이 닿지 않아 어둑했다. 차에서 가져간 비상용 랜턴을 켜야 했다. 나뭇잎이 둥둥 떠다니는 수영장이 보였고, 농구 코트의 림은 부러져 있었다.

문제의 나무는 뒷마당 끝에 뿌리를 내리고 있었다. 핫식스가 삼겹살을 구워 먹는 사진의 배경이 된 고목. 크기에 압도당해 마치 성물을 마주하고 선 기분이었다. 나무는 한자리에서 몇백 년 풍파를 견뎠다. 우리는 경외심을 가지고 올려다보았다. 옆으로 뻗어나가다가 위로 솟은 가지는 8호와 10호 담장에도 걸쳐져 있었다. 어둠 속 실루엣으로 보니 그 독특함이 더 눈에 띄었다. 수종이 궁금하지만 그 방면엔 문외한이다. 혹시나 싶어 갈호태에게 묻자 역시나 싱거운 농담이 돌아왔다.

"장담컨대 저것은 대나무도 아니고 뽕나무도 아녀. 틀리면 내 손에 장을 지지지."

홍예리가 실실 웃으며 받아쳤다.

"물론 저것은 소나무도 아니고 잣나무도 아녀. 틀리면 내 다시 시집을 안 갈 것이여."

왜 하마 영감하고만 엮이면 다들 세뇌당해 본연의 자세를 상실할까. 분위기상 내 차례지만 덩달아 유치해지기 싫었다. 밤나무나 은행나무 같기도 하고, 자작나무나 단풍나무 같기도 했다. 예전 채연수와 제주도 여행을 갔다가 중문단지의 여미지 식물원에서 똑같이 생긴 나무를 본 적 있다. 그것 또한 엄청난 위용으로 나를 압도했고, 커다란 감동을 주었다. 하지만 더 기억에 남은 것은 채연수와 처음으로 같이 보낸 그날 밤의 일이었다.

긴장되는 순간이 왔다. 비상용 랜턴으로 나무 밑동부터 살폈다. 예상대로 주변에 땅을 파헤치다만 흔적이 보였다. 나뭇잎으로 덮어 놓았지만 흙을 다 가리진 못했다. 담장 아래에는 삽과 곡괭이가 널브러져 있다. 그중 눈길을 끄는 건 곡괭이였다. 심하게 녹슬어 방치된 삽과 달리 새 제품이고 최근에 사용한 흔적이 뚜렷했다. 한쪽 날 끝에 갈색 흙과 회색 가루가, 다른 쪽 날은 반질반질했다. 둘은 분명 대비되어 보였다.

"이 곡괭이 누구 것일까? 조경 따위에 관심도 없는 여기 사무실에서 구입을 했을 리가 없잖아. 당연히 어떤 연장이 있는지도 모를 테고."

갈호태가 물었고 내가 대답했다.

"새 곡괭이가 오래전부터 방치된 걸로 보이길 원하는 사람이 하나 있지."

나는 랜턴으로 10호 건물을 비춰봤다. 그쪽 담에 붙은 방범 카메라 한 대가 이쪽을 향하고 있었다. 이번엔 8호 쪽 담을 비춰봤다. 어젯밤 하마 영감과 덕분이가 활극을 벌인 무대. 담과 나뭇가지를 이용하면 충분히 건너올 수 있는 구조였다. 이것으로 모든 단서가 연결됐다.

"와! 안 사장도 완전 뚱줄 탔구나. 우리 지시대로 바로 핫식스가 트윗 날렸네. 오늘 밤 소속사 식구 전원이 강원도로 번개 여행갑니다."

갈호태가 확인시키듯 휴대폰 화면을 내 눈앞에 들이밀었다.

새벽 1시. 우리는 불이 다 꺼진 대저택 뒷마당 구석에 나란히 누워 있었다. 내 옆에 홍예리, 그 옆에 갈호태. 그리고 기약 없는 기다림. 외부에서는 우리 존재를 눈치챌 수는 없지만 하늘에서 내려다보면 분명 요상한 모양새일 것이다. 위험해서 홍예리에게 빠질 것을 권유했으나 눈으로 확인 않고는 못 배기는 고집을 꺾을 수 없었다. 갈호태는 그저 황홀감에 젖어 입도 뻥긋 안 했다. 다만, 시간이 흐를수록 땅에서 올라오는 냉기가 참기 힘들었다.

"권총 챙겼어? 혹시나 해서."

내가 하늘의 별을 보며 묻자 갈호태도 별을 보며 엉뚱한 대답을 했다.

"거사는 오늘 밤이 분명하겠지?"

"장담해. 오늘 밤을 놓치면 다시 기회가 없다는 걸 잘 알 거야. 덕식이는 아마 이 근처를 배회하다 유인당해서 죽었을 거야."

"선배, 덕식이는 공터에서 죽었잖아요?"

홍예리가 놀라서 묻자 내가 설명했다.

"청장님이 놀랄까봐 얘기 안 했는데, 덕식이는 독살 후 그리로 옮겨진 거야. 만져보니 사체가 차갑더라고. 흙바닥에는 물기가 있고. 냉동고에 보관했다가 유기한 게 확실해."

"대체 누가 그런 짓을?"

"개를 쉽게 죽이고 쉽게 옮기는 게 가능한 사람이 한 명 있지?"

"왔다!"

갈호태가 짧게 외쳤다. 분명 인기척이 들렸다. 후원 담을 타넘는 발소리와 함께 옅은 불빛이 허공에 일렁거렸다.

우리는 행여 들킬까 등을 바닥에 딱 붙이고 누워 귀를 열고 집중했다. 두런두런 말소리가 이어지더니 땅 파는 소리가 들렸다.

그렇게 몇 분이 흘렀다. 내가 천천히 몸을 굴려 상체를 들고 상황 파악에 나섰다. 시야가 여의찮아 낮은 포복으로 전진. 예상대로 이름 모를 고목 아래에서 그림자가 둘 곡괭이질을 해댔다. 이미 파헤쳐진 그곳이었다. 잠시 후 그들은 나무 밑에서 사각형 가방을 꺼내 들었다.

현장을 확인하고 증거가 나온 이상 숨어 있을 필요가 없었다. 갈호태가 호흡을 한번 가다듬더니 벌떡 일어섰다. 랜턴을 그림자를 겨냥해서 비췄다.

"여러분! 환영합니다."

두 그림자는 손으로 불빛을 막고 움찔했다. 나와 홍예리가 뒤따라 일어서며 소리쳤다.

"5년 전에 묻어둔 마약이 드디어 빛을 보는군."

상황이 종료됐다고 생각하는 순간, 오른쪽 그림자가 곡괭이를 높이 쳐들고 성난 황소처럼 돌진해왔다. 놀란 홍예리가 비명을 지르며 내 등 뒤로 숨어들었다.

탕!

갈호태가 손을 하늘로 뻗어 권총 방아쇠를 당겼다. 총성이 밤하늘을 갈랐다. 사위의 모든 움직임이 멈췄다. 새와 벌레 울음도 뚝 그쳤다.

수적으로 우리가 우위였다. 총도 가지고 있다. 그걸 파악한 모니카가 바로 쓰고 있던 마스크를 홀러덩 벗어던졌다. 체념 조로 툴툴거리며.

"망할! 다 옆집 영감탱이 탓이야. 개만 풀어서 키우지 않았어도 이런 불상사가 없었을 거 아냐. 아주 작정하고 함정을 팠네. 어이! 아저씨들, 언제부터 의심했지?"

카페에서 봤던 그 친절한 모니카가 아니었다. 교양미 넘치는 플로리스트의 목소리가 아니었다. 지금은 교도소에 있는 조폭 두목을 대신해 위험한 물건을 찾으러 온 표독스러운 내

연녀였다.

내가 한발 다가서며 대꾸했다. 반말에는 반말로 응대하는 게 기본이다.

"덕식이가 공터에서 발견됐을 때 눈치 깠지. 개를 독살하고 사체를 쉽게 옮기고 냉동 보관할 수 있는 사람은 당신밖에 없더군. 화원의 제초제며 카트, 전지가위에 업소용 대형 냉장고가 바로 떠오르더군. 공터 철조망 열쇠도 당신이 가지고 있겠지. 영계과 여배우의 동생이시니."

"망할, 이 촌동네까지 내려와서 어이 없이 무너지는군."

"바로 그거야. 당신과 어울리지 않는 곳에 3개월 전 느닷없이 출현했다는 자체가 위화감을 유발했거든. 강남의 잘나가는 플로리스트께서 가게까지 접고 말이야. 젊은 여자가 비싼 월세 치르며 널찍한 집 빌려 조폭 두목의 이복동생과 거주한다는 설정부터 에러잖아. 건강이 안 좋아 요양 차원이라는 핑계를 대도 누가 믿겠어? 분명 다른 목적이 있다는 애기지."

"목적이라… 그래 그게 뭔지 한번 들어나볼까?"

"추측건대, 교도소에 있는 두목 피태평은 몇 달 전 신문을 읽다가 눈깔이 뒤집히는 사진을 봤을 거야. 핫식스 기사에서 큰 나무를 발견한 거지. 몇 달 뒤 출소하면 몰래 찾아가 물건을 캐내려 했던 숲 속의 나무가 전원주택단지가 생기면서 남의 집 뒷마당에 수용된 거지. 게다가 애들 정서함양을 위해 나무를 잘라내고 연못과 정원을 만든다니. 다급해진 두목은 분명 당신을 긴급히 호출했을 거야. 그리고 특명을 내렸겠지.

자, 당장 마을로 가서 그 나무를 지키고 있어라! 이유는 묻지 말고 아무도 파헤칠 수 없도록 하라! 후환이 두려운 당신은 어쩔 수 없이 강남 가게를 접고 내려온 거야. 의심을 사지 않기 위해 생업에 종사하면서 나무를 지킨 거지. 담벼락의 방범카메라 방향도 돌려놓고. 나는 당신이 두목 지시대로 움직였을 뿐 마약이 묻혀 있었는지는 몰랐다고 봐. 하지만 슬프게도 두목은 당신을 믿지 못했어. 이복동생을 하나 붙여 놓지. 신혼부부든 오누이든 적당히 가장해서. 뭐, 그게 중요한 건 아니니까. 하지만 배신을 때린 건 당신이 아니라 이복동생이었어. 엄청난 실수와 함께 말이지. 상황이 이렇게 꼬인 데는 며칠 전 한밤의 난입 소동이 결정타였어. 그렇죠, 스토커 양반?"

나는 부동산의 디카프리오를 바라보았다. 그는 여전히 마스크를 쓰고 곡괭이를 움켜쥐었으나 마네킹처럼 꼿꼿이 굳어 움직이지 않았다.

"당신은 형의 지시를 받고 궁금했겠지. 대체 뭘 숨겨놓았기에 말을 안 해주는가. 궁금증이 계속 커졌을 거야. 그러다 나무 밑에 묻힌 게 현금 다발이나 금붙이라는 결론을 내렸지. 형의 경고를 무시하고 욕심을 부려 혼자 빼돌리려고 작전을 세웠어."

디카프리오는 잡고 있던 곡괭이를 내려놓으며 고개를 들지 못했다.

"그리고 며칠 전 밤, 마침내 담을 타 넘고 들어와 곡괭이질을 시작했지. 그런데 그만 파묻혀 있던 가방을 찍어버린 거야.

한쪽 날이 밀봉된 비닐을 뚫고 들어가면서 마약이 묻어 흘러나왔고…. 일이 꼬이려니 직원에게 들켜버린 거지. 당황한 당신은 곡괭이를 기존에 있던 녹슨 연장 속에 섞어버리고 대충 주위 나뭇잎으로 땅을 덮었어. 그리고 만취한 척 드러누워 스토커라고 우긴 거야. 다행히 소속사 사장은 딴 일에 정신이 팔려 있었고 다들 정원 관리 따위에는 관심이 없어 유심히 보지 않았어. 이웃이라는 이유로 운이 좋아 훈방 조치가 됐고. 그렇지?"

디카프리오는 마스크를 벗고 두 손바닥으로 머리통을 감싸쥐었다. 괴로운 신음을 냈다. 모니카는 팔짱을 끼고 집중해서 들었다.

"이복동생의 삽질에 당신은 분노했겠지만 엎질러진 물. 침착하게 피태평을 찾아가 대책을 마련했겠지. 하지만 심각한 문제가 생겨버렸어. 당장 비라도 내리면 구멍 뚫린 마약 봉지가 개판될 처지가 된 거야. 그 와중에 직업 정신이 되살아난 덕식이까지 짖어대니 서두를 수밖에 없었을 거야."

말을 자르고 모니카가 퉁명스럽게 물었다.

"직업 정신?"

"덕식이는 은퇴 전에 경찰 마약탐지견이었어요."

홍예리가 내 등 뒤에 숨어 겁먹은 목소리로 대답했다. 모니카는 그제야 모든 게 이해가 됐는지 고개를 끄덕였다.

"어쩐지…. 어차피 죽을 수밖에 없는 운명이었군."

"약 냄새를 맡은 덕식이가 나무 밑에서 코를 킁킁대며 얼쩡

거리자 당신은 안절부절못했겠지. 계속 방치했다가는 마약의 존재가 들통 나게 생긴 거야. 상황이 다급해져 제초제 묻힌 먹이로 덕식이를 유인해 죽여버렸지. 카페 냉동고에 넣어뒀다가 기회를 봐서 동네 밖에 내다버릴 생각이었는데 또 문제가 생겨버렸어. 옆집에 사는 팔불출 주인 영감이 개를 찾아 사방팔방 소문내고 결과론적으로 기자에 경찰까지 부르는 소동을 일으킨 거야. 다들 덕식이를 찾아 동네를 헤집고 다니며 난리를 피우니 당신은 최악의 상황에 몰렸어. 또 계획을 바꿔야 했지. 살았든지 죽었든지 덕식이만 발견되면 그들은 바로 떠날 것이다! 냉동된 덕식이를 끄집어내 공터에 버리고 이복동생을 시켜서 일부러 발견토록 한 거야."

갈호태가 디카프리오를 향해 심드렁하게 말했다.

"당신 말이야, 그 인물로 뭘 제대로 하는 게 없구먼. 개목걸이 들고 찾아왔을 때 연출한 티가 너무 났다고."

모니카가 박수를 짧게 끊어 세 번 쳤다. 자신을 자책하는 태도가 도리어 상대방이 모멸감을 느끼게 했다.

"대단해. 틀린 부분도 있지만 대부분은 비슷해. 내가 기자 양반들을 너무 쉽게 봤군. 보도자료 받아서 펜대나 굴리는 샌님인 줄 알았더니."

젠장, 분위기 보아하니 직업이 또 바뀌게 생겼다. 아니나 다를까 권총을 쥔 채로 갈호태가 즉각 나섰다.

"솔직히 우린 기자 나부랭이가 아닙니다. 고급진 두뇌와 강철 체력으로 미제 사건만 해결하는 밤의 노동자들입니다. 어두운 밤을 뛰어 진실을 밝히는 정의의 사도라고나 할까. 우하하."

헉! 이제 밤의 노동자까지 나왔다. 이 대치 상황에서 저런 말재간은 어디에서 샘솟을까. 밤의 노동자? 밤의 노동자라…. 급조된 작명 치곤 나쁘지 않았다. 게다가 사건 해결 과정에서 갈호태의 공을 무시할 수 없다. 내 고용주이니 이쯤에서 적당히 띄워주는 센스가 필요해 보였다.

"진상을 밝히는 결정적인 역할은 이 친구가 했지. 처음 플라워카페에 들리지만 않았어도, 경찰 실수반 이야기를 듣고서 당신이, 개가 말을 할 수 있나요? 그딴 말만 안 했어도 쉽지 않았을 거야. 그때 당신 모습이 희한하게 진지했으니까. 사실, 의심과 진실 사이에는 꽤 거리가 있었는데…."

갈호태가 마른기침을 하면서도 칭찬이 싫진 않은지 똥배를 내밀고 허리에 손을 얹은 자세로 각을 잡았다. 모니카의 푸념이 들렸다.

"뭐, 나와 이 동생이야 큰 죄가 안 될 테지. 부탁 받은 물건 찾겠다고 담 넘은 죄 밖엔 없으니. 마약인지는 몰랐다고 우기면 그만이고. 또 사람도 아니고 풀어놓은 개 한 마리 죽인 걸로 교도소에 처넣을 수야 없겠지. 문제는 출옥 날만 손꼽아 기다리는 우리 서방님인데…. 작전 실패했다고 들으면 몹시도 슬퍼하시겠군. 감방에서 한참을 더 살아야 할 판인데 안타까워서 어쩌시나…. 내 꼴도 참, 기약 없이 또 서방을 기다려야 하는 신세라니…."

자조 섞인 긴 한숨을 쉰 그녀는 대놓고 담배를 꺼내 물었다.

전장의 남편을 걱정하는 아내처럼 초조하고 쓸쓸해 보였다. 내가 마지막으로 물었다.

"핫식스 팬클럽에 가입해 일거수일투족 다 감시하고 열혈팬을 가장해 인권위원회에 진정 넣은 사람도 당신이지? 진정 대상이 아닌 걸 알면서도 어떻게든 이슈화시켜서 빨리 이 집을 비우게 하려고. 그렇지?"

모니카는 긍정도 부정도 하지 않았다. 이제 그런 질문은 의미 없다는 듯 담배만 깊이 빨았다.

8호집에서 인기척이 들리는가 싶더니 2층 베란다에 불이 훤하게 켜졌다. 모습을 드러낸 사람은 용무늬 가운을 걸친 하마 영감. 한 팔에는 덕분이를 안고 다른 팔은 앞으로 뻗어 연단에 선 사이비교주처럼 외쳤다.

"제군들 수고했네! 완벽하게 사건을 파헤침으로써 우리 덕식이도 이제 편안히 눈을 감을 수 있을 걸세. 사건 해결은 우리가 하나의 팀, 즉 원팀이 돼서 이뤄낸 결과네. 뒤처리는 내가 하도록 하지. 내 자네들 노고를 잊지 않음세."

갈호태가 내 귀에 속삭였다.

"봤지? 진정한 위치 선정의 달인, 우리의 동자기 경감님!"

서울로 향하는 새벽의 고속도로는 적막했다. 차량 라이트 조명을 받은 벚꽃 길 풍경이 꿈길을 달리듯 몽롱하다가, 대형 트럭들이 스쳐 갈 때 울리는 굉음이 현실감을 일깨워주었다. 내가 운전대를 잡았고 갈호태가 조수석에서 멍하니 앞만 바라봤다. 홍예리가 뒷자리 중간에서 살포시 우리 사이에 얼굴을 들이밀었다. 그 모습이 학교에 적응 못하는 청춘들의 일탈 여행을 다룬 영화 스틸컷 같다, 고 하기에는 다들 너무 늙었다.

홍예리가 궁금하던 것을 그제야 물어봤다.

"선배. 대박엔터 안 사장에게 무슨 협박을 했기에 그렇게 협조적으로 돌변한 거예요? 안 그랬으면 사건 해결 못 했을 텐데."

"그 탑시크릿은 나만 알고 있으면 안 될까?"

그러면서도 자랑하듯 내 휴대폰을 통째로 건넸다.

"맨 앞에 있는 동영상 재생시켜봐."

화면을 두어 번 두드리던 홍예리가 거의 비명을 내질렀다.

"우와! 완전 대박. 얘는 핫식스의 소피아, 얘는 레드불의 민우 맞나? 안 사장이 벌벌 떨 만도 하네."

내가 고개를 끄덕였다.

둘은 연습실 벽에 붙어서 진한 키스를 나눴다. 갓 스물 먹은 애들답지 않게 체위가 대담했다. 남자가 소피아를 번쩍 들어올려 가슴에 얼굴을 파묻자 소피아가 두 다리로 남자 허리를 휘감으며 매달렸다.

"나는 그 영상을 반복해 보면서 진짜 인간은 대단하다고 생각했어. 진화론은 사실이야. 사장이 연애질을 금지하니까 자체 해결하잖아."

"선배, 이 엄청난 폭탄을 어찌하시려고?"

"너답지 않은 걸 탐하는구나. 삭제할 거야. 안 사장과도 그리 약속했고. 유출 땐 네가 모든 걸 책임지기로 하지 않았니?"

358

"선배, 그게 이거예요?"

"응, 이게 그거야. 어린 두 능력자의 앞날을 위해서라도 그게 좋지 않겠니. 동영상 때문에 미래를 발목 잡힌 수많은 사람들을 봐왔잖아. 삭제해야지. 암, 그래야지."

앞서 달리는 컨테이너 트럭이 자꾸 차선을 물고 흔들거렸다. 나는 운전사가 졸고 있을까봐 클랙슨을 길게 한 번 울려주며 갈호태에게 물었다. 문제를 다 푼 후에 아리까리한 부분을 서로 복습하는 시간 같았다.

"근데 청장님이랑 교수 사모님이랑은 어떻게 만난 거야?"

갈호태가 대답하기 전에 큭, 실없는 웃음부터 터트렸다.

"사모님이 처녀시절 강의하던 지방 대학교에 무장 탈옥범들이 침입해 인질로 잡히셨거든. 그때 관할서의 현장 지휘자가 선배님이셨어. 대치가 길어지는 상황에 갑자기 아랫배가 아픈 거야. 현장을 살짝 이탈해 외진 화장실에서 배설 중에 옆 칸의 탈옥범과 맞닥뜨려 팬티도 못 올리고 끌려가신 거지. 결과론적으로 사모님과 이틀간 인질로 함께 있으면서 사랑이 싹텄다나봐. 경찰 수뇌부가 나중에 알고 보니 기가 차잖아. 도저히 있어서는 안 될 일이 벌어진 거지. 결국 상황을 조작해 젊은 경찰 간부가 목숨 걸고 자발적으로 인질이 돼 시민을 구한 모양새로 만든 거야. 그땐 그런 게 가능한 시절이었으니. 이 사실은 아직 사모님도 모르셔. 역시 우리 선배님은 위치 선정의 달인이시지! 진정한 능력자라고!"

내게는 문득 떠오르는 다른 그림이 있었다.

"글쎄. 내 느낌은 좀 달라. 사모님은 누가 봐도 완벽한 멋쟁이셔. 우아하고 지적이고 거기다 한 치의 틈도 없는 처세. 좀 서운하게 들리겠지만 그에 비해 청장님은 좌충우돌 허점이 많으시지. 결혼 생활이 지속될수록 청장님의 허세가 노출되면서 부부관계가 소원해진 게 아닐까 싶어. 겉으로는 다정한 결혼 생활로 보이지만 사모님의 지적 공백을 메워주기엔 청장님이 좀 역부족이라고나 할까. 청장님은 어느 순간 부인보다 자신에게 더 정을 주는 덕식이에게 집착하신 게 아닌지. 그래서 애견인이 되신 게 아닐까?"

갈호태가 바로 시비조로 나왔다. 자신의 우상을 흠집 내자 불편했나보다.

"그냥 심증이지? 물증은 없지?"

"그럼. 타인이 보는 부부관계에 물증이 있을 수 있나. 굳이 하나 근거를 들자면 남편이 새벽에 경찰서에 끌려갔는데도 사모님은 다급해 보이시지 않더라고. 예의 다 지켜가며 하실 말씀만 하고. 처음엔 침착하다고 생각했는데 돌이켜보니 꼭 그렇지만은 않은 것 같아. 남편이 또라이 짓 해서 속은 짜증 폭발인데 자신의 그런 모습을 손님에게 보이고 싶지 않았던 거겠지."

부부 문제가 나오자 홍예리가 이혼녀의 까칠함을 아낌없이 보여주었다.

"선배가 결혼한 여자 마음을 어찌 그리 잘 아시죠? 이런 얘기 조심스럽지만 예전 탤런트 애인에게서 느꼈던 연애 감정을 지금 상황에 그냥 대입시키는 건 아닌지요. 그런 부분은 원래 자신의 눈에는 잘 안 보이는 법이니까. 타인에겐 단호하고 자신에게는 관대한 본능이랄까."

뭐야. 서로 면박주기 타임인가. 할 말이 없어졌다. 스스로 그 부분에 대해 고민해보지 않았지만 어쩌면 홍예리의 분석이 정답일지도. 나는 대꾸하지 않고 액셀만 더 힘껏 밟았다. 이번 소동에 인명 피해가 없어 그나마 다행이라고 생각하면서.

갈호태가 마지막 질문을 던졌다.

"궁금한 게 모니카는 왜 교도소에 간 두목을 기다렸을까. 유명한 프로, 그 뭐냐 프로폴리스, 아니 플로리스트로 살아도 괜찮을 텐데 조폭 내연녀라니. 처음에 느꼈던 신비감이 확 무너지잖아. 협박당하고 겁먹어서 그렇겠지? 역시 교도소에 들어앉아 있어도 무서운 쉐이들이야."

홍예리가 대답했다.

"사장님. 이 또한 저의 과한 추측입니다만, 피터팬과 팅커벨 문신으로 유추할 수는 있을 것 같아요. 제 기억으로 동화 속의 팅커벨은 피터팬을 사랑했지만 피터팬은 웬디를 더 좋아했죠. 아마도 사랑에 더 집착한 쪽은 보스가 아니라 모니카가 아닐까요? 보스를 위해 잘나가는 강남의 숍도 때려치울 만큼. 보스가 교도소에서 더 살고 나올 때까지 기다리겠다는 투로 말했잖아요. 이해 안 되시죠? 여자들에게는 또 그런 계산 곤란한 순수한 감성과 열정이 있답니다."

"믿을 수 없어! 어느 누가 그런 배불뚝이 문신쟁이를 좋아해요!"

"뭔가 조폭 보스만의 아우라가 있겠지요. 그러니까 남녀관계는 모르는 거고. 사장님 지금 질투하시는구나. 그쵸?"

홍예리가 머리를 젖혀 까르르 웃다가 얼굴이 붉어진 갈호태의 어깨를 툭 쳤다.

"어휴, 농담입니다. 그냥 해본 소리예요. 오늘은 제가 쏠게요. 아침 뉴스도 없고 하니, 가는 길에 청진동 해장국집에서 해가 뜰 때까지 마셔보자고요. 중간에 도망가기 없기."

"홍 기자님, 진짜로? 오우~ 언빌리버블! 알흠다운 밤이에요."

갈호태의 얼굴에 모처럼 해맑은 웃음이 번졌다.

밤의 노동자

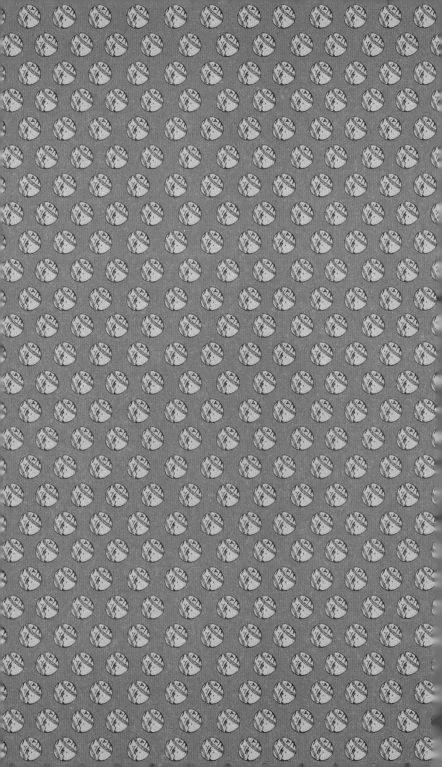

샤워를 하고 거실에서 머리를 말리면서 습관처럼 TV 리모컨을 눌렀다. 당연히 아침 뉴스 '굿모닝 펀치'의 앵커석에 앉아 있어야 할 홍예리가 보이지 않았다. 채널을 잘못 눌렀나 싶어 확인해봤지만 홍예리의 프로가 맞았다. 긴급 투입된 중년 남자가 더듬더듬 원고를 읽고 있었다.

휴가? 출장? 아니다. 그제 만났을 때 그런 이야기는 없었다. 그 경우 대체 근무자를 정해놓아 나이 든 데스크를 긴급 대타로 앉히는 일은 없다. 그다음 가능성으로 떠올린 게 지각. 그또한 책임감 강한 그녀에게서 찾기 힘든 변명. 새벽 출근길에 교통사고라도 당한 것일까. 뉴스에 눈을 떼지 않고 지켜봤지만 앵커 교체에 대한 언급은 없었다.

대신 아찔한 영상을 속보로 내보내고 있었다. 회사 유니폼을 입은 젊은 여성이 광화문의 한 빌딩 옥상 끝에 서서 자살을 시도하고 있었다. 한 발짝만 더 내디디면 수직 낙하 태세. 출근길 샐러리맨들에게 억울한 뭔가를 호소하려는지 전단지를 뿌려댔다. 그것을 생중계로 보고 있자니 불길한 예감이 엄습했다. 유니폼 여성의 자살이 아니라, 홍예리의 행방 때문이었다.

전국적으로 비가 내릴 것이라는 기상캐스터의 일기예보를 들으며 그녀에게 전화를 걸었다. 신호음만 반복해 울려댔다. 보도국으로 전화해보려다 그만뒀다. 후견인인 양 여자 후배에게 집착하는 이상한 놈이라는 오해를 사고 싶지 않았다. 워낙 말이 많은 동네고, 따져보면 친한 후배일 뿐이다. 그리고 기자 생활하면서 사고 한 번 안 친 인간이 얼마나 있을까. 마이크 켜진 채 잡담을 하거나, 카메라 도는 줄도 모르고 콧구멍 후비는 정도는 애교다.

〈세상에나! 천하의 홍예리가 방송을 다 펑크 내는구나. ㅋㅋ〉

가벼운 문자 메시지만 남겨놓고 출근을 서둘렀다. 하늘은 한껏 흐려 있었다. 서대문의 낡은 오피스텔에서 차를 몰고나와 예약된 정신과를 찾아가 전문의에게서 위로의 말을 들었다. 매번 산책을 하며 하늘과 바람과 태양의 기운을 느껴보라는 조언을 들었다. 나는 무성의하게 고개를 끄덕였다. 정기적인 상담이 치료에 도움이 되는지 여전히 알 수 없지만.

광화문의 '이기적인 갈 사장'에 도착한 시각이 오전 10시. 카페 건물 옥탑방에 사는 구양이 일찍 내려와 그라인더에 원두를 채우고 있었다. 밤새워 클럽에서 놀았는지 얼굴이 피곤해 보였다. 나의 친구이자 전직 형사이며, 이곳 사장인 갈호태는 감색 정장을 차려입고 구석 테이블의 노란 조명등 아래서 홍차를 마시며 조간을 봤다. 영락없는 영국 신사 흉내. 참으로 상팔자다. 꼴통 성향의 사내가 진보 성향의 신문을 매일 정독하는 걸 보면 습관이 얼마나 무서운 것인지 확인하게 된다.

"홍예리가 아침 뉴스 펑크 냈어. 대체 뭔 일일까?"

내가 마주 앉으며 걱정하자 갈호태가 눈길도 안 주고 대꾸한다.

"뭘 그런 일 가지고…. 물가에 내놓은 한두 살 애도 아니고, 산전수전 다 겪은 사건기자에 이혼까지 경험한 언니잖아. 지난밤 바에선 운명처럼 만난 멋쟁이 신사와 사랑의 도피 행각이라도 벌인 것 아닐까. 카하하."

듣고 보니 그렇다. 그녀는 이미 어른이다. 나의 과도한 관심이다. 하지만 점심시간이 지나면서 우려가 조금씩 현실이 됐다. 홍예리의 직속 상사인 민주TV 사회부장이 전화를 걸어왔다. 아침에 더듬거리며 뉴스를 진행하던 바로 그 남자. 내가 처음 신문사에 입사했을 때 그는 시경캡이었다. 그도 반지르르한 얼굴과 달달한 목소리를 무기삼아 신문에서 방송으로 이직한 케이스. 솔직히 글 쓰는 것보다 말로 떠드는 게 나은 사람이다. 내러티브 기사 못 쓴다고 자주 국장에게 핀잔을 듣곤 했던 남자.

"우리 홍예리가 연락두절이다. 혹시 소식 들은 거 없냐? 너 친하잖아?"

"저도 걱정 중입니다."

"어제 홍대에서 회사 행사 있었거든. 너도 알지? 그룹 사업국에서 매년 하는 언론사 취업 멘토링 행사. 거기 강사로 차출돼 나간 모양이더라고. 강의 끝나고부터 행불이네. 알다시피 걔가 연락도 없이 막 사라지는 그런 무책임한 애가 아니잖아. 집 전화도 안 받고…. 경찰에 신고해야 하는 거 아닌지 모르겠다."

나는 친구에게서 들은 말을 내 의견인 양 들려주었다.

"고 선배, 아직 하루도 안 지났습니다. 걔가 물가에 내놓은 어린애도 아니고 별별 사건 다 겪고 이혼소송까지 경험한 커리어우먼 아닙니까. 앵커 일까지 떠맡겨서 살짝 반항하는 거 아닐까요? 그러게 고단한 애를 왜 회사 행사에 차출시키고 그럽니까? 데스크가 잘라줘야죠."

"나야 그러고 싶지. 근데 그런 행사는 유명한 기자나 피디가 나가야 장사가 된다잖아. 사업국에서 우기고 국장이 결재한 걸 어쩌라고. 그리고 앵커를 내가 시켰냐? 말 잘하고 카메라 잘 받는 것도 다 지 복인데. 다들 못 해서 난리구먼. 그게 나한테 반항할 거리나 되나? 안 그래도 언론재단 해외 연수 신청 냈더라고. 아침뉴스 시청률 꾸준히 상승곡선인데 위에서 허락해줄지. 에구구…."

구차한 변명을 들으면서도 마음속 걱정이 가시지 않았다. 기자 업무의 기본은 데스크와 항시 연락과 항시 보고. 수습 시절에는 목욕을 가서도 연락이 닿도록 휴대폰을 랩으로 싸서 욕탕 안으로 들어갔다. 즉, 연락이 안 된다는 건 무슨 일이 있음을 의미한다.

전화를 끊고 나니 더 찜찜함을 누를 수 없었다. 나는 구양이 가져다준 커피를 마시다 말고 그룹 사업국에 연락을 했다. 알고 지내는 김 팀장을 찾아 사정을 설명하고 '저널리즘 스쿨' 행사 참가자 명단을 받았다. 초청 강사만 10명이 넘고 수강생은 300명에 달하는 큰 행사였다. 기자나 PD, 아나운서 등이 미디어 직무 전반에 걸쳐 이해를 돕는 강연을 하고 질문받는 시간으로 구성돼 있었다. 엑셀로 정리된 파일에는 참가자 이름과 연락처, 그리고 입금 확인 여부가 표시돼 있고 다른 정보는 없었다. 강사 10명 중 절반은 외부 인사였다.

홍예리가 90분짜리 강사로 나선 '방송기자의 세계'에는 142명이 신청을 했다. 수강생이 제일 많이 몰린 강의였다. 그 정도 인원이면 참석자와의 관계를 특정하기가 불가능하다.

강사진 중에 아는 이름이 둘 나왔다. 나이 든 신문사 논설위원과 문화부 여자 후배. 나의 선택은 당연히 후자 쪽이다. 홍예리와 입사 동기고 어제 '신문기자의 세계' 강의를 한 조경숙. 통화는 바로 연결됐지만 단서가 없기는 마찬가지였다.

"네, 예리와는 행사 직전에 대기실에서 차 한 잔 하고 그 후로 만나지는 못했어요. 강의 시간도 겹쳤고. 뭔 일 있나요?"

"응, 아침에 뉴스 펑크 냈는데 신경이 쓰여서."

"에이, 그 정도 일이야, 뭐. 그나저나 선배 몸은 괜찮은 거죠? 눈치코치 회사 옮겨간 여자 후배 신경 쓸 게 아니라 자신부터 챙기셔야죠. 물론 쉽지 않겠지만 힘내시길요. 다 시간이 해결해주겠지요."

에고, 몸의 병이겠냐 마음의 병이지. 영혼 없는 후배의 격려는 되레 기분만 뒤숭숭하게 만든다. 잘나가는 동기에 대한 그녀의 질투심까지 느껴져 더욱 씁쓸했다.

홍예리에게 건 전화가 벌써 10통이 넘었다. 별 기대 없이 한 번 더 재발신 버튼을 눌렀다. 순간 신호음이 달칵 넘어갔다.

"예리!"

너무 반가워 다급하게 이름을 불렀다. 한 템포 쉬고 느릿한 지방 사투리가 들려왔다.

"혹시 휴대폰 주인 되십니까요? 여기는 은평 버스 공용차고지인데요."

차를 몰고 은평 버스 공용차고지로 내달렸다. 광화문에서 수색로를 타고 직진하면 20분이 안 걸리는 거리였다. 고양시 경계로 들어가기 직전에 개천을 타고 우측으로 틀자 2층짜리 붉은 벽돌 건물과 가스 충전시설이 보였다. 마당에는 수십 대의 시내버스가 주차돼 있었다.

다행히 휴대폰을 습득한 버스 기사는 휴식 시간이라 만날 수 있었다. 이마의 주름이 깊고 얼굴이 가무잡잡한 40대 남자. 우려대로 휴대폰은 버스 내부에서 주운 게 아니었다.

"종점에 도착해 요금 통을 들고 내리는데 뒷바퀴 쪽에서 뭔 음악 소리 같은 게 들리더라고요. 뭔가 싶어 들여다봤더니 차체 안쪽에 청테이프로 붙여 놨더라고."

기사가 휴대폰을 들어 보였다. 하늘색 케이스의 갤럭시폰. 홍예리 것이 분명하다. 배터리가 거의 바닥났다.

"만약 그 타이밍에 벨소리가 울리지 않았으면 전화 아예 못 찾았을 거요. 세차하면서 안쪽까지 들여다보는 것도 아니고."

"이게 언제, 어디에서 붙었는지 알 수 없겠죠?"

"당연하지요. 노선버스니까 기사도 계속 바뀌고. 차 내부라면 카메라가 있으니 알 수 있겠지만. 승객들이 별별 물건 다 두고 내리긴 하지만 이런 식으로 휴대폰이 딸려온 경우는 내 버스 몰면서 처음이라서요."

마지막 말이 간담을 서늘하게 했다. 부주의로 분실한 게 아니라 누군가 일부러 붙였다는 것. 무엇을 의미하는지 더 안 들어봐도 안다.

버스 노선표를 살펴봤다. 관악구에서 출발해 홍대와 상암동을 거쳐 수색으로 오간다. 사라진 홍예리와 굳이 접점을 찾자면 홍대 쪽이 확실해 보였다.

"택시 하는 양반들은 이런 거 그냥 업자에게 넘겨버린다던데…"

기사가 눈길을 피하며 히죽거렸다. 답례를 바라는 표정. 나는 흔쾌히 5만 원권 지폐 한 장을 손가락 사이에 끼워서 건넸다. 하드보일드 영화의 뒷골목 탐정처럼.

광화문으로 되돌아가는 마음이 몹시 무거웠다. 연락두절인 사람의 휴대폰이 저런 식으로 모습을 드러냈다면 사고가 아닌 사건으로 봐야 한다. 사흘 전 홍예리를 만났을 때 자신의 신상에 대해 별다른 언급이 없었기에 그런 의심이 더 짙어졌다.

그날 우리는 경희궁 옆에 있는 대학병원 로비에서 만났다. 식물인간 상태로 2년째 누워 있는 신문사 후배의 병문안을 위해서였다. 입사 동기라서 틈틈이 다녀간다는 홍예리와 달리 나는 지난 연말 이후 처음이다. 사고 직후 자주 와봐야지 하면서도 그게 또 쉽지가 않았다. 후배도 사회부 기자였다. 사내 축구대회를 마치고 만취해 귀가 도중 괴한에게 떠밀려 계단을 굴렀고, 회복이 불가능할 정도로 머리를 심하게 다쳤다. 범인은 아직 잡지 못했다.

"느낌에, 조금씩 호전되는 것 같아. 눈동자에 힘도 있고."

후배의 어머니는 약간 달떠 있었다. 희망사항을 사실처럼 얘기해도 그런 긍정의 힘이 나쁘지 않아 보였다. 줄기세포 연구에 기대를 걸고 있다고 했을 땐 현실감이 떨어지긴 했지만 그 또한 신념이라 이해됐다. 그나마 다행인 것은 아버지가 은행장 출신이라 치료비를 감당할 수 있고, 신문사에서도 꾸준히 지원을 해왔다는 점.

어머니가 워낙 아들을 부지런히 돌봐서인지 호흡기를 물고 침상에 누운 얼굴이 미소년처럼 뽀얗고 깨끗했다. 나는 조용히 다가가 볼을 손바닥으로 쓰다듬어주었다. 살아 있음을 알리는 온기. 마음이 짠했다. 나 자신의 고통은 차라리 사소한 것처럼 느껴졌다. 정신이 온전히 깨어 있고 사지가 멀쩡히 붙어 있으니. 마음 여린 홍예리는 벽 쪽으로 돌아서서 티슈로 눈물을 찍어냈다.

"어머니, 병문안 많이들 오지요?"

노모가 씁쓸하게 웃었다.

"뜸하지 뭐. 세월이 그만큼 흘렀으면 잊히는 게 당연한 거고. 그래도 최근에는 일주일 전쯤 어떤 여자분이 찾아왔었어. 신문사 동료는 아닌 것 같고. 아무튼 병상 옆에 한참 앉았다 갔어."

우리는 병원을 나와 서울역사박물관 앞을 지나 광화문을 향해 걸었다. 본격적인 무더위가 시작되려는지 공기 중의 끈적한 습도가 불쾌했다. 홍예리가 농담 반 진담 반 자신의 신변에 대한 이야기를 꺼냈다. 오래 알고 지냈지만 처음 있는 일이었다. 이혼한 전 남편에 대한 얘기조차 한 번 들은 적 없었으니…. 그녀에게도 흑역사가 있을까 싶을 정도로 평소 자기관리에 철저한 사람이었다.

"선배, 나 스토커 생겼어요. 아나운서실로 망사 속옷 같은 이상한 물건을 자꾸 보내와요. 반전은 보낸 사람이 여자라는 거. 후훗. 저야 보도국에 있으니 직접 배달받지는 않지만 어떨 땐 섬뜩해요."

나도 농담 반 진담 반 대꾸했다.

"이야! 축하할 일이군. 스토커 한둘 정도는 붙어줘야 진정한 대세라고 할 수 있지. 드디어 업계 스타 대열에 오르셨군."

"쳇! 말장난이 아닌 위로를 받고 싶었는데…. 좀 이상하게 들리겠지만 스토커가 출현하니 누가 떠오르는지 아세요? 예전 선배 애인이요. 탤런트였던. 희한하죠?"

듣지도 대답하고 싶지도 않았다. 하지만 홍예리가 말을 꺼
낸 것은 뭔가 이유가 있기 때문이다. 의미 없는 이야기를 허투
루 떠벌리는 아이는 아니니까. 나는 궁금증을 묻어두고 그냥
피식 웃었다.

한 무리의 일본인 주부 관광객들이 스쳐 갔다. 그중 누가 정
동길 가는 방법을 영어로 물었고 홍예리가 답해줬다. 광화문
사거리 횡단보도에서 헤어질 때 또 뜬금없는 말을 했다.

"그거 아세요? 오래전 회식 자리에서 선배가 만취해 탤런트
애인 자랑질을 했는데 여자 동기들이 화장실에 모여서 막 흉
봤잖아요. 사수의 쿨 함이 매력이었는데 오늘은 발정 난 남정
네 같다고. 사모하는 마음이 싹 사라졌다고. 하하. 순간의 경
박함 때문에 그간 쌓아놓은 포인트 다 까먹고 덜떨어진 선배
로 전락했지요. 여자들도 희한하죠? 그런데 말이죠, 어쩌면 지
금 쫓고 있는 일이 그때와 이어져 있을지 몰라요."

나는 얼굴이 화끈거려 궁금한 걸 빨리 물어보지 못했다.

"잠깐, 지금 쫓고 있는 일이라니. 뭐야?"

한 박자 늦게 캐물었을 땐, 홍예리는 이미 손을 머리 위로
흔들며 횡단보도를 절반쯤 건너간 뒤였다. 내가 본 마지막 모
습. 그때는 어떤 불길함도 예측하지 못했다.

버스 기사를 만나고 카페로 돌아오니 갈호태가 팔짱을 끼고
뉴스를 집중해서 보고 있었다. 아침의 광화문 자살 소동이 아

직 끝나지 않았다. 유니폼을 입은 여자는 여전히 빌딩 난간 끝에 서 있었다. 구양도 곁에서 손톱을 깨물고 초조한 얼굴로 시청했다. 무슨 일인지 경찰은 에어매트만 깔아놓고 진입을 미루고 있었다. 설득 작업은 계속됐다.

"난리 치는 이유가 뭐래?"

내가 리모컨으로 볼륨을 높이며 물었다.

"여자가 사내 비리를 언론에 제보했는데 회사에서 색출작업 들어가 찍혔나 봐. 기사 터트리는 과정에서 신원이 노출됐대."

"무슨 제보?"

"있잖아. 청년들을 인턴으로 고용해 쌈박한 아이디어만 쏙쏙 빼먹고 잘라버리는 기업들."

그 소식은 들었다. 명색이 글로벌 기업이라면서 취업 미끼로 애들 골만 빼먹는 양아치 짓 한다고.

"병신들. 딥 스로트의 신분 보호는 기본 중의 기본이잖아. 뒤처리를 저따위로 하니까 우리는 공익 제보가 활성화 안 되는 거라고. 맨날 기레기 소리나 듣고."

나도 얼떨결에 흥분했다. 구양이 눈빛을 반짝이며 쳐다보았다. 마치 사람이 달라 보인다는 표정으로.

"요즘 기자들이 다 퍽큐 네 마음 같겠냐. 일단 터트리고 보는 게 일상다반사인데. 그나저나 갔다 온 일은 어떻게?"

나는 그제야 재킷 주머니에서 하늘색 휴대폰을 꺼내 보였다. 갈호태의 얼굴이 바로 굳어졌다.

"사건이군. 결국 올 게 올 건가?"

내가 자초지종을 설명하고 의문점을 덧붙였다.

"그런데 말이야, 휴대폰을 꺼버리면 됐을 텐데 군이 시내버스 뒷바퀴에 붙인 이유는 뭘까?"

갈호태가 TV 화면을 주시하면서도 진지하게 대답했다.

"흠⋯. 만약 발견이 안 됐다면 홍 기자님 실종 시각과 위치 추적에 혼선을 줄 수 있었을 것이고, 둘째는 범행의 공식화? 즉 공개 도발이라고 봐야겠지. 많은 사람들에게 알리고 싶은 심정이랄까."

카페에 여자 손님이 셋 들어왔다. 사흘 전 홍예리가 길을 가르쳐준 그 일본인 관광객들이었다. 구양이 주문을 받으러 카운터로 가면서도 TV화면에서 시선을 떼지 못했다.

"이 휴대폰 지문 감식하면 나올까? 범인은 분명히 만졌을 거 아냐? 요즘은 기술 좋아져서 두어 시간이면 조회된다며?"

내 궁금증을 갈호태가 일거에 무시했다.

"아이고~ 의미 없다. 장갑 꼈겠지. 그 정도 예상 못 했겠냐?"

전적으로 공감한다. 충전기를 서랍에서 꺼내 배터리가 바닥난 홍예리 휴대폰에 연결했다.

"잠금 해제 패턴 알아?"

갈호태가 내 얼굴을 쳐다봤고 나는 손가락으로 가볍게 N자를 그어 화면을 열었다. 오해를 할까봐 미리 선을 그었다.

"꾸준한 관찰의 힘이야. 다른 불온한 생각일랑 마셔."

사흘간의 통화기록부터 확인했다. 직업 특성상 건수가 상당했는데 아는 사람, 낯선 사람이 뒤엉켜 있었다. 나는 이름 등록이 안 되어 있는 몇 개의 번호를 내 휴대폰 메모장에 옮겨 저장했다. 다음은 문자 메시지 차례. 특별히 눈에 띄는 건 없었다. 우습게도 구양이 언니라고 칭하면서 보낸 게 보였다. 페이스북 친구가 됐다고 자랑하더니 가끔 차도 마시고 그러는 모양이다. 갤러리에서 사진과 동영상을 훑어봤지만 단서가 없기는 마찬가지.

메모장을 확인하려는데 갑자기 홍예리 휴대폰이 울려댔다. 화면에 발신자가 '더듬이'라고 떴다. 전화를 받아보니 직속 상사 사회부장. 그도 내 목소리를 듣고 깜짝 놀랐다. 휴대폰 습득과정을 전하자 더듬이가 긴 한숨을 토해냈다.

"젠장, 국장께 보고하고 진짜 실종 신고 해야겠군."

"외부로 이야기 새 나가지 않도록 조심해주세요. 자기 과시욕이 강한 놈이라면 그걸 노릴 수도 있다고요."

더듬이는 대답하지 않았지만 고개를 끄덕이는 게 분명했다.

아앗! 구양이 TV를 보며 비명을 질렀다. 유니폼 여자가 빌딩 아래로 추락했다.

도어록 키패드에 1223을 누르자 잠금장치가 풀리는 쇳소리가 들렸다. 비밀번호 입력 두 번 만에 현관문이 열렸다. 경복궁이 내려다보이는 주거형 오피스텔. 넓지는 않지만 최근에 지어졌고 복층 구조라 전문직종의 싱글들이 많이 살았다. 사대문 안에서 물 좋기로 소문나 억대 보증금에 월세가 백 단위를 넘어가도 수요가 넘친다고 들었다.

"너, 홍 기자님에 대해서 너무 많은 것을 알고 있잖아. 휴대
폰 잠금 패턴은 평소에 훔쳐봐서 그렇다 쳐도 집 비밀번호는
좀 그렇지. 혹시 딴생각 품고 있는 거 아냐?"

"12월 23일이 한국기자대상을 수상한 날이야. 잊지 못할 날
이라서 비밀번호로 많이 사용한다고 예전에 그랬거든? 지금
나 스트레스 만땅이니 불필요한 상상으로 자극하지 말았으면
좋겠거든?"

홍예리 집을 찾아가보자는 제안은 갈호태가 했다. 카페에서
가깝기도 하거니와 사소한 단서라도 찾아내기 위해서였다.

실내에 들어서자 맨 먼저 보이는 것은 바람에 펄럭이는 커
튼 밑자락. 창이 활짝 열린 탓에 개업식의 바람 인형이 웨이브
춤을 추는 것처럼 커튼이 제멋대로 움직였다. 밑자락까지 들
려서 올라갈 땐 창밖 너머 풍경이 훤히 보였다. 마치 조금 전
까지 누가 숨어 있기라도 한 것처럼. 오늘 오후 비가 예보됐는
데 무슨 급한 일이기에 창문도 닫지 않고 나갔을까. 그건 지난
밤 돌아오지 않았다는 의미이기도 하다.

서재 겸용 거실과 침실, 주방, 화장실의 단순한 구조지만 대
리석과 원목으로 마감된 인테리어는 기본적으로 고급스럽고
포근한 온기를 주었다. 그것과 어울리지 않게 살림은 많이 흐
트러져 있었다. 잠옷과 스타킹이 침대 위에 뒤집혀 있고 개수
대에 설거짓감도 꽤 쌓아놓았다. 그런 모습이 왠지 친근하고
인간적으로 비춰졌다. 화장실을 가봤다. 예상대로 물기는 바

싹 말라 있고 변기 커버는 내려져 있었다.

거실 한쪽의 작업용 테이블을 살폈다. 한국기자대상 시상식 모습을 담은 사진 액자가 세워져 있었다. 고맙게도 홍예리 자신도 그날을 인생 최고의 순간으로 기억하는 모양이다. 다음으로 확인한 게 유선 전화기. 오늘 오전에만 부재중 전화가 수십 통이 넘었다. 마지막으로 데스크톱을 켰다. 인터넷을 열어 최근 접속한 페이지들을 확인했다. '바리캉맨 연쇄살인사건'과 관련된 내용이 대다수였다. 신경이 곤두서며 반갑지 않았다. 아니, 불편하고 두려웠다. 바탕화면에 '추적일지'란 이름의 워드파일이 하나 깔려 있었다. 그것 또한 바리캉맨과 연관된 것이었는데 바로 읽기에는 분량이 많아 일단 내 이메일로 전송을 했다. 그 외 소득은 없었다. 다만, 홍예리와 매일 같은 사진을 보며 정신적으로 공유한다는 자체가 묘하게 행복했다.

우리가 엘리베이터를 타고 1층 로비에서 내리자 두 명의 사내가 관리인을 대동하고 올라탔다. 서로서로 미묘한 눈빛을 교환했다.

"형사일 거야. 실종 신고 들어간 모양이네."

갈호태가 확신에 찬 어조로 말했다. 선수끼리는 알아보는 모양이다. 얼굴 알려진 방송기자라서 그런 걸까. 평소의 경찰답지 않게 발 빠른 수사에 나서다니.

"실종 신고 들어가면 원래 이렇게 빨리 움직이는 거야? 보통은 가출을 염두에 두고 하루 이틀 더 기다려보라고 하잖아."

나는 잘 알면서 일부러 물었고 갈호태는 피식 웃었다. 일반인이라면 그랬을 테지. 갈호태는 표정으로 대답을 대신했다.

주머니에서 또 휴대폰이 울렸다. 신경이 예민해져 자꾸 놀란다. 침착하자. 침착하자. 애써 마음을 진정시켰다. 카페에서 구양이 전화를 걸었다.

"어디 계세요? 손님이 찾아오셨어요."

거리에 빗방울이 듣기 시작했다.

카페로 찾아온 손님은 뜻밖에도 박경수 경감이었다. 작년 여름 수도권을 공포에 떨게 했던 '바리캉맨 연쇄살인사건' 전담반의 팀장. 지난겨울 편의점에서 조우한 이후 소원해졌으니 근 반년 만의 만남이다. 워낙 평범한 얼굴이라 처음에는 바로 못 알아봤다. 이름처럼 아무 특색 없는 얼굴에 크지도 작지도 않은 체구. 안경도 끼지 않았고 거기에 무채색 재킷. 아마 범인이 이런 모습이라면 목격자들이 기억하기 힘들리라.

수사 진척 상황을 들려주었다. 사실 그동안 방향성을 잃고 맥이 빠진 상태였다. 당연한 이야기지만 시간이 흐를수록 사건 해결의 가능성은 줄어든다. 애초 초동 대응이 늦었고, 공조 수사가 안 됐으며, 추가 범행이 일어나지 않으면서 해결이 난망했다.

뉴스에서 본 바로는, 보통 형사들은 살인사건 발생 두 주가 지나면 '땀이 난다'고 한다. 3주가 지나면 '침이 마른다'고, 한 달이 지나면 '돌아버린다'고 한다. 끝이 안 보이는 일을 붙잡고 있는 것만큼 고단한 일도 없다.

늘 초점 없이 탁해 보이던 팀장 눈빛이 오늘따라 반짝거렸다. 새 단서를 포착했구나, 하는 기대를 갖게 했다. 본론이 바로 나왔다. 팀장은 플라스틱 파일 안에서 희생자들 사진을 차례차례 꺼내 보였다. 모두 여섯 명의 여자들. 절단된 머리가 사라졌다가 몇 달 뒤 배달되어 온 채연수도 보였다. 비위 약한 갈호태가 입을 막으며 시선을 틀었다.

"아직 검증이 안 끝난 수사 내용입니다. 힘드시겠지만 여기를 좀 봐주세요. 차이점을 아시겠습니까?"

팀장이 볼펜 끝으로 사진을 일일이 찍으며 바리캉으로 머리카락을 민 부분을 지적했다. 내 눈에는 차이점이 바로 보였다.

"다섯 번째와 마지막 여자만 미묘하게 방향이 다르군요. 뒤통수에서 정수리 왼쪽으로. 앞선 네 명은 정수리 오른쪽으로 밀렸는데."

"경찰은 이 사실을 처음부터 인지했고, 참고는 하되 특별한 의미를 두지는 않았습니다. 왜냐하면 여섯 번째 희생자가 네 번째 사건의 목격자였기 때문이죠. 당연히 같은 사건의 연장선상에서 분석할 수밖에 없었습니다. 다섯 번째 희생자만 머리가 잘렸지만 그 또한 유명 탤런트라는 특수성을 감안하면 쾌락범의 특징으로 설명할 수 있습니다. 하지만 최근 유력한 용의자가 등장하면서 또 하나의 결론에 도달했습니다."

갈호태가 나 대신 등 뒤에서 퉁명스럽게 내뱉었다.

"사이코패스는 한 사람이 아니다. 다섯 번째와 여섯 번째 사건의 범인은 다르다."

뜻밖의 대답에 나는 깜짝 놀랐다. 팀장은 고개를 끄덕였다.

"박 기자님, 기억하시겠지만 사건 발생 당시에 범인이 여자들을 죽이고 머리카락을 밀었다는 사실은 언론에 공표가 됐습니다. 그 엽기적 행각 때문에 바리캉맨이라는 별명이 붙은 것이고요. 하지만 머리카락을 민 방향이나 잘려나간 길이 같은 것은 경찰 내부만 아는 정보입니다. 그래서 다섯 번째 '탤런트 사건'과 여섯 번째 '목격자 사건'은 모방범죄 가능성이 제기됐고요. 아니면 어설프게 정보를 아는 경찰 내부인이거나…. 물론 진범이 수사에 혼선을 주기 위해 일부러 방식을 바꿨을 수도 있겠지만 확률은 떨어지죠."

나는 팀장과 갈호태를 번갈아 바라보며 물었다.

"그러니까, 그 마지막 두 건은 바리캉맨의 짓으로 보이고 싶어 하는 다른 놈일 가능성이 높다는 거군요. 이제 와서 별건으로 수사 방향을 바꾼 근거가 있습니까?"

"네. 송구하게도 앞선 네 여자들 접점을 최근에야 찾았습니다. 시차는 있지만 다들 명동의 한 헤어숍에 간 적이 있고 같은 미용사에게서 머리 손질을 받았습니다. 넷 중 셋은 현금 결제를 했고, 또 재방문하지 않은 탓에 확인이 늦어졌고요. 명동 헤어숍이라 우연히 희생자가 다 젊은 여성들이었는데 '젊은 여성들만 노렸다'에 포커스를 맞추다보니 어긋난 부분이 있었습니다. 오늘은 사실 그것 때문에 찾아온 것입니다. 그동안 그 헤어숍의 남자 미용사를 유력한 용의자로 보고 감시 중에 있었는데 어제 갑자기 목매 자살했습니다. 그리고 그 남자의 방 안에서 죽은 여자들과 관련된 결정적 증거물이 나왔습니다. 바로 전리품으로 가져간 머리카락 말입니다. 샘플 대조 작업 해봐야겠지만 지금으로선 그 미용사가 바리캉맨일 가능성이 큽니다."

"범행 이유는요? 공통점 말입니다?"

"네 명 다 손질이 끝난 머리에 강한 불만을 터트렸다고 합니다. 이것저것 트집 잡아 매장에서 큰소리치고 원장에게 항의해 환불까지 받았다더군요. 업체에서는 진상 손님인 거죠. 미용 유학까지 다녀온 미용사에겐 자존심 상하는 일이고…. 미용사는 그 일로 숍에서 쫓겨났으니 앙심을 품어도 이상할 건 없습니다. 다른 직원과 교류가 없는 소심하고 폐쇄적인 사내였답니다. 고객카드에서 여자들 연락처를 알아내는 건 어렵지 않았겠죠."

"별 사소한 이유가 살인의 동기가 되는 세상이군요. 모욕감을 못 이겨 바리캉으로 머리를 밀어서 망쳐버린 거라니. 헤어디자이너와 바리캉, 확실히 통하는 구석은 있군요."

"네, 동기로서 충분하다고 보입니다. 박 기자님, 우리는 지금 그런 세상에 살고 있습니다."

"그럼 제가 집에 데리고 있던 목격자는 어떻게 되는 겁니까?"

"바로 그 점 때문에 여태껏 수사에 혼선이 빚어진 겁니다. 첫 번째에서 네 번째까지 미용사의 소행으로 보면 범행의 앞뒤가 딱 떨어집니다. 이제부터 모방범죄로 보이는 다섯 번째와 여섯 번째 희생자의 공통점을 찾아야 합니다. 여섯 번째 회생자가 바리캉맨이 저지른 범죄의 목격자라는 난제도 풀어야 하고요. 그래서 박 기자님 기억을 다시 한 번 빌려야겠습니다. 인기 탤런트 채연수와 술집 호스티스 출신의 목격자 황미진. 두 사람 사이에는 분명 접점이 있습니다. 아니면 중간에 연결 고리가 있든지. 겨우 안정을 찾으셨을 텐데 괴롭혀드려 죄송합니다."

팀장이 고개를 꾸벅했다. 나는 크게 심호흡을 했다. 뭐라고 말이 나오지 않았고 억한 감정이 조금씩 차올랐다. 팀장은 내 표정을 읽었는지 어떻게든 달래보려고 노력했다.

"화내시는 건 이해 갑니다. 충분히 그럴 수 있습니다. 하지만 여섯 번째 희생자가 바리캉맨이 저지른 사건의 목격자라는 사실을 우연의 일치라고 가정하면 이야기는 쉬워집니다. 끼워 맞추기 수사라고 욕하시면 뭐 할 말은 없습니다만…. 아, 그리고 당시 박 기자님이 녹음해주신 범인 목소리 말입니다. 비염 환자처럼 쓥-, 쓰읍-거리던. 앞선 희생자들 통화 내역을 조사해보니 그런 식의 협박 전화는 없었던 걸로 보입니다. 명동 미용실 직원들에게 녹음된 목소리를 들려주니 변조가 되긴 했지만 성조나 어투, 단어 선택이 자살한 미용사는 아닌 것 같다는 답을 들었습니다. 즉, 채연수 케이스에서만 범인이 기자님께 전화를 했다는 결론입니다. 그리고 그 미용사의 아버지는 물론 친인척 중에도 장례지도사는 없었습니다. 범인이 두 명이라는 사실을 더 설득력 있게 해주는 부분입니다."

쇠망치로 머리통을 한 대 맞은 기분이다. 1년이나 지나서 내놓은 경찰 입장이라는 게 바리캉맨이 아닌 또 다른 놈의 소행이라니. 우연이 겹친 것뿐이라니. 인정할 수 없다. 아니 인정하기 싫다. 우연은 그렇게 쉽게 겹치는 게 아니다. 그들이 제일 싫어한다는 헤드라인이 떠올랐다. '헛발질 수사'.

팀장 말이 맞다면 채연수 사건은 아직 진행형이다. 나도 모르게 벌떡 일어섰다. 예상치 못한 반전을 받아들이려니 바닥이 빙그르르 도는 어지럼증을 느꼈다. 혼자 있고 싶었다. 비치적대며 비품실에 걸어 들어가 문을 걸어 잠갔다. 구양이 맨날 들어앉아 옷을 갈아입고, 짧은 휴식을 하고, 스마트폰을 가지고 노는 아지트. 오늘은 한 시간만 빌리고 싶었다. 밖에서 구양이 어, 어, 하면서 문을 탕탕 두드렸다.

"좀 내버려두라고!"

나도 모르게 버럭 성질을 내고는 등받이 없는 플라스틱 의자에 털썩 앉았다. 온몸의 신경세포를 의식해서 머리 쪽으로 긁어모았다. 방금 팀장에게서 들은 이야기를 내 방식대로 정리해봤다. 가장 중요한 의문! 옛 애인 채연수의 죽음이 바리캉맨 연쇄살인과 별건이라면 범인이 노린 것은 무엇인가. 왜 바리캉맨으로 가장해 폭우가 쏟아지던 밤 내게 연락했는가. 결과론적으로는 우리 집에 머무르던 목격자를 죽이기 위해서였다. 역시, 그 부분이 앞뒤가 맞지 않는다. 이야기가 설득력을 가지려면 답은 딱 하나여야 한다. 관련 없어 보이는 채연수와 목격자 황미진, 접점 없는 둘 사이에 연결고리는 있다. 그건 바로 나! 즉, 나와 관련이 있어야 한다는 것! 나와 관련이 있다면 무엇 때문인가. 왜 내가 아닌 나의 애인과 취재원을 노렸는가. 나의 몰락을 바라는 것일까. 생각이 꼬리를 물었다.

입이 바싹 말랐다. 끊었던 담배를 피우고 싶었다. 기대감 없이 탁자 서랍을 열었는데 역시나 센스쟁이 구양. 큰 헤드폰과 손톱깎이, 동전, 스타킹, 알레르기 약, 충전기, 대일밴드 같은 잡동사니 사이에 철제 담뱃갑이 보였다. 뚜껑 안쪽에 남자 친구와 찍은 빛바랜 스티커 사진이 붙어 있고 마일드세븐이 여섯 개비나 꽂혀 있다. 남의 물건에 허락 없이 손댄 점에 대한 사과는 나중에 하면 된다.

환풍기를 켜고 필터를 힘껏 빨았다. 머리가 쪼개질 것 같았다. 다시 기억재생장치를 돌렸다. 당시 채연수는 내게 가장 소중한 사람. 그녀를 살해함으로써 내게 상처를 준다? 목격자를 살해한 것도 그 일의 연장선장에 있다? 결과론적으로 나는 직장을 잃었고 여전히 정신과 치료를 받지만, 비약이다. 하지만 나와 관련성은 명확해 보였다.

내가 타인에게 원한을 사고 사회에 물의를 일으킬 만한 행동을 했는가. 기억을 조금 더 먼 과거로 가져갔다. 공익 근무 중에 후임을 때렸는가. 소개팅 여자를 바람 맞혔는가. 술집에서 옆자리 취객과 싸웠는가. 잡다한 일상까지 다 떠올렸다. 찾아야 한다. 누군가가 나로 인해 모멸감을 느끼고, 상처를 받아, 가슴에 복수심이 화르르 불타오르는 강렬한 순간을.

그간 취재해온 내용들을 돌아봤다. 체육부와 문화부에서 써제낀 기사들이야 대부분 취재원에 득이 되는, 소위 빨아주는 기사다. 사회부에 옮겨와서야 까대는 기사들을 써왔는데 무엇이 문제인가. 팩트에 어긋나서 억울한 피해를 입혔는가. 언론중재위에 몇 건 제소를 당했지만 다 원만히 해결됐다.

다른 방향에서 돌파구를 찾아보기로 했다. 작년 가을 폭우가 쏟아지던 그날 밤, 전화 속의 놈이 분명히 말했었다.

"주변부터 자근자근 밟아드리겠습니다."

어쩌면 거기에 답이 있다. 홧김에 한 말이 아니다. 당시에는 못 느꼈지만 뉘앙스는 분명 지속성과 관계성을 내포하고 있다. 궁극은 날 노리겠다는 의미. 내가 조사 과정에서 세세히 진술했지만 그 미묘한 느낌은 나만 아는 것이다. 한국 최고의 프로파일러라고 해도 놓칠 수밖에 없는. 이제야 그림이 좀 더 선명해졌다.

최근 2년 새 내 주위에서 일어난 의문의 사고가 세 번 있었다. 첫 번째는 식물인간이 된 동료의 계단 추락, 두 번째는 애인이었던 탤런트와 연쇄살인사건 목격자의 죽음, 세 번째는 오늘 여자 후배의 실종. 머릿속으로 관계도를 그려보았다.

첫 번째 사고는 애초 관련이 없다고 배제하려는데, 불길한 기억 하나가 머리를 탕 때렸다. 타는 듯한 불기운이 전신을 덮쳤다. 순간 내 몸이 바람인형으로 변신해 허공에 붕 떠오르는 것 같았다. 추락할지 모른다는 공포와 함께.

벌떡 일어나 담배를 한 개비 더 빼물었다. 손가락이 떨렸다. 좁은 공간은 이미 연기로 자욱했다. 신문사 후배의 계단 추락 사고가 나던 그 스산한 봄날을 떠올렸다. 토요일이었고 사내 축구대회가 있었다. 사회부와 경제부 연합팀은 결승전에서 만난 윤전국을 승부차기 끝에 꺾고 승리했다. 사회에디터가 사비를 털어 밤새 횟집에서 술을 퍼마셨다. 옆자리 표한열은 전날 야근을 하고 경기를 풀타임으로 뛰어서인지 심한 몸살 기운을 호소했다. 몸을 부르르 떨면서 먼저 자리에서 일어났다. 횟집 창밖에는 추적추적 비가 내리고 있었다. 나는 걸치고 있던 회사 로고가 박힌 저지를 표한열에게 벗어주었다. 안에 따뜻한 기모가 있어 보온에 안성맞춤이었다.

그리고 표한열은 귀가 도중 괴한에게 당했다. 한밤에 가파른 계단 아래에서 쓰러진 채 발견됐다. 행인이 드물었고 발견이 늦어 응급처치가 제대로 안 됐다. 처음에는 한쪽 운동화 끈이 풀린 것으로 보아 만취 상태에서 운동화 끈을 묶다가 앞으로 구른 것으로 추정했다. 한참 후에 목격자가 나타났다. 남자인지 여자인지, 늙은이인지 젊은이인지, 고의인지 과실인지 모르겠으나 누군가 밀친 것이 확실하다고. 인근 노숙자의 증언이었다.

한 번도 그 사고가 나와 관련 있으리라고 의심해보지 않았다. 그런데 만약, 표한열의 추락 사고가 이 악연의 시발점이라면. 가정이 점점 확신이 되자 두려움이 몰려왔다. 그 두려움의 매개체는 내가 빌려준 저지. 큼지막한 회사 이름과 함께 등에 이니셜이 박혀 있었다. P. H. Y!

의미 있어 보이지 않지만 표한열과 박희윤의 이니셜은 똑같다. 내가 몇 살 많고 키가 몇 센티 크고 몸무게는 몇 킬로 덜 나가지만 머리 스타일과 체형이 비슷해 밤이라면 분간이 힘들다. 게다가 같은 동네에 산다. 범인은 나를 타깃으로 삼아 횟집 앞에 잠복했다. 이니셜 박힌 빨간 저지가 뇌리에 각인됐을 것이다. 표한열은 그 저지를 빌려 입고 만취 상태로 나섰다. 비가 와서 시야까지 좋지 않았다. 놈의 착각! 타깃은 분명 나였다! 온몸이 부르르 떨렸다. 담배를 비벼 끄면서 제발, 사실이 아니기를! 간절히 기도했다.

새 담배를 또 빼물며 지갑 깊숙한 곳에서 사진 한 장을 끄집어냈다. 제주도 여행 중 같이 찍은 채연수의 사진. 몇 번이나 태워버리려 했지만 그럴 수 없었다. 이제야 확신했다. 내 탓이야! 다 내 탓이라고! 뜨듯한 눈물이 볼을 타고 내렸다.

휴대폰에 메시지가 도착했다. 발신자 제한 표시가 떴고 동영상 파일이 첨부돼 왔다. 손등으로 눈물을 훔치며 재생시켰다.

화면 속에 홍예리가 있었다. 천장과 바닥까지 하얀 방 한가운데 안대를 쓰고 팔다리가 결박된 채 나무의자에 앉아 있었다. 입을 청테이프로 칭칭 감아놓았다. 거즈를 쑤셔 넣었는지 볼이 불룩한 것으로 봐서 침조차 삼키기 힘들 것 같았다. 소리가 제거된 납치 화면을 멍하니 보고 있자니 당장은 어떤 급박함이 생기지 않았다. 그때 방 안을 어슬렁거리는 뭔가가 화면 구석에 잡혔는데 자세히 보니 흰 고양이였다. 내 눈에는 인질의 상태보다 녀석의 움직임이 더 흉포스러웠다. 홍예리는 고양이 털에 병적으로 민감하다. 심하면 살갗에 접촉만 해도 호흡 곤란을 일으켰다. 그런 이유로 평소에도 머리가 작고 덩치가 큰 고양이 특유의 비대칭 외형을 혐오스러워했다. 알약 하나로 진정되지만 지금은 기대할 수 없는 처지.

"원인 모를 알레르기 하나 정도는 가져줘야, 진정한 현대 도시인의 귀족적 감성을 품었다고 할 수 있지 않겠음?"

예전에 내가 위로차 그런 조크를 던지니 형편없는 미국식 화장실 유머라고 도리어 흥을 보곤 했다.

고양이가 슬금슬금 나무의자 쪽으로 다가가는 게 보였다. 내가 어, 어, 거리는데 놈이 주둥이를 크게 벌리고 홍예리를 향해 앞다리를 들었다. 그 장면에서 동영상이 뚝 끊어졌다.

안 좋은 일은 동시에 덮치는 습성이 있다. 이번에는 휴대폰 벨소리. 정신없는 와중에 귀를 갖다 댔다. 침묵이 흐르는가 싶더니 거친 호흡 소리가 들렸다.

"쓰읍, 쓰읍, 씁-."

언젠가 다시 들을 줄은 알았지만 이런 최악의 상황일지는 몰랐다. 갑자기 혈관이 조여드는 게 졸도해버릴 것 같았다. 남은 힘을 짜내 비명을 질렀다.

형사들이 점령군처럼 카페에 우르르 들이닥쳤다. 과거의 '바리캉맨 연쇄살인'과 현재의 '홍예리 기자 납치사건'이 겹치다보니 누가 무슨 용건으로 왔는지도 모르겠다. 사건이 순식간에 내 손을 떠났고 낯선 손길이 분주히 움직였다. 출입문에 'close' 팻말이 내걸리고 블라인드가 다 내려졌다. 테이블 세 개를 붙여서 그 위에 녹음기와 전화발신추적기 같은 영화에서나

봄 직한 장비들이 놓였다. 뚱뚱한 대머리 형사가 묻지도 않고 내 휴대폰을 빼앗아 기기에 연결한 다음 헤드폰을 끼고 장기전을 대비했다. 눈을 지그시 감고 팔짱을 낀 채 퍼져 앉은 모습이 기다림에 단련된 모습이다.

나는 박 팀장을 포함한 세 명의 형사들에게 둘러싸여 오늘 내내 있었던 일을 진술해야 했다. 다행인 건 때마침 박 팀장이 방문해 있던 터라 추가 설명 없이도 사건 정리가 됐다는 점. 그들은 버스 차고지에서 가져온 홍예리의 휴대폰마저 가져가 버렸다.

"왜 이런 일을 혼자 처리하겠다고 난리 지랄을 쳐서."

머릿기름을 잔뜩 바른 고참 형사가 나를 흘겨보고 짜증을 냈다. 작정하고 시비를 거는 모양새. 어느 조직에나 꼭 하나씩 있는 감정조절 장애를 가진 캐릭터였다. 안 그래도 카페 기물을 마구 옮겨 뿔이 난 갈호태가 바로 다가가 멱살을 잡았다.

"새꺄, 그러게 사건을 빨리 해결했으면 이런 일 없었잖아. 발로 안 뛰고 맨날 CCTV나 쳐다보고 앉아 있는 것들이. 어디 세금 내는 국민에게 난리 지랄이라니."

머릿기름이 비식거리면서 두 손으로 갈호태 어깨를 밀쳤다.

"어이, 경찰 얼굴에 똥칠한 그 새끼로구먼. 피의자와 그 짓 하니 좋디? 자식아, 쪽팔리는 줄 알아야지. 사고뭉치들이 끼리끼리 잘 몰려…."

그 대목에서 갈호태 주먹이 머릿기름의 면상에 날아갔고, 머릿기름이 반 박자 늦게 날린 주먹은 허공을 갈랐다. 관등성

명은 없었다. 갈호태의 구둣발 로우킥이 머릿기름 복부에 다시 명중했다. 엉덩방아를 찧으며 넘어진 머릿기름이 비틀비틀 일어나 손에 잡히는 테이블의 꽃병을 집어 던졌다. 꽃병은 큰 곡선을 그리더니 표적을 한참 빗나가 구양이 있는 카운터 앞까지 날아갔다. 바닥에 꽃과 물과 사기 파편이 동시에 튀었다. 머릿기름이 씩씩거리며 가슴에서 뭔가를 빼내려는 찰나 동료들이 우르르 몰려가 덮쳤다.

납치범의 전화는 다시 오지 않았고 오후 늦게 조사가 끝났다. 폭풍우가 한바탕 휩쓸고 간 기분. 형사들이 하나둘 떠났고 일기예보대로 창밖에는 비가 본격적으로 시작됐다. 구양이 내게 얼음물을 한 잔 가져다주고 바닥에 흩어진 꽃병 파편들을 쓸어 담았다. 음악을 바꿔 틀었다. 노르웨이 여가수가 내 심정을 보듬어주려는지 더 구슬프게 노래한다. 갈호태는 머릿기름이 씨부렁거린 말 때문에 상처를 받아 구석 소파에 찌그러져 꼼짝도 하지 않았다.

한 시간이 더 흘렀다. 협박 전화는 없었다. 헤드폰을 낀 뚱뚱이의 자세에도 변화가 없었다. 씹고 있던 풍선껌만 한껏 부풀렸다가 터트리곤 했다.

냉정한 판단이 필요한 시점이다. 형사들은 홍예리가 납치돼 있는 장소를 바로 찾아낼 듯 큰소리치지만 기대난망. 그렇게 쉬운 일이면 납치범은 동영상을 보내지도 않았다. 나도 수차례 재생시켜봤지만 평범한 하얀 방일 뿐 장소를 유추할 단서를 찾지 못했다. 창밖으로 보이는 산이나 대형 건물을 중심으로 거리와 각도를 계산하거나, 생활용품에 붙은 로고를 확대해 장소를 찾는다는 설정은 수사 드라마 속 이야기다. 대포폰일 테니 발신자 확인도 무의미하다. 당장 기술적으로 할 수 있는 일은 없었다.

마주 앉은 박 팀장은 오랫동안 꼬여 있던 실타래가 저절로 풀려서인지 흥분했다. 이번에야말로 이 지루한 싸움을 끝내버리고 싶은 것이다. 그리고 자신의 판단에 희열을 느끼는 듯했다. 봤죠? 제 말대로 별개의 사건이 맞았죠? 자랑하고 싶다는 표정. 그 때문인지 홍예리 납치 건에 대해서는 다소 냉랭해 보였다.

실내가 말할 수 없이 답답했다. 사내들의 거친 호흡에 오염된 공기가 탈출구 없이 떠돌았다. 창의 블라인드도 다 내려져 폐쇄병동에 들어앉은 기분이다.

정신과 의사의 처방을 따르고 싶었다. 하늘과 바람, 대지의 기운을 느껴보고 싶었다. 그리고 하나의 확신! 내가 풀지 못하면 경찰도 못 푼다. 분위기를 보니 그런 확신이 더 강해졌다.

화장실에 들어가 거울을 봤다. 내가 아는 얼굴이 아니었다. 안절부절못하는 충혈된 눈알은 정서 불안 환자의 그것이었다. 1년도 안 지났는데 참 많이도 변했다. 찬물로 세수를 하고 다시 봐도 마찬가지였다. 더는 수동적으로 대처해서 안 되겠다 싶었다. 나설 수밖에 없었다. 머릿속에는 이미 하나의 가설이 존재해 있었다.

매장으로 나와 사람들 눈을 피해 계산대 아래 서랍에서 권총을 꺼냈다. 화장실 옆 비상구를 통해 밖으로 빠져나왔다. 부슬비가 내렸지만 지열이 남아 있어 공기가 후텁지근했다. 우산을 쓸 정도는 아니었다. 일단 광화문 쪽으로 걸었다. 행복한 표정의 퇴근길 사람들로 거리는 붐볐다. 뒤쫓아 나오는 형사는 없었다. 역시 둔하다.

횡단보도 앞에 공중전화가 보였다. 역시 노련한 갈호태. 내 목소리를 듣자마자 감을 잡고 마치 딴사람과 통화하듯 능청을 떤다. 나는 머릿속에 집히는 몇몇 가능성을 제기하며 뒤처리를 부탁했다. 갈호태는 숨넘어갈 듯 놀라면서도 오케이를 외쳤다. 그 호쾌한 대답이 확신과 용기를 줬다. 맨날 티격태격해도 믿을 수 있는 유일한 친구.

홍예리가 감금된 장소를 찾는 것이 급선무였다. 오늘 밤을 넘기면 곤란하다. 놈은 광기와 증오에 지배받고 있다. 예전에 주저 없이 채연수를 죽였다. 목을 날렸다. 유명인이라 목숨을 보전할 것이란 기대는 통하지 않는다. 경찰이 납치 상황조차 파악 못 한 상황에서 보란 듯이 도전을 해왔다. 그건, 어떤 최후의 결단을 내려놓고 실행에 옮길 준비가 다 됐다는 의미. 등줄기가 서늘했다.

사건의 시작점으로 향했다. 거기가 추적의 출발점이다.

덕수궁 뒷길을 거쳐 정동교회 앞 언덕을 지나 외국계 투자은행 옆 소공원의 구석 벤치를 찾아가 앉았다. 비를 머금은 습도가 불쾌지수를 끌어올렸지만 마음이 급했다. 공원에 인적은 없었다.

2년 전 이맘때 이 벤치에서 한 남자를 만났다. 그 과정이 좀 기이한데, 내가 문화부에서 사회부로 옮기고 일주일이 채 안 지난 점심때였다. 첫 주간 당직이었고 열애 중이던 탤런트 애 인과 메신저를 주고받고 있었다. 그때 옆 책상 전화기가 울렸 다. 짜증이 났다. 밥때 맞춰 신문사에 전화해대는 인간들은 특 히 혐오스럽다. 낮술 처먹은 시비꾼이 대부분이기 때문이다. 어버이연맹 같은 극우 성향 조직의 영감들은 말도 통하지 않 았다. 논조를 꼬치꼬치 꼬투리 잡아 지속적으로 괴롭혔다. 대 화 중 말문이 막히면 "네놈이 전쟁을 겪어보지 않아서 그래" 그런 식이었다. 나는 주위 사람들 눈치 때문에 마지못해 수화 기를 들었다. 전화 저편의 첫 마디가 아직도 귓가에 생생하다.

"국가정보기관에 근무하는 공무원입니다. 제보를 하고 싶습 니다. 혹시 기자분이십니까? 통화 가능합니까?"

자신의 신분을 맨 먼저 밝혔는데 그런 사람은 드물었다. 굵 고 진지한 목소리가 호소력이 있었다. 장난전화라고 판단해 끊을 수 없는 무게감.

"사회부에 근무하는 박희윤입니다만…."

나는 얼결에 이름을 밝혔다. 남자는 제보임을 전제로 짧지 만 핵심을 담아서 용건을 밝혔다.

이틀 뒤, 나는 점심시간에 남자를 만났다. 공원 벤치 끝에 앉아서 5분여를 기다리자 검은 정장의 건장한 사내가 다가와 벤치 다른 쪽 끝에, 다리는 나와 반대편으로 해서 앉았다. 그가 신문을 펼쳐 들며 물었다.

"혹시 고향이 서울이십니까?"

"네? 아, 네에."

"참 다행입니다. 저는 바다가 보이는 남도입니다. 인터넷을 뒤져보니 박 기자님은 신촌에서 학교를 다니셨더군요? 병역은 공익근무하셨고."

"그게 중요합니까?"

"물론입니다. 중요합니다. 참고로 저는 지방에서 국립대를 다녔습니다. 해군 장교로 전역했고요. 혹시 낚시나 축구 좋아하십니까? 어떤 취미 활동을 하시는지요? 혹시 인터넷 동호회 같은 데 가입하셨나요?"

"야구와 커피를 좋아합니다. 축구와 낚시는 관심 없습니다."

내가 건성으로 대답하자 남자가 또 같은 말을 했다.

"참 다행입니다. 우리에게 학연, 지연으로 이어진 인연은 없습니다. 둘 사이에 연결 고리가 없다는 뜻입니다."

제보자가 너무 둘러 감는 것 같아 내가 삐딱하게 물었다.

"정보기관마다 각 언론사 담당이 따로 있지요? 그쪽 루트가 확실할 텐데 처음 보는 기자와 007 접선을 하다니. 구국의 첩보원이 아닌 마당에야. 확실한 신뢰가 생기지는 않는군요."

"그분들은 담당 언론사 내부 동향을 파악하는 게 주 임무이지 자신이 소속된 조직의 비리를 갖다 바치는 일은 안 합니다. 지금 대한민국의 모든 권력기관은 인맥으로 촘촘히 엮여 있습니다. 고양이에게 생선을 갖다 바칠 수야 없지 않습니까? 제 판단으로는 그냥 안면 없는 기자님을 믿어보고 싶었습니다."

"의심이 지나친 겁니까, 의심이 없는 겁니까. 나를 어찌 믿습니까. 차라리 익명 투고를 하지 그러십니까. 어산지의 위키리크스의 영향일까요. 요즘은 언론사마다 온라인 제보 페이지를 다 갖추고 있습니다."

내가 비식거리자 그도 멋쩍게 웃었다.

"그 방법도 생각해봤습니다. 그런데 기사화 과정을 확인할 수 없는 단점이 있더군요. 정보가 어디로 어떻게 흘러가는지…. 만약 윗선에서 보도가 킬 당할 경우엔 벌인 일의 수습도 불가능하고."

"거기에 더 걱정이 많으시군요. 조직을 걱정하는 충성심보다. 하하."

내가 능글거리자 남자는 되레 정색했다.

"조직에 대한 충성심이란 본인의 신념이지 타인에게서 강요당하는 게 아닙니다. 뭐, 그런 평판은 아무래도 상관없습니다. 다만, 나의 조국 대한민국이 소수 기득권의 탐욕 때문에 잘못된 방향으로 나아가지 않길 바랄 뿐입니다. 만약 비리 은폐를 묵인해 사회적 신뢰가 무너지고 세대와 지역 간 증오를 부른다면 저는 후대에게 두고두고 죄인입니다. 부디 저의 이 모험이 시시해지지 않도록 부탁드립니다."

내 조롱이 민망해질 정도로 상대는 진심을 담아 말했다. 고개를 돌려 남자를 봤다. 30대 초반으로 보였고 큰 덩치에 어울리지 않게 인상이 선했다. 유명한 씨름선수를 닮았다.

"제 표현이 경솔했습니다. 죄송합니다. 이 나라에 딥 스로트가 존재해야 할 진정한 이유죠."

남자가 대꾸 없이 양복 안주머니에서 편지 봉투를 꺼내 내쪽으로 쓰윽 밀었다.

"녹취록입니다. 내용을 분석해서 정보로 재가공해야 할 겁니다. 검증 작업도 겸해야 하고. 하나만 부탁드리자면 USB 안에 든 것은 녹음 파일입니다. 명확한 증거이기 때문에 드립니다만 원본을 절대 그대로 공개하시면 안 됩니다. 그 자리에 참석한 사람이 특정되니까 바로 유출자가 발각됩니다. 당사자들이 혐의를 부인할 때만 최후의 수단으로, 음성 변조해 사용해주십시오. 사건이 매듭진 후에는 꼭 책임지고 파기해주시고요."

나는 떨리는 심정으로 봉투를 집었다. 판도라의 상자를 품은 기분이었다. 어느 순간 남자는 사라지고 없었다.

퇴근 후 집에서 USB 안의 파일을 열어보았다. 가히 핵폭탄급이었다. 국정원장과 검찰총장, 경찰청장의 대화 녹취록이 들어 있었다. 대선을 앞두고 여당 후보의 당선을 위한 밀담 내용이 주였다. 어떻게 여론을 형성하고 인터넷을 조작하며 정보기관들이 어떤 역할을 해야 할지 큰 틀에 대한 논의가 오갔다.

바로 기사화를 위한 검증 작업에 돌입했다. 역공을 당하지 않으려면 터트리기 전에 완벽한 대비가 필요했다. 정보가 외부로 샐까봐 데스크에게 보고는 며칠 미루기로 했다. 적은 외부에만 있는 게 아니다. 같은 직장을 다닌다고 다 같은 가치관을 공유하는 건 아니니까.

홍예리를 불러냈다. 의기투합해 밤낮으로 뒤지고 뛰었다. 회합이 있던 날의 세 명의 동선을 시간대별로 쪼개 추적했다. 모임 장소인 일식당을 찾아내고 종업원을 설득해 확인을 받았다. 소리공학연구소에서 파일 속의 세 명의 목소리가 기존 뉴스 자료 속의 그들 목소리와 일치함을 증명받았다. 반론까지 무력화시킬 수 있는, 촘촘한 팩트의 기사를 열흘 만에 완성시켰다. 보고가 올라갔고 데스크는 칭찬도, 그렇다고 킬 시키지도 않았다. 편집국장도 마찬가지. 그들은 순리를 따르는 사람들이다.

'국가 정보기관장들 조직적 대선 개입 혐의.'

단독 기사가 나가자 후폭풍은 엄청났다. 회합 자체를 부정하던 세 인사는 녹취록을 짜깁기라고 주장했고, 그다음 날은 회합은 인정하되 단순 술자리 차원의 농담이었다고 물타기를 시도했다. 신문사에서 단계별로 준비해놓은 반박 기사를 내보냈다. 녹취록 전문과 목격자들의 증언을 실어 압박했다. 관망하던 타 언론사에서 그 내용을 인용해 받아쓰기 시작했다. 당청 수뇌부는 바로 결단을 내렸다. 소명 기회고 뭐도 없이 단칼에 '꼬리 자르기'. 정보를 사전에 다 꿰고 여론 악화를 최소화할 방책을 준비해놓은 것처럼 신속했다. 구설로 세 명의 정보기관장이 동시에 물러나는 일은 헌정 사상 처음 있는 일이었다. 대형 악재에도 불구하고 대선에서 여당이 접전 끝에 승리했다. 정치평론가들은 발 빠른 초기 대처를 승리의 주요인으로 꼽았다.

나와 홍예리는 그해 공익재단과 시민단체에서 주는 여러 보도상과 기자협회대상까지 휩쓸었다. 기자 인생 최고의 순간이었다. 이런저런 루트로 정보 출처를 묻는 압박을 수차례 받았으나 나는 취재원 보호를 앞세워 함구했다. 약속대로 남자는 다시 연락이 없었다. 그가 국정원의 요원인지, 검찰이나 경찰 쪽 정보관인지 여전히 알지 못한다.

상념을 털고 벤치에서 일어섰다. 폼 잡고 버스 기사에게 지폐를 건넨 것이 화근이었을까, 진짜 회색 도시를 누비는 고독한 탐정이 돼버렸다.

정동길을 걸어 후배가 식물인간으로 누워 있는 병원으로 향했다. 침대 곁에서 졸고 있던 노모에게 내가 한 장의 사진을 보여주자 고개를 끄덕였다. 입원 병동 로비 공중전화에서 다시 갈호태에게 연락했다.

"여기 완전히 뒤집혔다. 너 사라졌다고 인간들 짜증 작렬이네. 어차피 해결도 못 할 거면서 네가 수사 방해 놓을까봐 걱정 지랄들 하고 계셔. 참 나 웃겨서. 크크. 납치범이 추가로 걸어온 전화는 없네."

내게는 지금 박 팀장의 정보가 필요했다. 사건의 근원을 향해 2년 전으로 거슬러 올라가야 한다. 당장 홍예리의 납치 흔적을 쫓는다고 뚝딱 풀릴 사건이 아니다.

휴대폰이 없으니 이토록 불편할지 몰랐다. 갈호태가 불러준 전화번호를 손바닥에 받아 적고 다시 공중전화 버튼을 눌렀다. 박 팀장도 카페에 눌러앉아 있었다. 내 전화에 놀라지 않았고, 돌아오라고 재촉하지 않았다. 내 심정을 아는 것이다. 그리고 채연수 사건과 홍예리 사건이 하나로 엮여 있다는 사실을 그도 알고 있었다. 어느 쪽을 쫓아가도 종착역은 같다. 내가 채연수 쪽을 택한 것은 축적된 단서가 많아 판단할 여지가 있기 때문이다.

"팀장님, 궁금한 게 하나 있어서요. 지난 3년간 경찰 내부에서 기밀 유출로 징계를 받거나 파면된 직원 있습니까? 아니면 의문의 사고를 당하거나. 아니, 2년 전 경찰청장 사퇴 이후로만 봐주십시오. 국정원이나 검찰 쪽은 모르시죠? 그쪽 인맥 없으신가요? 그리고 제가 불러드리는 전화번호 가입자의 진짜 이름을 알고 싶습니다. 납치된 홍예리 기자의 강의를 들은 사람입니다. 네, 등록할 때의 이름은 가짜라 의미 없습니다. 그 사람 주민번호가 나오면 근무 경력도 확인 좀…. 방금 드는 생각은 건강보험 데이터베이스 같은 데를 살피면 될 것 같습니다만. 한 시간 후 다시 연락드리겠습니다."

팀장은 절차 무시하고 능력 닿는 데까지 알아보겠다고 했다. 일이 터지면 맨 먼저 달려가겠노라 약속했다. 나는 고맙다고 했다. 그도 경찰 조직원이고 실적에 자유로울 수 없다. 속내가 빤히 들여다보여도 어쩌면 그게 더 인간적이다. 마지막으로 구양에게 전화를 걸었다. 카운터 전화를 받지 않아 휴대폰으로 연락했다.

"미안해. 허락 없이 담배를 다 피워버렸네. 성형 전의 사진도 본의 아니게 봐버렸어. 하하."

구양은 담담하게 말했다.

"돌아오면 한 보루 사주세요. 저는 늘 마일드세븐입니다. 옛 얼굴은 잊어주시고요. 하하."

"그래, 돌아갈 수 있으면…. 하하."

"분명 돌아오실 겁니다."

나는 명동으로 가서 몇몇 식당을 돌며 사진을 보여주었다. 결과는 신통찮았다. 다들 고개를 저었다. 주변 킨코스에 들러 홍예리 집 컴퓨터에서 내 메일로 전송해놓았던 '추적일지' 파일을 출력했다. 그새 해가 저물었다. 가는 비는 분무된 수증기처럼 대기에 부옇게 꽉 찼고 습도 때문에 감색 리넨 재킷이 힘없이 늘어졌다. 지치고 목이 타서 시원 달달한 게 당겼다. 한 매장에서 바닐라 아이스크림을 컵으로 주문해 앉았다. 잠시 네온이 점멸하는 창밖을 구경했다. 한때 일본인들이 채우던 거리는 이제 중국인들 몫이다. 영원한 것은 없다.

재킷 안주머니에서 방금 출력해온 용지를 꺼내 읽었다. 예상대로 홍예리가 쫓고 있는 사건이 진척 있을 때마다 메모 형식으로 정리해놓은 것. 주체가 모호하고 의문 부호가 많아 결정적 단서는 확보 못 한 상태로 보였다. 두 달 전인 5월 13일부터 시작해 간헐적으로 기록이 이어졌고, 첫 내용은 사소했다.

오른쪽 팔등에 두 개의 둥근 점을 봄. 몇 해 전 경찰 구내식당에서 본 사

람과 절묘한 우연. 두 개의 점이 똑같은 위치에 있을 확률은? 혹시 한 사람? 호기심 발동. 못 말리는 천성.

다음 기록 날짜는 일주일 뒤였다. 나도 아는 신 실장이 메모에 등장하는 것으로 봐서 심부름센터에 신상 조사를 의뢰한 모양이다. 신 실장은 전직 경찰 출신의 그쪽 업계 에이스. 경찰 내부 인맥을 활용한 완벽한 일처리로 유명하다. 심부름센터는 꼭 나쁜 목적으로 이용하는 곳이 아니다. 언론사에서도 가끔 유용하게 활용한다.

예감 적중. 주체 못 할 호기심이 판도라 상자를 열어버렸다. 두 개의 점 과거는 조작됐고 얼굴은 변했다. 신 실장 보고를 통해 신상 확인. 이제 일거수일투족이 신경. 긴장 모드. 그런 행동의 동기를 찾아 나설 차례. 그제 전해들은 경찰 내부 정보 하나. 바리캉맨 연쇄살인사건의 범인이 두 명일 가능성. 두 개의 점과 연관성은? 두렵다. 지금은 본능을 따라갈 뿐이다.

세 번째 메모까지는 간격이 꽤 길었다. 그사이 부지런히 뛰어 알아본 모양이다. 놀랄 만한 사실이 기록돼 있었다. 사건은 여전히 구체적이지 못하고 두 개의 점과 선배가 누구를 지칭하는지 명확치 않았다.

반복적인 유추 끝에 하나의 결론에 도달. 두 개의 점은 바리캉맨 연쇄살인사건의 또 다른 범인이 분명. 의도적으로 접근한 사람은 선배가 확실. 복

수극 준비는 은밀하고 치밀하게 진행. 웃을 때마다 섬뜩. 애써 태연한 척. 두렵지만 물러설 수 없다. 용기가 필요. 증거! 증거가 어디 있냐고!

다시 열흘 만의 업데이트. 취재 루트가 막혔는지 푸념에 감상조다. 나에 대한 진한 애정과 배려에 얼굴이 화끈거리는 걸 느꼈다. 동시에 목이 섬뜩해졌다.

돌파구 없다. 막막, 답답, 초초. 바리캉맨의 트라우마에 사로잡혀 허우적대는 그 사람. 두 개의 점으로부터 지켜야 한다. 말꼬리 잡아 깐죽대는 농담이 최악이지만 타인을 배려하는 마음이 깊은 사람. 기자 생활에서 많은 것을 배우고 받았다. 나의 힘으로 그를 일상으로 복귀시켜주리라. 용기를 가지고 행동해야 할 시간. 그 사람이 알면 흥분해서 섣불리 움직이다 또 다칠지 모른다. 동기와 증거 확인 때까지 당분간은 비밀.

일주일 후. 심부름센터 신 실장이 다시 등장한 것으로 봐서 경찰 내부 인물과 관련해 추가 의뢰를 한 모양이다. 내용이 가히 충격적이다.

의문의 퍼즐이 맞춰졌다. 두렵다. 두 개의 점을 당해낼 수 있을까. 젊은 나이에도 경찰 테러부서 근무. 정보 분석 경력. 총을 다룰 줄 알고 완력 있음. 온몸에 경고등! 더 방치하면 위험! 증거가 없다. 증거! 증거! 미쳐버릴 것 같다.

엿새 전. 자신감에 넘쳐 있다.

추적 작업 중. 몇 번의 유도 질문. 확신! 위험지수 급격히 높아짐. 한 가지 사실관계만 확인되면 선배에게 알릴 것.

사흘 전 밤의 기록. 후배 병문안을 위해 우리가 만난 날이다. 홍예리는 뭔가 중요한 진실을 알았고 자괴감에 빠져 있음이 분명하다.

동기 확인. 취하고 싶다. 추적을 멈추고 싶다. 죽고 싶다. 모든 일의 원흉? 내 직업에 회의. 아니, 나 자신에 대한 회의. 처음이다.

이틀 전의 마지막 기록.

방심이 화근. 두 개의 점 갑작스럽게 행동 시작. 취업 행사에 가명으로 신청. 눈치챈 걸까? 서둘러야 할까? 기다려야 할까? 증거는? 태연한 척 응대?

메모는 거기서 끝났다. 나는 어제 행사에서 홍예리 강의를 들은 사람들 명단을 끄집어냈다. 세 번을 반복해 훑자 마침내 낯선 이름 옆에 붙은 낯익은 전화번호를 하나 발견했다. 동시에 눈앞이 검은빛으로 변했다. 감히 대적할 자신 없는, 묵직한 공포가 짓눌렀다. 정황상 '두 개의 점'이 분명하다. 가명으로 신청했다고 강의를 못 들었을 리 없다. 휴대폰 번호만은 편의를 위해서 제대로 기재했을 것이다. 의심은 거기에서 시작됐는데 제대로 들어맞았다. 시계를 봤다. 공중전화를 찾아 주변 건물을 뒤져야 했다. 수화기 너머 박 팀장의 목소리가 빠르면서 조심스러웠다.

"그 가명을 쓴 수강생이 경찰에서 근무했다는 걸 대체 어떻게 안 겁니까? 이름은 송지우. 주민등록번호 넣어보니까 정보과에서 짧게 근무했네요. 갑자기 사표 내고 사라졌더군요."

"그때가 언제입니까?"

"2년 전 겨울입니다."

"흠, 대선 전후군요. 정보 유출 혐의로 징계를 받은 사람은요?"

"일선 서까지 합치면 꽤 있어 사유를 일일이 확인하기 힘듭니다. 다만, 2년 전 가을 본청에서 사유 없이 처리된 건이 하나 있습니다. 많이 미심쩍지요? 공식적인 게 아니고 제 인맥으로 알아본 겁니다. 상식적으로 이런 사실이 직원 조회에 나올 리가 없잖습니까."

"혹시, 파면당한 사람이 해군 장교 출신입니까?"

"아니, 그런 것까지 아십니까?"

박 팀장 목소리가 올라갔다.

온몸에서 기운이 싹 빠져나갔다. 묵직한 수화기가 손아귀에서 미끄러졌다. 빗나갔으면 좋았을 사실은 어김없이 적중한다. 진실은 다 풀렸다. 다시 광화문 쪽으로 발길을 돌렸다. 횡단보도 앞에서 신호를 기다리는데 길 건너편 옥외 전광판에 짧은 뉴스가 흘러갔다.

'광화문 빌딩서 자살 기도 여성 중태.'

신호가 바뀌고도 전광판에서 눈을 뗄 수 없었다. 유명한 씨름선수를 닮은 그 남자 얼굴을 최근 어디에서 봤는지 막 기억이 났다. 전율 따위는 올라오지 않았다. 왜 나를 표적으로 찍었는지에 대한 의문만 남았다. 내 주위를 관찰하고 일상을 아는 한 사람이 떠올랐다.

깊은 밤. 돌고 돌아 마침내 찾아왔다.

결자해지. 동료나 경찰을 부르고 싶지 않았다. 어떤 결말을 맞게 되더라도 두렵지 않았다. 이 불행한 사건은 모두 나의 책임이다. 약속을 지키지 못한 죄.

혼령처럼 쓰윽 건물에 숨어들었다. 한 걸음, 한 걸음 의식하며 계단을 올랐다. 층계참을 돌 때마다 머리 위에서 센서 등이 작동해 움찔했다. 옅은 조명이 비치는 창문에는 빗방울들이 뭉쳤다가 지렁이처럼 흘러내리고 있었다.

4층을 돌자 옥탑으로 나가는 철문이 나왔다. 둥근 손잡이를 살짝 밀었으나 경첩이 녹슬어 칼날로 쇠를 긁는 듯한 잡음이 났다. 발소리 고민 따위는 바로 접어야 했다.

옥상 콘크리트 바닥에 빗방울이 둥글게 튀었다. 저 너머로 운무에 싸인 서울 도심의 야경이 보였다. 허리춤에서 권총을 뽑아 안전장치를 풀었다. 시작이 있으면 끝이 있겠지. 그 말은 진리다. 나는 지금 그 끝의 바로 앞에 와 있다.

옥탑방 현관문이 살짝 열려 있었다. 침입자를 유인하려는 덫처럼. 두 손으로 권총을 쥔 채 발로 문을 젖혔다. 실내는 어둑했다. 안쪽의 더 짙은 어둠 속에서 서늘한 바람이 훅 불어왔다. 뭔가 쏴- 쏴- 거리는 잡음과 함께. 빗방울이 일정한 박자로 타닥타닥 조립식 지붕을 두드렸다. 경박한 리듬이 마음을 더 급하게 만들었다. 왼쪽 벽에 보이는 전등 스위치를 누르려다, 눈이 어둠에 익을 때까지 그냥 기다리기로 했다.

뒤얽힌 사건 전개는 암흑 속에서 더 체계적이고 명료하게 정리됐다. 홍예리가 마지막으로 만났을 때 말했었다.

"선배, 이번 일은 어쩌면 그때와 이어져 있어요."

그 말의 의미를 이제야 깨달았다. 스토커를, 옛 애인 이야기를 왜 꺼냈는지도 알겠다. 그것은, 그녀가 먼저 진실을 다 알았노라! 혼자 해결에 나선 것은 내가 다시 상처를 받을까 걱정해서였노라! 홍예리의 무모한 배려가 참으로 원망스럽다. 목숨을 걸고 해결에 나서야 할 사람은 바로 나라고! 스스로의 아둔함을 한탄했다.

어렴풋이 집 내부 구조가 눈에 들어왔다. 구두를 신은 채 거실에 올라섰다. 한 발 한 발 다가서면서 왼쪽으로 휙 돌자 방문 틈으로 옅은 불빛이 새어 나왔다. 확신이 들었다. 저 방문 너머에 홍예리가 있다.

발밑에서 살아 있는 뭔가가 꿈틀거렸다. 섬뜩해서 얼결에 걷어차버렸다. 물컹한 검은 물체가 벽에 세게 부딪혔고 앙칼진 고양이 울음소리가 들렸다.

온몸이 땀으로 축축하다. 권총을 쥔 손바닥이 미끈거릴 정도였다. 어깨로 방문을 밀치자, 환한 빛이 일시에 덮쳤다.

세 개의 벽면과 바닥, 천장까지 눈부시게 하얀 방이었다. 동영상에서 본 그 방이 분명했다. 중앙에 여자가 의자에 묶인 채 앉아 있었다. 뒷모습을 보니 틀림없었다. 바로 달려들지 않고 문짝 앞에 붙어서 한 번 더 주변을 살폈다.

"홍예리!"

짧게 외쳤다. 대답이 없었다. 기시감이 일었다. 열 달 전 내 오피스텔에서 벌어진 난투극과 상황이 흡사했다. 사람과 장소만 바뀌었다.

한발 다가섰다. 기억을 경험 삼아 서두르지 않았다.

다시 한발. 다시 좌우 조준.

방문 맞은편 벽면에만 창문이 나 있었다. 역시 하얀 커튼이 걸려 있었는데 밑단에 숨은 사람의 발은 보이지 않았다.

마침내 홍예리에게 다가섰다. 그녀는 고개가 꺾인 채 정신을 잃은 상태였다. 안대를 벗기고 볼을 두드리자 살포시 눈을 떴다. 환각 증상이 있는지 나를 바로 알아보지 못하고 움찔했다.

입을 막고 있던 청테이프부터 찢었다. 발목의 결박을 풀고 팔과 몸통을 동여맨 로프를 제거하려는데 등 뒤에서 한 줄기 바람이 불어왔다. 나무 문짝이 흔들리며 삐걱삐걱 비명을 질렀다. 큰 그림자가 바닥에 일렁거렸다. 누가 서 있는지는 안 봐도 안다. 익숙한 목소리. 음성변조는 되지 않았다.

"살인자…. 내게 가장 소중한 사람을 죽음으로 몰아넣은."

나는 반응하지 않았다. 변명이 구차하게 들릴 것이다. 지금은 자극하지 않고 들어주는 게 최선이다.

"특종을 하고 명예까지 챙겼지? 그럼 약속은 지켰어야지. 왜 흘리고 다니느냐고. 당신에겐 찬란한 기억이 내 인생에 끔찍한 악몽이 된 거야. 그러면서 다른 기자들을 병신 새끼라고 욕하고. 역겹다고!"

역시 그것이었다. 내부 제보자의 뒤를 챙기지 못한 죄!

광화문 빌딩에서 추락한 여자가 겹쳐 떠올랐다. 나는 당시 무엇을 잘못했는가. 제보자의 존재를 발설한 적 없다. 그렇다면 녹음 파일의 유출을 의심해봐야 한다. 당시에는 의식하지 못했지만 한 번 징후가 있긴 했다. 그해 가을, 출입기자 회식이 열린 종로 수제 호프집에서 노트북 가방을 도둑맞았다. 문제의 녹음파일이 하드에 저장돼 있었으나 우려하지 않았다. 아니, 잊고 있었다. 권력기관장들이 다 물러나 사태가 일단락됐다고 판단했다. 좀도둑을 가장한 의도된 짓일지 상상 못 했다. 성취욕에 도취해 지켜야 할 의무를 잊고 있었다. 사소한 실수. 아니다 용서받지 못할 실수. 아아!

참혹한 자멸감이 가슴을 후비고 지졌다. 입에서 탄식이 새어 나오고, 두 손으로 꽉 쥔 권총 끝이 부들부들 떨렸다. 그림자의 목소리는 흐느낌으로 바뀌었다.

"살의라는 게 정말 어이없이 생기더라고. 당신을 당장 죽여버리려고 나섰어. 그런데 내 이 어리바리 멍충이가 다급한 마음에 그만 다른 사람을 계단에서 해치는 실수를 한 거야. 다 당신 탓이라고 여기니 희한한 게 양심의 가책 따윈 없고 증오심만 열 배, 아니 몇백 배로 활활 타오르더라고. 다 당신 탓이야! 당신 때문이라고!"

"그런데 왜 나를 바로 죽이지 않았어? 기회라면 널렸을 텐데."

내가 처음으로 입을 열었다.

"기회? 킬킬. 분노가 극을 지나니 조급증이 사라지고 냉철해지더군. 그냥 죽이는 걸로는 뭔가 부족하고 그 순간이 지나가버리면 허망할 것 같았어. 당신이 과오를 인지하고 절절하게 반성케 하는 것! 그걸 내 눈으로 보지 못하면 복수극의 의미가 없잖아. 내가 당한 고통을 똑같이 느끼게 해줘야겠더라고. 주변의 소중한 것들을 잃어봐야 알 것 같았어. 직장과 연인과 돈, 명예, 그딴 모든 걸 말이야. 주위부터 자근자근 뭉개주자고 생각했지. 충동적 살의보다 이성적 살의가 몸속에 찬찬히 차오르더군. 다행히 당신의 파멸만을 생각하니 어떤 죄의식도 안 생기더라고. 복수는 나의 힘. 정말 똑 떨어지는 표현 아닌가? 감정을 거슬러 살 수 없을 줄 알았는데 또 그게 가능하더라고. 주체 못 할 에너지까지 생기고 말야. 웃기지? 지금 이 순간도 마찬가지야. 결과적으로 좋은 선택이었어. 킬킬."

"그래서 내 애인부터 죽였나? 바리캉맨으로 가장해서 일부러 더 잔혹하게…. 무고한 내 집의 목격자까지 살해하고 나를 바보 무능력자로 만들어 직장에서 내쫓는 것도 계획의 일환이었나? 경찰에서 일했으니 작정하면 미공개 수사정보 알아내는 건 어렵지 않을 테고, 관제 CCTV 위치도 알 수 있었겠지. 얼굴을 고치고 다른 신분으로 위장해 접근한 건가? 날 파멸시키겠다는 복수의 일념으로? 고통받는 모습을 오래오래 즐기려고? 근데 왜? 막상 과거의 늪에서 허우적대는 초라한 인간에게 동정심이라도 생긴 거야? 그리고 홍예리는 무슨 죄야? 한 묶음으로 보내야 할 이유라도 생겼나?"

내가 작정하고 동시다발적으로 맞받아쳤다. 입안이 말라 까끌거렸다. 그림자는 대답하지 않았다. 틀리지 않았다는 의미.

"그래, 당신의 그 소중한 사람은 어찌 됐나?"

내가 다시 물었고 한 호흡 정도 쉬었다가 그림자가 반응했다.

"죽었어. 당신에게 제보한 게 발각돼 조직의 배신자로 낙인찍혔지. 결혼을 약속한 지 두 달도 안 지나서. 그이는 모든 걸 내려놓고 고향으로 내려갔어. 새벽낚시 갔다가 실족사. 그렇게 갈 사람이 아니었는데."

"사고인가?"

"사고라고 믿고 싶어."

그림자가 담담하게 받아쳤다.

"그런 소식은 어디에서도 듣지 못했는데."

"진짜 바보로군. 그런 게 뉴스에 나올 거라고 생각하다니…."

나는 말문이 막혔다. 아무 생각 없이 그냥 멍했다.

"인과응보. 다 당신이 짊어져야 할 죄업이지. 고통을 이제야 다 돌려받는 거고 나는 이제야 다 돌려주는 거고. 원망은 마."

그림자가 등 뒤에서 다가선다고 느끼는 순간, 나는 재빨리 몸을 틀어 바닥에 누웠다. 바로 앞에 전기충격기를 든 그림자가 보였다. 총알이 빗나갈 확률이 없는 거리. 주저 없이 권총 방아쇠를 당겼다. 철컥! 불발. 다시 당겼다. 철컥! 연달아 헛방질. 불발이 아니라 탄환이 없었다. 누군가가 빼놓았다. 권총이 있는 장소를 아는 사람은 나와 갈호태. 그리고….

구양이 내 눈앞에 그림자로 어른거렸다. 하얀 이를 드러내고 씨익 웃고 있다. 당돌하고 센스 넘치며 긍정적 에너지를 타인에게 주는, 몇 달 동안 카페에서 함께 일하며 봐왔던 그런 웃음이 아니었다. 발작이 일고 분노하고 광기 어린…, 그러면서 일면 슬퍼 보이는.

마주했던 순간이 눈앞에 무성영화처럼 흘러갔다. 기상천외한 두뇌 회전으로 주위를 놀라게 하던 사람. 씩씩하고 힘 잘 쓰고 시신을 보고도 놀라지 않던, 이따금 얼굴에 짙은 그늘이 지는 여자. 그녀가 헬멧을 쓰고 전기충격기를 휘둘렀다니! 수화기 너머의 음성 변조된 그놈이었다니! 채연수 머리를 보낸 장본인이었다니!

몇 시간 전에 본 담뱃갑 속 사진의 남자 얼굴이 생각났다. 바로 2년 전 공원에서 만난 제보자, 씨름 선수를 닮은 그 남자였다.

다시 방아쇠를 당겼다. 구양이 입을 다물고 쓰게 웃었다. 결의에 찬 턱선이 굳어 있었다.

"당신이 알 리 없지. 병원 침대에 앉아 붕대를 풀고 변한 얼굴을 손거울로 보는데 어찌나 처량하던지. 발정 난 형사놈 주접 다 받아주며 한 공간에서 생활하는 게 얼마나 역겨운지. 세상 고민 혼자 다 짊어진 듯한 당신의 가식적 표정도 가관이고. 하지만 하나의 목표만 생각하니 견딜 수 있겠더라고. 그리고 이 기자년이 무슨 죄냐고 물었지? 하하."

어디선가 쐭-, 쐭- 흘러드는 잡음이 커졌다. 가스배관 새는 소리였다. 그제야 메케한 냄새가 쌓이는 게 느껴졌다. 구양이 주머니에서 라이터를 꺼내 머리 위로 들었다. 소맷자락이 흘러내리며 오른쪽 팔등에 두 개의 점이 선명하게 드러났다.

그때 머리통이 깨진 흰 고양이가 시뻘건 피를 흘리며 방 안으로 기어들어왔다. 긴 꼬리가 징그럽게 꿈틀거렸다. 구양의 다리 언저리를 애처롭게 맴돌았으나 주인은 생사 경계의 미물을 거들떠도 안 봤다. 지금은 애인을 잃은 자의 광기만이 공간을 지배했다.

"자, 주역들이 이제 다 모이셨군. 드디어 고대하던 순간이 왔네. 이 자리를 위해 나는 모든 걸 버렸다고. 의지가 약해지면 어쩌나 고민했는데 다행히 잘 이겨냈어. 여한은 없어! 자, 함께 가자고! 모두 안녕~."

순간, 고양이가 홍예리의 무릎 위로 번쩍 뛰어올랐다.

"가! 가라고!"

놀란 홍예리가 괴성을 내질렀다. 온몸을 흔들며 발로 바닥을 쿵쿵 굴러 저항하지만, 덩달아 놀란 고양이는 오히려 그녀 정수리에 올라붙었다. 홍예리의 얼굴이 바로 검붉은 피로 얼룩졌다. 몸을 자빠뜨려 의자와 함께 바닥에 쓰러져보지만 그럴수록 고양이는 더 악착같았다.

구양이 그 모습에 냉소 짓다 다시 라이터를 드는 순간, 픽! 그녀 머리에서 둔탁한 소리가 났다. 그녀가 어, 하면서 자신의 머리를 만지다가 내 눈과 마주치고는, 막대처럼 꼿꼿이 앞으로 쓰러졌다. 그 모습 너머로 비명을 방패 삼아 잠입한 갈호태가 보였다. 한 손에는 야구방망이를 쥐고, 다른 손은 홍예리를 향해 주먹을 쥐어 보였다.

카페 '이기적인 갈 사장'이 있는 1층에서부터 계단을 우르르 올라오는 형사들의 구둣발 소리. 겨우 4층짜리 건물인데 아주 먼 곳에서부터 달려오는 점령군의 말발굽 소리처럼 아득하게 들렸다.

나는 맥이 다 풀려 탈진해 누웠다. 의식이 몽롱했다. 그 와중에도 죄책감이 가슴속에서 들끓었다. 감기는 눈을 겨우 떴다. 고개를 돌려 쓰러진 구양 얼굴을 향해 중얼거렸다.

"미안해, 당신의 소중한 사람을 지켜주지 못해서⋯."

곁에서 누군가가 울부짖었다.

"아니야, 선배 탓이 아니야!"

해저로 내려앉는 것마냥 귀가 먹먹했다. 기압에 눌린 느낌의 웅웅거림. 소리가 끊기고 왜곡돼 들렸다.

"2년 전 가을, 그러니까 우리가 그 제보의 진위를 맹렬하게 파헤치고 있을 때였어요. 제가 지금은 이혼한 남편과의 저녁 약속에 또 늦어버렸어요. 성마른 그이 짜증을 달래려다보니, 지금 얼마나 중요한 사건을 쫓고 있는지 자초지종을 이야기 안

할 수가 없었어요. …남편 안색이 펴지더니 어깨를 두드려주며 격려하더라고요. 그땐 몰랐죠. …그이 야망을 잘 아는 터라 나중에 청와대 들어갔다는 소식을 듣고 찜찜하긴 했어요. 대선 주자와 안면이 있다는 건 더 나중에 알았고. 그런 정보를 자신의 출세를 위해 팔아먹었다고는 생각도 안 해봤다고요. …설마 그이 짓은 아니겠죠? 정보를 미리 흘려 대책을 만들게 하고 내부 고발자를 까발린 사람이 그이는 아니겠죠? 그렇죠? 구양, 말 좀 해봐! 저도 그 사실을 이번에 알았어요. 죄송해요! 죄송해요! 몰랐어! 선배, 미안해! …그래서 구양이 나까지 노린 거야!"

절규에 가까운 목소리가 방 안에 쨍쨍하게 울렸다. 그러다 잠시 멈추는가 싶더니 다시 이어졌다.

"구양, 미안해! 미안해! 당신의 소중한 사람을 그렇게 가버리게 해서…. 지켜야 할 것을 지키지 못해서…. 당신 애인이 목숨을 걸고 지키려 한 신념을 내가, 내가 망쳐…."

흐느낌이 오래오래 그치지 않았다. 고양이 울음소리도 들리지 않았다.

나는 다 듣지 못했다. 여전히 진실은 알지 못한다. 모든 것은 꿈길 속 환청에 불과했다. 눈꺼풀이 연극의 끝을 알리는 검은 막처럼 내려와 눈을 덮었다.

의식을 놓았다. 꿈을 꿨다.

자전거를 탄 연인이 호수공원의 붉은 노을을 향해 달려가는 꿈.

*

    태양의 위치가 낮아졌다. 뙤약볕의 강도가 약해지고, 습도가 증발하고, 나뭇잎이 누렇게 탈색되면서 여름이 물러나고 있었다.

    퇴원한 홍예리는 애초 예정대로 영국 카디프로 연수를 떠났다. 출국 며칠 전, 나와 종로에서 생맥주를 한잔하는데 무슨 이유인지 울컥해 한참을 울었다. 후유증이 두려운 모양이다. 아주 먼 곳에서, 혼자 보내야 할 시간이. 처음에는 그렇게 생각했다. 바로 낫는 치료법은 없다고, 긴 시간이 필요하고 아주 조금씩 회복된다고 조언을 해줬더니 "선배, 언젠가 진실을 말할 날이 오겠지요"라며 다소 아리송한 말을 남겨 내 마음을 뒤숭숭하게 했다. 허투루 말하는 아이가 아니니까. 작별인사를 하고 돌아서는데 뒤에서 나를 껴안고 얼굴을 등짝에 댄 채 잠시 서 있기도 했다. 그 돌출 행동의 의미 또한 알 수 없었다. 함께 헤쳐온 시간에 대한 감사의 의미인지, 아니면 내 처한 상황에 대한 연민인지. 행인들이 쳐다봐도 부끄럽지는 않았다. 아니 묘하게 달뜬 흥분이 느껴졌다. 다만 어떤 반응을 보여야 할지 몰라 조심스러웠을 뿐.

    후배 표한열의 장례는 회사장으로 치러졌다. 기자생활 4년을 못 채우고 그렇게 젊은 날에 갔다. 운구차량이 신문사 앞에 멈춰 서서 노제를 지냈고 동료가 쓴 추도사를 듣는데 내 눈물이 멈추지 않았다.

그냥 묻고 가기에는 너무 큰 책임이었다. 나는 장례가 끝난 후 노부모의 집을 찾아가 진실을 말하고 무릎을 꿇고 용서를 구했다. 노모는 내 손을 꼭 잡고 한동안 아무 말도 하지 않았다.

표면적으로는 내 일상에도 평온이 찾아왔다. 상처는 더 깊게 파였지만 내막을 다 알고 나니 외려 담담했다. 있는 그대로를 긍정하고, 내 탓으로 인정하며, 평생 짊어져야 할 굴레라고 받아들이니 견딜 만했다. 죄책감과 별개로 정신과 상담을 받지 않아도 하늘과 바람과 햇빛의 기운을 느낄 만큼 회복했다. 신문기자로 복직하겠다는 생각은 접었다. 여전히 광화문 카페 '이기적인 갈 사장'에 출근해 커피 향을 맡으며 단순 반복적인 일을 했다. 커피에 관한 책을 탐독하고 바리스타 자격증을 따볼까 고민했다. 틀에 박힌 평범한 일상이 행복이란 걸 깨달았다. 별난 이야기만 다루는 한 공중파 교양 프로에, 나와 갈호태의 강력 사건 해결 스토리가 소개되면서 이목을 끌기도 했다.

오늘도 통유리창으로 들어오는 아침 햇살을 받으며 하루를 시작한다.

남쪽에서 오는 귀인을 만난다라… 신문에 실린 운세를 읽기가 무섭게 검은색 제네시스 한 대가 카페 앞에 멈춰 섰다. 중절모를 쓴 땅딸한 영감이 차 뒷문을 열고 내렸다. 모자를 벗자 대머리가 드러났고, 고개를 들어 간판을 확인하더니 당당하게 문을 밀고 들어왔다. 나는 그 모습을 창문 너머로 내다보고 있었다. 낯이 익다 싶었는데, 아니나 다를까 바로 그분이시다. '하마 영감' 혹은 '똥구멍' 혹은 '동자기 경감'으로 불리는 동철수 전 청장. 감색 양복에 붉은 보타이를 매고 가죽 가방을 들고 서울로 외출을 나오셨다. 그 볼품없는 외모도 고급 옷을 두르니 그럴싸하게 폼이 났다.

곁에서 졸고 있는 갈호태를 흔들어 깨우자, 바로 "아이고~, 선배님~"을 외치고 촐랑촐랑 뛰어나갔다. 올봄 '고도리 저택의 개사건' 이후 넉 달 만의 재회.

하마 영감은 카페 안을 한번 쓱 훑고는 창가 자리에 앉아 홉족한 표정으로 커피를 부탁했다. 뭔가 기분 좋은 일이 있어 보였다.

마성의 영감인지 마수의 영감인지, 희한하게 나는 최대한 공들여 뽑은 커피를 대접하고 싶었다. 에스프레소머신에 들어가는 블렌딩 원두 대신 어제 로스팅한 케냐 더블A를 드립으로, 머그잔 대신 영국제 찻잔에 내렸다.

내가 탁자 위에 커피를 올려놓고 물러서는데 예의 그 단어 선택 안 맞는 명령조의 말투가 들렸다.

"제군도 좀 앉지?"

나는 앞치마를 두르고 쟁반을 쥔 채 엉거주춤 의자 끝에 엉덩이를 걸쳤다. 하마 영감은 뭔가 중요한 이야기를 할 태세. 일단 뜸을 들이며 커피부터 한 모금 음미했다.

"흐음, 이 묵직한 바디감과 새콤한 향. 케냐로군. 이거 언제 로스팅한 건가?"

어라, 귀신같이 알아맞히네. 나이와 외모에 어울리지 않게 입맛 한번 고급지구나.

"네, 어제."

"제일 맛있을 때군. 갓 볶아서 최고로 맛있다, 라는 광고 문구는 틀린 말일세. 로스팅 과정에서 부풀어 오른 원두 안에는 탄소 가스가 차 있지. 하루 정도 건조하면서 빼내줘야 진정 최고의 맛인 거지."

다 아는 사실을 혼자만 아는 척. 속에서 비웃음이 올라왔다.

"제군들. 곧 경찰에 특수 수사 조직이 생긴다네. 미수반이라고 떼인 돈 수금해주는 데가 아니고 미제사건수사반. 국정원 요원들 활동처럼 대외적으로는 비공개로 은밀하게 운영될 걸세."

갈호태가 호기심을 보이며 귀를 쫑긋 세웠다. 하마 영감은 커피를 한 모금 더 머금고 바로 원하는 대답을 들려주었다.

"내가 미수반 창립 멤버로 제군들을 추천하려고 하네. 고도리에 왔을 때 약속하지 않았나. 다만 별정직 특채 임용이라 예전 경력을 이어가진 못할 걸세. 경찰 내부에서도 비밀스러운 존재라 약간의 활동 제약도 따를 것이고. 그 점은 충분히 양해 바라네. 갈호태 군! 자네가 강압적으로 미모의 피의자를 범했다는 추문은 사실이 아닌 걸로 판명 났다고 들었네만, 눈이 맞아 그 짓 한 것 자체는 사실이잖은가? 자네의 과오는 분명하나 반성하고 있으니 그걸로 임용에 문제 삼지는 않을 걸세."

갈호태가 감동에 겨워 두 손바닥으로 볼을 감싸고 눈을 감았다. 역시, 우리 선배님은 약속을 지키시는구나. 폭포수 눈물이라도 흘릴 태세였다.

나도 한껏 축하해주고 싶었다. 마음고생을 얼마나 했을까.

이번 복직으로 그는 최소한 면죄부는 받은 셈이다. 하마 영감이 내 쪽으로 고개를 돌렸다.

"자네는?"

"엥? 저도요?"

너무 뜻밖이라 나는 검지로 나를 가리켰다.

"내가 제군들이라고 하지 않았나?"

"아, 아니 그게 아니라 저, 저는 원래 겨, 경찰 체질이 아닙니다. 기자로서 사명감을 갖고 불의와 타협하지 않으며 서민이 잘사는 더 나은 사회 건설을 위해 할 일도 많고… 거시기하게도 말씀은 고맙지만 그래도 고민할 시간을 좀 주시…"

혀도 당황했는지 막 제 마음대로 논다.

"푸하핫. 신문사에서 잘렸다며? 자네 이야기는 다 들었네. 아주 큰일을 겪었더군. 그런 실전 경험을 자산이라고 생각하게. 내 보기에 추리 능력이 쓸 만하더군. 조금만 더 배우면 일취월장할 걸세."

나는 생각지도 못한 제안에 계속 얼떨떨했다.

"선배님, 그런데 사무실은 어디에…"

갈호태가 궁금한 게 많은 모양이다.

"여기서 지척일세. 서울지방경찰청의 옥탑에 가건물로 만들었네. 크하! 멋지지 않나. 조립식 판넬로 지은 게 마치 드라마 세트장 같더라고. 우리는 그 안에서 컵라면을 끓여 먹으며 경찰 미제 사건 해결의 새로운 역사를 함께 쓰는 거지. 안 그래도 업무 협의차 지금 다녀오는 길이라네."

"네. 그런데 역사를 함께 쓰자는 건 무슨 의미인지요?"

갈호태는 뭔가 찜찜함을 강하게 느낀 모양이다.

"내가 연줄 같은 거 따지는 사람은 아니네만, 지금 경찰청장이 내 고향 후배이자 학교 후배 아닌가. 간곡히 청을 하더라고. 선배님 좀 도와주시라, 은퇴했다고 시골에서 능력 썩히면 어떡하느냐. 조폭 마약 거래와 엮인 고도리 개 실종 사건을 멋지게 해결했더니만 경찰 내부에서도 장난 아닌 모양이더라고. 한마디로 동철수 아직 쏴라 있네! 뭐 이런 분위기. 나라가 간곡히 찾는데 거부하면 국민으로서 미안하잖은가. 그냥 노후 봉사라고 생각하고 움직여볼 걸세."

"그러니까, 그 의미는요?"

갈호태 목소리가 살짝 올라갔다.

"미수반이 안착할 때까지 내가 당분간 팀을 맡기로 했네. 우리는 대한민국 경찰 역사상 최고의 원팀이 될 걸세. 웁하하하!"

갈호태가 뭐 마려운 사람처럼 엉덩이를 살짝 들고 끙끙거렸다. 가느냐 남느냐, 고민이 역력한 표정. 그 모습을 지켜보며 나는 조용히 미소 지었다.

〈끝〉

작품 해설

김봉석

아직 한국에는 '탐정'이라는 직업이 없다. 흥신소라는 곳이 있기는 하지만 범죄 사건이나 누군가의 뒷조사를 하고 다니는 일은 불법이다. 하지만 민간조사업이 가능해지는 법안이 이미 2013년부터 발의되어 있다. 법안만 통과되면 한국에서도 공식적으로 탐정이라는 직업이 가능해진다. 그런데 이미 대학에는 탐정학과가 개설되어 있다. 법안이 통과되는 것을 예상하여 만든 것이기도 하지만, 이미 탐정이라는 이름을 쓰지 않고도 '조사'를 전문으로 하는 직업은 존재하기 때문이다. 특히 대기업의 보안부서에서는 탐정 이상의 역할을 이미 하고 있다.

보통 직업적인 탐정이라면 의뢰인이 찾아와서 맡기는 일을 하게 된다. 배우자나 연인의 뒤를 미행해달라고 하거나 실종된 누군가를 찾아달라고 하는 사소한 일이 많다. 그러면 비용을 받은 후에 '조사'를 시작한다. 혹은 누군가에 신변의 위협을 느낀 사람이 조사를 의뢰하기도 한다. 경찰은 실제 범죄가 벌어지거나 명확한 위협이 되지 않는 이상 수사를 시작하지 않기 때문이다. 스토커의 위협이 다각도로 벌어지는 21세기에 탐정의 역할은 중요해질 수밖에 없다. 최근에 방영된 미국 드라마 〈스토커〉와 〈CSI: 사이버〉는 각각 스토킹 범죄와 사이버 범죄를 다루고 있다. 스토킹과 사이버 범죄의 특징은 구체적인 범죄가 벌어지지 않아도 충분히 위협이 되거나 피해를 받는 경우가 많다. 악의적인 댓글이나 사이버 불링 같은 것들. 익명으로 행해지는 인터넷 공간의 폭력은 경찰이 쉽게 개입하지 못한다. 그럴 때도 탐정이 필요하다.

탐정이 등장하는 소설에는 아마추어 탐정 즉 다른 직업을 가지고 있으면서 탐정 역할을 수행하는 인물도 많이 나온다. 아마추어 탐정은 일상에서 벌어지는 범죄 직전의 사건들을 다루는 경우가 많다. 경찰이 개입하기는 힘들지만 당사자에게는 꽤나 중요한 사건들이 있다. 살인이나 강도, 폭행 등의 심각한 범죄는 아니지만 의문의 상황들이 벌어지면 아마추어 탐정이 개입하게 된다. 일상 미스터리와 코지 미스터리에는 이런 아마추어 탐정이 많이 등장한다. 평범한 회사원이지만 회사에서 생긴 문제를 해결하기 위해 심도 깊은 조사를 하게 되는 《이름 없는 독》의 스기무라 사부로, 베이커리를 경영하다가 탐정 일까지 하게 되는 《초콜릿칩 쿠키 살인사건》의 한나 스웬슨 등등. 한국에는 《선암여고 탐정단》 등이 있다.

하지만 어쩔 수 없이 소소한 사건을 맡게 되는 이들과는 다르게, 확실한 능력을 가지고 있기 때문에 전문적인 조사를 의뢰받는 이들도 있다. 반 다인이 창조한 파일로 밴스를 비롯해 엘러리 퀸의 연극배우 출신 드루리 레인, 히가시노 게이고의 물리학자 유가와 마나부 등등. 천재적인 두뇌 때문에 경찰이 조언을 받기 위해 찾아오는 경우가 많지만 의뢰인이 일부러 찾아오는 경우도 있다. 이시다 이라의 《이케부쿠로 웨스트 게이트 파크》에 나오는 마시마 마코토는 어머니의 과일가게에서 알바를 하며 가끔 글을 쓰는 젊은이다. 머리 회전도 빠르고, 싸움도 어느 정도 하고, 근성도 있다. 그렇지만 천재적인 두뇌로 사건의 이면을 뚫어보는 타입은 아니다. 마시마에게 가장 중요한 자산은 인간관계다. 스트리트 갱 G 보이스의 두목, 이케부쿠로를 지배하는 폭력조직의 중간보스와는 친구이고 이케부쿠로 경찰서장은 어릴 때부터 막역한 동네 형이다. 일급 해커와도 친하다. 고급 정보부터 뒷골목의 정보까지 모두 접근할 수 있고, 필요하면 경찰부터 야쿠자까지 무력을 동원할 수도 있다. 현대의 탐정에게 필요한 것은 혼자 모든 것을 처리하는 두뇌와 체력이 아니라 수많은 정보에 접근할 수 있는 능력이 최우선이다. 싸움이나 천재적인 두뇌 등은 어느 정도 수준만 있으면 된다.

한국에 아마추어 탐정이 있다면 어떤 능력치를 가져야 할까. 아마도 마시마 정도의 능력을 가진 아마추어 탐정이 유력하지 않을까? 최혁곤의 《탐정이 아닌 두 남자의 밤(이하 '탐정남')》은 두 명을 제시한다. 전직 기자인 박희윤과 전직 경찰인 갈호태. 박희윤은 기자였던 이력을 활용하여 다양한 정보를 입수할 수 있다. 기자로서의 취재 능력과 소위 '야마'라고도 부르는 사건의 핵심을 짚어내는 능력도 있다. 갈호태는 능글맞게 사람들을 구슬리거나 때로 위협도 할 수 있다. 형사였기 때문에 기본적인 눈썰미와 정보를 추론하는 능력도 갖추고 있다. 박희윤과 갈호태는 문과 무를 각각 담당하는 캐릭터인 동시에 각자가 없다면 크게 쓸모없는 콤비다. 두 사람은 같이 있을 때 비로소 위력을 발휘한다. 합체 로봇까지는 아니지만 합체가 되어야만 조사도, 추리도 가능해진다. 주로 머리는 박희윤이, 몸은 갈호태가 담당하지만.

최혁곤의 전작인 《B컷》, 《B파일》은 거대 음모를 다루는 스릴러였다. 《탐정남》은 연인이 살해당한 충격으로 기자를 그만두고 갈호태에게 얹혀살던 박희윤이 자의 반 타의 반으로 사건들을 조사하고 해결하게 되면서 치유되는 이야기다. 묵직한 소재를 다루면서 빠르게 돌진하는 이야기를 선보였던 최혁곤의 《탐정남》은 다소 느긋하다. 프롤로그에서 박희윤의 연인이었던 채연수가 끔찍하게 살해당하는 사건이 벌어지기는 하지만 《탐정남》은 전반적으로 유머가 넘친다. 티격태격하며 서로를 이해해가는 버디 무비의 틀 속에서, 박희윤과 갈호태는 이래저래 걸려든 사건들을 해결해나간다. 사라진 개를 찾아달라는 사건부터 혹시 중동의 테러리스트일지도 모르는 남자를 쫓는 위급한 일까지 사건의 스펙트럼은 무척이나 방대하다.

굳이 장르를 따진다면 《탐정남》은 본격 미스터리라고 할 수 있다. 사건이 벌어지고, 사건의 수수께끼를 차근차근 풀어간다. 전작에서 사회파적인 면모를 보여줬던 이력답게 소재로 본다면 외국인 노동자, 고용 안정, 도시 개발 등 사회적인 문제를 드러내는 사건들이 전반에 포진되어 있고 후반은 조금은 가볍게 본격 미스터리의 퍼즐 풀기에 근접한다. 외딴 섬에서 팬클럽과 소규모 공연을 하다가 숨진 가수의 범인을 찾는 에피소드는 본격 미스터리의 전형이다. 클로즈드 서클 안에서 벌어진 사건을 단시간 내에 해결해야 하는 탐정. 암호문을 푸는 에피소드도 당연히 등장한다. 연작처럼 진행되는 이야기의 결말에는 당연히 연인을 죽인 범인과 대결하는 사건이 놓여 있고.

잔혹한 범죄도 있지만《탐정남》은 기본적으로 다정하고 쾌활한 분위기로 진행되는 본격 미스터리다. 상반된 성격을 가진 두 남자가 아웅다웅하며 협력하여 사건들을 해결하는 이야기. 어렵고 힘든 시기를 겪고 있는 한국에서 탐정이 나온다면 딱 이 정도가 좋지 않을까. 지나치게 폼을 잡지 않고, 한없이 가볍지도 않으면서 우리 주변을 돌아볼 수 있게 하는 그들. 어리숙해 보이지만 날카로운 탐정남이다.

김봉석

만화웹진〈에이코믹스〉편집장, 영화, 대중문화, 추리소설 평론가.《씨네21》,〈한겨레신문〉등에서 기자 생활을 했고, 컬처 매거진〈브뤼트〉의 편집장을 지냈다. 영화, 장르소설, 일본문화 등 다양한 방면의 글을 쓰고 있다. 저서로는《나의 대중문화 표류기》,《하드보일드는 나의 힘》,《컬처 트렌드를 읽는 즐거움》등이 있다.

작가 후기

작년 여름부터 오랫동안 아팠다. 직장에 나가지 못했고 처음으로 삶이 위축되는 걸 느꼈다. 무슨 일에 집중해 불안감을 잊고 싶었는데, 그때 끄집어낸 것이 예전에 발표했던 단편 〈밤의 노동자〉를 연작으로 완성하는 작업이었다. 몸을 추스르는 틈틈이 작업했고 한 편씩 쌓일 때마다 묘한 안도감을 느꼈다. 올해 초에 나는 복직을 했고, 책은 이제 빛을 보게 됐다.

그동안 주로 무거운 스릴러물을 써오다가 이번에는 캐릭터 중심의 여러 추리 장르 혼합을 시도해보았다. '본격 사회파 코지 미스터리 스릴러의 짬뽕'이라고나 할까. 이주노동자, 청년실업, 도심재개발 같은 사회 문제들도 살짝 건드려보고 싶었다.

실제 인물과 연상되는 작품 속 몇몇 등장인물은 나의 '팬심'이 작용했다. 오해 없길 바란다. 혹시 이 졸고가 영상화되는 영광을 누린다면 그분들이 꼭 카메오로 출연해주시리라 기대한다.

가족의 배려가 없었다면 출간이 힘들었을 것이다. 원고를 읽고 따끔한 조언을 해준 추리작가 선후배 서미애, 박광규, 도진기, 정명섭, 한이, 송시우에게 감사드린다. 매일경제 신찬옥 기자의 도움과 편집자 박윤희 님의 수고에 고마움을 느낀다. 한국 추리소설을 아껴주시는 독자분들께는 늘 부족한 마음에 송구스럽다.

2015년 7월 최혁곤

탐정이 아닌 두 남자의 밤

2015년 7월 17일 초판 1쇄 발행
2017년 2월 10일 초판 2쇄 발행

지은이 | 최혁곤
발행인 | 이원주
책임편집 | 박윤희
책임마케팅 | 임슬기

발행처 | (주)시공사
출판등록 | 1989년 5월 10일(제3-248호)

주소 | 서울 서초구 사임당로 82(우편번호 06641)
전화 | 편집(02)2046-2852 · 마케팅(02)2046-2800
팩스 | 편집·마케팅(02)585-1755
홈페이지 | www.sigongsa.com

ISBN 978-89-527-7435-4 04810
ISBN 978-89-527-7434-7 (set)